Itsasoa

Faroa

Kaioarri

Hondartza

Zubia

Zubieta
auzoa

Ikastetxea

Bidea

D1719522

LAPORTU

Petit
Maiso

Blümen bar

Das Buch

Eine Hütte in Bluefields, an der Atlantikküste Nicaraguas.

Goio, der baskische Krankenpfleger, friert ein. Nicht im wört-
lichen Sinne – er verliert Sprache und Erinnerung. Stumm sitzt er
am Fenster und starrt hinaus in den Regen.

Die aus der Hauptstadt herbeieilende Freundin Maribel hofft,
den Kranken durch eine Begegnung mit einem ehemaligen Schulfreund von seiner Amnesie heilen zu können.

In drei verschiedenen Stimmen und Zeiten entfaltet sich der Roman: die Geschichte einer Flucht, die Erinnerung an eine Jugend
im Spanien der siebziger Jahre und die phantastische Erzählung einer Reise zum Südpol – einer tatsächlich fast vollständig gefrorenen Welt.

Joseba Sarrionandia, der facettenreich und mit zahlreichen Ver-
weisen auf die Weltliteratur zu erzählen vermag, geht es um die
großen menschlichen Themen Einsamkeit, Freundschaft, Liebe
und vor allem um das Wesen der Erinnerung, der letzten verbliebenen Verbindung des Exilanten nach Hause.

Der Autor

JOSEBA SARRIONANDIA, geboren 1958 in Iurreta in der Nähe von
Bilbao, gilt im Baskenland als lebende Legende und zählt zu den
schillerndsten Autoren weltweit.

1977 gründete er gemeinsam dem Schriftsteller Bernardo Atxa-
ga und dem Musiker Ruper Ordorika die avantgardistische Zeitschrift POTT und schloss sich der Untergrundorganisation ETA
an. 1980 wurde er verhaftet, gefoltert und wegen mehrerer Bank-
überfälle zu einer langjährigen Haftstrafe verurteilt.

Fünf Jahre später gelang ihm auf spektakuläre Weise die Flucht.
Zusammen mit einem Mitgefangenen wurde er nach einem Kon-
zert in einer Lautsprecherbox aus dem Gefängnis geschmuggelt.
Er floh über Frankreich und die Tschechoslowakei nach Algerien,
wo sich seine Spuren verlieren.

Der mehrfach ausgezeichnete Schriftsteller erhielt für den vorliegenden Roman 2001 den renommierten Preis der spanischen
Literaturkritik. Bis heute lebt Sarrionandia im Exil.

Die Übersetzer

PETRA ELSER, 1963, lebt als Übersetzerin im baskischen Urnieta.
RAUL ZELIK, 1968, ist Schriftsteller und lebt in Berlin.

Die vorliegende Übersetzung gehört zu den ersten literarischen
Übertragungen aus dem Baskischen ins Deutsche überhaupt.

Joseba Sarrionandia

Der gefrorene Mann

Roman

Aus dem Baskischen von
Petra Elser und Raul Zelik

Blumenbar Verlag

Für T

»Wollt ihr euch Calaportu nähern, haltet Abstand von dem sogenannten Möwenfelsen und steuert nicht nach Osten, wo sich ein gefährliches Riff befindet; fahrt, so weit es geht, ans Festland; setzt auf bei einer Tiefe von dreizehn Armlängen, wobei es angebracht sei, auf die Taue zu achten, da sich an zahlreichen Stellen Felsen befinden.«

MARTIN GARAIZAR, *Navigation auf See*

»Wir alle, ob Lebewesen oder Dinge, sind nicht viel mehr als Reste der Sonnenwärme, Erinnerungen der Sonne, Rückstände von auf der kalten Haut der Erde entzündeten Streichhölzern.«

PAULO ZETZAN, *Impressionen*

»Wie ihr wisst, gibt es manche Reisen, die ein gutes Beispiel für das Leben sind, ein Sinnbild der Existenz überhaupt. Du kämpfst, arbeitest, schwitzt, bringst dich beinahe, manchmal auch ganz um, versuchst unablässig, irgend etwas zu tun, ohne es je zu vollenden …«

JOSEPH CONRAD, *Jugend*

1

Der gefrorene Freund

Der Freund ist gefroren.

So stand es in einer der Nachrichten, die heute angekommen sind.

Goio ist eingefroren. Sieh zu, dass du ihn so schnell wie möglich besuchen gehst.

Josean

Und in einer weiteren Nachricht:

Eh, Maribel, du bist doch die Briefträgerin? Unser Briefkasten ist eingerostet und Vögel haben sich darin eingenistet.

Tomas

Aber die Briefkästen von fast allen von uns sind seit langem eingerostete Vogelnester. Die Tiere haben sie in Beschlag genommen, um ihre Eier auszubrüten und die Jungen großzuziehen.

Meine Aufgabe ist es, Briefe und Pakete für die versprengt lebenden Freunde entgegenzunehmen und so schnell wie möglich zu verteilen. Wie alle warte auch ich immer darauf, was aus unserem weit entfernten Zuhause hier eintrifft. Tomas werde ich in einem Telegramm antworten, dass es nicht die Schuld der Briefträgerin ist, wenn keine Post ankommt.

Der Begriff *gefrieren* bedeutet, dass die in einem Körper oder einer Substanz befindliche Flüssigkeit erkaltet, bis sie hart wird. Goio wohnt in der Nähe von Bluefields, Josean in Prinzapolka, das auch an der Atlantikküste liegt, aber etwas weiter nördlich als Bluefields. Goio ist gefroren – weiß der Kuckuck, was Josean damit meint.

Goio lebt allein, seit fast vierzehn Jahren im Exil, mit falschen Papieren. Auf einer in der Mündung des Rio Escondido gelegenen Insel, in einem feuchten Haus mit Bretterwänden und Eternit-Dach. Jeder würde hier krank werden, verschimmeln oder verfaulen, mit der Zeit werden wir zwangsläufig alle krank werden, verschimmeln und verfaulen. Aber gefrieren? Niemand kann bei dieser tropischen Hitze gefrieren.

Am nächsten Abend stehe ich um neun Uhr an der Busstation: Siebzig Cordoba habe ich für den Autobus von Managua nach El Rama bezahlt, hundertzwanzig Cordoba kostet das Boot von El Rama nach Bluefields. Ich muss warten und lese auf der Karte an der Wand der Busstation noch andere eigenartige Namen: *Pearl Lagoon, Corn Island, Sandy Bay, Gray Town, Bragman's Bluff.* Die Fahrt geht durch die Nacht, und unter dem sternenlosen Himmel, der zum Schlafen einlädt, ziehen rechts und links winzige Ortschaften an uns vorbei.

In der Morgendämmerung wache ich auf, bereits in El Rama. Wir springen alle aus dem Bus und eilen im Laufschritt zum Boot.

»Weiße, Weiße«, rufen die Lastenträger, »das ist zu schwer für dich, komm, ich trage dir die Tasche!«

Über einen hölzernen Steg gelangen wir auf das Boot und fahren flussabwärts. Der Rio Escondido schlängelt sich an der von Rama-, Sumo- und Miskito-Indianern bewohnten Küste entlang. Das Wasser ist kaffeefarben, verschmutzt von der Massenviehhaltung und weil der Fluss Erde fortspült. Unser Boot ist voll beladen mit Menschen und Taschen. Neben mir drei Hühner in einem Korb, aneinandergedrückt, ein zitternder Federball. Die Köpfe unter den Flügeln verborgen und die Schwänze nach oben gereckt, zeigen sie ihre zusammengekniffenen, rosafarbenen After.

Von Zeit zu Zeit entdeckt man auf der Wasseroberfläche schwimmende Baumstämme und den einen oder anderen Schildkrötenpanzer. Zwischen den Bäumen am Ufer trocknen

Maskenenten ihr Gefieder in der Sonne, ein Stück darüber, auf einem Weg, sieht man zwei Kinder, die in blau-weißen Schuluniformen zum Unterricht gehen, spät und ohne Eile.

Weiter vorne armselige Hütten zwischen Pflanzengestrüpp und Bananenhainen. Am strahlenden Himmel drehen Geier ihre Runden.

Wir kommen in Bluefields an, und schon am Kai ist Reggae zu hören. Man bietet mir *Bon* an.

»Was ist das?«, frage ich.

»Kokosbrot«, antwortet man mir.

Von der Stadt bis zu Goios Haus muss ich mehrere Kilometer zu Fuß auf einem schlammigen Weg gehen und immer wieder Wasserpfützen ausweichen. Die Pfützen, auf die ich auf der ganzen Strecke stoße, sehen wie Spuren eines vor mir hier entlanggekommenen Ungeheuers aus.

Unter einem großen Schild bleibe ich stehen:

TROPICAL TIMBERS COMPANY

Im Sägewerk wird noch gearbeitet, das raue, anhaltende Kreischen der Motorsäge hallt in der Stille am Flussufer nach. Vor mir mächtige Kaoba-Stämme, die sich auf der einen Seite der Maschine zu Sägemehlbergen aufhäufen, auf der anderen in blutrote, zu hohen hölzernen Türmen gestapelte Bretter verwandeln.

Um den Fluss zu überqueren, beginne ich, nachdem ich einen herrenlosen, unvertäuten Kahn entdeckt und das im Boot stehende Wasser mit einer Blechdose herausgeschöpft habe, zu rudern. Als ich mich ungeschickt in die Riemen lege und zu schwitzen anfange, setzt ein Regenschauer ein und der Abend senkt sich über den Nachmittag, einen düsteren, aus Regenfäden gewobenen Vorhang herabziehend.

Ich vertäue den Kahn, so gut es geht, und erreiche nass bis auf die Knochen Goios Haus. Dort treffe ich auf den Freund, der regungslos aus dem Fenster schaut, als sei er ein Leguan.

»Na, hast du ein trockenes Plätzchen für die Briefträgerin?«

Weil Goio mir nicht antwortet und die Tür offen steht, gehe ich, unter dem Fenster vorbei, ins Haus, triefend vor Nässe.

Auch als ich eintrete, schenkt Goio mir nicht mehr Beachtung als dem Regen. Durch die grauschwarze Dunkelheit im Raum und gegen den Lichtschein des Fensters kann man Goios Rotschopf und sein blasses Gesicht erahnen.

»Kennst du mich nicht mehr?«, frage ich ihn.

Goio antwortet nicht. Wie ein Eisblock wirkt er, während er den tropischen Regen betrachtet. Aus der schwarzen Küche tritt zögerlich ein Kind hervor, dunkelhäutig und barfuß.

»Der Rote schaut schon den ganzen Monat den Regen an«, sagt es in Pidgeon-Englisch.

The Red, hat das Kind gesagt. Und dass der Rote das Gedächtnis verloren habe und niemanden mehr erkenne, und dass es auch kein Wunder sei, wenn er sich nicht an mich erinnere, denn seit er krank sei, erkenne der Rote nicht einmal mehr sich selbst.

»Was ist los mit dir, Goio?«, frage ich ihn auf Baskisch. Er sieht mich mit den hervorquellenden Augen eines Erhängten an.

Die Einheimischen nennen Goio *The Red*, weil er knallrote Haare hat. Obwohl seine Papiere schon seit langem auf den Namen Juan Zapata Ovalle laufen, nennt niemand ihn Juan. Und da sitzt er, der Rote, mir gegenüber, unter seiner an Feuer erinnernden Haarwolle, die Haut weiß, in seinem Blick trübe Leere.

»Junge, ich bin's, Maribel!«

Keine Begrüßung, keine Umarmung. Als hätten sich Jahrhunderte der Abwesenheit angehäuft und zu Stücken kristallisiert, und als hätte die Zeit, wie ein Glaser, eine dicke Scheibe zwischen uns aufgestellt.

8

»Was ist passiert?«

Sein Mund ist voller Stille. Regungslos, nicht mehr im Besitz seines Verstandes, betrachtet er den niedergehenden Regenschauer, ohne eine weitere Beziehung zur Welt als den fenstergroßen Blick auf ein Stück Landschaft.

Ich gehe zur Eingangstür und sehe mir die Fußmatte an, in dem einfältigen Glauben, das lesen zu können, was vor jedem Eingang steht:

HERZLICH WILLKOMMEN

Aber da steht kein *Herzlich Willkommen*. Statt des Grußes entdecke ich Linien und Farben und stelle fest, dass es sich bei der Fußmatte um einen Atlas handelt.

Wer wohl diese alt gewordene Weltkarte auf dem Boden vor dem Hauseingang ausgebreitet hat, damit sie Lehm und Staub der Besucher zurückhält?

Vielleicht Goio selbst. Vielleicht ist er, bevor er sie vor den Eingang gelegt hat, mit dem Zeigefinger ihre Linien, verblassten Farben und Zeichenerklärungen entlanggefahren und hat unser kleines, weit entferntes Land gesucht. Und hat die Karte dann als Matte vor den Hauseingang gelegt, damit die Füße der Bewohner dieser abgelegenen Insel die Kartografie der Welt zunichte machen.

Der Junge – der, der mir gesagt hat, dass der Rothaarige schon den ganzen Monat lang den Regen betrachte – kümmert sich um *The Red*.

»Heute haben wir *rondown* gegessen«, sagt er, ein satt und zufrieden wirkendes Kind.

Die Nachbarn kümmern sich um Goio, sie bereiten ihm auch das Essen zu.

»Wir bringen ihm auch Mangos und Avocados und Sternäpfel und Sapotillen und Orangen und Zitronen.«

9

Mit dem Zeigefinger zeigt der Junge auf den Rothaarigen: »Wir helfen ihm alle, weil er auch immer allen geholfen hat. Ich war im Bauch von meiner Mutter, und er hat mich rausgeholt«, sagt er, legt dabei seine Finger um den Hals und zieht seinen Kopf mit beiden Händen nach oben.

Goio ist Krankenpfleger von Beruf. Er arbeitete ein paar Jahre im Krankenhaus Cruces in Barakaldo, bevor er ins französische Baskenland floh. Dort verbrachte er weitere drei oder vier Jahre, und als es ihn dann an die nicaraguanische Atlantikküste verschlug, fand er in der Gegend um Bluefields, einem Küstenstreifen mit vielen Krankheiten und wenigen Ärzten, schnell Arbeit.

»Als du geboren wurdest?«, frage ich den Jungen.

»Er hat am Kopf gezogen und mich auf die Welt geholt, so bin ich geboren.«

Vier oder fünf Jahre später, als die Sandinisten in Managua abgewählt wurden und andere baskische Flüchtlinge das Land Hals über Kopf verließen, musste Goio nicht sofort verschwinden. Er gehörte nicht zu denen, die sich ständig als Revolutionäre und Basken zu erkennen gaben, und schloss sich deshalb der allgemeinen Flucht nicht an. In der Gegend von Bluefields war er bekannt, die Einheimischen schätzten ihn, und so kam niemand auf den Gedanken, wegen der Papiere des Krankenpflegers Fragen zu stellen.

»Sag mal, weißt du, was mit ihm los ist?«, fragt der Junge in seinem genuschelten Englisch. »Er erkennt sich selbst nicht mehr.«

Lange Zeit schweigen wir im Dunkeln.

»Ich wünsche eine angenehme Nacht«, sagt der Junge schließlich wie ein englischer Lord und verschwindet, ein langes Palmenblatt mit beiden Händen über den Kopf haltend, hinaus in den Regen.

Barfuß springt er, Wasser in den Pfützen aufspritzend, in

Richtung seiner Hütte und ist bald nicht mehr zwischen den Palmenpflanzungen zu sehen.

Goio und ich bleiben sitzen, jeder auf seinem Stuhl, lauschen dem aufs Eternit-Dach prasselnden Regen und betrachten auf der Leinwand des Fensters den sinnlosen und doch nicht zu leugnenden Film über jene aschfarbene Wand, die der Regen ist.

»Weißt du nicht mehr, wer du bist?«, sage ich zu ihm. »Na wer schon? Goio, Goio Ugarte, Goio Ugarte persönlich ...«

Doch Goios Mund ist ein Grab.

»Goio, Goio, Goio ...«

Immer wieder versuche ich, mit dem Rothaarigen ins Gespräch zu kommen, aber umsonst; unter allen Dialekten hat er das Schweigen gewählt, und so setze ich mich ernüchtert aufs Bett. Unfähig zu schlafen, von jenem Gefühl des Irrealen erfüllt, das die Schlaflosigkeit der Umwelt zu verleihen vermag.

Es hört zu regnen auf, und der Rothaarige erhebt sich von seinem Stuhl, legt sich auf die Matte. Als er wie ein erschöpftes Tier eingeschlafen zu sein scheint, stehe ich auf und gehe zum offenen Fenster hinüber.

Ich blicke hinaus, und der Fluss und die Vegetation des Regenwaldes und überhaupt alles wirken plötzlich völlig unwirklich und fremd. Vor mir liegt der Rio Escondido, eine sich horizontal in der Ebene ausbreitende Schwärze, und darüber die Sterne. Am Ufer recken Fischreiher ihre weißen Hälse zu einem spermafarbenen Mond empor.

Aus dem Regenwald sind die Laute eigenartiger Vögel zu hören, ein Tukan mit seinem harten Schnabel sitzt auf einem nah gelegenen Baum. Vom Wasser dringt das Spritzen zweier kämpfender Kaimane herüber. Unter mir schlägt das am Steg vor dem Haus vertäute Boot gegen einen vermoderten Baum. Und noch ein weiteres Boot liegt gestrandet dort, den Bug im Schlamm versenkt, sein Heck bewegt sich nervös auf und ab.

In der großen am Meer liegenden Lagune glaube ich die Rückenflosse eines Hais zu erkennen, die das Wasser zerschneidet. Nach einem kurzen Augenblick verschwindet er, Luftblasen auf der Oberfläche zurücklassend, in der Tiefe, und ich denke, dass auch diese Blasen sich bald auf jenem flüssigen Spiegel aufgelöst haben werden, der zum Mond gehört.

Vollständig bekleidet wache ich auf. Als ich mich umschaue, stelle ich fest, dass ich mich in einem einfachen Holzhaus befinde, neben mir meine Tasche, darüber ein Porträt der Königin Victoria. Auf einem anderen Poster, neben Queen Victoria, so als wäre es ihr Ehemann, der schwarze Pelota-Spieler Duncan Campbell: den Holzschläger fest in der Hand, die grüne Kappe auf dem Kopf, lächelnd, alle Muskeln angespannt, in Erwartung des nächsten Balls.

»Guten Morgen, Goio!«

Der Rothaarige sitzt bereits in seinem Stuhl und betrachtet durch das Fenster das Morgenlicht.

»Wie? Auch heute keine Unterhaltung?«

Weil ich nicht weiß, was ich anderes tun könnte, mache ich mich auf den Weg nach Bluefields. Einkaufen gehört zu den wenigen Überzeugungen in meinem Leben. In den Schaufensterscheiben des Viertels Beholde sehe ich mein Spiegelbild, mich beim Einkaufen – eine Frau, die sich entsprechend ihrer Geschlechterrolle verhält.

Der Kantonese. Auf dem Ladentisch steht ein Drachen aus Gips – schwer zu sagen, ob das Rote, das aus seinem Mund hängt, Feuer oder die Zunge darstellen soll. Möglicherweise soll der Drache den leichtgewichtigen Ladenbesitzer beschützen. Warum in den Regalen wohl leere Flaschen aufgereiht neben vollen stehen?

»Zucker, Kaffee, Brot, Zahnpasta, Rasierklingen …«

Der chinesische Ladenbesitzer von schwer schätzbarem Alter, der Wang heißt oder Li, hält mit ausgestrecktem Arm eine Schaufel nach oben und lässt so lange Zucker auf den kleinen, den Teller der Waage bereits vollständig bedeckenden Haufen rieseln, bis er auf ein oder zwei Kristalle genau zwei Pfund Zucker abgemessen hat.

An der Wand entdecke ich Tschiang-Kai Tschek, der gelassen aus seinem Rahmen heraus auf die Welt herabblickt. Fände ich ihn nicht so fehl am Platz, würde ich ihn grüßen. Ich kenne diesen Tschiang-Kai Tschek von zu Hause, in Armandos Regal steht ein Buch über neuere Geschichte, dessen Bilder ich mir manchmal anschaue.

Auf den Straßen von Bluefields: Schwarze, Mestizen, Weiße, Chinesen, Araber, »Indios« – die aus Indien und solche von hier. Einige Schwarze tragen farbige Wollmützen oder Rastalocken; überzeugt davon, dass sich die Prophezeiung der Rastafaris eines Tages erfüllen wird, gehen sie die lange Straße von Beholde hinunter zum Ufer und halten im Rhythmus des Reggaes die Erinnerung an Babylon wach. Ich werde die Straßen von Bluefields überqueren, zur Insel meines Freundes zurückkehren und die Landschaften jenseits der Straßen betrachten, mit ihrem üppigen Grün, dem Meer in der sonnenüberfluteten Bucht, den gezackten Schatten der Kokospalmen und all den anderen Elementen eines entspannten, tropischen Bilderbuchtags.

Bei meiner Rückkehr zur Insel im Fluss sehe ich in einem Spalt in einer halb verfallenen Mauer einen Leguan, Steine und Spalt mimetisch nachahmend. Er hat einen Kropf, als habe er Mumps, und gibt gurgelnde Geräusche von sich. Genauso wird er sich zwischen Ästen verstecken, den grünen Blättern, vor dem klaren Himmel, der stillen Sandbank, in der er seine Eier vergräbt.

Ich weiß nicht, was ich tun soll, auch der Ausflug hat mir keine Klarheit verschafft. Als ich zu Hause eintreffe, bin ich mit derselben absurden, indiskutablen Situation konfrontiert: Goio, der reglos, bleich, schweigend aus dem Fenster starrt, als sei er ein Eisblock am Strand. Der erdfarbene Junge sitzt im Schneidersitz

13

auf dem Boden: eine aufgeschlagene Zeitschrift auf den Schenkeln, das Bild im Mittelteil des *Penthouse* betrachtend, beugt er sich leicht zu den opulenten Brüsten einer Blondine hinunter.

»Ich fahre nach Managua«, sage ich, aber niemand beachtet mich, weder der alte noch der junge Freund.

Von meinem Ausflug in die Stadt habe ich die Einkäufe und ein Flugticket für den nächsten Tag mitgebracht. Morgen früh werde ich zu dem platt gewalzten Feld gehen, das als Flughafen dient, und die Maschine nach Managua nehmen. Es wird eine dieser kleinen Propellermaschinen sein, die ständig stottern und abzusacken drohen, und auch wenn ich den ganzen Flug über Angst haben werde, werde ich dennoch in der Lage sein, von dort oben die unglaubliche Schönheit der Gegend zu bewundern; während Goio hier unten zurückbleibt – in dieser Wüste der Fruchtbarkeit, diesem Dschungel des Vergessens.

Um zehn Uhr morgens lande ich im weiträumig zersiedelten Managua, um elf bin ich zu Hause. Armando ist nicht da, aber er kann nicht weit sein. Als ich die Kühlschranktür öffne, spüre ich sofort die angenehme Atmosphäre der Wohnung. Ich entdecke den Teig, der vorbereitet auf dem Holzbrett liegt, und ein paar in einer Reihe aufgestellte Bierdosen, mit den Etiketten nach vorn.

Ich dusche, ziehe mir frische Kleider an, trinke Orangensaft und gehe gleich wieder auf die Straße zurück. Nach der Dusche fühle ich mich sauber, aber ich merke, dass das Wasser das bedrückende Gefühl nicht hat abwaschen können.

Als Erstes mache ich einen Anruf. Das, was ich formuliere, ist eher ein Wunsch als eine Frage. Ich erkundige mich, ob es eine Möglichkeit gebe, Goio ins Baskenland zurückzubringen. Meine Kontaktperson erklärt, dass Flüchtlinge mit allem zu rechnen hätten. Seit dem Ende des Waffenstillstands seien in Iparralde, dem französischen Baskenland, überall Gendarmerie und spanische Polizei unterwegs. Er könnte es auch so formulieren, dass der gefährlichste Ort auf der Welt für einen Basken das Baskenland ist.

Ich erinnere mich, dass ich in Managua einen Psychiater kenne, Honorato Delaselva, und rufe ihn an. Es ist sein Privatanschluss, und Delaselvas Frau gibt mir die Adresse der Praxis: dort, wo früher La Racachaca war, zwei Straßen weiter in Richtung See, dann eine stadtauswärts.

Als ich ankomme, lese ich die dunklen Buchstaben auf dem Schild:

HONORATO DELASELVA
Doktor der Psychologie und Parapsychologie

Ich drücke auf die Klingel, eine blonde Frau öffnet die Tür:

»Ich möchte zu Honorato Delaselva.«

»Kommen Sie herein …«, sagt sie mit einer Anrufbeantworterstimme.

Wir gehen durch einen Korridor nach drinnen, sie weist auf ein zitronengelbes Sofa und fordert mich auf, Platz zu nehmen.

»Bitte sehr«, sagt sie und wischt die über ihre Wangen fließenden Tränen mit einem Taschentuch weg.

»Ist etwas passiert?«

»Honorato ist weg, mit einer anderen Frau.«

»Weg? Wie lange ist er denn weg?«

»Ich weiß es nicht. Wenn Sie warten möchten …«

»Aber wissen Sie denn nicht, wann ich ihn sprechen kann?«

»Hat er das mit Ihnen auch gemacht?«

»Nein, mit mir bisher noch nicht«, sage ich, ohne zu wissen, was Honorato getan hat.

Bei dem Versuch, mich anzulächeln, entfährt ihr ein Schluchzen.

»Er hat mir einen Brief hinterlassen, aber ich werde ihn nicht öffnen«, sagt sie und zeigt mir den Umschlag. »Sehen Sie den Namen auf dem Umschlag. Maria Eugenia, das bin ich …«

Ihre Augen werden wieder feucht und sie bekommt einen Schluckauf:

»Er ist schon wieder von seinem Fachbereich auf das Terrain der Emotionen hinübergewechselt …«

Es wird mir peinlich, und ich stehe auf.

»Ich mache den Brief nicht auf, ich will es gar nicht wissen«, sagt sie, und eine Träne kullert ihr, noch bevor sie sie mit dem Taschentuch einfangen kann, über die Wange. »Hat er das mit Ihnen auch gemacht?«

»Nein, mit mir nicht. Entschuldigen Sie.«

»Keine Ursache«, höre ich im Gehen.

Als ich zurückkomme, steht Armando mit seiner weißen Schürze in der Küche. Der angenehme Geruch von Mehl und Brot erfüllt den Raum.

»Brot aus Etxarri?«

»Ich habe es gerade in den Ofen geschoben«, sagt er, sich die Hände an der Schürze abwischend.

Armando backt Brot aus Etxarri. In Managua.

Außerdem betont er vor oder nach dem Essen immer, dass gutes Brot zu backen genauso wichtig sei wie zu kämpfen.

»Und du? Wie war die Reise?«

»Schrecklich. Goio geht es schlecht, er ist nicht mehr ganz richtig im Kopf. Er sagt kein einziges Wort …«

»Was hat er?«

»Ich weiß nicht. Vielleicht eine Amnesie … Er ist wie gefroren …«

»Und was hast du gemacht?«

»Ich habe ihn dort gelassen. Die Nachbarn kümmern sich um ihn. Aber ich muss so schnell wie möglich einen Arzt finden, wir müssen ihn in ein Krankenhaus bringen …«

»Du willst ihn von da wegbringen?«

»Ich glaube nicht, dass die Miskito-Küste die richtige Gegend für ihn ist, vor allem nicht in seiner Verfassung. Das dort ist wie ein Käfig ...«

»Für uns ist jeder Ort ein Käfig!«

Manchmal gefallen mir seine Ironie, seine zynischen Wortspiele. Manchmal aber auch nicht. Ich schweige, er verstummt ebenfalls.

Schließlich muss ich irgendetwas sagen.

»Und ich dachte, er hätte an der Atlantikküste Wurzeln geschlagen.«

»Wurzeln? Menschen können keine Wurzeln schlagen ...«

»Manche schon.«

»Bäume schlagen Wurzeln. Aber der Mensch an sich ist ein entwurzeltes Wesen. Deshalb hat er Füße, zum Gehen ...«

»Und einen Arsch zum Draufsetzen!«, sage ich verärgert.

Armando öffnet die Ofentür und sagt, dass das Brot noch nicht durch sei.

Armandos richtiger Name ist Josu. Mein Freund, mein Lebensgefährte, mein Mann, mein Was-auch-immer. Man kann uns wohl als gutes Paar bezeichnen. Statt in Iparralde, dem französischem Nordbaskenland, zu bleiben, ging er damals nach Paris, um Philosophie zu studieren.

Siebenundachtzig trafen wir uns wieder und beschlossen, es gemeinsam in Lateinamerika zu versuchen.

»Das ist unser Fluch ...«

Unser Fluch sagt er und redet weiter, als habe er schon lange über etwas nachgedacht und endlich die Gelegenheit gefunden, es loszuwerden:

»Der Fluch des Ulysses. Wir leben hier, aber denken ständig daran zurückzukehren, und je mehr Zeit vergeht, umso schwerer wird es uns fallen, diesen Ort hier zu verlassen und wirklich zurückzugehen. Denn vorausgesetzt, wir kehren zurück, werden wir nicht mehr den Ort vorfinden, den wir verlassen haben, sondern einen anderen, fast unbekannten ...«

Josu mit seinen Anspielungen, seiner Bibliografie, seinen dem Vortrag hinzugefügten Fußnoten. Ich denke an die Fußmatte im fauligen Bluefields, an diesen von nassen Schuhen zertretenen Lappen.

»Warum machst du nicht einen etwas praktischeren Vorschlag?«

Mit offenem Mund blickt er mich an.

»Praktischer?«

Und er macht einen Vorschlag: dass die Lösung des Problems in einer familiären, Goio vertrauten Umgebung bestehen könnte, dass wir ihn, wenn wir ihn von der Atlantikküste geholt haben, nicht in einem Krankenhaus abliefern, sondern zu einem Freund bringen sollten.

»Goio hat einen Jugendfreund, der in der gleichen Situation ist wie wir«, sagt er. »In Hendaye war er einmal bei uns in der Wohnung. Ich glaube, er heißt Andoni Martinez. Aber ich habe keine Ahnung, wo er heute steckt ...«

Ich öffne die Tür und schaue, an den Rahmen gelehnt, nach draußen, den Blick auf das Bettlaken gerichtet, das die Nachbarin zum Trocknen vor dem Haus aufgehängt hat. Von Windstößen aufgebläht sieht es wie eine zwischen zwei Stangen festgebundene Welle aus.

»Kennst du ihn?«, fragt mich Josu.

Die Nachbarin, eine hübsche India, geht unter dem Bettlaken hinein ins Haus. Unsere Laken dagegen sind bereits frisch gewaschen über das Bett gespannt.

»Wen?«

»Wen schon? Andoni ...«

»Ich habe ihn einmal gesehen, aber das ist lange her.«

»Hast du keinen Kontakt mit ihm?«

»Nein.«

Armando holt das Brot aus Etxarri aus dem Ofen und stellt es auf den Tisch. Der Geruch, die Farbe, die Wärme des frisch aus dem Ofen gezogenen Brots erfüllen den Raum.

»Ein guter Brauch, richtiges Brot zu essen«, sagt Armando. »Du musst diesen Andoni auftreiben …«

Zum Abendessen mache ich einen Salat aus Reis und schwarzen Bohnen. Ich koche eine Tasse Reis, ebenso viel Bohnen, gebe eine Tomate und eine kleingeschnittene Zwiebel dazu, dann würze ich alles mit Pfeffer, Öl und Salz.

Armando, einer von denjenigen, die für jedes Problem die entsprechende Lektüre parat haben, drückt mir ein Buch in die Hand. *Les dissolutions de la mémoire,* steht in weißer Schrift auf einem roten Umschlag. Danach setzt er sich an die Schreibmaschine tik tik tak tik tik …

Ich lege mir das Buch wie ein Dach aufs Gesicht.

Als ich zu Bett gehe, fällt mein Blick auf den Tisch und ich betrachte das Brot, das noch warm ist. Durch die Kruste des Laibs steigt feiner Dampf empor.

Heute bin ich beim ersten Tageslicht erwacht. Ich habe die Augen geöffnet und musste beim Betrachten der Wände nachdenken, wo ich mich befinde. Unruhig, obwohl ich mich nicht erinnere, was ich geträumt habe, stehe ich auf, schalte das Radio ein und höre fast eine Stunde lang einen Wasserfall aus Nachrichten. Mich überfluten Inflationsraten, Verkehrstote, Minister, Verordnungen, Asteroiden, Schlagzeilen, Wettervorhersagen, bis ich das Radio wieder ausschalte und mir das Buch in den Schoß lege.

Und so beschäftige ich mich, das Buch in der Hand, den ganzen Morgen über mit den Auflösungen der Erinnerung; manchmal Seiten mechanisch überfliegend, mich in anderen festbeißend und zu verwirrt, um weiterzublättern. Ich habe das Französische verlernt, ich verstehe nicht alle Wörter. Was zum Beispiel bedeutet *le néant?* Ich verliere den Faden, und das, was ich verstehe, hilft mir auch nicht weiter, um zu entscheiden, was ich in Goios Fall unternehmen könnte.

Mittags, *le néant est structure constitutive de l'existant*, laufe ich durch die Straßen dieser diffusen Ortschaft Managua. Unschlüssig, wie in Fruchtwasser eingetaucht.

»Goio, ich muss mit dir reden!«, möchte ich schreien.

So laut schreien, dass man es bis an die Misikito-Küste hört. Und dann schweigend weiterlaufen, bis man die Stadt, die Weltkarte, den ganzen Globus hinter sich gelassen hat.

Ich finde heraus, dass Andoni irgendwo in Ecuador an einem abgelegenen Fluss an den Ausläufern der Anden wohnt, als Anthropologe arbeitet und mit einer Quechua-Indianerin verheiratet ist, aber immer noch mit falschen Papieren lebt, so wie wir.

Dieser Andoni Martinez ist die einzige Verbindung, die wir zu Goios Vergangenheit haben.

Als ich am Nachmittag nach Hause komme, sitzt Armando an der Schreibmaschine: tik tik tak tik tik tok tik tik. Unsere Wohnung dient nicht nur als klandestine Backstube, sondern auch als marginales Büro. Josu schreibt hier Entwürfe, die nie ins Reine übertragen werden, die immer Fragment, Projekt, Essay, unvollendete Skizze bleiben.

Die Wände des Schlafzimmers sind mit Bildern und Sprüchen bedeckt. Josu hat ein neues Bild aufgehängt, es ist aus einer Zeitschrift herausgerissen und mit Reißzwecken befestigt und zeigt einen unglaublich dicken, nackten, offensichtlich kranken Mann. Ich lese, was Josu an den Rand geschrieben hat:

Leigh Freud, Massive Nacktheit. Das Modell verstarb an Meningitis, Lungenentzündung und AIDS.

»Was ist mit dem?«

»Der ist zweiundvierzig. So wie wir.«

»Gibt es keinen schöneren Spiegel für uns?«

Alte Fotos, Karikaturen und, was ich noch nie leiden konnte, die Wand wieder mit Filzstift vollgekritzelt. Der neueste Spruch:

DIE ZEIT VERGEHT, UND NICHTS PASSIERT.

Ich denke, ganz mütterlich, dass er die Gewohnheit vierjähriger Kinder noch nicht abgelegt hat, sämtliche Wände zu beschmieren. Es hat keinen Sinn, sich aufzuregen.

These, Antithese und ...

»Ich möchte mich zu den Gesetzen der Dialektik bekennen«, sagt Josu.

»Findest du das nicht etwas anachronistisch?«

Beim Wort Dialektik, diesem schon lange nicht mehr gehörten Wort, erinnere ich mich an die vielen Bücher, die wir als Jugendliche lasen, als wir mit der Taschenlampe eine weit zurückliegende Vergangenheit untersuchten, und die zahllosen utopischen Ideen, die wir auf den Schulungen diskutierten:

»These, Antithese und ...«, spreche ich vor.

Josu fällt mir ins Wort:

»These, Antithese und Syntax.«

»Synthese«, verbessere ich.

»Nein, nein, Syntax!«, sagt er grinsend.

Josu ist eher Rimbaudianer als Hegelianer und mit seiner Nickelbrille auch mehr Lennonist als Leninist. Tik tik tak tik tok tik, er tippt, als würde er Musik machen, ›Das wahre Leben ist abwesend, wir leben nicht in der Welt‹, aber stell dir vor ...

»Du verbringst deine ganze Zeit mit dem Schreiben von Entwürfen, die du nie überarbeitest ... «

»Uuund?«

Wir verbringen die Zeit in der Annahme, dass etwas Neues kommt, in Erwartung einer Zukunft, voller Pläne und je nach politischer Konjunktur und Zeitungslektüre am Frühstückstisch überzeugt davon, dass unsere Vorstellungen die Gegenwart einmal hinter sich lassen könnten und alles Wirklichkeit wird.

Das würde ich Josu gerne sagen. Obwohl ich genau weiß, was er mir darauf antworten würde: dass die Gegenwart unbeständig und provisorisch sei.

Aber die Unbeständigkeit in einen Dauerzustand zu verwandeln, das Provisorische zu wiederholen, Entwürfe zu sammeln, anstatt einmal ein Projekt zu beenden, alles auf die Zukunft zu verschieben, statt die Gegenwart zu leben, das ist abartig.

»Wir warten immer, wie Querschnittsgelähmte ...«, sage ich nur.

»Mädchen, du sprichst heute aber auch in Rätseln.«

Am nächsten Tag beginnen wir die Reise vorzubereiten.

Es heißt, dass in Kolumbien in einer kleinen Ortschaft namens Rioquemado, in der Nähe von Barranquilla, eine nach dem Bürgerkrieg exilierte baskische Familie lebt und dort in einer psychiatrischen Klinik arbeitet. Ich glaube trotzdem, dass wir einen von Goios Freunden finden müssen, und glücklicherweise schaffe ich es, mit Andoni telefonisch Kontakt aufzunehmen.

»Maribel? Welche Maribel?«

»Die Briefträgerin ...«

»Ah. Wie geht's?«

»Gut, aber wir haben hier einen gefrorenen Freund.«

»Einen gefrorenen Freund?«, fragt er.

»Ja, ein Bekannter von dir, Goio aus Kalaportu. Er leidet unter Gedächtnisverlust.«

»Geht es ihm schlecht?«

»Ja, es ist ziemlich ernst. Es wäre gut für ihn, mit Leuten zusammen zu sein, die ihm helfen könnten, sein Gedächtnis wiederzuerlangen. Wir dachten, dass du ihm vielleicht ...«

»Ich würde ihm gern helfen.«

22

»Was hältst du davon, wenn ich mit ihm für eine Zeit lang zu dir komme?«

»Wenn ihr die Reise machen könnt, klar. Hier zumindest wird's keine Probleme geben.«

»Also können wir kommen?«

»Wann immer ihr wollt.«

»Wir fahren sofort«, antworte ich. »Um den 22. Juni herum werden wir ankommen.«

2

Die Jungen von Kalaportu

Um Punkt sieben schaltete Goios Mutter das Radio ein. Manuel Fraga Iribarne hatte einen Staudamm eingeweiht, sich seiner Krawatte entledigt und erklärt, dass er am liebsten sofort im See baden würde, US-amerikanische Truppen hatten, Bombenteppiche legend, neue Gebiete Vietnams erobert, in der argentinischen Stadt Trelew waren achtzehn Gefangene nach dem Fluchtversuch aus einem Gefängnis erschossen worden, ein sowjetischer Sportler war die hundert Meter in zehn Sekunden gelaufen, doch die internationalen Verbände erkannten den Rekord nicht an, und Pelé hatte erklärt, dass Brasilien die Fußball-Weltmeisterschaft gewinnen werde …

An diesem Augustmorgen mussten Goio und seine Mutter zum Friedhof, Blumen ans Grab bringen. Obwohl Sommer war, lag trüber Nebel über der Ortschaft, und Goio lief fröstelnd zwischen den Gräbern hindurch, bis sie das richtige Grab gefunden hatten. Die Mutter nahm einen zurückgelassenen Besen und begann, den Stein und das Beet drum herum zu säubern. Dann warf sie die vertrockneten, in der Blechbüchse auf dem Grab stehenden Blumen weg und ging frisches Wasser für die mitgebrachten roten Rosen holen.

Goio las auf der Grabsteinplatte seinen Vor- und Nachnamen:

GREGORIO UGARTE
1937–1958

Die Hände in den Hosentaschen vergraben, betrachtete er verwundert den unter einem *RIP* stehenden eigenen Namen und rechnete anhand der verwitterten Jahreszahlen das Alter des Verstorbenen aus. Der kurze Strich zwischen 1937 und 1958, das also war das Leben.

Während die Mutter die Blechbüchse mit dem frischen Wasser und den frischen Blumen aufstellte, betrachtete Goio die offenen Gräber und dachte, dass die Arbeit des Totengräbers zwar eine einfache, aber unerfreuliche Arbeit sei. Den Sarg in ein Loch herunterlassen, ihn in eine Gruft schieben, den Deckel für immer verschließen.

Die Mutter ließ die Blumenbüchse zurück und ging, ohne ein Gebet zu sprechen, davon, zwischen den Gräbern hindurch. Goio folgte ihr erschrocken, voller Furcht, sich allein im Nebel zu verirren, in diesem Gräberlabyrinth. Er las das Wort *PAX* an der Wand und *Ruhe in Frieden* auf einem Stein am Boden, und nichts war zu hören, außer dem Knirschen der Schuhe auf dem Kies.

Und dann begannen die Totengräber zu hacken.

Am Friedhofstor wollte Goio die Mutter etwas fragen. Doch sie unterhielt sich mit zwei Alten, die Trauer trugen.

»Ist das dein Junge?«, fragte eine der beiden.

In den ergrauten Haaren erahnte Goio eine sich über alles legende Asche, spürte, dass sich in den Gesichtern der Alten die Gesten eines gelangweilten Gottes spiegelten.

Die Frage stellte er schließlich, als sie zu Hause ankamen: »Woran ist der Onkel gestorben?«

»Er ist im Meer ertrunken, drei Monate bevor du geboren bist«, antwortete die Mutter. »Deshalb trägst du seinen Namen.«

Später verließ Goio das Haus mit dem Fahrrad. Vor der Tür schraubte er zunächst das Schutzblech ab und drehte den Lenker hoch, damit sein Rad wie ein Rennrad aussah. Allerdings ähnelte es eher dem Gerippe eines alten Esels, fand Goio, als er die Hände auf den Lenker legte und in Richtung Hafen losfuhr. Er nahm den unteren Kai und gelangte zum Harriandi, dem

Großen Felsen, wendete am Ende des Kais und fuhr um den Hafen herum zum östlichen Kai, an der Werft vorbei fast bis zur Spitze des Möwenfelsens.

Dort machte er erneut kehrt und fuhr wie eine zaghafte Version des Radrennfahrers Gabika nach Hause.

Nach dem Mittagessen blickte er aus dem Fenster auf den Bahnhof und sah den Französischlehrer Mössjö Neinmonsieur, der in seinem braunen Trenchcoat und mit je einem Lederkoffer in der Hand auf den Zug nach Bilbao wartete.

In diesem Augenblick kam die Mutter aus der Küche:

»Goio, geh ein bisschen spazieren.«

Ein junger Mann stand hinter der Mutter. Goio erkannte ihn, es war Andres, ein Fischer, er hatte seine Arbeitskleidung noch nicht ausgezogen. Es schien, als wäre er gekommen, um sich umzuziehen.

»Es regnet bestimmt gleich«, sagte Goio.

»Na und?«

Schweigend blieb er im Wohnzimmer stehen. »Bevor es nicht aufklart, kann man nicht auf die Straße raus, komm sofort rein«, hatte die Mutter bisher immer gesagt. Seitdem dieser Mann sie besuchte, hatte Goio mehr Freiheiten, konnte gehen, wohin er wollte, und zum ersten Mal hörte er Sätze wie: »Dreh eine Runde, wenn du Lust hast.«

Als er ein metallenes Klicken vernahm, wusste er, dass die Mutter den Riegel der Schlafzimmertür vorgeschoben hatte. Er ging zur Wohnungstür, im Treppenhaus roch es nach Waschlauge, und trat gegen die Tür. Ohne sich um das Knallen der zufallenden Tür zu kümmern, rannte er, immer vier Stufen auf einmal nehmend, die beiden Stockwerke hinunter.

Vor der Tür zählte er die Steinplatten zwischen den Straßenseiten. In der einen Richtung kam er auf dreizehn, als er hingegen von der anderen Seite zurückzählte, nur noch auf elf.

Dann kletterte er den alten Strommasten hinauf, umklammerte ihn und zog die Beine hoch, streckte sie durch und schob Arme und Oberkörper nach oben, hielt sich mit den Händen wieder fest und zog die Beine ein Stück nach. Nachdem er den Mast auf diese Weise hinaufgeklettert war, durchlief ein Schauder seinen Körper, von den Zehenspitzen über die Schenkel, die Hüfte nach oben, durch den Oberkörper über die Brust zum Kopf hinauf bis in die Fingerkuppen, die auf der Suche nach Halt den Mast hinaufwanderten.

Warum war er überhaupt hinaufgestiegen? Vielleicht um vor der Mutter und dem Mann abzuhauen, vielleicht weil Goio jedes Mal verschwinden musste, wenn Andres aufkreuzte. Weil die Augen der Mutter Goios Blicken auswichen, sobald dieser Mann im Haus war. Als Goio nach unten schaute, spürte er ein Zittern. Er befand sich auf der Höhe des grün gestrichenen Holzfensters im ersten Stock des Nachbarhauses, den dunklen Mast fest umklammernd. Erneut drückte er die Beine an und schob die Arme hoch, um noch ein Stück höher zu gelangen.

In diesem Augenblick war niemand auf der Straße unterwegs, nirgends stand das Fenster offen. Ansonsten hätte Goio aufgrund der tief sitzenden Angewohnheit der Erwachsenen, Kindern Predigten zu halten, mit Sicherheit einen Satz zu hören bekommen wie: »Was machst du da, Rotznase, komm sofort runter.« Doch keine Menschenseele war zu sehen, und Goio kletterte weiter. Schweißtropfen liefen ihm über die Stirn in die Augen hinunter. Er ließ eine Hand los, um sich mit den Fingerknöcheln die Augen zu reiben, und wäre dabei beinahe heruntergestürzt, weil er sein Gewicht nicht halten konnte, auch den zweiten Arm brauchte, um den dunklen Mast zu umfassen. Goio konnte sich den Schweiß nicht aus den Augen wischen und blickte mit beißenden Augen nach oben, hatte die Starkstromleitung fast direkt vor sich, nur noch drei oder vier Züge, und spürte das Zittern der Kabel in seinen roten Haaren. So gut wie oben angelangt, umklammerte er den rauen Mast. Von dort hätte er das Meer sehen können und die Möwen, die mit dem Wind zwischen Salz und Dunst kreisten. Aber er blickte zum Schlafzimmer der Mutter, dessen hölzerne Fensterläden geöffnet waren, und sah die Mutter hinter der Scheibe nackt neben dem Bett stehen, sie umarmte den jungen, ebenfalls nackten Mann. Die Mutter spreizte die Beine und legte sie um die Hüfte des Mannes, die Arme fest an seinen Rücken geklammert, als wolle sie sich am Körper des Mannes verhaken, an ihm festkleben. Es war nur ein kurzer Moment gewesen, nicht viel länger als ein Wimpernschlag, aber Goio verließ jegliche Kraft, und der Holzmast rutschte zwischen seinen Armen und Beinen hinauf. Goio fiel, und als er unten ankam, waren seine Arme und Handflächen verbrannt, die Beine von oben bis unten aufgeschürft.

Ihm war zum Heulen zumute. Nur mit Mühe und unter Schmerzen richtete er sich wieder auf und stützte sich am Mast ab. Er sah niemanden in der Nähe und brach in Richtung Meer auf, er musste sich wenigstens das Blut abwaschen, bevor er nach Hause zurückging. In diesem Moment fing es zu regnen an, und das Wasser kühlte die aufgeschürften Stellen ein wenig, besonders dann, wenn er seine Handflächen nach oben streckte.

Juan Bautista gesellte sich zu ihm.

»Bist du hingefallen, oder was?«

Goio antwortete nicht.

»Hast du dich mit dem Strommast geprügelt?«, fragte Juan Bautista.

Ohne zu antworten, sagte Goio:

»Komm, lass uns ans Meer gehen.«

»Es regnet.«

»Na und?«

Am Bahnhof sahen sie Mössjö Neinmonsieur mit seinen Koffern im Regen stehen, mit nassen Brillengläsern und dem von der Nässe dunkel verfärbten braunen Trenchcoat auf den Zug nach Bilbao warten. Goio und Juan Bautista standen auf der anderen Straßenseite, und er erkannte sie durch die von Regentropfen bedeckten Brillengläser sicherlich nicht.

»Er zieht nach Bilbao«, sagte Goio.

»Der wird sich hier ganz schön gelangweilt haben.«

»Und wer gibt uns jetzt Französisch?«

So trieben sich die Jungen an diesen Augustnachmittagen herum. In kurzen Hosen und ohne festes Ziel streunten sie durch die Straßen von Kalaportu, an der gewundenen Grenze zwischen Meer und Festland entlang. Kalaportu war nicht sehr groß. Zu dieser Jahreszeit lagen etwa fünfzehn Schiffe im Hafen, daneben waren die Werft, in der die Schiffe repariert wurden, eine Eisfabrik, und nicht viel mehr.

Es legten selten Schiffe in Kalaportu an, aber viele passierten den Ort draußen auf dem offenen Meer, und die Jungen unterschieden Sirenen, Flaggen und Schiffstypen. Viele Dinge wurden über Bord geworfen, und die Gezeiten spülten Essensreste, Kalender, blecherne Keksdosen, auf denen Keksdosen aus der Luft abwerfende Flugzeuge abgebildet waren, Zeitungsseiten, Import-Export-Bescheinigungen und ausgeblichene Schwimmwesten an die Felsen. Eine Schwimmweste, die einen Schiffbrüchigen im Stich gelassen hatte oder von einem Schiffbrüchigen im Stich gelassen worden war, trug eine Nummer, die die Jungen, obwohl sie fast unleserlich war, entzifferten:

LIVERPOOL 35-12-32

An diesem Tag stiegen sie zum Großen Felsen hinauf. Sie setzten sich auf die Steine neben dem Bunker, und Juan Bautista holte, während sie auf das aufgewühlte Meer in der Abenddämmerung hinunterblickten, ein Päckchen Celtas aus der Hosentasche und hielt es Goio hin. Juan Bautista hatte die Angewohnheit, beim Rauchen ein ziemlich dummes Gesicht aufzulegen, er blies einen Rauchring aus und betrachtete ihn.

»Schau mal, die Löcher im Rauch«, sagte Juan Bautista.

So nannte er es. Es gefiel ihm, »Löcher in den Rauch« zu machen, es war regelrecht eine Zeremonie.

Goio klemmte sich eine Zigarette zwischen die Finger. Sie alle glaubten, dass Lungenzüge die Stimme rauer und männlicher werden ließen und sie eines Tages eine richtig tiefe Stimme und die Taschen voller Geld haben würden, um dann nur noch wie Urlauber durch die Welt zu spazieren.

»Gibt es keine Frau, an die du denkst?«, fragte Juan Bautista.

»Doch, meine Mutter«, antwortete Goio und spuckte die Tabakkrümel aus, die von der filterlosen Zigarette an seinen Lippen hängen geblieben waren.

»Deine Mutter, das darf ja wohl nicht wahr sein!«, sagte Juan Bautista grinsend. »Du hängst ja noch an Mamas Rockzipfel!«

Juan Bautista hatte eine wahnsinnige Lust, ein Mädchen auf den Mund zu küssen:

»Das Einzige, was in diesem Leben wirklich zählt, ist Ficken!«, sagte er.

»Und Fußball?«

»Fußball ist nichts weiter als ein Zeitvertreib«, antwortete Juan Bautista, »und wenn ich es mir recht überlege, ein ziemlich idiotischer!«

Er machte eine Pause, um Rauch auszustoßen, runde Kringel in die Luft zu blasen und seinen Gedanken zu Ende zu bringen:

»Wie bescheuert ist denn das. Hinter einem mit Luft gefüllten Ball herlaufen …!«

Möwen flogen durch die Luft und machten kra kra kra.

»Und? Kriegst du das Vögelchen schon hoch?«

»Hä?«, sagte Goio.

»Ob du schon einen Steifen kriegst oder nicht?«, sagte Juan Bautista und holte seinen roten steifen Schwanz heraus.

»Ach, leck mich doch am Arsch.«

Goio fühlte sich unwohl und stieg zwischen den Felsen zum Wasser hinunter. Der Grund seiner Verärgerung war dieses namenlose Anhängsel, für das er keinen Namen fand, weil ihm alle bekannten Bezeichnungen unpassend vorkamen: Zipfel war kindisch, Pimmel, Schwanz und Glied lächerlich, und ein paar andere Bezeichnungen noch absurder und sinnloser und doch, dachte er, musste dieses Stück Fleisch irgendeinen geheimen Namen besitzen. Goio suchte flache Steine aus, wog sie in der Hand und wählte die drei glattesten aus.

Er schleuderte den ersten: er hüpfte nicht über das Wasser, sondern ging beim ersten Aufschlagen blubb unter. Der zweite Stein sprang zweimal, aber äußerst schwerfällig, machte nicht das Bogengeräusch, das ein gut geworfener, glatter, runder Stein auf der Wasseroberfläche machen muss:

Zock,,, zock,, zock,, blubb.

Beim dritten Versuch ging der Stein nach drei Sprüngen unter, schwer wie Blei. Goio war allein beim Steine-flippen-lassen.

Dann tauchte Juan Bautista zwischen den Felsen auf, einen flachen Stein in der Hand, und sein Stein kam sehr viel weiter:

Zock,,,,, zock,,,, zock,,, zock,, zock, blubb.

Er sagte:

»Komm, wir gehen in den Nebel!«

Sie zogen sich aus und sprangen ins kalte Wasser. ›In den Nebel gehen‹ bedeutete, sich unter Wasser auf Zehenspitzen in den Sand oder auf die Steine zu stellen, die Arme wie Flossen zu bewegen, um nicht aufzusteigen, und sich gegenseitig anzuschauen, leichenblass, mit verzerrten Gesichtern, die Lungen kurz vor dem Explodieren.

Erst kurz bevor sie das Bewusstsein verloren, kehrten sie wieder an die Oberfläche zurück.

Völlig außer Atem tauchte Goio auf, Blut lief ihm aus der Nase. Ohne sich abzutrocknen, zog er sich an.

Obwohl Sommer war, musste er gegen fünf Uhr nachmittags nach Hause. Wenn die Sirenen der Eisfabrik ertönten und der Lärm der Sägen und Hämmer auf der Werft verstummte, machten sich die Kinder auf den Heimweg. Die Mutter, bereits von der Arbeit zurück, würde bald durchs Fenster rufen:

»Nach Hause!«

Auf dem Heimweg würde Goio wieder den Französischlehrer sehen, der immer noch auf seinen Zug wartete. Fahrplanmäßig fuhr der Zug um drei Uhr nachmittags, aber er hatte oft Verspätung und traf manchmal erst bei Einbruch der Dunkelheit ein. Kaum dass er angekommen war, fuhr er nach Bilbao zurück.

»Komm nach Hause«, rief die Mutter.

Daheim gab es zum Abendbrot nach Benzin schmeckenden Fisch.

Später, als er das Tuten des Zuges hörte, ging Goio ans Fenster. Es war bereits dunkel, und er sah den vom Französischlehrer so sehnsüchtig erwarteten Zug nach Bilbao. Mössjö Neinmonsieur stand nicht mehr auf dem Bahnsteig, wahrscheinlich hatte er bereits im Abteil Platz genommen. Aus den rechteckigen Fenstern des Zuges fiel gelbliches Licht, doch im Schein der schwach schimmernden Glühbirnen und beim Schaukeln der Waggons würde er kein Buch lesen können, egal, wie oft er seine Brille trocken reiben würde.

Nördlich von Kaiondo erstreckte sich stets das Meer, eine Wiese ohne Grund, dunkel, rauschend, nach Salz schmeckend, mit seinen Tiefseefischen, Möwen, heimischen und fremden Schiffen. An diesem Ort lebte Goio, in diesem Küstenort, Kalaportu, und in der Abenddämmerung sah er die Lichter von einigen Schaluppen, näher oder weiter entfernt im Wasser, die im Rhythmus der Wellen blinkten, von den Schlägen des dunklen Herzens der Welt bewegt.

Der Lichtstrahl des Leuchtturms schnitt, die Nacht grüßend, in regelmäßigen Abständen durch die Dunkelheit, alle fünf Sekunden einmal. Goio hörte die Mutter hinter sich, das Geräusch der Teller, Löffel, Gläser und Messer im Wasser. Er hatte immer die Mutter hinter sich. Ist sie nicht eine schöne Frau, fragte sich Goio, ist diese Frau, die den Abwasch macht, die am Kai die Netze flickt, ist diese Frau attraktiv?

Einmal hatte er, ohne anzuklopfen, das Bad betreten und sie nackt in der Dusche überrascht, sie trocknete sich gerade ab. Erstaunt verharrte Goio, betrachtete den feuchten und weißen Körper der Mutter, die vollen Brüste, die runden braunen Brustwarzen und den dunklen Haarbüschel unterhalb des Bauchnabels, Wassertropfen rannen an ihr hinunter. Er spürte, dass es etwas Verbotenes war, eine nackte Frau anzuschauen, noch dazu die eigene Mutter, und drehte sich weg.

»Schau her«, hatte sie jedoch gesagt, und Goio blieb in der Tür stehen.

Er richtete seinen Blick auf sie, ohne ihre Brüste und den Bauch anzuschauen, und sie sagte:

»Schau, hier bist du herausgekommen.«

Und die Mutter hatte, als sie »hier bist du herausgekommen« sagte, die Hand auf den Unterleib gelegt und mit dem Zeigefinger auf den Bauch gedeutet. Der Finger wies auf eine riesige Narbe, die, so dick wie der Finger, aber länger, am Bauchnabel begann, den weißen Bauch herunterführte und fast bis zu dem dunklen Haarbusch zwischen den Beinen reichte, den Goio überhaupt nicht wahrhaben wollte.

»Wenn du mal anfassen willst, hab keine Angst«, sagte sie.

Goio streckte den Arm aus, ohne hinzusehen, und die Mutter nahm seine Hand und strich über die zusammengenähten Lippen der Wunde. Die Narbe erschien ihm ganz weich.

Er erschrak und rannte hinaus.

3

Der gefrorene Freund

»Wir werden um den Zweiundzwanzigsten herum ankommen«, habe ich Andoni gesagt.

Und wir machen uns auf, das morastige Bluefields zu verlassen.

Auf dem Weg zum Hafen kommen wir am Haus des Jungen vorbei. Vor der mit Bananenstauden umsäumten Hütte stehen fünf Kinder nebeneinander in einer Reihe – spindeldürr, mit erdfarbener Haut und wachen Augen. Die Bananenpflanzen sind umgeknickt: schräge Stämme mit langen, vertrocknet herabhängenden Blättern, die wie löchrige Strümpfe aussehen. Unser Junge ist das größte der fünf Kinder, und so machen seine Geschwister ihn nach, als er den Arm hebt und uns zuwinkt – seine wie Kokosfleisch schimmernden Zähne beim Lächeln zeigend.

Bevor der Rothaarige verstanden hat, wohin wir verreisen, bevor ich es selbst verstanden habe, stehen wir schon an der Mole von Bluefields und warten auf die aus Puerto Cabezas und Prinzapolka kommenden Boote. Wir wollen nach Süden, auch wenn die Etappenziele auf unserer Reise unwirkliche Namen tragen: Monkey Point, Puerto Limón, Barranquilla.

Juan sieht – auch Touristen sind hier unterwegs – mit seinem roten Haar und seiner weißen Haut in dieser Landschaft, auf dieser krängenden, halb vermoderten Mole wie ein Gringo aus. Auf dem Wasser, das sich zur einen Hälfte aus dem Atlantik, zur anderen aus der Salzlagune speist, ziehen unter der grellen Gleichgültigkeit der Sonne kleine Kähne und Frachtschiffe ihres Wegs. Ein alter Mann hält eine Angelschnur ins Wasser, die in der Mitte einer kreisförmigen Welle verschwindet. Er ist überzeugt davon, dass ein Fisch an seinem Köder anbeißen wird.

Das Wasser ist lau und trübe, wie erkaltende Suppe.

Ein Lastschiff trifft zu früh und überfüllt ein, das Freibord ist fast im Wasser verschwunden. Wir gehen an Bord und behalten, während wir auf die See hinausfahren, das Land in Sichtweite. Auf Steuerbord erstreckt sich ein langer Streifen Mangroven, auf Backbord sieht man das offene Meer. Die Sonne brennt, und die meisten Leute haben sich in den Schatten zurückgezogen, um im Schlaf Schutz und Zuflucht zu finden. Wir blicken mal zur einen, mal zur anderen Seite über die Reling.

Als wir Puerto Limón erreichen, vermeiden wir die Grenzkontrolle, indem wir das Schiff nicht verlassen. Der Aufenthalt zieht sich endlos hin, und so sitzen wir da, der Rothaarige und ich, die Ellenbogen auf der Reling, wie Leute, die Zeit im Überfluss haben, und betrachten die vielleicht eine halbe Meile entfernte Stadt. Die Arme großer Kräne schwenken gebückt über die Schiffe, Fracht löschend oder ladend.

Die Sonne verbrennt stechend die Haut und blendet die Augen. Und auch das Land verdörrt unter der Sonne, alles sieht flimmernd und eigenartig wie im Halbschlaf aus.

»Erinnerst du dich nicht an die Kälte?«, frage ich Goio.

Das Wasser, das die Farbe von Kaffee und Moos hat, schlägt plätschernd an den Rumpf des Schiffes und wiegt uns leicht, mitten im Hafen.

Der Rothaarige spricht nicht. Er steht einfach da, auf seinem eingeschlafenen Schatten.

Später, ohne der Dämmerung Zeit zu lassen, fällt die tropische Nacht, heiß und klebrig, und Sterne beginnen wie Glühwürmchen auf der dunkel ausgebreiteten Meereshaut zu schimmern.

Wir erreichen Barranquilla und haben keine Probleme, die Grenze zu passieren. Der Rothaarige folgt mir, den Koffer in der Hand und den Kopf gebeugt, als wolle er Zeuge seiner Schritte sein.

An der Bahnstation stehen ein Haufen Leute herum, überall Koffer, Kästen, Reisepakete. Ein Kind umklammert das Bein des Vaters und fragt, wohin er fährt.

»Ganz schön heiß, was?«, sage ich zu Goio.

Dass diese Frau ganz schön Ahnung von Meteorologie hat, muss mein gefrorener Freund denken.

Und als hätte er diesen Gedanken wirklich ausgesprochen, antworte ich:

»Am Nachmittag wird es bestimmt regnen.«

Aber die Erwiderung kommt von der anderen Seite.

»Egal. Ob Regen, Donner oder Blitz, ich fahre nach Antioquia.«

Es ist Petre, der Akkordeonspieler, der sich sofort, nachdem er seine Entscheidung kundgetan hat, lächelnd vorstellt.

»Ich bin Petre, der Akkordeonspieler.«

Bevor wir in den Zug steigen, kaufe ich zwei Tageszeitungen, *El Heraldo* und *El Universal*, um auf der Fahrt etwas zu lesen zu haben.

Im Zug stellen der Rothaarige und ich den Koffer auf die Ablage und setzen uns nebeneinander. Vor uns hat eine dicke schwarze Frau zwei Plätze eingenommen, ein vielleicht fünfjähriges Kind sitzt auf ihrem Schoß. Die Frau sieht wie Großmutter Buddha aus, eine Teer-Mama, eine schwarz glänzende Oma. Auf ihrem Kopf trägt sie ein farbiges Tuch, an den Ohren hängen goldene Scheiben.

Der Zug verlässt die Station, und Goio hält die Augen geschlossen, schenkt den nicht enden wollenden An- und Abfahrten, Farben, Schreien, lärmenden Gerüchen keine Beachtung. Den Gerüchen von Körben, Bananen, frittierten Kröten, dem Geruch eines von mehr als zwei Personen bewohnten Schlafzimmers.

»Sagst du mir deinen Namen?«, fragt mich das Kind von seinem großen Sessel aus, dem Schoß seiner Großmutter.

»Ich heiße Maribel. Und du?«

»Claudia.«

»Und wie heißt dein Verlobter?«, sagt sie und deutet mit ihrem kleinen Zeigefinger auf meinen Freund.

»Juan.«

Ich schlage den *Heraldo de Barranquilla* auf, um die Schlagzeilen zu lesen. *Fernando Botero wird Medellin erlösen.* Auf einem ziemlich verschwommenen Foto sieht man den Maler Botero, wie er einer Gruppe von Kindern eines seiner Gemälde zeigt.

»Ich kann auch lesen«, sagt das kleine Mädchen, das unter meinem Arm hindurchgetaucht ist und jetzt das Titelblatt des *El Heraldo* zu einem Viertel bedeckt.

Alberto Fujimori steht vor der Vereidigung. Nach dem Rückzug Alejandro Toledos konnte Fujimori die Wahlen leicht gewinnen und wird trotz sich ausbreitender Unruhen seine dritte Amtsperiode antreten.

»Neun-zehnter Ju-ni Zwei-tau-send«, liest das Kind stockend vor, wie jemand, der gerade erst lesen gelernt hat.

Es betrachtet die andere Zeitung, die auf meinem Schoß liegt, und sein Zeigefinger verharrt unter dem Titel *El Universal.* Aus Cartagena, das Mädchen zeigt mir das Datum.

»Neunzehnter Juni Zweitausend«, wiederholt es, diesmal ohne zu zögern.

Madeleine Albright, US-Außenministerin, wird sich heute mit …

»Heute ist das neunzehnte Jahr«, sagt sie.

… Valderrama verletzt …

»Wirklich?«

»Wirklich«, sagt das niedliche Kind.

»Da steht es, neunzehn. Und das nächste Jahr wird das zwanzigste sein.«

Der Zug fährt an, zitternd, schwer, fast keuchend, während Valderrama verletzt ist, und es ist nicht leicht festzustellen, was irrealer ist.

Aber es gibt etwas Irreales, ta-ka-tak ta-ka-tak, vielleicht ist es die Erinnerung daran, wie ich im Alter dieses Kindes mit dem

Zug von Euba nach Bilbao gefahren bin, nach-Bil-b-a-o, Bil-ba-o, wenn man die Erinnerung als irreal bezeichnen kann: das dunkle Bahnhofsgebäude von Atxuri und auf dem Rückweg: E-u-ba, E-u-ba.

Das ta-ka-tak ta-ka-tak erinnert mich noch an viele andere Worte, zum Beispiel an Schau-die-Rin-gel-blu-men-an, aber auch dieses von den Radumdrehungen erzeugte Stimmengewirr ist irreal, Nichts-als-Il-lu-sio-nen.

Plötzlich eine scharfe Bremsung und metallenes Quietschen. Als der Zug zum Stehen gekommen ist, tauchen Uniformen um uns herum auf und man befiehlt uns aufzustehen.

»Kontrolle!«, schreit ein Soldat.

»Alle aussteigen und nebeneinander an den Zug stellen!«, ruft ein zweiter.

Der Rothaarige steigt hinter Großmutter Buddha und ihrem kleinen Mädchen aus, ich halte ihn am Arm fest. Er bewegt sich wie ein Roboter und scheint der Einzige von uns zu sein, der nicht zittert.

»Papiere vorzeigen.«

Sie lassen uns mit erhobenen Händen, gespreizten Beinen und abgewandtem Gesicht vor dem Zug aufstellen und überprüfen nach und nach die Papiere eines jeden Einzelnen.

»Wer bist du?«, fragt ein Soldat Goio.

»Juan Zapata«, sage ich von der Seite.

»Juan?«, erwidert der Soldat, den Lauf des Gewehres auf mich gerichtet. »Antworte oder ich schieße dir ein Loch in deinen Arsch.«

»Er ist krank«, erkläre ich und drehe mich zu ihm hin.

In diesem Augenblick spüre ich einen harten Schlag mit dem Gewehrkolben in der Seite, und als ich nach Luft ringend in die Knie gehe, fallen mir unsere Dokumente auf den Boden.

»Nein, nein. *Du* sollst antworten. Wer bist du?«, schreit der Soldat den Rothaarigen an.

Goio steht stumm da, mit einem Ich-bin-nicht-Juan-und-kenne-auch-keinen-Juan-Gesicht.

»Juan Zapata Ovalle, aber er ist krank«, sage ich zum Soldaten und spüre einen heftigen Schlag auf der Stirn.

Mir wird schwarz vor Augen, und während ich sanft versinke, höre ich noch ein verzerrtes, lang gezogenes: »Ich habe den anderen gefragt!«

Als ich wieder zur Besinnung komme, sehe ich schwarze Stiefel, grüne Uniformen und Gewehrmündungen. Goio und ich liegen mit nach unten gedrehtem Gesicht und auf dem Rücken gefesselten Händen auf der Ladefläche eines Militärlasters. Mit schmerzenden Rippen, schwindelndem Kopf, ohne zu wissen, wie viel Zeit vergangen ist und wo wir uns befinden.

Der Zug hat sich, direkt neben uns, gerade in Bewegung gesetzt, ist ruckelnd angefahren und setzt tak-tak tak-tak seine Reise ohne uns fort. Im Fensterrahmen, der wie der Rahmen eines Gemäldes aussieht, kreuzt sich mein Blick mit dem des im neunzehnten Jahr lebenden Mädchens, das uns aus immer größerer Entfernung betrachtet. »Den Kopf runter!«, ruft mir ein Soldat zu und bekräftigt seinen Befehl mit einem Tritt.

Die Stirn auf das Metall des LKW gepresst, werden wir in ein Militärlager gebracht. Dort lässt man uns von der Ladefläche steigen, und wir müssen uns mit vier anderen Gefangenen in einer Reihe auf dem Exerzierplatz in die Sonne stellen.

Der unbefestigte Platz ist ein kleines Fußballfeld, netzlose Tore auf beiden Seiten, in dessen Mitte eine kolumbianische Fahne an einem Mast im Wind flattert, eine zerzauste Fahne, die wie das Hemd eines vor langer Zeit erhängten Mannes aussieht.

Die Soldaten, in Formation angetreten und ihre Gewehre mit beiden Händen präsentierend, fangen an, um das Fußballfeld herumzulaufen, und schreien im Marschrhythmus: Wer fällt, bleibt liegen / Wer siegt, hat Recht / Wer flieht, verliert / Wer steht, kann siegen …

Wir werden mit gefesselten Händen ins Büro des Kommandanten geführt. Er trägt einen pechschwarzen Schnurrbart – als hätte er sich eine Krähe über die Lippen geklebt.

Hinter zahllosen, auf dem Tisch liegenden Unterlagen sitzend, betrachtet der Offizier unsere Pässe, um schließlich festzustellen:

»Juan Zapata Ovalle und Maribel Lima Arguedas, Ausländer …«

»Mein Freund ist krank …«, sage ich.

»Wohin wollt ihr?« Er hält unsere Pässe in seiner an die Pratze eines Leguans erinnernden Hand.

»Zu einem Arzt. Wir sind auf dem Weg zu einem Krankenhaus in Quito.«

»Ihr wollt ganz Kolumbien durchqueren und dann durch Ecuador nach Quito?«

»Ja, wir wollen mit dem Zug fahren.«

Der Kommandant beginnt zu lachen. Es gibt gewiss niemanden, der von dieser Hand gestreichelt werden möchte.

»Ihr wollt von Nordosten nach Südwesten reisen – mit dem Zug? Deinem Freund geht es nicht gut. Aber du bist offensichtlich auch nicht ganz richtig im Kopf …«

Er reicht mir die Papiere und, mit den Fingerspitzen über seinen Krähenschnurrbart streichend, sagt er:

»Wenn ihr meinen Rat hören wollt: Geht nach Hause!«

Dann befiehlt er zwei Soldaten:

»Heute kommt kein Zug mehr durch, bringt diese beiden Träumer zur Straße.«

In einem neuen amerikanischen Jeep fahren sie uns durch eine Landschaft voller Akazien und Dornengestrüpp.

Unerwartet bleibt der Jeep stehen und sie befehlen uns auszusteigen. Beim Aussteigen tritt der Fahrer mit seinem schwarzen Stiefel Goio in die Brust.

»Für den Fall, dass …«, sagt er.

Und feuert mit der Maschinenpistole in den Wald.

Die Schüsse brechen in die geduldige pflanzliche Existenz der Bäume, Sträucher und Gräser ein, löschen dort wahrscheinlich einige Insekten aus und holen das eine oder andere Vogelnest herunter.

Sie werfen uns die Taschen fast an den Kopf, fahren los und lassen uns hier, in der unerträglich drückenden Hitze, zurück. Wir werden einen Brunnen suchen müssen, um uns zu waschen, um uns wenigstens das Blut abwaschen zu können.

Lange sitzen wir auf unserem wenigen Gepäck am Straßenrand und warten darauf, dass ein Autobus oder sonst jemand, der uns mitnehmen könnte, vorbeikommt. In der absoluten Stille höre ich ein seltsames ununterbrochenes Sirren, aber es ist nichts, nur die Stille selbst, nur die zwischen meinen Schädelknochen in Lärm verwandelte Stille.

»Hörst du das nicht?«, frage ich Goio.

Ein schmerzender Körper, ein Sirren im Kopf, aber der Rothaarige schweigt.

Auch wenn die Situation unerbittlich ist, scheinen mir das Leben, die Landschaft und die Luft, hier im Schatten sitzend, dennoch unfassbar schön.

Nach Einbruch der Dunkelheit erreichen wir Barranquilla und finden in einem kleinen Touristenhotel ein Zimmer für die Nacht. Der Name des Hotels, in blinkender Neonschrift, erzeugt einen traurigen und merkwürdigen Beigeschmack.

HAPPY DAYS

In der Nähe von Barranquilla, in Rioquemado, lebt die Familie Urioste, deren Telefonnummer ich notiert habe. Sie sind nach dem Bürgerkrieg nach Kolumbien ausgewandert und geblieben. Einer der Söhne soll Arzt sein und ein Krankenhaus leiten.

»Jose Urioste, bitte«, spreche ich ins Telefon.

»Er ist vor zwei Jahren gestorben. Aber vielleicht kann ich Ihnen helfen. Ich bin seine Tochter Arantxa.«

»Ja, wir sind in Barranquilla und haben ein paar Probleme gehabt.«

»Bist du Baskin?«, fragt sie mich auf Euskera.

Und ohne auf eine Antwort zu warten, schlägt sie mir vor:

»Wenn du willst, komm zu uns nach Hause. Ich gebe dir die Adresse durch.«

Wenig später reiche ich die auf einem Zettel notierte Adresse einem Taxifahrer. Der Wagen fährt am Strand entlang nach Barranquilla hinein und biegt auf die Autobahn ab, um sie nach sechs oder sieben Kilometern wieder zu verlassen. Barranquilla, das auf einem Hügel zwischen dem Atlantik und dem Magdalena-Fluss liegt, erscheint mir, während wir es mit dem Taxi durchqueren, wie ein chaotisches urbanes Labyrinth, auf dessen Straßen moderne Autos und mit Viehfutter beladene Eselkarren aufeinandertreffen.

»Hier nach rechts«, sagt der Taxifahrer.

Wir biegen auf eine andere Straße ab, fahren durch halb errichtete Wohnsiedlungen und durch Viertel, die aus ärmlichen Hütten bestehen.

»Jetzt nach links«, sagt er.

United Fruit Company lesen wir auf einem alten Werbeschild und lassen es hinter uns zurück. Das Ticktack des Taximeters ist zu hören.

»Heute heißen die Chiquita Brands International«, sagt der Taxifahrer, während er im Spiegel den auf der Rückbank sitzenden Goio anblickt.

»Wie?«, frage ich.

»Das, was früher die United Fruit Company war, nennt sich heute Chiquita Brands International.« Und er zeigt auf das hinter uns liegende Schild.

Akazien, Dornengestrüpp, Baustellen. Auf einer Wand eine großflächige Parole, die mit zu viel Farbe gemalt worden sein muss, weil von den Buchstaben Farbe heruntergelaufen ist.

ELN

»Jetzt wieder links«, sagt der Taxifahrer, während er auf den Zettel auf seinem Oberschenkel blickt.

Die Asphaltstraße führt bergauf, bis sie einen steinernen Torbogen erreicht. Ein großes metallenes Tor versperrt die Einfahrt.

»Das ist Rioquemado«, sagt der Taxifahrer.

Das Tor wird geöffnet und zwei Personen erscheinen.

»Hallo! Ich bin Arantxa, und ihr werdet die Basken sein«, sagt die Frau auf Euskera mit starkem biskayischem Akzent.

»Ich bin Imanol«, sagt der Mann – auch er in biskayischem Baskisch.

»Aber lasst uns doch reingehen«, sagt Arantxa.

Wir nehmen das Gepäck, bezahlen das Taxi und gehen mit Arantxa und Imanol durch den Torbogen den Weg hinauf.

»Wir sind Geschwister«, merkt Imanol auf Spanisch an. »Obwohl Arantxa hübscher ist als ich, stammen wir doch aus der gleichen Werkstatt.«

Zwei Schäferhunde kommen den Hang heruntergelaufen.

»Wie ist die Lage im Baskenland?«, fragt Arantxa.

»Wir sind schon lange von dort weg«, antworte ich. »Mein Freund ist krank und wir sind hier, weil wir Hilfe brauchen.«

»Wenn ihr baskisch sprecht, werden wir euch keine Fragen mehr stellen. Fühlt euch wie zu Hause…«, sagt Arantxa. Wieder mit ihrem starken Dialekt.

Auf dem Hügel steht ein großes, an einen baskischen Bauernhof erinnerndes Haus, von hohen Palmen umgeben. Ein weitläufiges zweistöckiges Bauernhaus mit dicken Steinmauern und einem roten Satteldach.

Über einen geräumigen Vorraum gelangen wir in das Wohnzimmer, auf dessen Boden ein weißer, wie ein Schafsfell aussehender Teppich ausgebreitet ist. Mindestens sechzig Felle müssen aneinandergenäht worden sein. Wir setzen uns an einen runden Glastisch, und ich bin beeindruckt: von der Feuerstelle, dem ausgestopften Tiger, der Eisenkette im Kamin, der Marlboro-Schachtel, dem Blasebalg, dem Videogerät. Alles wild durcheinander und doch sichtbar zur Schau gestellt.

Imanol hält mir eine Flasche hin:

»Kolumbianischer Gin. Wollt ihr ein Glas ...?«

Ich verneine.

»Unser Vater nannte das den Geist«, sagt Imanol. »Ich trinke ganz gerne mal einen Schluck.«

Wir beginnen uns über Goio zu unterhalten, neben Goio, aber ohne Goios Beteiligung.

»Es wird das Beste sein, ihn ins Krankenhaus einzuweisen«, entscheidet Imanol. »Dann sehen wir weiter.«

»Solange er im Sanatorium ist«, sagt Arantxa, als sie mit dem Kaffee hereinkommt, »kannst du bei uns wohnen, wenn du willst.«

»Ich würde lieber in seiner Nähe bleiben.«

Der Kaffee, von Arantxa zubereitet, der dampfende, in kleinen Porzellantassen servierte Kaffee, ist der beste, den ich je getrunken habe.

»Ob hier oder dort – ihr habt hier ein Dach über dem Kopf, solange ihr wollt«, sagt Arantxa.

Auf dem Tisch sehe ich das Bild eines kleinen Kindes, das uns mit einem süßen Lächeln anblickt.

»Meine kleine Tochter«, sagt Arantxa mit dem gleichen Lächeln wie auf dem Foto, »sie ist noch in der Schule, aber du wirst sehen, wie gut sie Baskisch spricht.«

»Und wo seid ihr geboren?«, frage ich.

»Hier, auf dem Hof«, antwortet Arantxa. *Baserri,* sagt sie, Bauernhof.

»Wir sind in Kolumbien geboren und doch die Kinder unseres Vaters Jose Urioste«, sagt Imanol, bevor er sich eine Marlboro ansteckt und von seinem Gin mit Eis trinkt. »Nach der Niederlage im Bürgerkrieg hat es ihn auf der Flucht hierher verschlagen, und wir wurden hier geboren. Er hat uns in seiner kleinen unabhängigen Republik durch und durch baskisch erzogen.«

»Wir sind fünf Geschwister und sprechen alle Euskera«, sagt Arantxa.

Sie ist die älteste Tochter von Jose Urioste. Imanol, der Zigarettenrauch im Raum verbreitet, ist der jüngste Sohn. Derjenige, der weiterredet.

»Wir haben Baskisch gelernt, aber in Wahrheit haben wir es immer als hermetischen Code verwendet. Weißt du, was ich meine, wenn ich hermetisch sage? Hermetisch ist etwas, das sich so abschließt, dass weder Festkörper noch Flüssigkeit heraustreten können.«

Arantxa gibt Imanol ein Zeichen, dass ihr das Thema unangenehm ist, und so verharrt er einen Augenblick, bevor er fortfährt:

»Unser Vater hat immer mit der Vorstellung gelebt, einmal zurückzukehren. Bis er vor zwei Jahren gestorben ist.«

»Auch wir«, sagt Arantxa, »wollen einmal hinfahren …«

»Wohin?«, frage ich.

Imanol zeigt auf den von der Wand herunterblickenden Jose Urioste und sagt:

»Das Ithaka unseres Vaters hieß Orozko, in Bizkaia.«

Wir brechen zum Sanatorium auf, steigen in Imanols Auto, und verwundert betrachte ich die Fassade des Hauses. Ich habe das Gefühl, die beiden Fenster des obersten Stockwerks liegen zu weit auseinander, wie die Augen eines Tieres.

»Die Leute von außerhalb«, sagt Arantxa, »meinen, das Haus würde den alten Bauernhäusern am Gorbeia ähneln.«

»Vor allem wegen der Palmen«, sagt Imanol.

Das Krankenhaus liegt drei Kilometer entfernt, am Fuße eines Berges, und ist von einer Mauer umgeben. Ein Torwächter hebt die Schranke hoch, und wir fahren auf den Parkplatz. Der Garten ist schön, ein gepflasterter Weg führt den Hang hinauf zum größten Gebäude der Anlage. Weiße und lilafarbene Drillingsblumen sind zu sehen und Kakteen und ein paar andere sich im Wind hin und her bewegende Blumen sowie, auf dem Gelände verteilt, klassische Marmorstatuen – auf Sockeln erhoben, weiß und in Denkerposen.

Die Klinik ist ein Ort, um zur Ruhe zu kommen, es heißt, dass sie psychische Störungen behandeln. Man zeigt mir Raum für Raum, und wenn von außen schon alles weiß erscheint, so ist innen alles noch viel weißer: weiße Gänge, weiße Warteräume, weiße Schlafsäle. Vierzehn Krankenpfleger arbeiten hier, erklärt man mir, zwanzig Kranke sind interniert, und wir sehen die Pfleger in ihren weißen Kitteln und die Kranken mit ihren ernsten Augen.

Arantxa sagt immer *Sanatorium*. Imanol wählt einen anderen Ausdruck:

»An der kolumbianischen Atlantikküste«, sagt er, »gibt es kein besseres Irrenhaus.«

Der Rothaarige folgt uns schweigend, den Blick auf den Boden gerichtet, in einer Art wandelnder Starrsucht. Auf den langen, gefliesten Korridoren hört man den Klang unserer Schritte. Wir gehen langsam knatsch knatsch knatsch, um keinen Lärm zu machen.

»Die Kranken«, sagt Imanol, »nennen diesen Gang die Galerie der Verlorenen Schritte.«

Wir essen gemeinsam zu Mittag, zu viert. Imanol setzt sich neben mich und fängt nach dem Essen wieder mit seinem Identitätsthema an.

»Du bist doch eine natürliche Baskin«, fängt er zögerlich an, »kannst du mir sagen, was du von einer Familie hältst, die eine eigene abgeschlossene Sprache spricht? In unserem Haus durfte kein Spanisch gesprochen werden, unser Vater hatte das verboten. Als wir später von Zuhause fortgingen, mussten wir uns in einer fremden Welt behaupten. So wie die *Indígenas* in den Vororten von Medellín, Bogotá oder Cali, die ihre Farben und Bemalungen unter den Kleidern verbergen.«

Es irritiert mich, dass er mich als natürliche Baskin bezeichnet, so als würde er sich selbst für einen künstlichen Basken halten. Dieses »natürlich« erinnert mich an wilde Kinder, die ohne Sprache und Kultur im Wald groß werden, wie Mowgli aus dem Dschungelbuch, und ich denke, dass die Kultur das Gegenstück zur Natur darstellt.

»Basken sind immer kulturell, wir alle sind es«, sage ich.

Imanol überlegt einen Moment, um dann zu antworten:

»Kann sein, aber unser Vater war das Paradebeispiel eines Anatopisten.«

Ich verstehe die Bedeutung des Wortes Anatopist nicht – außer dass Imanol auf seinen verstorbenen Vater offensichtlich nicht besonders gut zu sprechen ist.

»Anatopismus ist so etwas ähnliches wie Anachronismus«, erklärt er, als er das Unverständnis in meinem Gesicht registriert. »So wie sich ein Anachronismus aus der Zeit heraus bewegt, existiert der Anatopismus außerhalb des ihn umgebenden Ortes. Du bist hier und lebst doch woanders. Unser Vater war ein extremer Anatopist.«

Imanol holt einen Kugelschreiber mit dünner Spitze aus der Tasche seines Arztkittels. Es ist offensichtlich, dass er vom Gin betrunken ist. Er zeichnet ein Rechteck, teilt es mit einem vertikalen Strich in zwei Hälften, zieht zwei horizontale Linien und lässt so sechs Kästchen im Inneren des Rechtecks entstehen.

Oben links schreibt er *Wo*, rechts *Wann*. Dann schreibt er *Raum* über das *Wo* und *Zeit* über das *Wann*, beide Wörter verschmierend. In der zweiten Spalte trägt er auf der linken Seite *Heterotopie* ein, auf der rechten *Heterochronie*.

»Unser Vater lebte nicht hier, er lebte gleichzeitig hier und an ein paar anderen Orten ...«

Er fährt mit der Kugelschreiberspitze auf das zweite Kästchen rechts und deutet auf das Wort *Heterochronie*.

»Und er lebte auch in mehreren Zeiten, in der Vergangenheit und in der Zukunft genauso wie in der Gegenwart. Eigentlich lebte er kaum in der Gegenwart ... Die Kugelschreiberspitze zeigt auf die dritte Reihe.

»Du weißt, was ein Anachronismus ist, oder?«

Links unten in der Zeichnung notiert er *Anatopismus*.

Ich antworte Ja und sage, dass ein Anachronismus das ist, was nicht in die Zeit passt, und mir fallen die Wortspiele Armandos und sein Interesse für Paradoxa ein.

»Also unser Vater, abgesehen davon, dass er, was Chronologie angeht, ziemlich durcheinander gelebt hat ...«

Er schreibt in das leer gebliebene Kästchen das Wort *Anachronismus*.

»Unser Vater hat in einem Anatopismus gelebt, in einem bemerkenswerten topologischen Irrtum. Sein Lebensmittelpunkt war immer irgendwo anders ...«

Goio sieht aus wie eine Pflanze, mit seinem an eine rote Blume erinnernden Kopf.

»Er hat uns den Wunsch eingetrichtert, nach Hause zurückzukehren«, redet Imanol weiter. »Diesen Zwang, das persönliche Ithaka in der Biscaya zu suchen. Jeder Psychoanalytiker würde das als Wunsch nach der Rückkehr in den Uterus interpretieren.«

»Imanol«, unterbricht ihn Arantxa verärgert. »Du langweilst unseren Gast mit deinem Gerede.«

»Nein, nein«, sage ich peinlich berührt, »das ist interessant.«

»Man kann nicht alles in deinem simplen Schema mit sechs,

sieben ausgedachten Begriffen ausdrücken«, sagt Arantxa aufgeregt, »mit deinem zwanghaften Bemühen, alles zu rationalisieren, verstehst du am Ende gar nichts …«

Wir alle sind aufgewühlt, und Imanol schlägt die Augen nieder, um auf dem Tisch nach einer Marlboro zu suchen.

»Außerdem ist er unser Vater!«, fährt Arantxa fort. »Es macht mich sauer, wenn du so über ihn sprichst! Als Vater gestorben ist, dachte ich, dass du deine Obsession nun endlich überwunden hast. Aber du machst immer weiter. Es reicht jetzt! Lass ihn in Frieden, er ist tot und hat uns mit oder ohne Wurzeln zurückgelassen, vielleicht hat er dir ein Trauma beschert, vielleicht auch nicht. Aber jetzt ist es der Junge hier, der krank ist …«

»Ja, du hast Recht«, gibt Imanol zu und erwidert die Ermahnung der Schwester mit einem unterwürfigen Lächeln. »Wir müssen unserem Freund helfen …«

Der Streit zwischen den Geschwistern war plötzlich ausgebrochen und mir unangenehm.

Imanol nimmt Goio am Arm und führt ihn, unseren rothaarigen, sprachlosen, introvertierten Freund ohne Erinnerung, zur medizinischen Untersuchung.

»Entschuldige«, sagt Arantxa, nachdem wir allein zurückgeblieben sind, »in baskischen Familien gibt es auch Streit, oder?«

»Und was für welchen!«, sage ich, während wir weiße und lilafarbene Drillingsblumen zertreten.

Arantxa und ich sind hinausgegangen, um im Garten zu spazieren.

»Imanol hat unseren Vater immer gehasst. Seit seiner Einschulung bis zu Vaters Tod. Vielleicht hat er ihn deshalb so schrecklich gehasst, weil er ihn zu sehr liebte. Als wir fünf Geschwister neben unserem toten Vater standen und auf die Autopsie warteten, war es Imanol, der in Tränen ausbrach. Damals hat er angefangen zu trinken, mittlerweile ist er fast Alkoholiker …«

Ich stelle mir Jose Urioste vor: nackt, sein Körper alt und unbedeckt auf einer Liege, die Erinnerung und alle Vorhaben verloren. Seine fünf Kinder sitzen daneben. Diesmal ist es Arantxa, die anfängt zu weinen.

Wir laufen eine Weile schweigend nebeneinander her und beginnen dann von den Blumen zu sprechen.

»Die hier hat Vater immer *dantzalorea* genannt, Tanzblume«, sagt Arantxa und zeigt auf eine mir unbekannte Art.

»Im Baskenland gibt es die nicht, oder?«

»Ich glaube nicht, es ist eine tropische Art«, sagt Arantxa. »Auf Spanisch heißt sie anders, aber unser Vater hat immer Tanzblume gesagt. Wahrscheinlich hat er sich den Namen selbst ausgedacht.«

»Aber er passt, es sieht wirklich aus, als würden sie tanzen.«

Arantxa lächelt, als sie die Blumen anblickt.

»Ich gehe Maialen abholen, sie kommt gleich aus der Schule.«

Als Arantxa ihre Tochter abholen geht, bleibe ich allein im Garten zurück. Ich denke an die verweinten Augen Arantxas und an ihr Lächeln, gehe auf und ab, betrachte die Blumen und Statuen im klassischen Stil.

Unerwartet taucht Imanol auf, ohne Goio.

»Mir gefällt dieser Skulpturen-Wagnerismus nicht«, sagt er.

Er schweigt, als würde er auf eine Meinung warten, aber ich habe nichts zu sagen, und so fährt er fort:

»Besonders die Marmorsockel, diese in den Himmel aufzeigende Vertikalität. Ich werde die Figuren eines Tages herunterholen und die Marmorsockel wegschaffen lassen, damit die Statuen wenigstens auf der Höhe der Leute stehen, die hier spazieren gehen.«

Wir gehen nach drinnen, in Imanols Büro.

»Und Goio?«, frage ich.

»Dein Freund befindet sich im vierten Kreis der Hölle.«

»Wo?«

»Im vierten Kreis des Infernos«, wiederholt Imanol.

Er schlägt ein dickes Buch auf, das auf dem Tisch herumliegt, blättert ein wenig darin und deutet dann mit dem Zeigefinger auf eine Stelle.

»Hier sind wir«, sagt er.

»Wer?«

»Aus dem Morast herausbrüllend«, sagt Imanol.

Er setzt sich auf den Tisch, lässt die Beine herabbaumeln und beginnt auf Italienisch zu rezitieren:

> *Tristi fummo*
> *Nell'aer dolce che dal sol s'allegra,*
> *potrando dentro accidoso fummo:*
> *Or ci attristiam nella balleta negra.*

»Und das singen sie wie ein Gurgeln in der Kehle«, sagt Imanol mit seinem eigenartigen Akzent, »weil sie die Wörter nicht ganz aussprechen können.«

Es ist Dante Alighieris *Inferno*, und als er das Buch auf den Tisch zurücklegt, frage ich:

»Ich versteh das nicht. Warum spricht er nicht?«

»Wie die Logopäden in solchen Fällen zu sagen pflegen«, antwortet Imanol, »ist offensichtlich, dass er es physiologisch und intellektuell nicht kann und psychologisch gesehen nicht will. Aber wenn er wollte, wenn er wirklich den Wunsch verspüren würde, könnte er es auch.«

Die Füße Imanols, der nach wie vor auf dem Tisch sitzt, schwingen wie Pendel vor mir hin und her.

»Was soll das heißen? Dass er sprechen kann und uns etwas vormacht?«

»Nein, nein. Es ist eindeutig, dass er nicht sprechen kann, dass er nicht weiß, was er reden und wie er sich ausdrücken soll.«

»Warum?«

»Wir wissen nicht genau, wie die neurobiologischen Prozesse im Gehirn das Bewusstsein hervorbringen. Das menschliche Gehirn hat mehr als hundert Milliarden Neuronen, jedes von ihnen ist mit einigen anderen synoptisch verbunden, wahrscheinlich mit vielen anderen. Und diese wahnsinnig komplexe Struktur ist in einem Raum angeordnet, der kleiner ist als ein Fußball.«

»Aber du hast gesagt, dass er sprechen könnte, wenn er wollte.«

»Wenn er wollte, ja. Aber er weiß nicht, was Wille ist. Eine Willensbildung ist ein schrecklich komplizierter Vorgang.«

Ich gehe schlafen. In dem großen Saal stehen neun Betten, aber niemand außer mir übernachtet im Besucherinnenschlafsaal. Genauso wie das Gebäude außen, sind auch die Gänge, die Schlafsäle, die Bettlaken und die Kissen weiß. Ich lege mich hin und sehe, dass die Feuchtigkeit die Farbe von der Decke blättern lässt, der graue Schatten alten Zements ist zu erkennen.

Dann ertönen die Lautsprecher.

»Die Patienten werden gebeten, das Licht zu löschen und die Nachtruhe einzuhalten …«

Es ist eine weiche Frauenstimme, wie man sie auf Flughäfen zu hören bekommt: *Die Passagiere mit Reiseziel X werden gebeten, den Flugsteig …*

Ich mache das Licht aus, aber kann nicht schlafen, weil sich das Laken klamm und salzig anfühlt. Ich kehre auf den Gang zurück, nehme die Schuhe in die Hand und gehe auf Zehenspitzen, um niemanden zu stören, betrete einen Schlafsaal im vorderen Teil des Gebäudes. Es ist ein großer Raum, die Betten sind in einer Reihe angeordnet, ich gehe zum Fenster. Unten ist der Garten zu sehen, dahinter das Eingangstor. Als ich das Sanatorium betrat, habe ich nicht bemerkt, dass ein Neonschild über dem Tor angebracht ist, es bildet einen Bogen über dem Eingang.

ESTANCIA

Das heißt, das Schild ist dort, um von außen gelesen zu werden. Und ich sehe auch zum ersten Mal die Mauer. Als ich im Garten spazieren ging, habe ich nicht gemerkt, wie hoch die Mauern sind, die das Gelände umgeben. Langsam atme ich die Nachtluft ein, trinke sie, als wäre es Bach- oder Seewasser.

Wer atmet, lässt Luft in die Lunge strömen und danach wieder entweichen. Wenn ich sage, dass ich die Luft trinke, dann weil der größte Teil dessen, was ich einatme, im Körper bleibt, als wäre es Wasser, weil ich die Luft sich im ganzen Körper ausbreiten lasse.

Aber was mache ich hier eigentlich? Auch wenn das Zimmer leer ist wie meines, ist es doch nicht meins. Es hat den Anschein, als schlafe die gesamte Menschheit, als wäre ich die Einzige, die in diesem geheimen Morgengrauen wach ist, wach und im Niemandsland, an einem Niemandsort; die Einzige, die den spermafarbenen Mond der Verrückten betrachtet, die ganze lange Nacht den schlaflosen Litaneien der Grillen lauscht.

Am Morgen ertönt wieder der Lautsprecher. Ich stehe auf und stelle fest, dass auch die Spiegel das grelle Weiß der geschlossenen Säle reflektieren. Die Patienten haben genaue Zeitpläne, wann sie aufzustehen, zu essen und ihre Medikamente einzunehmen haben. Sie bewegen sich wie im Inneren einer Blase, von einem Ort zum anderen, langsam wie jemand, der die ihn umgebende Blase nicht zum Platzen bringen möchte.

Imanol nimmt mich mit in die Galerie der Verlorenen Schritte.

»Die Patienten sehen entspannt aus«, sage ich.

»Wie soll es ihnen auch schlecht gehen! Bei den Nervösen und Widerspenstigen wenden wir Elektroschocks an …«

Ich weiß nicht, ob er einen Scherz macht. Egal, ob er lügt oder die Wahrheit sagt, auf mich wirkt er immer wie ein Zyniker.

Er führt mich zu einem Jungen, der mit ausdruckslosem Gesicht und scheuen Augen auf einem Stuhl sitzt.

»Jairo Jaramillo, er leidet unter Amnesie«, erklärt mir Imanol.

Jairo wiederholt es noch einmal selbst: Jairo Jaramillo, der Amnestiker. Er hat dunkle Augen, und es heißt, er erinnere sich an alles.

»Wir machen einen Test«, sagt Imanol. »Nenn ihm mal ein paar Zahlen …«

Er gibt mir einen Zettel, um die Ziffern aufzuschreiben.

»27493728920257163927«, sage ich.

Imanol steckt sich eine Zigarette an und gibt sie Jairo.

»Jetzt nenn uns fünfzehn Städtenamen«, sagt Imanol.

»Valparaiso, Liverpool, Beirut, Los Angeles, Maputo …«

Dann muss ich Buchstaben nennen und schreibe sie in einer langen Liste auf den Zettel. Die Buchstaben, es sind insgesamt sechzehn oder siebzehn, muss ich vorlesen.

Jairo führt die Zigarette zu den Lippen, zieht den Rauch in die Lunge, stößt ihn durch die Nase wieder aus und antwortet:

»27493728920257163927.«

Erstaunt folge ich der Zahlenliste auf dem Zettel. Auch die Städtenamen sagt er ohne Fehler auf. Genauso wie die sinnlose Buchstabenreihe.

Ich begreife, dass Jairo Jaramillo wie ein Rechner alles im Kopf verarbeitet und jede erdenkliche Sache wiederholen kann.

»Erzähl dieser Frau einmal, wie es dir mit Gesichtern ergeht«, fordert ihn Imanol auf.

Jetzt nimmt Jairo die Zigarette von den Lippen.

»Ich erkenne keine Gesichter, ich kann sie nicht unterscheiden. Wenn ich Sie morgen sehe, werde ich Sie vielleicht nicht wiedererkennen.«

Nervös führt er die Zigarette zum Aschenbecher, um tack mit einer Bewegung des Ringfingers die Asche abzuklopfen.

»Auch den Herrn Doktor nicht. Glauben Sie nicht, dass ich ihn immer erkenne.«

Und während er seine Augen kraftlos bewegt, als wären es zwei Schnecken, fährt er mit der größten Traurigkeit der Welt fort:

»Es ist sehr schwer, Gesichter auseinanderzuhalten, wahnsinnig schwer. Die Merkmale eines Gesichts verwandeln sich dauernd. Es reicht, wenn jemand lacht und sich dabei das ganze Gesicht verzieht. Mich verwirrt das. Mein Kopf gerät durcheinander. Einmal habe ich beim Anblick von Gesichtern sogar das Bewusstsein verloren ...«

Wir lassen Jairo zurück. Imanol und ich gehen aus der Galerie der Verlorenen Schritte hinüber in den Garten, zwischen den weißen Statuen, Drillings- und Tanzblumen hindurch.

»Glaub nicht, dass ein gutes Gedächtnis ein Palast ist. Letztlich hatte Ireneo Recht: Das Gedächtnis der meisten Leute ist nichts als ein Haufen Abfall.«

Die Abenddämmerung präsentiert sich in grellen Farben, Imanol und ich gehen den gepflasterten Weg hinunter.

»Damit das Leben einen Sinn hat«, fährt Imanol fort, »muss man sich an so viel wie möglich erinnern und so viel wie möglich vergessen können.«

Der Gedanke an Goio lässt mich die Lust an der Unterhaltung verlieren.

»Wie auch immer«, sagt Imanol, »wir alle haben ein armseliges Gedächtnis, wir wissen nicht einmal, was morgen passiert.«

»Du errätst nicht, was das für ein Buchstabe ist«, sagt Imanol.

Er zeigt mir ein Lehrbuch über das Taubstummenalphabet. Im Fall von Goio ist eine normale freundschaftliche Beziehung nicht ausreichend, die gewöhnlichen Ausdrucksmittel der Sprache genügen nicht. Vielleicht muss ich auf eine grundsätzlichere Form der Kommunikation zurückgreifen.

Nachdem ich einen Blick ins Buch geworfen habe, begreife ich, dass Imanol mit seiner Hand den Buchstaben T des Taubstummenalphabets formt.

Imanols Wortakrobatik erinnert mich an die meines Freundes, Lebensgefährten, Mannes Josu. Gestern hat Imanol einen so genannten Ireneo zitiert, dann meinte er, dass wir ein armseliges Gedächtnis haben, weil wir uns weder an die Zukunft erinnern noch sie vorhersehen können und auch nicht in der Lage sind, sie zu wählen und zu gestalten.

Ich beschließe, von hier wegzugehen, Goio im Krankenhaus zu lassen und meine Reise zu Andoni allein fortzusetzen, und so sage ich es dem Rothaarigen wenig später dann auch.

»Morgen werde ich gehen, Goio, ich werde dich eine Weile allein lassen …«

Eine Krankenschwester begleitet ihn, sie machen zusammen Übungen in einem großen weißen Saal. Ich setze mich, bin aber zu weit weg, um sie richtig zu verstehen. Die Krankenschwester und Goio sehen für mich wie Pantomimen aus, ich kann mir die Anweisungen der Schwester nur vorstellen.

Die Augen öffnen, die Stirn nach oben strecken, den Blick so weit wie möglich nach vorn richten und nicht auf den ersten Eindruck achten. Dann die Hände auf Augenhöhe heben, sich die Augen reiben, die Arme herunternehmen, wieder schauen, sich die Dinge vorstellen, die draußen geblieben sind, als die Mauern hier gebaut wurden, und dem zweiten Eindruck ebenfalls nicht trauen. Dann die Umgebung betrachten, alles genau überprüfen, den Ausgang suchen und sich mit diesem dritten Eindruck ebenfalls nicht zufrieden geben.

Aufstehen, zur Tür gehen, den Luftzug spüren, der durch die Ritzen kommt, versuchen zu hören, was draußen geschieht, den Türgriff in die Hand nehmen, aber dem vierten Eindruck auch nicht trauen. Dann, wieder an der Tür, den Griff drehen, noch einmal etwas stärker drehen, um zu sehen, ob sie nicht aufgeht, anklopfen, tock tock, und warten, das ist der fünfte Eindruck. Der sechste Eindruck besteht darin, anzuklopfen, das Scharnier zu zertrümmern, das Schloss herauszubrechen und die Tür zur Seite zu drücken, damit man hinausgehen kann. Am Ende der Übung steht das Hinausgehen, man setzt einen Schritt, und das schließlich ist der siebte Eindruck: allein nach draußen zu treten.

Goio ist immer noch beim zweiten oder dritten Eindruck. Die Augen öffnen, die Stirn nach oben strecken, den Blick nach vorn richten, die Hände auf Augenhöhe heben, sich die Augen reiben, die Arme herunternehmen, wieder schauen ...

»Ich werde dich hier lassen«, sage ich, »aber ich komme bald zurück.«

Goio breitet die Arme über seinem Kopf aus, danach betrachtet er sie, dann läuft ihm eine Träne im Zickzack die Wange hinunter.

Ich warte auf ein Wort von ihm, einen Hinweis, aber nichts. Sein Wortschatz ist erschöpft, seine rhetorischen Fähigkeiten beschränken sich auf eine einzige uneindeutige Geste. Wie die eines einsamen Mannes an einer Mole, kurz vor einer langen Fahrt, der auf ein längst untergegangenes Schiff wartet.

Im Schlafsaal, in diesem mit neun leeren Betten ausgestatteten Raum, bin ich allein. Der Geruch von kokelndem Müll, verschimmelnden Büchern und fauligem Wasser liegt in der Luft. Ich kann nicht schlafen, und mit der Zeit bemerke ich, dass die Schlaflosigkeit zum Bestandteil eines Traums geworden ist. Wenn ich die Augen schließe, sehe ich Gesichter vor mir, aber sie sind farblos, mit zögerlichem Lächeln und ohne Antwort.

Die symmetrische Spannung von Jairos Wangen, Josu traurig lächelnd, das Gesicht von Imanol, das dem Bild von Jose Urioste ähnelt, die Freundlichkeit von Arantxas verweinten Augen, das erdfarbene Antlitz des Jungen in Bluefields, der schwarze Schnurrbart des Militärkommandanten, Goios alabasterfarbenes Gesicht unter seinem Feuerschopf. Sie verschwinden so schnell, wie sie mir erschienen sind: als würde eine Hand sie sorgfältig mit einem jener schwarzen Tücher wegwischen, die man benützt, um die verdreckte Windschutzscheibe eines Autos sauber zu reiben.

Am Ende ist es immer das Gleiche, du wirst die Augen öffnen, zur Decke hoch schauen und dich selbst sehen. Weil das Leben einer langen Schlaflosigkeit gleicht.

Am nächsten Morgen mache ich mich auf den Weg nach Quito. Ich lasse Goio zurück wie einen ausrangierten Waggon.

Um acht Uhr früh, kurz vor der Abfahrt, betrete ich sein Zimmer, um mich zu verabschieden.

»Wie geht es ihm?«, frage ich den Pfleger.

»Sehr gut, er schläft.«

In dem weißen Raum, zwischen weißen Laken und weißen Kopfkissen, stechen seine roten Haare besonders hervor. »Sehr gut?«

Als wäre es das gleiche: Schlafen, und dass es einem gut geht.

Auf dem Flur beginnen Leute herumzulaufen, die Pfleger und einige Patienten. Die Kranken sind ruhig, lassen die Dinge geduldig – wie das Wort Patient nahe legt – über sich ergehen. Für die Nervösen und Widerspenstigen gibt es im bitteren Weiß des Sanatoriums Schocktherapien.

Und so beginnen die Patienten ihren Tag, alle werden frühmorgens geweckt, stehen auf und laufen herum, einsam, jeder auf seine Weise in Klammern gesetzt.

4

Baske und Gendarm

Er rannte hinaus.

An einem sonnigen Augustmorgen machten sich die Jungen davon, um mit dem Boot von Juan Bautistas Vater in See zu stechen, ohne dabei allzu weit aufs Meer hinauszufahren.

»Volle Kraft voraus!«, rief Juan Bautista, der am Heck stand und das Steuerruder hielt.

Das Wasser klatschte gegen den nach vorn gewölbten Bug, platsch platsch, wie knitterndes Papier. Sie legten von der Mole ab und fuhren westwärts, allerdings nicht bis Ondarroa oder Bilbao, sondern nur bis Harrizorrotz, dem spitzen Felsen vor der Hafeneinfahrt. Oder sie ruderten nach Osten, von der Vorstellung geleitet, irgendwann einmal bis nach Getaria oder Hondarribia zu gelangen, am Möwenfelsen vorbei bis zum Strand.

Manchmal zogen sie heimlich los, um den erniedrigenden Anweisungen der Eltern, sofort wieder aufs Festland zurückzukehren, zu entkommen, und steuerten die abgelegenste Ecke der Bucht an. Manchmal fischten sie, warfen Angelschnur und Haken aus und versuchten sich im Handwerk ihrer Väter und Großväter.

»Es beißt was an! Es beißt was an!«, rief Goio, so wie seine Freunde oder die Fischer es machten, wenn er das Zucken zwischen den Fingern spürte.

Und sobald er die Augen eines Fisches über der Wasseroberfläche sah, murmelte er, ich hab dich.

»Los, zieh ihn raus!«, riefen die anderen ihm zu.

Doch wenn er versuchte, den Fisch aus dem Wasser zu holen, befreite sich dieser, flutsch, und war verschwunden.

»Du machst den Fischen mit deinem Rotschopf Angst!«, sagte Juan Bautista zu Goio. »Merkst du nicht, wie die Fische dich ansehen, sobald du an der Schnur ziehst?«

Wenn sie sechs, sieben verschiedene Fische im Korb hatten, ruderten sie parallel zur Küste den Strand entlang, an den in der Sonne liegenden Urlaubern vorbei; vorbei an den Mädchen, die ihre bronzenen Körper ausstreckten und mit zusammengekniffenen Augen in die Sonne blickten. Wenn die Mädchen die Schaluppe näher kommen hörten, schlugen sie die Augen sofort auf.

Als die Jungs den Strand erreichten, sagte Agustin:

»Wetten, dass ihr noch nicht das Neueste wisst ...«

»Sag!«

»Komm, sag schon!«

Nachdem er mit einer Pause die Spannung ein wenig gesteigert hatte, erklärte er: »Es kommt eine Lehrerin aus Frankreich, um uns nächstes Schuljahr in Französisch zu unterrichten ...«

Außer Juan Bautista gingen alle auf die Oberschule und würden im nächsten Jahr in die achte Klasse kommen. Juan Bautista war ein Jahr älter als die anderen und schon von der Schule abgegangen, das heißt, sie hatten ihn, als er die achte wiederholte, rausgeschmissen, und nun wartete er nur noch darauf, endlich sechzehn zu werden, um bei seinem Vater auf dem Fischkutter anfangen zu können.

Juan Bautista konnte etwas, das Goio in der ganzen Schulzeit nie lernen sollte, er konnte den Piratenpfiff, so nannte er ihn selbst: Piratenpfiff, er steckte vier Finger in den Mund, rollte die Zunge nach hinten und blies mit aller Kraft:

Fiiii fiiiuuu ...

Selbst die Möwen erschraken bei diesem Pfiff. Die Fische dagegen, behauptete Juan Bautista, würden von ihm angelockt, und alle Jungs aus Kalaportu wollten den Pfiff lernen und bemühten sich, ihn nachzumachen, allerdings umsonst; egal ob sie die Zunge an den Gaumen pressten, die Finger auf oder unter die Zunge legten, es kam nur ein bemitleidenswertes Keuchen heraus. Immerhin reichte es, um die Möwen zu verscheuchen.

In jenem Sommer war Juan Bautista bis über beide Ohren in eine dieser hübschen, dummen Blondinen aus Bilbao verliebt. Und so machte er sich, ob mit oder ohne Boot, immer wieder zum Strand auf.

»Da liegen sie, mit dem Kiel nach oben!«, sagte er.

Die Mädchen auf ihren Handtüchern aalten sich in der Sonne, brutzelten in Schweiß und Sonnencreme.

Die Jungen im Boot spielten währenddessen Schaumschläger. Einer nach dem andern hechtete steuerbord ins Wasser.

»Schlag den Schaum!«, riefen sie.

Sobald sich der Schaum des Vordermanns aufgelöst hatte, musste man springen, unter dem Kiel des Bootes hindurchtauchen, so schnell wie möglich auf Backbord wieder aus dem Wasser steigen und sich, bevor der Schaum verschwunden war, von Neuem auf Steuerbord ins Wasser stürzen. Einer machte kopfüber einen Salto, ein anderer legte einen phänomenalen Bauchklatscher hin, die Ängstlichen sprangen aufrecht und mit zugehaltener Nase.

Später, wenn sie um Atem ringend auf den Ruderbänken saßen, überlegten sie, wie sie sich am besten den Mädchen näherten, die Kiel über kichernd und tuschelnd am Strand in der Sonne lagen.

Mit dem Boot war es freilich einfacher:

»Hey, Jungs, fahrt uns ein bisschen spazieren«, verlangten die Töchter der Sommerfrischler aus Bilbao und Madrid, die im Glanz der Sonne und der Nivea-Creme, die sie neu geschenkt bekommen hatten, im Sand saßen.

Der Winter würde diesen Glanz später wieder ausradieren, doch noch war Sommer, und über dem Strand lag drückende Hitze, und der Sand war übersät mit dem von Badegästen weggeworfenen Müll: bunten Blechdosen, leeren Flaschen, weißen, wie Halbmonde aus dem Sand ragenden Plastiktellern.

Wie zart und unerreichbar waren die Hände der Mädchen.

Es war bezaubernd, sie am Strand entlanglaufen zu sehen, wenn ein Windstoß ihnen die Kleider an den Körper drückte oder die Röcke hochhob. Sie gingen stets so, als würde der Wind sie antreiben, ihre nackten braunen Schenkel waren wirklich schön anzusehen, und auch wenn es gelegentlich schien, als würde sich der Wind nur zufällig in ihren Kleidern verfangen, halfen sie dabei nach.

¿Me aplicas la loción? – »Cremst du mich mal ein?«, so redeten sie.

Manchmal rieb sie wirklich die zitternde, kräftige Hand eines Fischerjungen ein, doch die meisten Jungen kehrten mit Sonnenbrand und einem gebrochenen Herzen nach Hause zurück, um schmachtend jeden Annäherungsversuch noch einmal in Gedanken durchzugehen.

Es war schwierig, von Blicken zu Worten, von Worten zu Händen, von Händen zu Spielen mit dem Mund und von solchen mit dem Mund zu anderen mit der Hüfte überzugehen. Alles, was mit Sex zu tun hatte, war verboten, und außerdem konnten sich die vierzehn- oder fünfzehnjährigen Jungen vor den Mädchen nicht übermäßig aufplustern, denn ihre Körper sahen noch weich und unproportional aus. Es gab am Strand ältere und kräftigere Jungs, die stolz zwischen den Mädchen von außerhalb umherspazierten.

»Was wollt ihr, ihr Deppen, ihr habt doch noch einen Kinderpimmel...«

Vom neuen Kai aus konnte man einen Teil des Strandes einsehen, und Goio versuchte sich unerkannt vorbeizustehlen.

Goios Mutter verdiente hier ihren Lebensunterhalt. Zuvor hatte sie in der Eisfabrik gearbeitet, jetzt aber flickte sie Netze und war morgens von neun bis eins und nachmittags von drei bis sechs zusammen mit sechs, sieben anderen Frauen am Kai, saß neben den großen Netzen auf einem Hocker und flickte mit Plastiknadeln und dicken Fäden die Netze, die die Fischer mit aufs Meer hinausnahmen.

Die Netzflickerinnen hörten immer ein spanischsprachiges Radioprogramm, um sich dann auf Baskisch über diese oder jene Nachricht zu unterhalten. Sie erfuhren, dass ein schreckliches Erdbeben in der Türkei mehrere Städte zerstört hatte oder dass der Krieg in Biafra weiterging. *Der Faden muss länger sein als die Nadel* oder *Lass den Jungen laufen*, sagte eine zur anderen. Am zehnten Todestag von Marilyn Monroe waren einige Aspekte der Affäre immer noch unaufgeklärt. *Unfassbar!* Anscheinend hatte Deutschland eine gute Mannschaft für die Fußballweltmeisterschaft. *Es ist hart, immer gegen die Zeit anrennen zu müssen.* Eine Aspirin-Werbung verkündete: *Schmerz ist nicht mehr modern.* Dann folgte das Hörspiel und nach einer Pause Corin Telladorena.

Goio setzte sich zu ihnen. Er betrachtete das Netz, am einen Ende waren Korkstücke, am anderen Bleigewichte befestigt. Später würden die Fischer kommen, um das geflickte Netz aufs Schiff zu tragen.

Die Mutter sagte:

»Die haben in Bilbao einen von der Guardia Civil getötet. Ich will nicht, dass du dich auf der Straße herumtreibst.«

»Warum?«

»Was warum?«

»Warum haben sie ihn erschossen?«

»Was weiß ich? Darum!«

Als es am nächsten Morgen hell wurde, stand auf der Mauer vor der Werft in großen roten Lettern:

ETA

Gleichzeitig tauchten an vielen Straßenecken Flugblätter auf, die auf der einen Seite auf Spanisch, auf der anderen auf Baskisch verfasst und mit Matrizen vervielfältigt worden waren, und die grünen Jeeps der Guardia Civil begannen in der Ortschaft Streife zu fahren.

Am Nachmittag trafen sich die Jungs fast vollzählig am Großen Felsen, acht Freunde, die aufs Meer hinausfahren wollten. Aber Juan Bautista hatte das Boot nicht bekommen, und zum Schwimmen war die Strömung zu stark.

»Sollen wir Baske und Gendarm spielen?«, schlug einer vor.

»Was ist denn *das* für ein Spiel?«

»Na, so etwas wie Räuber und Gendarm, was sonst!«

Juan Bautista und Agustin wählten die Mannschaften. Per Los wurde entschieden, wer als Erster wählen durfte. Nachdem die Gruppen feststanden, wurde noch einmal gelost, um zu bestimmen, welche die Guardia Civil und welche die Basken sein sollte.

»Hauptmann der Guardia Civil!«, zogen sie Juan Bautista auf.

»Scheiße!«, antwortete er.

Goio, von Agustin gewählt, gehörte zu den Basken. Die Zivilgardisten mussten solange in der Kaserne bleiben, bis ihr Hauptmann bis zwanzig gezählt hatte und den Befehl gab:

»Los, schnappt sie euch!«

Und dann rannten sie los, den Basken hinterher.

Goio stieg zwischen den Felsen hinab, bis zu einem engen, steil ins Wasser abfallenden natürlichen Kessel, der Urdario genannt wurde, und setzte sich hin.

Die Zivilgardisten brachten die Basken, die sie zu fassen bekamen, in die Kaserne. Die Geschnappten durften ihr Gefängnis nicht verlassen, aber wenn ein freier Baske einen Gefangenen berührte, kam dieser wieder frei. Das Spiel war zu Ende, wenn die Guardia Civil alle Basken eingesammelt hatte. Danach konnte man mit vertauschten Rollen von vorn anfangen: die Basken bei der Jagd auf die Polizei.

Goio saß entspannt in seinem Versteck. Er hatte sich eine Zigarette angezündet und blickte, während er nach Herzenslust qualmte, durch seine Rauchringe auf die Wellen, deren Schaumkronen wie auf einer dunklen Wiese weidende Lämmer aussahen.

Die Rollen waren zu dieser Zeit bereits verteilt. Die Kinder traten als Basken oder Polizisten ins Leben, nur einige besonders verwirrte nahmen mal die eine, mal die andere Rolle ein, und seitdem hat das Spiel nie aufgehört. Die Jungen wussten damals noch nicht, dass die Schüsse später echt sein würden, die Verhaftungen unbeschreiblich brutal, die Zeit im Gefängnis lang und bitter und dass derjenige, der stirbt, für immer stirbt.

Goio tauchte nicht auf, und solange nicht alle geschnappt waren, musste Juan Bautistas Guardia Civil weitermachen, egal wie sehr ihre Rolle sie anwiderte. Auch Agustin konnten sie nicht fangen, obwohl er sich nicht einmal versteckt hatte und immer wieder Gefangene befreite, und so ging die Auseinandersetzung weiter, bis ihnen ein Regenschauer als Vorwand zum Aufhören diente.

Als Goio aus seinem Versteck schlüpfte, saßen die anderen bereits alle im alten Bunker auf dem Großen Felsen.

»Du Hurensohn, wo hast du dich versteckt?«, fragte Juan Bautista.

»Drüben in den Klippen!«, sagte einer, während Goio schwieg.

»In einem Liebesnest?«, fragte ein anderer.

Sie steckten sich Celtas ohne Filter an.

»Wisst ihr, was das hier ist?«, fragte Agustin.

»Ein Bunker«, sagte einer.

Juan Bautista erklärte, dass der Bunker während des Krieges ein Unterstand gewesen sei, um Schiffe zu beschießen; ein an der Stelle des alten Wachturms errichteter Bunker.

»Auf welcher Seite hat deine Familie gekämpft?«, fragte Agustin den rothaarigen Goio.

»Keine Ahnung.«

Krieg fand im Kino statt und zeichnete sich dadurch aus, dass nach ungefähr einer Stunde immer die Guten gewannen, die ihre Feinde ausnahmslos ausradierten. Im Kino konnte man die Guten erkennen, noch bevor sie etwas getan hatten, doch draußen im richtigen Leben waren sie nicht so leicht auszumachen.

»Karlisten, Falangisten, Republikaner oder Milizionäre … Irgendetwas müssen sie doch gewesen sein.«

»Mein Vater war Milizionär und ist im Krieg gefallen«, sagte Goio, so wie man in diesem Alter Lügen erzählt – ohne vorher nachzudenken.

»Lügner!«, sagte einer, und alle fingen an, sich lustig zu machen.

»Klar, er ist im Krieg gefallen und zwanzig Jahre später zurückgekommen, um deine Mutter zu schwängern!«

Während alle vor Lachen prusteten, setzte Goio an, sich rot vor Scham mit Agustin zu prügeln.

In diesem Moment zischte einer der Freunde ihnen von der Tür aus zu, dass sie still sein sollen.

»Die Bullen kommen …«, flüsterte er.

Fast gleichzeitig tauchten vier Polizisten mit grünen Umhängen, schwarzen Kunststoffhüten und Gewehren unter dem Arm im Eingang des Bunkers auf. Wasser lief an ihnen herunter, sie ließen den Blick durch den Raum schweifen und sagten streng:

»Was macht ihr hier?«

Die Jungs, sie hatten nicht einmal Zeit gehabt, ihre Zigaretten auszumachen, waren nervös, als wären sie bei etwas Verbotenem ertappt worden.

»Wenn ihr nicht antwortet, werden wir denken, dass ihr etwas zu verbergen habt.«

Niemand wagte zu antworten. Die Jungs saßen einfach schweigend da.

Die Zivilgardisten waren frisch rasiert, ihre unter dem Regenumhang hervorstehenden Gewehre sehr lang, die Stiefel pechschwarz, ihre nassen Polizeihüte glänzten.

»Kommt nicht auf dumme Gedanken«, sagten sie und setzten dann im Regen ihre übliche Grenzpatrouille auf dem Küstenpfad fort.

»Na, Schiss gehabt?«, fragte Juan Bautista.

»Nein«, antwortete Goio.

»Also ich schon …«, sagte er lachend.

Agustin gab ihnen ein Zeichen, still zu sein.

»Sind die Bullen weg?

»Ja.«

»Wirklich? Schnüffeln die nicht noch in der Nähe herum?«

»Nein, da unten gehen sie, alle vier …«

»Gut, dann schließen wir jetzt Blutsbrüderschaft.«

»Hä?«

Agustin schlug vor, wie die Indianer im Film Blutsbrüderschaft zu schließen. »Wir vermischen unser Blut, und von da an sind wir unzertrennlich.«

»Das heißt, wir müssen schon wieder bluten?«, beklagte sich Esteban.

Sie ritzten sich mit Juan Bautistas Messer die Handflächen auf, legten die Hände zusammen und schwiegen, weil niemandem ein Satz einfiel, wie sie in den Filmen in solchen Augenblicken immer gesagt werden. Aber auch ohne Worte war ihnen klar, dass von jetzt an keiner mehr den anderen verraten würde; selbst dann nicht, wenn sie alle Finger einzeln abgeschnitten bekämen. Es war nicht das erste Mal, sie hatten schon früher einmal Blutsbrüderschaft geschlossen und wussten, dass jeder Einzelne als Beweis der Freundschaft ein Geheimnis preisgeben musste.

»Wir haben einen Schwur geleistet und werden jetzt mit den Fragen beginnen. Wer lügt, soll auf der Stelle tot umfallen!«, sagte Agustin feierlich. Er selbst musste die erste Frage beantworten:

»Was ist die letzte Neuigkeit, die du erfahren hast?«

»Dass Mössjö Neinmonsieur weggegangen ist und im neuen Schuljahr eine richtige Französin kommen wird.«

»Aber das wissen wir doch schon.«

»Ja, wusste ich auch schon.«

»Also, ich wusste es nicht.«

»Ich auch nicht.«

Dann stellten sie Juan Bautista eine Frage:

»Hast du wirklich schon einmal gebumst oder waren das alles nur Sprüche?«

Er gab zu, dass das, was er immer erzählt hatte, dass er mit dieser oder jener Blondine dies oder jenes gemacht habe, zum größten Teil Angeberei gewesen sei. Dass er ein paar Sachen gesehen, schon mal einer an die Titten gefasst und einer anderen einen Kuss gegeben habe, aber dass er sich alles andere nur ausgedacht habe.

»Bumsen, also das, was man bumsen nennt, nein …«

Juan Bautista, der in Schweigen verfiel, sah in der Dunkelheit wie ein Gipsabdruck aus.

Der nächste in der Runde war Goio. Agustin fragte ihn:

»Wo ist dein Vater?«

»Mein Vater wohnt in England.«

Alle schwiegen einen Moment, aber Goios Antwort reichte ihnen nicht, schon bald fragten sie weiter:

»Und warum trägst du den Nachnamen deiner Mutter?«

Goio hatte einen Kloß im Hals, fühlte sich verletzt, erniedrigt; eine Gipsfigur mit rotem Kopf.

In dieser Nacht wurde er von Stöhnen und Quietschen geweckt und ging zum Schlafzimmer der Mutter. Er öffnete die Tür, schaltete das Licht an und sah einen Mann im Bett nackt über der Mutter. Auch die aufgerissenen, überraschten Augen der Mutter erkannte er im grellen Licht.

»Was ist los, Mama?«, fragte er mit belegter Stimme.

»Mach das Licht aus und geh wieder ins Bett.«

Am nächsten Morgen war die Schlafzimmertür verriegelt, und die Mutter hantierte in der Küche mit der Kaffeekanne herum. Ihre Wangen waren rot und sie schien hübscher als sonst. Der Tisch war bereits gedeckt, heiße Milch und Zucker standen darauf. Goio wollte sich gerade setzen, als er drei Tassen zählte, drei Löffel. Anstatt Platz zu nehmen, ging er wortlos zum Fenster.

Mit abgewandtem Rücken stand er dort. Ohne hinzusehen, spürte er, dass sich der Mann an den Tisch setzte. Als auch die Mutter Platz genommen hatte, als Goio erahnte, dass sie sich setzte, lief er hinaus.

»Wohin gehst du?«, fragte die Mutter.

Goio antwortete nicht, sondern sperrte sich auf der Toilette ein.

»Es ist Zeit zu frühstücken, Goio. Komm zu Tisch!«

Goio blieb lange auf dem Klo. Dann kam er mit einem Handtuch um den Hals heraus.

»Ich will nicht frühstücken, ich hab keinen Hunger«, sagte er, obwohl er Hunger hatte.

»Ob du frühstückst oder nicht, setz dich wenigstens an den Tisch!«

Er setzte sich, nahm den Löffel in die Hand und begann, mit der Löffelspitze die Umrisse der Blumenbilder auf der Tischdecke nachzufahren. Jedes Mal, wenn der Mann seine Tasse an die Lippen führte, um einen Schluck Milchkaffee zu trinken, presste Goio den Löffel gegen die Blumen auf der Wachstischdecke.

Der Mann trank aus und fing an, mit dem Löffel den Zucker vom Tassenboden zu kratzen, leckte den Löffel ab und legte dann, den Löffel in der leeren Tasse zurücklassend, seine schweren Fischerhände auf den Tisch.

Die Mutter stand auf und ging zum Herd, um das Brot zu holen, das sie vergessen hatte. Sie nahm ein Messer und schnitt vom Pfundbrot drei Stücke ab.

»Goio, dieser Mann, das ist Andres«, sagte sie, als sie das Brot verteilte.

Goio fuhr, als er sein Brotstück neben der Tasse liegen sah, mit dem Löffel in den Milchkaffee. Er blies hinein, als wollte er den lauwarm gewordenen Kaffee abkühlen, und verspritzte ihn auf dem Tisch.

»Auch ein Stummer muss nicht sabbern …«, sagte Andres freundlich lächelnd.

Doch Goio ließ nur das Besteck fallen, rannte in sein Zimmer und warf sich schluchzend aufs Bett.

Später sagte die Mutter durch die halb geöffnete Tür:

»Nächsten Samstag fährst du auf den Bauernhof.«

Er sollte den Bus nach Murelaga nehmen und zum Hof der Großeltern fahren.

5

Der gefrorene Freund

Jeder lebt in Klammern gesetzt, dort und auch hier.

»Wie komme ich nach Pupuna?«, frage ich auf Spanisch eine Frau, die mir auf dem Weg entgegenkommt.

Ohne innezuhalten, antwortet sie mir mit Quechua-Akzent:

»Mit der Hilfe vom Taita Gott.«

Ich bleibe stehen und frage:

»Wer ist denn Taita Gott?«

Die Frau, mit einem großen, auf den Rücken gebundenen Tragetuch, ist weitergegangen, dreht sich um und erwidert mit nach oben gerichtetem Blick:

»Na, Väterchen Gott. Ich kenne ihn nicht, hab nur von ihm gehört. Aber dass da oben einer ist, das sagen alle!«

Die Frau, Hut auf dem Kopf und Tuch auf dem Rücken, entfernt sich tap tap tap mit schnellen Schritten.

Es ist Nacht, als ich Andonis Haus erreiche. Ich klopfe an die Tür, und kurz darauf zeichnet sich hinter dem Fenster ein Schatten ab.

»Habt ihr ein Bett für einen Gast?«, frage ich auf Baskisch.

»Was für eine Frage!«, erhalte ich von drinnen als Antwort.

»Ich bin Maribel«, sage ich.

»Und Goio?«, fragt er, als er die Tür geöffnet hat und mich in die Arme schließt.

»Der konnte nicht mitkommen. Erzähle ich gleich ...«

Wir gehen hinein und sind vor Rührung beide etwas nervös.

»Und hier, noch am Leben?«, frage ich.

Der zweiundvierzigjährige Mann erwidert grinsend:

»Nein, nicht am Leben. Eher nicht richtig beerdigt.«

Er setzt sich und steht sofort wieder auf:

»Ein Käffchen?«

»Gern.«

Er geht in die Küche, Andoni, mit ergrautem Haar, gealtert.

Käffchen hat er gesagt, und mir fällt die Frau ein mit ihrem Hütchen, ihrem Beutelchen, ihrem Väterchen Gott, ihren Füßchen. Die Verkleinerungsform macht alles einfacher, erträglicher, süßlicher.

»Du bist verheiratet, oder?«, frage ich Andoni, als er aus der Küche zurückkommt.

»Ja, mit einer Quechua. Sie ist für eine Woche ins Dorf ihrer Familie gefahren. Und du? Du hast doch bestimmt ein Kind.«

»Nein. Warum glaubst du, dass ich eins haben sollte?«

»Im Bauch einer Frau steht immer eine Kinderwiege.«

»Eine Wiege und farbige Verhütungsmittel!«

Wir lachen, und wieder frage ich Andoni; »Und, wie läuft's hier?«, obwohl er mir schon eine Antwort gegeben hat.

»Gut«, sagt er diesmal, »Und dort?«

»Dort?«, frage ich. »Wo dort?«

»Na dort, wo du lebst.«

»Gut …«

»Und Goio ist nicht mitgekommen?«

Ich erzähle, dass er zur Behandlung im Krankenhaus von Rioquemado geblieben ist.

»Goio war ein Schulfreund von mir«, sagt er, »wir waren zusammen in der achten Klasse. Danach haben wir uns nicht mehr gesehen. Als wir auf der französischen Seite waren, haben wir ein paar Mal voneinander gehört. Ich habe erwähnt, dass ich ihn kenne, und man hat mir ausgerichtet, dass er mich grüßen lässt. Aber weil wir ziemlich versteckt lebten, haben wir uns nie getroffen …«

Die Beziehung der beiden ist viel unbedeutender, als ich dachte. Vor siebenundzwanzig Jahren, als sie vierzehn waren, haben sie von Oktober bis Juni neun Monate in derselben Schule verbracht.

»Das ist ewig her«, sagte Andoni, »seitdem sind siebenundzwanzig verheerende Erdzeitalter vergangen …«

Tatsächlich sind wir so etwas wie Antiquitätenkinder, Goio, Andoni und ich, das Mädchen von damals. Erwachsen geworden, in der Welt verstreut, ohne Spuren der Kindheit.«

»Weißt du was, Maribel?«

»Ja?«

»Dass du hierher gekommen bist, macht mich echt glücklich.«

Er bringt mir das dampfende Käffchen und beginnt eine Geschichte zu erzählen.

»Ich werd dir eine Geschichte von den Kiowa erzählen.«

»Kiowa?«

»Wir sind doch Stammesbrüder, oder?«

»Also los …«, sage ich und nippe an dem heißen Getränk, das sich wohlig wie eine Umarmung anfühlt.

»Wie viele Eier hast du gegessen?«, fragt Andoni. Er braucht diese Anspielung, um anfangen zu können, um die Scham zu überwinden, in unserem Alter Märchen zu erzählen. »So hat unsere Großmutter immer die Märchen begonnen … Wie viele Eier hast du gegessen?«

»Ein halbes Dutzend …«

»Es war einmal eine Kiowa-Familie«, beginnt er lächelnd, »die nachts allein in ihrem Zelt aus Bisonleder in der Prärie geblieben war. Die Eheleute verrichteten ihre Arbeit und ihr Kind schlief. Der Mann schnitzte im Licht eines schwachen Feuers Pfeile. Schärfte die Pfeilspitze mit dem Schleifstein, bog den Keil zwischen den Zähnen zurecht, spannte ihn in den Bogen ein und prüfte dann, ob der Pfeil gerade war. Plötzlich merkte er, dass draußen vor dem Zelt etwas war, ein Tier oder ein Mensch. Der Pfeilmacher sagte zu seiner Frau, ohne die Arbeit zu unterbrechen: ›Da draußen ist jemand, pass aufs Kind auf, aber hab keine Angst, wir sprechen in aller Ruhe weiter.‹ Und nachdem er die geschliffene Pfeilspitze festgemacht, den Keil noch einmal zwischen den Zähnen gebogen, den Pfeil eingespannt und zur Probe in verschiedene Richtungen gezielt hatte, sagte er ruhig, als würde er mit seiner Frau sprechen: ›Ich weiß, dass du da draußen bist, ich höre deine Schritte, ich spüre, dass deine Augen auf mich gerichtet sind. Wenn du ein Kiowa bist, dann wirst du verstehen, was ich sage, und mir deinen Namen nennen.‹«

Andoni machte eine kurze Pause und fuhr fort:

»Draußen antwortete niemand, und der Kiowa zielte mit dem Pfeil hierhin und dorthin. Als er schließlich die Stelle erreichte, an dem er das Wesen draußen vermutete, schoss er. Der geschärfte Pfeil traf genau in das Herz des Feindes ...«

»Das ist aber eine merkwürdige Geschichte«, sage ich.

Etwas anderes fällt mir nicht ein, nur dass sie ziemlich merkwürdig ist, und Andoni sieht mich mit großen Augen an, als erwarte er, dass ich mehr dazu sage.

»Ich bin nicht intellektuell genug, um das philosophisch interpretieren zu können«, füge ich hinzu.

»Und wenn sie nicht gestorben sind, dann leben sie noch heute«, sagt Andoni.

Wir unterhalten uns bis in die frühen Morgenstunden, und als ich vor Müdigkeit zu wanken beginne, nur noch jaja sage, führt mich Andoni in seine baskische Dachkammer.

Ich soll in dem Raum schlafen, in dem Andoni seine baskischen Bücher und noch ein paar andere Geheimnisse aufbewahrt.

»Ich schlafe hier nicht«, hat er gesagt, »ich schlafe im anderen Raum, aber tagsüber bin ich oft hier, das ist mein Traumzimmer.«

An der Wand zwei Gemälde von Gernika, der Tempel mit der

Eiche und das Bild der von einer Öllampe beleuchteten Zerstörung, außerdem Bilder von Oteiza, Ruizbalerdi, Ameztoi, ein Wappen und Fotos von Bilbao.

Das Zimmer hat kein Fenster, aber wenn es eines hätte, würde man draußen sicher Bilbao sehen, die Dächer von Santutxu, und wenn die Hochhäuser die Sicht nicht versperren, vielleicht sogar ein freundliches, am Hang gelegenes Wohnviertel wie Otxarkoaga. Das ist es, was man vom Fenster dieses Zimmers aus sehen würde.

Ich nehme ein dickes Buch aus dem Regal, *Tristes Tropiques*, Claude Lévi-Strauss, *de l'Académie Française*. Ein schwarzhaariger Indio, er hat ein Holz- oder Knochenstück quer durch die Nase stecken, ein weiteres Holzstück reicht von der Oberlippe bis zum Kopf, blickt in die Kamera. Seine Augen sind auf uns gerichtet.

Ich stelle das Buch wieder zurück und greife nach einem anderen, das quer auf den anderen im Regal liegt. Es ist ein Gedichtband, und ich stoße auf rot unterstrichene Zeilen:

> *Niemand weiß, wo mein Land liegt,*
> *sie suchen es,*
> *bekümmern mich mit Kurzsichtigkeit …*

Als ich am nächsten Morgen aufstehe, mich anziehe und in die Schuhe schlüpfen will, entdecke ich einen schwarzen Skorpion.

»Hab ich vergessen, dir zu sagen«, meint Andoni, »man muss hier immer die Schuhe ausklopfen. Wegen der Ameisen, Kakerlaken und Skorpione …«

Andoni ist Anthropologe.

»Seit zwei Jahren arbeite ich mit Leuten von der Universität in Quito. Das ganze letzte Jahr haben wir in Amazonien verbracht.«

»Und was habt ihr da gemacht?«

»Wir waren mit Indianern unterwegs, die Shuar heißen.«

»Shuar ... Hab ich noch nie gehört.«

»Viele Leute kennen sie unter dem Namen Jíbaro ...«

»Die Menschenfresser?«

»Nein, sie sind bekannt, weil sie die Köpfe ihrer Feinde schrumpfen.«

»Und hast du so einen Schrumpfkopf zu sehen bekommen?«

»Ja, ein paar. Aber wir haben uns vor allem mit der Sprache beschäftigt.«

»Das ist schwer, eine Sprache zu erfassen, oder?«

»Ja, ziemlich. Worte sind ja keine Etiketten, mit denen man Gegenstände versieht. Zu reden bedeutet, ein Vorhaben zu teilen, sich gegenseitig etwas mitzuteilen und verstehen zu wollen. Das ist nicht einfach, zu so einer Gemeinsamkeit zu gelangen.«

»Zumindest die Bezeichnungen von Gegenständen zu erfassen, dürfte doch nicht so schwierig sein ...«

»Manchmal schon. Zum Beispiel, wenn du fragst, was Messer heißt, und dabei mit dem Zeigefinger auf ein Messer zeigst. Dann kann es sein, dass der eine deinen Zeigefinger anschaut, deine Geste mit *Zeigefinger* übersetzt, der nächste mit *Eisen, Werkzeug, scharf* oder *gefährlich* ...«

»Oder sie reagieren überhaupt nicht.«

»Ja, das kommt auch vor«, antwortet Andoni lachend. »Die Art der Indios ist wirklich manchmal wie osteuropäisches Kino. Ihr Schweigen sagt mehr als Tausend ihrer Worte.«

»Und jetzt willst du zurück nach Amazonien?«

»Ja, aber diesmal allein. Bei der letzten Reise wurde ich krank und war bei ein paar Indianern, die Nantu genannt werden. Ich möchte noch einmal überprüfen, was ich bei ihnen gelernt habe.«

»Was hast du denn gelernt?«

»Ich sage gelernt, aber ich weiß gar nicht, ob ich etwas gelernt habe. Wenn ich in der Ethnologie etwas gelernt habe, dann ist es, dass es meistens nicht so einfach ist zu erkennen, was man betrachtet ...«

»Man sieht den Wald vor lauter Bäumen nicht«, sage ich.

»Egal, wie wissbegierig wir sind – normalerweise lernen wir nur das, was wir schon wissen. Wir ordnen neues Material in ein bestehendes System ein und lassen das, was unseren Kenntnissen nicht entspricht, einfach unter den Tisch fallen. Als ich bei den Nantu war, sind mir allerdings ein paar Systeme durcheinander geraten.«

»Was ist denn passiert?«

»Ich weiß nicht, ob wirklich etwas passiert ist. Bei den Nantu habe ich nicht gearbeitet, ich habe keine Methode verfolgt. Außerdem war ich krank und hatte Halluzinationen. Wenn ich mich jetzt erinnere, weiß ich nicht, ob das alles wirklich geschehen ist oder nicht, und um das rauszufinden, will ich noch mal zurück ...«

Plötzlich kommt Andoni, als hätte er in einem Fach seines Gedächtnisses einen verloren geglaubten Ordner entdeckt, wieder auf Goio zu sprechen:

»Aber das ist siebenundzwanzig Jahre her, Maribel, das war zu Beginn der Welt. Geologische Faltenlegung, Vulkanausbrüche, Gletscherbildung, in der Zeit zwischen damals und heute ist alles Mögliche geschehen. Die Materie von damals ist inzwischen versteinert ...«

Zum Mittagessen gibt es eine Dose Thunfisch mit Brot und Bier, und Andoni erklärt mir den Unterschied zwischen kalten und heißen Gesellschaften.

Primitive Gesellschaften sind verglichen mit unseren modernen Gesellschaften *kalt*. Sie funktionieren wie eine Uhr, bringen wenig Unordnung, Wandel, Entropie hervor, durchleben von Generation zu Generation kaum eine Veränderung, sind fast geschichtslos. Die Gesellschaften der Geschichtsschreibung dagegen beruhen auf massiver Unterdrückung, auf der Sklaverei oder kapitalistischer Aneignung, und bringen wie eine Dampfmaschine enormen Druck und Kräfte hervor, Unrecht und Rebellionen. Das heißt, Ordnung erzeugt Unordnung und Unordnung neue Ordnung, sodass die Entropie immer schneller zunimmt …«

Nach dem Mittagessen bringt mir Andoni drei Bücher, damit ich mir Fotos von den Shuar anschauen kann. Und ich sehe sie mir an, sofern man auf Bildern überhaupt jemanden sehen kann.

»Laufen die immer noch nackt rum?«, frage ich ein bisschen blöde.

»Mit einem Lendenschurz, solange die Missionare sie nicht mit Laken bedecken …«

Sie haben keine hohe Lebenserwartung. Die meisten sterben als Kinder oder Jugendliche.

»Die sterben wie die Fliegen«, sagt Andoni. »Aber das ist auch nur eine Redewendung. Fliegen sterben nicht wie Menschen. In den Siedlungen der Shua gibt es haufenweise Fliegen …«

»Und von den Nantu hast du keine Fotos?«

»Nein.«

»Hat irgendjemand schon einmal ein Buch über sie geschrieben?«

»Nicht dass ich wüsste.«

»Und willst du was schreiben?«

»Ich weiß nicht«, sagt Andoni. »Zuerst würde ich gern wissen, ob sie existieren. Und auf diese Weise auch, ob ich existiere …«

Es ist mein letzter Tag in Punpuna. Morgen fahren Andoni und ich nach Quito; er, weil er an der Universität zu tun hat, ich, weil ich allein weiterreisen, mit dem Flugzeug von Quito nach Managua, nach Hause fliegen werde – wenn es denn so etwas wie ein Zuhause gibt.

Nach Mitternacht betrete ich Andonis Baskenkammer, aber ich habe keine Lust, mich hinzulegen. Ich schaue mir die Fotos von Bilbao an und stelle fest, dass sie so angeordnet sind, als würde man auf die Stadt blicken.

Auf dem Regal liegt ein Stapel alter Fotografien. Sie tragen, von Andoni mit der Hand auf der Rückseite beschriftet, den Namen des Ortes und ein Datum, und ich beginne sofort, sie chronologisch zu sortieren. Die Biskaya im zwanzigsten Jahrhundert, Illustrationen unserer heißen entropischen Geschichte.

Das Aussehen der Leute zu Beginn des Jahrhunderts ist völlig unerwartet. Neben Straßenszenen aus Bilbao gibt es Porträts aus den Erzminen am westlichen Ufer des Nervión.

Unsere Vorfahren waren echte Freaks.

Wir werden für unsere Nachfahren eines Tages bestimmt auch einmal wie Freaks aussehen – eigenartig, komisch, ziemlich monströs.

Wer läuft und läuft, ohne jemals stehen zu bleiben? Das war ein Rätsel, das unsere Großmutter uns als Kinder immer stellte. Wir mussten »die Zeit« antworten. Die Ewigkeit ist in diesem Sinne der Weg des voranschreitenden Jetzt.

Die Zeit hinterlässt uns Bruchstücke der Vergangenheit, damit wir wie bei einem Puzzlespiel, darauf hoffend, die Ansammlung von Einzelteilen könnte am Ende einen Sinn ergeben, etwas zusammensetzen – was uns dann aber doch nicht gelingt.

Dieses bisschen Sinn ist der einzige Trost, den uns der Lauf der Zeit lässt.

Ich nehme Claude Lévi-Strauss' *Tristes Tropiques* und das Buch öffnet sich mir auf Seite 435:

Surtout, on s'interroge: qu'est-on venu faire ici? Dans quel espoir?
À quelle fin?

Am nächsten Tag sind ein Haufen Leute auf dem Flughafen von Quito. Koffer, Taschen, Leute.

»Schade, dass Goio krank ist«, sagt Andoni. »Eine amerikanische Wissenschaftsorganisation braucht einen Krankenpfleger für eine Expedition.«

»Wohin fahren die denn?«

»In die Antarktis.«

»In die Antarktis? Was soll Goio in der Antarktis?«

»Eine lange Reise machen.«

Am Flughafen Quito ein Haufen sich umarmender, Grüße mit auf den Weg gebender und Ohren mit Abschiedsworten füllender Menschen. Wir halten an der antisentimentalen Tradition der Basken fest, wechseln weniger Worte als Schweigen.

»Warum nennt man diese Breitengrade Traurige Tropen?«, frage ich lächelnd.

»Das hat sich ein Franzose ausgedacht, um zu verdeutlichen, dass wir weit weg vom alten, grauen, müden Europa sind«. Er beginnt zu lachen, während auf der Rollbahn ein Triebwerk gestartet wird.

Obwohl der Motorenlärm lauter wird und ich mich zu entfernen beginne, höre ich seine Worte:

»Und es stimmt. Wir sind weit weg vom alten, grauen, müden Europa, hier im alten müden Ecuador…«

So hat er sich ausgedrückt, Andoni.

Im Flugzeug ist auf einem Bildschirm der amerikanische Kontinent zu sehen, ein bewegliches Symbol zeigt unsere Position an.

»Wir fliegen ganz schön langsam«, sagt mein Sitznachbar. »Dieses Flugzeug braucht bestimmt drei Monate von Quito nach Managua!«

In Managua betrete ich ohne anzuklopfen das Haus. Ich weiß, dass diese Angewohnheit, ohne Ankündigung einzutreten, nicht von guter Erziehung zeugt, dass es sich in jedem Fall gehört zu klopfen und den Schlüssel erst dann zu benutzen, wenn man sicher ist, dass keiner zu Hause ist. Ich trete also ein, und wir stehen uns gegenüber, Armando und ich; er in seiner weißen Schürze, von einer weichen, feinen Schicht Mehl überzogen, beim Brotbacken, jener Tätigkeit, die angeblich wichtiger ist als der Befreiungskampf, und auf der anderen Seite ich, mit meinem Bedürfnis nach Heimkehr, den Schlüssel in der Hand, die Tasche auf dem Rücken.

Amando ist nervös und beginnt, an seiner Schürze zu nesteln. In diesem Moment kommt eine nackte Frau aus dem Zimmer und geht ins Bad.

»Ich weiß nicht, wie ich dir das erklären soll«, sagt er.

Der ansonsten für alles Erklärungen, Analysen und Metaphern bereit haltende Armando weiß die Situation nicht zu erklären. Es ist die hübsche India aus der Nachbarschaft; die, deren weiße Laken immer wie Wellen im Hof hängen.

»Du musst nichts erklären. Das Offensichtliche ist eindeutig ...«

Ich gehe ins Schlafzimmer, sammle die auf dem Boden verstreuten Schuhe und Kleider der Frau ein und schmeiße sie auf den Küchentisch. Dann ziehe ich die Laken ab und werfe sie zusammengeknäuelt ebenfalls auf den Tisch.

»Soll sie die Wäsche waschen!«, sage ich, als ich ins Zimmer flüchte.

Dort fühle ich mich lächerlich, wie eine Karikatur, wie ein künstlicher Satellit, ein alter Lappen, eine Ansichtskarte. Das Buch liegt noch da, wie ich es zurückgelassen habe, aufgeschlagen und mit den Seiten nach unten, es sieht aus wie das Dach eines Bauernhauses. Ich nehme es in die Hand, schaue hinein und natürlich, *le néant est structure constitutive de l'existant* steht auf der aufgeschlagenen Seite des Buchs, des Bauernhofdachs.

Die Frau ist, so hat es den Anschein, keine gute Leserin.

Ich blicke auf die Wand und sehe einen neuen Spruch, in Josus gewohnter Handschrift:

Ich sollte Heimat durchstreichen und durch Strafe ersetzen. Unsere Verdammnis. Es könnte eine Heimat sein, wenn der Tod nicht mit der Pünktlichkeit eines Erschießungskommandos einträfe.

Ich suche einen schwarzen Filzstift, aber streiche dann doch nichts durch.

Sondern schreibe nur daneben:

Wäre ich ein Klavierspieler, würde ich in einem Schrank spielen.

J. D. Salinger

Die während meiner Abwesenheit eingetroffenen Briefe und Pakete liegen auf dem Tisch; einige, die ich lesen, andere, die ich verteilen muss.

Aus unserem fernen kleinen Land gesandte Nachrichten, die keine Zollstation passiert haben, die, unerwartet und zärtlich, wie es nur Schmuggelware sein kann, hier angekommen sind, immer zu spät, immer von Vergangenheit gezeichnet, der aufgeschobene Widerschein verstrichener Tage.

In der Zeitung auf einer mit *Heute* betitelten Seite der Wetterbericht:

Nach Tagesanbruch Nebel an der Küste und Bodennebel im Landesinneren und in den Höhenlagen. Vereinzelt leichte Schauer, besonders im Norden und Westen. Im weiteren Tagesverlauf ab Mittag Aufklarung und nur noch gelegentlich bedeckt. In den meisten Teilen des Baskenlands Temperaturanstieg. In den Abendstunden Gewitter, besonders in den Pyrenäenausläufern.

Heute, dieses Heute liegt weit zurück, und zwar schon seit langem. Morgen war viel früher als vorgestern.

Morgen verstärkter Hochdruckeinfluss. In den Morgenstunden Nebel- und Hochnebelbildung, gegen Mittag spürbare Zunahme der sonnigen Abschnitte. In allen Landesteilen heiter und nur noch vereinzelt Wolken. Neuer Aufzug von Wolken in den Abendstunden.

Nachrichten, Fotografien, Briefe, die aus einer anderen Welt und Zeit zu stammen scheinen. Vielleicht aus der wirklichen Welt, vielleicht sind es die wirklichen Tage, denn das Hier und Heute erscheint mir reichlich unglaubwürdig.

Das dortige Heute ist längst Vergangenheit. Der Brief meines kleinen Bruders zum Beispiel wurde vor zwei Monaten geschrieben.

Hey Sister:
Ich bin jetzt staatlich geprüfter Vater, deshalb kommt dieser Brief etwas spät. Vor drei Wochen haben wir eine hübsche kleine Tochter bekommen. Wenn ich hübsch sage, dann wirst du nicht glauben, dass sie große Ähnlichkeit mit mir hat, aber das sagen alle. Sie ist brav und schläft viel. Ich weiß nicht, von wem sie das hat, von ihrem Vater oder ihrer Mutter, denn in dieser Hinsicht sind wir uns beide ziemlich ähnlich. Ich habe mich noch nicht wirklich an den neuen Job gewöhnt, die Sache mit dem Kinderwagen kommt mir etwas komisch vor. Aber was solls, man kann alles lernen.
Julen

Und dann die vertraute Schönschrift meiner Mutter, eingeübt in Franco-Spaniens Nachkriegsschule:

Meine liebe Tochter,
seit langem habe ich keine Nachricht mehr von dir. Die letzte war eine so hübsche Postkarte vor einem Jahr. Es geht dir sicher gut, das hoffen wir wenigstens.
Hier bei uns ist alles wie immer. Der Pappa ist in Rente. Den ganzen Sommer sind wir viel spazieren gegangen. Dann ist Ellori gekommen, die

Kleine von Julian und Idoia, so ein hübsches Mädchen. Aitor und Inma
haben viel Arbeit mit ihren Kindern und gar keine Zeit. Xabier hat schon
ein paar Schritte gemacht und bald ist er ein Jahr alt und ein Schlau-
meier. Da ist ganz schön was los, wenn die alle zu uns kommen.
Noch was auch, in dem letzten Brief hab ich dir gesagt, dass es ein biss-
chen wärmer wurde, aber jetzt regnets wieder, und wir müssen warten,
dass der Sommer kommt. Hoffentlich ist das bald.
Sag uns, wenn du was brauchst, ich weiß nicht, was ich dir schicken soll,
weil du nie was sagst. Ich leg dir die Bilder von den Kindern bei, sie sind
an den Feiertagen aufgenommen. Also pass auf dich auf, meine Kleine.
Ganz viele Küsse,

Pappa und Mamma

Beim Lesen höre ich ihre Stimme und ich erinnere mich. Aber
Erinnern ist nicht Hören, beim Erinnern findet alles in der Vergangenheit statt.

Und dann wieder die Zeitung, eine Anzeige: *bbk* und *Bank-*
konto ohne Zahlungsbewegung. Ich verstehe nicht, was dieses *bbk* bedeutet:

Gemäß Artikel 29-2 des Haushaltsgesetzes, auf der Grundlage des könig-
lichen Erlasses 88|1091 vom 23. September und in Übereinstimmung mit
dem Gesetz vom 24. Januar 1928 und der Anweisung vom 8. Juni 1968
werden die folgenden, in dieser Anzeige veröffentlichten Maßnahmen rechts-
kräftig. Kunden, die über ein Konto verfügen, auf dem in den letzten zwan-
zig Jahren keine Kontobewegungen stattgefunden haben und dies entspre-
chend der geltenden Gesetzgebung als aufgegeben angesehen wird, werden
darauf hingewiesen, dass der auf diesem Konto vorhandene Betrag in staat-
lichen Besitz übergeht.

Die Frau ist weg, aber Josu kommt nicht ins Zimmer. In seinem
klandestinen Büro beginnt er bald wieder mit seinem tip tip tap
tip top.

Der Abend bricht an, und Josu tippt immer noch, Josu, Armando oder wie auch immer, Staatschef seiner utopischen Republik, einsamer Pionier seiner Traumwelt. Das weiße Papier in der Schreibmaschine sieht wie eine Wiese aus, das tip tap darauf wie Schritte, Schritte eines Laufenden, der sich immer weiter entfernt.

Ich strecke mich auf dem Bett aus und lese noch einmal den Brief der Mutter. Dann nehme ich *Les dissolutions de la mémoire* in die Hand, aber das Buch ist mir zu langweilig und ich lege es wieder wie ein Dach übers Gesicht.

Die Mahlzeiten unserer ersten Tage in Managua kommen mir in den Sinn, Brot und Eier mit Reis. Josu ging in die Küche, um das Brot aus dem Ofen zu holen und kam patsch patsch patsch sofort wieder ins Bett. Zwanzig Minuten später dann war ich es, die das Wasser mit dem Reis aufsetzte und patsch patsch patsch zurücklief. Wir mussten auf die Uhr schauen, denn der Reis war in fünfzehn Minuten fertig, und dann wieder in die Küche, den Herd ausschalten, und patsch patsch patsch wieder ins Bett. Schließlich standen wir beide auf, um Spiegeleier zu braten, taten uns jeder weißen Reis und ein Ei auf den Teller, brachen das Brot, der Laib dampfte noch, und aßen nackt, fast fröstelnd, Reis und Eier, Brot mit Bier.

Wenn mich die Erinnerung nicht täuscht, waren wir, zumindest so lange diese Mittag-Abendessen andauerten und wir gemeinsam das Geschirr spülten, um dann wieder patsch patsch patsch ins Bett zurückzukehren, die einzigen Bewohner eines Kontinents, auch wenn der von den Vulkanen fallende, über die Haut der Seen streichende Wind gelegentlich Nachrichten und seltsame Stimmen an uns herantrug. Und ich habe den Verdacht, dass damals, zwischen Laken und Töpfen versteckt, sich hinter Büchern und Tellern verbergend, jenes schreckhafte, ungesellige Tier umherlief, das Glück genannt wird.

Diese Tage füllten uns mit Leben und Erinnerungen und kommen mir jetzt, so schön sie waren, wie eine Lüge vor.

Ich gehe davon aus, dass das Glück leicht ist, die Traurigkeit dagegen eine Last, eine Komplizin der Schwerkraft, sie lässt dich die Masse spüren, bis sie dich erschöpft und niedergestreckt hat.

Als ich zu Bett gehe, betrachte ich mich im Spiegel. Die Brüste zwei voneinander getrennte, schlaffe Hemisphären. Und dann das Gesicht, ja dieses mein Gesicht, das mit einem Lappen weggewischt werden könnte.

Später werde ich mich schlaflos im Bett wälzen, nackt unter dem Laken und allein, und das tip tip tap tip der Syntax hören. Ich liege auf der linken Seite, das Gewicht des Körpers lastet auf dem Herzen, und wende meinen Rücken dem abwesenden Rücken des Freundes zu, den Blick in die Dunkelheit gerichtet.

Mir kommt in den Sinn, dass wir alles mit verschwommenen Augen betrachten, die Klarheit und Eindeutigkeit unseres Lebens oberflächlich ist, jeder von uns eine abgeschlossene Welt darstellt, wir in Klammern gesetzt leben. Mein geliebter Freund hat sich schlagartig in einen Unbekannten verwandelt. Ich ahne, dass ich nicht zu Hause bin, keinen sicheren Hafen besitze, wir Schiffbrüchige sind, und spüre Atemnot, wie eine Ertrinkende.

Als Josu sich später ins Bett legt, dreht er mir den Rücken zu, so wie ich bis dahin seiner Abwesenheit den Rücken zugewandt habe.

Am Morgen beschließe ich nach dem Aufstehen, zum Friseur zu gehen. Ich will eine vor langer Zeit aufgegebene feminine Vorliebe neu entdecken und mache mich auf den Weg zu einem Friseur, der von den wohlhabenden und eleganten Frauen Managuas frequentiert wird. *Wirklich, dieser Mann ist phantastisch.*

Für eine Frau ist der Friseursalon – wie für die alten Griechen das tragische Theater oder für die meisten Männer das Fußballstadion – ein Ort der Katharsis. Hier werden Ärger, Wünsche und Unverschämtheiten des Alltags thematisiert, jede Frau hört in den Worten der anderen ihre eigene Stimme widerhallen, *phantastisch, phantastisch*. Als ich auf der Höhe meiner Augen Kamm und Schere erblicke, schließe ich die Augen, und die abgeschnittenen Haarsträhnen fallen mir klick klick auf Schultern und Brust.

»Das Neueste!«, sagt eine, den Kopf im Haartrockner versteckt. »Weißt du, dass Jaqueline ihrem Mann Hörner aufsetzt?«

»Und er weiß Bescheid?«, fragt die unter dem Trockner daneben.

»Ganz Managua weiß Bescheid, aber du weißt ja, wie das ist. Bei einem Staatsstreich ist der Präsident immer der letzte, der davon erfährt …«

»Und wer ist der Putschist?«

Klick klick klick.

»Ein bemittelter Mann …«

Sie brechen in Gelächter aus.

»Sehr gut ausgestattet.« Und so reden sie weiter, über die herrlichen Teppiche, die sie im Ich-weiß-nicht-wo-Laden verkaufen, über die in den Ferien gemachte Kreuzfahrt, die unverschämten Lohnforderungen des letzten Hausmädchens.

»Vor einer Woche kam ich in ihr Zimmer, und da saß sie und weinte. Sie hätte kein Problem, hat sie gesagt, sie würde vor Glück weinen.«

Und über die Freizeitgestaltung, zuerst kommt Aerobic, dann die Seelengymnastik beim Psychiater. Über die Impfungen für das Hündchen. Die Sommerkurse, die die Kinder in New York gemacht haben: *New York, New York, eine Weltstadt, meine Liebe! Eine Weltstadt!*

»Das Kind ist glücklicherweise weiß und blond zur Welt gekommen, aber ich würde sicherheitshalber bei allen eine Blutuntersuchung machen lassen, denn in der Familie sind die meisten Indios oder Schwarze, und heute kannst du dich auf die Krankenhäuser auch nicht mehr verlassen.«

»Das Modeln zumindest hat sie aufgeben müssen«, sagt eine andere über das Manifest von Isabella Rossellini, »was da mit dem Computer an ihren Bildern retuschiert werden musste, kam etwa auf drei oder vier Schönheitsoperationen ...«

»Deshalb behauptet sie jetzt«, fährt die nächste fort, hi hi hi, »dass die kleinen Fehler eine Frau schöner machen.«

»Und dass das Wichtigste bei einer Frau Humor und Phantasie sind. Ich glaube, das sagt sie als Trost für die Hässlichen.«

Dann lassen sie sich über eine Creme aus, die so phantastisch ist für den Hals und vor allem für den Hintern.

»Und noch was anderes, hast du neulich diese Frau gesehen, wie heißt sie noch, Maria, hast du die erbärmlichen grünen Schuhe gesehen, die sie zu dem roten Rock getragen hat?«

Sie sind oberflächlich und zynisch, aber besonders bezeichnend für die bourgeoisen Frauen von Managua ist der Ausdruck von Ekel und Kälte, mit dem sie, wie über ein Balkongeländer gelehnt, auf die Leute auf der Straße herabblicken.

Als ich nach Hause komme, klopfe ich vorsichtshalber an die Tür, und Josu erscheint im Rahmen, mit einem Selbstporträtgesicht.

»Wie fühlst du dich?«, fragt er.

Ich antworte, ganz in seinem Stil:

»Die Haare frisch zurechtgemacht, aber mit einigen emotionalen Hämatomen ...«

»Was denkst du über die Sache gestern?«

»Gestern? Wenn du diesen Vorfall meinst, glaube ich, dass du ein wenig Selbstkritik üben könntest.«

»Und über unsere Beziehung?«

»Wir sind allein«, antworte ich.

»Was heißt allein?«

»Davor dachte ich, dass wir, auch wenn wir allein waren, zusammen waren. Jetzt ist mir bewusst geworden, dass wir allein sind, wenn wir allein sind, und auch allein sind, wenn wir zusammen sind.«

Vor allem das – dass wir, auch wenn wir zusammen sind, so gut wie allein sind.

»Mir ist klar geworden, dass wir zwei Inseln sind, zwei Sprachen sprechen ...«, fahre ich fort.

Das Antonym zu Liebe heißt nicht Hass. Das Gegenwort zu Liebe lautet *Fortgehen.* »Unabhängigkeit!«, sage ich.

Josu gefällt meine Art zu reden nicht. Er beginnt mit den Händen zu fuchteln und formt in seiner Aufregung den Buchstaben B des Taubstummenalphabets.

Was ihm mit Sicherheit am Wenigsten gefällt, ist die Tatsache, dass ich Wortspiele mache – auch wenn er straflos und bei jeder Gelegenheit selbst darauf zurückgreift. Er hört auf, den Buchstaben B zu formen, doch seine Hand hängt weiter kraftlos in der Luft.

Schweigend steht er da, wie ein arbeitsloser Kran.

»Und dein Roman?«, frage ich, um zu zeigen, dass ich bereit bin, ohne Groll das Thema zu wechseln.

»Ich möchte ein Buch schreiben, dass dem Leser einen Eindruck von Realität vermittelt, damit er, wenn er vom Buch aufblickt und die Realität betrachtet, den Eindruck hat, ein Buch zu lesen ...«

Er setzt wieder zu seinen Entwürfen, Versuchen, Erklärungen an.

»Also These, Antithese und Syntax«, sage ich, als seine Lippen schließlich verstummen.

»These und Antithese ergeben sich fast von selbst. Das Schwierigste ist die Syntax ...«, sagt er.

Wie eine an einem grammatikalischen Faden hängende Spinne.

6

Hirschkäfer

Sie kamen auf dem Bauernhof der Großeltern an, und Goio wusste, was er als Erstes zu hören bekommen würde:

»Komm rein, damit ich dich messen kann«, sagte der Großvater immer.

Im Haus, im Rahmen der Küchentür, befanden sich die Markierungen, die der Großvater jedes Mal, wenn sein Enkel zu Besuch kam, mit einem Messer ins Holz schnitt. Schön gewachsen ist unser Junge, sagte der Großvater dann, während er die neue Kerbe mit der alten verglich.

Doch an diesem Samstagmittag war der Großvater am Waldrand bei der Heuernte. Nur die Großmutter war zu Hause.

»Komm her, mein Rotschopf!«

Sie bereitete in der dunklen Küche gerade Sangria zu, im Krug schwammen Eis- und Orangenstücke in einer Mischung aus Wasser und Wein.

»Warte einen Moment, dann kannst du die Sangria gleich mitnehmen«, sagte sie und begann Zucker in die Kanne zu rühren.

Als Goio beim Großvater ankam, waren alle zufrieden.

»Hier kommt unser Seemann«, sagte ein Nachbar.

Anstatt einer Mütze trug der Großvater ein vierfach geknotetes Tuch auf dem Kopf.

»Schön gewachsen ist unser Junge!«, sagte der Großvater vom Heuwagen herab, als sie eine Pause einlegten, um den Besuch zu begrüßen und die Sangria zu trinken.

Neben dem Großvater waren noch fünf Andere bei der Arbeit, darunter zwei Frauen, alles Nachbarn, die nach der eigenen

Arbeit dem Großvater halfen. Es war sonnig und schwül, alle saßen im Schatten, und die vier Flaschen, die Goio mitgebracht hatte, waren bald leer.

Goio war von der Sense beeindruckt. Wie präzise das Sensenblatt hin- und herschwang, wie sauber das geschnittene Gras fiel, wie angenehm die Arbeitspausen waren, und dann der metallene Klang, wenn ein Stück Wiese gesenst war und die Klinge wieder geschärft werden musste. Der süße Geruch von frischem Gras war kräftiger als alle anderen Gerüche, verbreitete sich in alle Himmelsrichtungen, blieb lange in der Luft hängen. Es waren die Wochen der Heuernte, alle waren auf den Wiesen oberhalb der Ortschaft, wendeten das geschnittene Gras, harkten Heu zu großen Haufen zusammen, beluden die Ochsenkarren, während die eingespannten Tiere geduldig warteten. Das Heu musste zum Hof geschafft und so viel wie möglich davon in der Dachkammer untergebracht werden.

Goio durfte nicht mithelfen, weil er, wie sie sich ausdrückten, ein Städter war, ein Junge vom Meer oder noch zu klein. Nie ließen sie ihn auf dem Hof mitarbeiten. Eine Weile schaute er zu, sammelte die leeren Flaschen ein und suchte sich einen Schattenplatz am Pinienhain neben der Wiese. Unerwartet flatterte eine Krähe aus dem Farn herauf und verschwand oberhalb der Baumwipfel. Goio sprang über den Graben am Wiesenrand. Obwohl auch dort Farn und Brombeergestrüpp wucherten, war der von Piniennadeln bedeckte Boden doch weich wie ein Teppich. Hier setzte Goio sich hin, streckte die Füße in den Wassergraben.

Er beobachtete die Heuwagen, die Ochsen, die Schaffelle unter dem Joch trugen, den Großvater mit dem Tuch auf dem Kopf, die Nachbarn, die Heu rechten oder mit der Gabel zusammentrugen. Goio schlief ein und träumte, dass sie ihm einen Sack mit einem zerstückelten Mensch- oder Tierkörper darin brachten und er nicht wusste, was er tun sollte, weil er den Sack doch nicht einfach zurücklassen konnte, denn ein Hund oder ein wildes Tier könnten ihn plündern. Und dass jemand einen weiteren Sack zu ihm brachte und er sich nicht traute, ihn aufzumachen – aus Angst, erneut auf einen toten Körper zu stoßen und noch einen und noch einen.

Schweißgebadet wurde er wach. Er setzte sich hin wie zuvor, nahm den Kopf zwischen die Hände und blickte hinab auf die Weide, wo der beladene Heuwagen gerade anfuhr, langsam und leicht wankend den Hang hinunterrollte. Der Großvater trieb die Ochsen mit einer Rute und unter Zurufen an.

Auch Goio musste nach Hause. Beim Aufstehen blieb er mit dem Fuß hängen und entdeckte eine Patrone zwischen den Steinen. Es war das erste Mal, dass er eine Kugel sah, er kannte sie nur aus Comic-Heften und Filmen. Lange betrachtete er sie, rieb sie sauber und steckte sie in seine Hosentasche.

Er lief die Weide hinunter und sah die Berge im Süden. Der Großvater verbesserte ihn immer, das seien keine Berge, sondern Felsen: »Die sind ganz steinig, da gibt es kein Gras und keine Pflanzen, nur Steine und Abgründe.« Er konnte die Namen der Felsgipfel einzeln aufsagen, aus Namen eine ganze Landschaft zusammensetzen: *Haitzurdin, Elgoien, Ahuntzeta.* Zwischen ihnen lag die Stadt Eibar, man konnte den Fabrikrauch erkennen. In dem grünen Tal, das im Schoß der Felsen entsprang, lagen ein paar Dörfer, jedes von ihnen von drei Trassen durchzogen: dem Fluss, der Landstraße, den Eisenbahngleisen.

Das Schönste war der Zug. Weit entfernt im Osten sah man gerade, wie einer, sich wie ein Regenwurm krümmend, mit einem Pfeifen im Tunnel verschwand.

»Dieses *Zugloch* ist das längste der Welt«, hatte Goio einmal einen Bauern sagen gehört.

Auf dem Weg vom Pinienhain nach Hause kam man an einem Tümpel vorbei. Den ganzen Tag über, aber vor allem in der

Abenddämmerung, war der morastige Ort von Krötenrufen erfüllt, die Tiere verbreiteten ihren trunkenen Gesang im ganzen Tal, verkündeten quak quak quak ihr Leben.

Als Goio daheim ankam, stand der Wagen an der Hauswand, und der Großvater war immer noch damit beschäftigt, Heu in die Dachkammer zu schaffen.

Beim Abendessen zog Goio die Patrone aus der Hosentasche und zeigte sie dem Großvater.

»Wo hast du die gefunden, Kind? Die ist ja noch scharf.«

Der Großvater erklärte, dass sich im hinteren Teil der Kugel Pulver befinde, und dass das Pulver beim Abdrücken in der Kugelkammer explodiere und dann das Blei durch den Lauf hinausfliege, um Leute zu töten.

Dann fing er an, vom Bürgerkrieg zu erzählen.

»Am Anfang sahen wir das Feuer in der Ferne, über den Bergen im Osten, und dachten, dass der Krieg weit weg wäre. ›Da ist die Front‹, hieß es, als würde sie immer dort bleiben, während Soldaten hin und her marschierten, die meisten von ihnen nach Osten, während eine Menge Leute bereits nach Westen flohen. Wir haben den ganzen Tag über Kanonenfeuer und Gewehre gehört, Flugzeuge sind hier lang geflogen und haben Bomben abgeworfen. Und an den Orten, wo nachts Feuer brannte, waren tagsüber Rauchsäulen zu sehen. Manchmal hat das Morgengrauen gleich nach der Abenddämmerung begonnen, im Osten leuchtete der Himmel rötlich, die ganze Nacht über, bis die Sonne wieder aufging …«

Der Großvater zog an seiner Zigarre, Qualm stieg auf, dann zeigte er auf die Patrone auf dem Tisch.

»Im Graben beim Pinienhain hast du die gefunden? Das waren alles Schützengräben, von da oben bis runter zur Schlucht. Eines Tages gingen die Soldaten nicht mehr nach Osten, sondern kamen zu uns, sie trugen Verletzte auf Bahren mit sich, und ein Milizionär hat gesagt, dass die Front sich hierher bewege und wir abhauen sollten, weil sich von nun an alles in ein Schlacht-feld verwandeln würde und wir keine andere Wahl hätten als zu fliehen...«

»Seid ihr alle gegangen?«, fragte Goio.

Die Großmutter, der es nicht gefiel, wenn über den Krieg ge-sprochen wurde, murmelte vor sich hin.

»Ich glaube, hier bei uns«, fuhr der Großvater fort, »sind nur die Agirres geblieben, weil sie Karlisten waren, und *Trauriger-Stuhl*...«

»Weil er gelähmt ist!«, sagte Goio.

»Nein, nein. Damals war er nicht gelähmt, er war ganz ge-sund. Und dick! Als die Franquisten kamen, hat er sich in der Dachkammer versteckt. Ein paar Tage später haben sie ihn re-gungslos zwischen dem Heu gefunden, vor Angst gelähmt. Sie haben ihn nicht mal gefangen genommen, sondern nur ausge-lacht, ihm ein paar Tritte verpasst und dann in Ruhe gelassen. Aber seit vierzig Jahren spricht er nicht mehr und steht nicht mehr von seinem Stuhl auf.«

Nun mischte sich die Großmutter ein:

»Wir haben alles auf den Wagen gepackt und sind geflohen. Was hätten wir sonst machen sollen?«

Ihre Bemerkung war eine Aufforderung, das Thema zu be-enden. Der Großvater erklärte, im Stall noch etwas erledigen zu müssen, stand wankend auf und torkelte, offensichtlich betrun-ken, hinaus.

Die Großmutter, die Goio immer noch wie ein Kind behan-delte und vom Kriegsthema ablenken wollte, stellte ihm altbe-kannte Rätsel:

»Was ist das? *Pipitaki, papataki* – hat keine Beine und läuft trotz-dem...«

»Die Nase!«, sagte Goio.

Die Kirchenglocke läutete, und Goio hatte plötzlich, in einem dunklen Winkel der Erinnerung, das Bild einer toten, vor einem verlassenen Bauernhaus liegenden Kuh vor Augen. Ihr fehlten Stücke im Fleisch ...

Pipitaki, papataki, sagte die Großmutter, »ein einarmiger Kirchenmann, der den Leuten Nachrichten schickt ...«

Goio hatte keine Lust auf Kinderspiele und antwortete fast automatisch:

»Die Glocke!«

»*Pipitaki, papataki* – ich werde im Wasser nicht nass und verbrenne nicht im Feuer.«

Goio erinnerte sich nicht daran, seit wann sie ihm diese Rätsel schon stellte.

Als er schlafen ging, ließ er das Fenster offen, um die Sterne im Blick zu haben und die Fledermäuse draußen vorbeihuschen zu spüren.

Vor seinem inneren Auge, in einem dunklen Winkel der Erinnerung, sah er den Karren, den die Großmutter stets benutzte, wenn sie im Dorf Milch verkaufen ging, zum Bauernhaus zurückkehren und den Esel, den niemand von den Riemen und der Last des Karrens befreit hatte, vor dem leeren Haus schreien.

Der nächste Tag war ein Sonntag. Als Goio hinunterkam, war der Großvater schon bei den Kühen im Stall. Er übte, wie es im Dorf hieß, »sein Regiment über die Tiere aus«, *gobernatu,* »er herrschte über sie.« Ein dunkler Raum, der Geruch nach Kuhdung, muhende Kühe, glitschiger Boden. Goio trat langsam ein und fand den Großvater auf einem Hocker sitzend, den Kopf an den Rumpf der Kuh gelehnt. Er molk mit einer Hand, presste die Zitzen am Euter mit fünf Fingern zusammen, während der Milchstrahl schäumend und mit einem metallenen Klingen in den Eimer schoss.

Um zehn musste Goio mit in die Messe gehen, doch als die Erwachsenen um fünf Uhr nachmittags noch einmal in die Kirche gingen, um ihren Singsang für die Heilige Michaela von

Olabe anzustimmen, blieb er zu Hause. Die in der Küche hängenden Fliegenfänger waren übersät mit toten Insekten. Auch die Glühbirne war von einer dunklen Schicht Fliegendreck überzogen.

Die Fliegen, die nicht ahnten, dass Sonntag war, und keine Angst vor den Klebefallen hatten, zogen aufdringlich surrend ihre Bahnen, stießen miteinander zusammen, flogen wieder auseinander, die eine in einer sinnlosen Spirale nach oben steigend, die andere immer wieder zum Ort des Zusammenstoßes zurückkehrend, sich schwindelig fliegend, als wäre sie magnetisiert. Es war kein Motiv für diese sinnlos exakten Bewegungen zu erkennen, nicht zu verstehen, ob die Fliege, die sich auf Goios Knie kurz ausruhte, Nahrung suchte oder spielte, ob sie, als sie wieder in die Luft aufstieg, eine geheimnisvolle mathematische Operation durchführte oder einfach nur einer Bestimmung folgte.

Goio, der allein im Haus war, betrat das Schlafzimmer der Großeltern und betrachtete das Foto des Onkels an der Wand, ein Porträt des Verwandten, der ungefähr neunzehn Jahre alt gewesen war, als die Aufnahme gemacht worden war. Als kleines Kind hatte Goio den Mann auf dem Foto immer für seinen Vater gehalten, oder genauer gesagt, Goios Vorstellung vom unbekannten Vater orientierte sich am Bild des Onkels. Das Porträt schien lebendig zu sein, Goios Blick kreuzte sich mit dem Blick des Fotografierten, und es war, als würde sich der Mann im Bilderrahmen gleich bewegen und zu sprechen beginnen.

Später, in der Dämmerung, stieg Goio den Nussbaum neben dem Haus hinauf, so wie er es als Kind immer getan hatte. Er blieb eine ganze Weile auf seinem Baumthron, saß in vier Meter Höhe entspannt auf einem Ast, als wäre es ein Pferderücken, prüfte Landschaft und Wetter und sehnte sich danach, die geheimnisvolle Logik der Welt zu durchschauen. Doch es war kein großer, allgemeiner Sinn zu erkennen, die Natur der Dinge schien ziemlich absurd, die Käfer zum Beispiel. Goio nahm einen gehörnten Mistkäfer in die Hand und fand ihn völlig sinnlos. Ein entferntes Bellen, das Quaken der Kröten, das anhaltende Gezirpe der Grillen waren zu hören, und später, gegen zehn oder elf Uhr abends, würde sicher auch der furchteinflößende Ruf einer sich auf den Ästen über dem Vordach niederlassenden Eule ertönen.

Der Hof der Großeltern wurde Mugertza genannt, direkt neben dem Nussbaum stand der Hof Etxeberritxo. An diesem Sonntagabend sah Goio, weil er vom Baum aus in das Schlafzimmerfenster blicken konnte und Licht in der Stube brannte, die gerade vom Rosenkranzbeten nach Hause gekommene Joakina ihr Kleid ausziehen und nackt im Raum stehen. Er betrachtete den weißen, massigen Körper der alten Jungfer von Kopf bis Fuß, einschließlich der dunkel schimmernden Warzen auf ihren großen Brüsten, und alles sah aus wie bei den Statuen, die die griechischen Bildhauer für die Schulbücher angefertigt hatten.

Erschrocken stürzte Goio fast von seinem Ast, die Augen fielen ihm beinahe heraus. Aus Angst, gehört zu werden, verharrte er regungslos, denn die Nachbarin ging ins Bett, ohne das Fenster zu schließen. Schamerfüllt blieb er auf dem Baum sitzen, verfolgte dort bis tief in die Nacht die traurigen Rosenkränze, die die Fledermäuse in die Luft flochten.

Während Goio seine letzten Ferientage auf dem Bauernhof verbrachte, war ich in Bilbao. Wir lebten in Santutxu, und so oft ich konnte, ging ich ins Kino Metropolitan. Es waren düstere Zeiten, aber den Urwald, das Meer und die Landschaften Arizonas sahen wir bereits in Technicolor. Sophia Loren, Claudia Cardinale und die anderen führten uns in die Welt der Erwachsenen ein. In unseren kurzen Hosen kamen wir nicht in alle Filme hinein. Ich hatte nichts als einen sandfarbenen Flaum im Gesicht und wartete sehnsüchtig darauf, dass mir endlich ein Bart wuchs.

»Du hast mein Rasiermesser verwendet, Andoni«, sagte mein Vater, wenn er vor dem Spiegel stand und mit eingeseiften Wangen feststellte, dass die Klinge stumpf war. Es war trist bei uns zu Hause. Mein Vater war Vertreter, meine Mutter arbeitete in einem Geschäft, und ich war fast immer allein. Ich hatte ein Haustier, einen Kanarienvogel, und manchmal steckte ich Salat in seinen Käfig, um zu beobachten, wie der Vogel lustlos an dem welken Blatt herumpickte.

Das Metropolitan war das nächstgelegene Kino. Die Vorstellungen begannen um vier, sieben und zehn Uhr. Da es Non-Stop-Vorführungen waren, ging ich manchmal schon um vier und blieb bis spät abends. Der Kinosaal erinnerte an eine Lagerhalle, und alle kamen hier zusammen: Arbeitslose, verliebte Pärchen, Rentner, Jungs wie wir und auch ganz normale Leute. Bei den spannenden Szenen war es unvermeidbar, sich in das Geschehen auf der Leinwand einzumischen.

»Geh nicht, Jeronimo, das ist 'ne Falle!«

Schüsse fielen, und Bleikugeln zischten piu piu piu an unseren Ohren vorbei.

Am letzten Freitag im April tauchte Brigitte Bardot auf den Plakaten des Kinos Metropolitan auf, mit einem das ganze Plakat ausfüllenden Körper und dem knappsten Bikini der Welt.

»In dem Film kann man BB nackt sehen«, meinte ein Nachbarsjunge an diesem Abend.

Er sagte: Bebe. Er behauptete, den Film schon gesehen zu haben, mir zuliebe aber noch einmal mit hineingehen zu wollen.

An diesem ansonsten langweiligen Spätnachmittag erzählte er mir auch die Geschichte von Pinocchio und Schneewittchen. Die Prinzessin hatte Pinocchio mit in ihr Schlafzimmer genommen, dort aber dann entdeckt, dass sein Ding sehr klein war. Doch Schneewittchen hatte eine Idee. Die sieben Zwerge stan-

98

den hinter der verschlossenen Tür und hörten, wie Schneewitt-chen seufzend verlangte: Jetzt eine Lüge, Pinocchio, und jetzt die Wahrheit, eine Lüge, die Wahrheit, eine Lüge …

Am Samstagnachmittag stellten wir uns in unseren kurzen Hosen an der Kinokasse auf die Zehenspitzen, um größer zu wir-ken. Wir kauften Karten, aber der Mann an der Tür ließ uns trotzdem nicht hinein. Er zeigte mit unerbittlicher Miene auf das Schild und knipste das Licht seiner Taschenlampe an:

JUGENDLICHEN UNTER 18 JAHREN
IST DER EINTRITT VERBOTEN

»Weil ihr es gestern schon mal versucht habt, kriegt ihr heute euer Eintrittsgeld auch nicht zurück«, sagte er und ließ uns ohne Geld und Karte stehen.

Mit traurigen Gesichtern betrachteten wir noch lange das Plakat. Weil vierzehn Standfotos darauf abgebildet waren, konn-te man sich mit ein bisschen Phantasie die Geschichte zusam-menreimen.

Mein Freund war schon am Vortag draußen geblieben und hatte sich mit den Fotos begnügen müssen.

»Lügner«, sagte ich zu ihm. »Sag die Wahrheit, eine Lüge, die Wahrheit, eine Lüge …«

Am Sonntag dann sahen wir einen Western. Das Licht im Saal ging aus, die Leinwand leuchtete schwarz-weiß auf, und wir be-kamen erst einmal die Wochenschau zu sehen. Das Fenster aller Spanier zur Welt, hieß das Motto, General Francisco Franco bei der Einweihung eines Staudamms, Francisco Franco an der Sei-te des Bischofs und des Erzbischofs beim Besuch einer Kathe-drale, der General Francisco Franco mit seiner afrikanischen Garde bei der Siegesparade …

Der alte Mann grüßte von überall her, winkte mit seiner Par-

kinson'schen Hand, während wir Kaugummis, Sonnenblumen-
kerne und Lakritze aßen. Und dann, endlich, fing der Farbfilm
an, und wir blickten durch Postkutschenfenster in die staubigen
Ebenen des amerikanischen Westens.

Als ich etwas später aufs Klo ging, las ich auf einer vollgekritzelten Wand den mit Lippenstift geschriebenen Spruch:

IRAULTZA ALA HIL
REVOLUTION ODER TOD

Zu diesem Zeitpunkt wusste ich nicht, was Revolution bedeutete, und das Wort Tod kannte ich nur aus Filmen.

»Verdammt«, sagte ich, als ich zu meinem Kinosessel zurückgekehrt war, »auf der Männertoilette war ein Mädchen, das Baskisch schreiben kann.«

»Was hat sie denn geschrieben?«, fragte mich Pinocchio.

Schsch, begannen die Leute im Dunkeln neben uns zu machen.

»Keine Ahnung«, flüsterte ich.

Wir konzentrierten uns wieder auf den Film, denn das Kino
war unsere Lieblingswelt, in Tucson und Mojabe lernten wir alles, was man über Leben und Tod wissen musste. Wir erfuhren,
dass Männer *aaarggg* machen, wenn sie sterben, so wie Kinder bei
der Geburt *uääääh* schreien.

Über dem Kinoausgang stand *Exit*, denn das Metropolitan
war frisch renoviert, und ich verstand, dass die Leute, die *éxito*,
also Erfolg haben wollten, durch diese Tür hinausgehen mussten. Wir alle schritten guter Dinge und mit stolzgeschwellter
Brust unter den vier Buchstaben hindurch.

Es war Sonntagnacht, und wir stießen draußen auf den Straßen von Santutxo auf diese komischen Insekten, große gehörn-
te Käfer. Unsicher flogen sie herum und fielen immer wieder ungeschickt auf die Erde.

»Das sind Hirschkäfer«, erklärte Pinocchio. »Die Männchen kämpfen wie Hirsche mit dem Geweih gegen andere Männchen, wenn sie ein Weibchen erobern wollen.«

Pinocchio ging in Bilbao auf die Schule. Ich dagegen musste am nächsten Morgen ins Internat nach Kalaportu.

7

Stammesbrüder

Andoni wird dir die Geschichte der Kiowa erzählen, und du wirst eine seltsame Antwort geben:

»Dann haben wir das Ende geändert.«

Das wirst du zu ihm sagen.

»Warum?«

Sag ihm, dass die Geschichte am Vortag nicht mit dem Pfeil im Herzen des Besuchers endete.

»Wenn ich dir gestern nicht auf Baskisch geantwortet hätte, wäre es aus mit mir gewesen …«

Verzagt wie die Häuptlinge in den Indianerfilmen wird Andoni erklären:

»Wenn du wirklich ein Kiowa bist, wirst du die rätselhafte Klarheit der Geschichte verstehen, ihr offensichtliches Rätsel …«

»Ich glaube, dass wir eher dem anderen ähneln.«

»Welchem anderen?«

Du wirst sagen wollen, dass wir dem anderen ähneln, dem Fremden, dem Wanderer in der Dunkelheit, dem Stummen.

»Wir sind wie der fremde Schatten, der heimatlos umherirrt.«

Aber das wird erst später sein. Du wirst am Vorabend in Pupuna ankommen und bei deiner Ankunft Gebell hören.

Andoni wird von seiner Lebensgefährtin geweckt werden, die auf dem Bett kniet.

»Esteban! Esteban! Wach auf …«, wird sie aufgeregt sagen.

»Was ist denn los?«

»Hör mal, die Hunde!«

»Hast du schlecht geträumt?«

»Die Hunde bellen immer lauter!«

Und man wird das Gebell hören, das in der Dunkelheit kalt und beängstigend klingt und immer wilder wird.

Andoni wird aufstehen und sich zum Fenster vortasten, ohne das Licht anzumachen. Draußen in der Nacht wird außer Sternen, einem blauen Felsen und den sich direkt dahinter unerbittlich erhebenden Bergen nichts zu sehen sein.

Niemand ist in der Nähe, nur die bellenden, jaulenden Hunde.

Statt wieder zu Bett zu gehen, wird Andoni den Fernseher einschalten, unbewusst, fast automatisch, als wäre es ein von den Vorfahren vererbtes Verhalten. Und auf dem Bildschirm, der frei ist vom beharrlichen Weiß gekalkter Wände und leeren Papiers, wird er auf berühmte Persönlichkeiten, ein elegantes Studio, interessante Gespräche stoßen.

Selbst die Fragen werden im Fernsehen hell und farbenfroh klingen:

»Was würden Sie gerne tun?«

Ein weißhaariger alter Mann wird zu sehen, *Jeremiah Hightower essayist* wird unter seinem Gesicht auf der linken Seite des Bildschirms zu lesen sein, und er wird antworten:

»Einem Kind zuhören. Nichts zum Kind sagen, ihm nur zuhören, einfach nur dem Kind zuhören, sonst nichts.«

Dieser Jeremiah Hightower wird wissen, was er will. Dann wird *Hans Clash folksinger* zu lesen sein, und ein blonder junger Mann mit langer Mähne eingeblendet werden:

»Was würden Sie gerne tun?«

»Neun Monate lang in einer der zehn am dichtesten bevölkerten Städte der Erde umherwandern, von einem Morgengrauen zum nächsten quer durch die Stadt laufen und Zeuge von Tagesanbruch und Abenddämmerung sein ...«

Andoni wird einen Blick auf die Uhr werfen, zehn vor elf, und dann auf die Katze. Das Tier wird reglos auf der alten Truhe liegen und eine Lektion in Weisheit und Stille erteilen. Ihre graugrünen Augen werden aufmerksam leuchten.

Er wird den Fernseher ausschalten und ins Bett zurückkehren.

»Was ist los?«, wird die Frau fragen.

»Nichts, sie sind weit weg, schlaf weiter.«

»Wenn die Hunde es nicht schaffen, Fremde mit ihrem Bellen zu vertreiben, fangen sie an zu heulen …«

»Quatsch!«, wird Andoni sagen. »Die sind hinter einer läufigen Hündin her.«

Sie werden wieder einschlafen und etwas später, nach einigen Traumsequenzen, wird die Frau Andoni erneut wecken:

»Esteban, Esteban, wach auf!«, wird sie aufgeregt sagen.

Diesmal wird ein lautes Klopfen an der Tür zu hören sein, wie der Hammerschlag eines Richters.

Andoni wird schweigend zum Fenster gehen, und du wirst seinen Schatten im Rahmen erkennen.

»Habt ihr ein Plätzchen für einen Gast?«, wirst du auf Baskisch fragen.

»Wir werden schon Platz machen!«, wird Andoni antworten.

Und als er die Türe öffnet, wird er dich erkennen, den dünnen, blassen, rothaarigen Jungen von früher.

»Komm rein …«, wird er lächelnd sagen.

Du wirst ein paar Schritte machen und erneut stehen bleiben, um ihn anzusehen, Andoni, in seinem Unamuno-Pullover.

»Andoni, eh?«

So wirst du ihn nennen, Andoni, ihn mit seinem längst verschütt gegangenen offiziellen Schul-, Haus-, Taufnamen ansprechen.

»Ich heiß jetzt Esteban, aber egal!«, wird er sagen.

Dann wird seine Freundin aus dem Schlafzimmer herauslugen.

»Dulita, meine Freundin.«

Und er wird auf Spanisch zu ihr sagen:

»Goio, ein Jugendfreund.«

Die Freundin wird mit offenem Mund dastehen, mit beiden Händen ihren weißen Bademantel zusammenhalten.

»Mein neuer Name ist Esteban«, wird Andoni auf Baskisch wiederholen.

Ihr drei werdet eine Weile dastehen, ohne so recht zu wissen, was ihr sagen sollt.

»Ich wollte euch mal einen kurzen Besuch abstatten ...«, wirst du sagen.

Die Formulierung wird sich seltsam anhören, unsicher, schüchtern.

»Ob er kurz sein wird, weiß ich nicht, aber schön bestimmt!«, wird Andoni antworten. »Komm mit in mein Geheimzimmer.«

Er wird die Tür zu seiner Kammer öffnen und du wirst, die Tasche auf dem Rücken, hinter ihm eintreten.

Kaum dass du hereinkommst, wird dein Blick auf die Bilder an der Wand fallen, Gemälde und Fotos, überwiegend von Bilbao und Umgebung, ein Wappen der sieben baskischen Provinzen, und dann wirst du die weiße Wand betrachten.

»In diesem Zimmer habe ich alle meine baskischen Sachen ...«, wird Andoni sagen.

Du wirst das Wappen anschauen und wieder werden sich deine Augen auf der Wand neben den Fotos und Bilderrahmen verlieren, bis du schließlich die Landkarte entdeckst:

»Wo sind wir hier?«, wirst du fragen und auf die Ecuador-Karte zeigen.

Andoni wird auf die Karte zugehen und antworten:

»Die Gegend hier hatte früher einen schönen Namen, Königreich von Quito. Dann haben die Franzosen einen Strich durch die Mitte der Welt gezogen, und die Gegend wurde nach dieser Linie benannt, Ecuador ...«

Er wird die Spitze seines Zeigefingers auf die Landkarte legen:

»Wir sind hier, man könnte sagen, dass wir uns an der Taille der Welt befinden ...«

Du wirst die Karte betrachten und ungewöhnliche Namen lesen: *Ambato, Quito, Pupuna, Guayaquil* …

»Ein Käffchen?«, wird Andoni fragen.

»Ja.«

Bald darauf wird er mit heißem Kaffee und zwei Tassen aus der Küche zurückkommen.

»Ich habe dich nicht heute erwartet.«

Er wird sich an das Kiowa-Märchen erinnern und es dir erzählen wollen.

»Ist er zu bitter?«, wird er fragen.

»Nein, gut so.«

»Erinnerst du dich noch an die Zeit, als wir Kinder waren?«

»Ein bisschen«, wirst du sagen.

»Ich erinnere mich noch an deine verbotene Liebe.«

»Verboten?«

Die Technicolor-Farben deines Gedächtnisses sind schon etwas verblasst.

»Manchmal glaube ich, dass die besten Momente unseres Lebens für immer vergangen sind«, wird Andoni sagen.

Er wird einen Schluck Kaffee trinken und sofort weitersprechen.

»Aber war das Leben nicht auch schon damals ziemlich komisch und durcheinander?«

Du antwortest nicht, und Andoni wird das Thema wechseln, ohne noch einmal einen Beweis seiner Präteritum-Erinnerung zu erbringen:

»Wann hast du das Baskenland verlassen?«

»Schon lange her.«

Um den aufsteigenden Kaffeedampf herum wird Stille eintreten, du bist nicht sehr gesprächig, auch Andoni ist nicht sehr gesprächig, und ihr werdet lange schweigen, als würdet ihr im Hintergrund diesen Bob Dylan-Song hören, *The times they are A-Changin'*, die Zeiten ändern sich, nebeneinander sitzen und wie

Komplizen schweigend den Song hören, *The times they are A-Changin'*.

Die Zeiten ändern sich ständig.

»Uuund ...?«, wird er dich plötzlich fragen. »Willst du wirklich fahren?«

»Ich bin mit eben dieser Absicht hergekommen.«

»Aber du weißt, dass sich die Antarktis am Arsch der Welt befindet?«

»Wir haben in der Schule gelernt, wo sie liegt. Damals hat man noch Südpol gesagt.«

»Die Dinge ändern sich ...«, wird Andoni sagen. »Alles hat sich total geändert, findest du nicht?«

»Warum sollten die Dinge auch so bleiben, wie sie sind!«, wirst du antworten.

Er wird einen Umschlag holen, ihn dir hinhalten, und während du ihn öffnest, sagen:

»Einer der Wissenschaftler der Expedition ist krank und braucht einen Krankenpfleger, der Englisch spricht.«

Dann wird Andoni dich fragen:

»Liest du die *Scientific American*?«

»Nein«, wirst du antworten.

»Gelegentlich schreibt er in der Zeitschrift über das Wasser, er heißt Edwin Walsh und hat anscheinend nicht mehr lange zu leben ...«

In diesem Moment wirst du den Inhalt bereits aus dem Umschlag geholt haben und einen Ausweis sowie einen neuen bordeauxfarbenen Reisepass in der Hand halten.

»Ist gut gemacht, oder?«

»Scheint so.«

Du wirst ihn durchblättern, so wie man in einem Geschäft ein Buch durchblättert, das man nicht kaufen will.

»Das ist ganz schön komisch!«, wirst du sagen.

»Was ist komisch?«

»Ausweise, Pässe, das alles ...«

»Hätten wir mehr Persönlichkeit, bräuchten wir keine Personalausweise«, wird Andoni sagen. »Das willst du sagen, oder?«

»Was hat dieser Mann eigentlich?«

Du wirst deinen neuen Namen lesen:

Javier Salgado Verdecia.

»Ich glaube, er ist todkrank. Leberkrebs mit Metastasen, im Endstadium ...«

»Wann fahren wir los?«

»In einer Woche legt das Schiff ab, die Reise soll insgesamt neun Monate dauern.«

»In einer Woche?«, wirst du fragen.

In den frühen Morgenstunden wird Andoni dich allein im Zimmer zurücklassen, mit dem offenen Koffer auf dem Bett.

»Pfff, ich blas das Licht aus, gute Nacht ...«, wird er sagen und du wirst bei seinem angedeuteten Pusten lächeln müssen.

Und er wird dir die Kiowa-Geschichte, die er allen Basken erzählt, die zu Besuch kommen, nicht gleich in der ersten Nacht erzählen.

Wahrscheinlich, weil er glaubt, dass du solche Geschichten kindisch finden könntest und dir schon dieses aus einer trüben Erinnerung stammende Ausblasen des Lichts ziemlich albern vorgekommen sein muss. Auf jeden Fall wird er es nicht wagen, ins Zimmer zurückzukehren, um dir zu sagen, dass er da noch eine Geschichte für dich hat ...

Der nächste Tag wird der Vorabend des vierundzwanzigsten Juni sein, San Juan. Weil für die Quechuas Inti Raimy und der katholische San Juan das Gleiche sind, wirst du mit Andoni zum Maskenfest gehen. Die Leute werden mit den unglaublichsten Verkleidungen auf der Straße herumlaufen.

»Willst du was trinken?«

»Ja«, wirst du sagen.

Du magst den Geschmack von Alkohol nicht und wirst dich beim Trinken fühlen wie jemand, der beim Grenzübertritt den Zoll passieren muss – wirst trinken, um besoffen zu sein.

»Der dort, der Teufelskopf, das ist Ayahuma«, wird Andoni dir erklären.

»Ayahuma? Wer ist Ayahuma?«

Ihr werdet mit dem Maskenumzug von Haus zu Haus, von Kneipe zu Kneipe ziehen und die Wohnungen von innen kennen lernen. Von Fliegendreck überzogene Glühbirnen, wacklige Holzmöbel, Staub und Lehm.

Die Flaschen werden bald an Gewicht und Farbe verlieren und eine nach der anderen, verächtlich fallen gelassen, im Straßengraben landen.

Gegen Ende der durchzechten Nacht, schon in den frühen Morgenstunden, werdet ihr mit einer Gruppe aus der Ortschaft hinaus und über die Berge zu einem eisigen Fluss laufen.

»Wir werden jetzt im Fluss baden«, wird Andoni dir erklären, während ihr euch torkelnd aneinander festhaltet.

Das Ritual von San Juan sieht vor, dass die Männer im Morgengrauen im Fluss baden, um dadurch neue Kraft zu schöpfen.

»Die Menschheit ist schon komisch!«, wirst du grinsend sagen, und die baskischen Wörter werden sich im dir unverständlichen Quechua-Echo verlieren.

Auf dem Weg zum Fluss werden sich neben den Abgründen gewaltige Felsen erheben, werden neben Furcht einflößenden Bergwänden tiefe Schluchten abfallen. Ihr werdet vorwärts schwanken, ohne den Weg gerade biegen zu können.

Am Fluss werdet ihr euch, betrunken wie ihr seid, sofort ausziehen.

»Hören wir auf die Stimme von *Taita Diosito*, von Väterchen Gott«, wird ein Quechua auf Spanisch sagen.

Und ihr werdet der Stimme von Väterchen Gott lauschen:

»Aaggggaaaalllllbbbbb …«

»Hörst du die Stimme von Taita Diosito?«, wird dich Andoni fragen.

»Hey, was sagst du da?«, wirst du auf Baskisch dem Fluss zurufen.

Und wirst du etwas hören?

»Ja, ja, ich habe dich verstanden«, wirst du sagen.

»Was hat er denn gesagt?«

»Na, Aaggggaaaaalllllllbbbbb ...«

»Und was soll das bedeuten?«

»Willst du, dass ich es dir buchstabiere?«

Ihr werdet in Gelächter ausbrechen und schließlich zugeben, dass die Botschaft von Väterchen Gott nicht unbedingt wiederholt werden muss.

»Besser so, ohne Übersetzung ... Was würde Väterchen wohl sagen, wenn er so sprechen würde, dass man ihn versteht?«

»Wahrscheinlich würde er das Gleiche erzählen wie alle anderen auch«, wird Andoni behaupten. »Phrasen über Freiheit, Geld, Würde oder Ehre dreschen. Besser er rauscht einfach weiter vor sich hin ...«

»Genau!«

Der Schnee auf den Berggipfeln und die grauen Felsen werden in der Nacht wie Spiegel blitzen. Die Luft wird sich klar und kalt, beim Atemholen wie schneidendes Glas anfühlen. Vierzehn nackte Männer, das lange rabenschwarze Haar zu einem Knoten gebunden, jeder mit seiner letzten Flasche in der Hand und ein paar Kokablättchen.

Du beginnst, ihre nackte Existenz genauer zu betrachten.

»Der hat sich die Haare geschnitten, weil er Läuse hatte!«, wirst du hören, und dann das Grölen der Betrunkenen.

Ein nackter Indio wird an euch vorbeigehen; die Maske des Ayahuma baumelt auf seinem Rücken. Nur mit Mühe wird er sich aufrecht halten.

»Wozu macht ihr das?«, wird Andoni fragen.

»Weil man das so machen muss«, wird ein Indio antworten.

»So zeigen wir uns, wie wir sind«, wird ein anderer einwerfen.

»Weil ihr so wirklicher seid?«, wird Andoni inbrünstig sagen, ganz in der Rolle des besoffenen Anthropologen.

Du wirst zu lachen anfangen, auf dem Moos ausrutschen und der Länge nach in den Fluss fallen. Als du mit nassem, erschrockenem Gesicht, nach Halt suchend und um Atem ringend den Kopf wieder aus dem Wasser streckst, wirst du die bronzefarbenen Quechua mit aufgerissenen Mündern dastehen sehen. Beim Lachen werden sie ihre wenigen, verfaulten Zähne herzeigen.

Und dann wird auch Andoni ins Wasser springen, und die Indios werden ihm in einem Pulk folgen. Der Schmelzwasser führende Fluss wird unglaublich kalt sein. Als Andoni den Kopf aus dem Wasser hebt, wird er sehen, wie du aus dem Fluss steigst und zitternd, aber aufrecht auf einem Stein stehend wie eine Kerze aussiehst, wie ein blasser Wachskörper mit feuerroter Flamme.

»Bald erscheint Taita Inti«, wird ein Indio sagen.

Aufgeregt wird Andoni aus dem Wasser steigen.

»Ich werde jetzt das Koka kauen«, wird ein anderer sagen, während er sein Gepäck durchwühlt.

Und du wirst keine besondere Kraft spüren, weder im Wasser noch in der eisigen Luft. Nur eine wahnsinnige Kälte, die dir den Rausch austreibt oder zumindest lindert. Die Zähne werden beim Klappern fast zerspringen.

In diesem Augenblick wird die Sonne aufgehen, leuchtendes Gold am Himmel, oder besser gesagt: in Brand gesetzte Kohle.

»Es tut gut, ein paar Tage mit einem Stammesbruder zu verbringen«, wird Andoni am nächsten Morgen sagen.

»Von welchen Stamm sind wir?«, wirst du ihn grinsend fragen.

»Kiowa!«, wird er antworten.

»Die Papiere, die ich verstecke, bewahre ich in der Kammer auf, in der du schläfst. Einmal hat ein Freund zufällig ein auf Baskisch beschriebenes Blatt Papier gefunden. Er hat gefragt, was das für eine Sprache sei. Ich habe ›Kiowa‹ geantwortet. Da hat er ›Aah‹ geseufzt, als wollte er damit sagen, dass es sich um einen hoffnungslosen Fall von Indiophilie handelt …«

Und jetzt wird er dir die Kiowa-Geschichte erzählen.

Nachdem du sie gehört hast, wirst du denken, dass eure Begegnung am Vorabend ein glücklicheres Ende gefunden hat, weil kein Pfeil im Herz des Ankömmlings landete.

»Wenn ich dir gestern nicht auf Baskisch geantwortet hätte, wäre es aus mit mir gewesen …«

Verzagt wie die Häuptlinge in den Indianerfilmen wird Andoni antworten:

»Wenn du wirklich ein Kiowa bist, wirst du die rätselhafte Klarheit der Geschichte verstehen, ihr offensichtliches Rätsel …«

»Ich glaube«, wirst du sagen, »dass wir eher dem anderen ähneln.«

Denn wir sind nicht unbedingt Kiowa, vielleicht gehören wir eher zum Stamm des stumm durch die Nacht laufenden Menschen oder Tieres.

»Welchem anderen?«

»Wir sind wie der fremde Schatten, der heimatlos umherirrt.«

»Dann sind wir Nantu!«, wird Andoni sagen.

»Bevor du an Bord gehst, musst du diesen Edwin Walsh treffen«, wird er am Bahnhof noch einmal betonen.

Das Bahnhofsgebäude ist aus grün angestrichenem Holz, über dem Eingang steht in roten Lettern der Name *Pupuna*. Ein breiter und langgezogener Bahnsteig, links und rechts, in beide Richtungen der Gleise, nach Nord und Süd unendliche Weite.

Eine Frau, die wie eine Städterin aussieht, wird mit ihren zwei Kindern, neben ihr Taschen und Pakete, dastehen, ein Quechua wie eine senkrecht in den Boden gepflanzte Bronzestatue in die Ferne blicken.

Du wirst die Tasche hinstellen, nach oben blicken und an der Wand eine von Qualm und Rost verschmutzte Uhr hängen sehen. Ihre Zeiger werden stehen geblieben sein und eine längst vergangene Stunde anzeigen, man weiß nicht von welchem Tag, welcher Nacht, welcher Jahreszeit, welchem Jahr.

Du wirst den Koffer in die Hand nehmen und einen Schritt nach vorne setzen, auch wenn der Zug noch nicht zu hören ist.

»Von hier nach Guayaquil hält der Zug elf Mal«, wird dir Andoni erklären.

Du wirst die langen, nirgendwo zusammentreffenden Gleise betrachten, und dann wird pfeifend ein Punkt auftauchen, ein schwarzer Punkt, ein Rauch ausstoßendes Spielzeug, das allmählich größer wird, bis es sich bei der Einfahrt in den Bahnhof in eine Lokomotive verwandelt.

Als der Zug steht, wirst du die Tasche auf den Rücken nehmen und die Stufen hinaufsteigen. Der Waggon der ersten Klasse wird fast leer sein, und du wirst von Waggon zu Waggon durch den Zug laufen, von der ersten in die zweite Klasse, durch die zweite hindurch und schließlich die Waggons der dritten Klasse erreichen, die voller Indios, Körbe und Hühner sind. Andoni wird neben dir auf dem Bahnsteig entlanggehen, bis du in der dritten Klasse einen Platz gefunden hast, der dir gefällt.

Das Gepäck wirst du in der Ablage zwischen Taschen, Hühnern und Wassermelonen verstauen. Aber du wirst einen Sitzplatz haben und dem Freund auf dem Bahnsteig durchs Fenster zulächeln.

»Das war ein kurzer Besuch«, wird Andoni sagen.

»Kurz und schön«, wirst du lächelnd antworten.

Plötzlich wird der Zug zu ruckeln beginnen, wie ein sich reckendes Tier. Er wird kurz vor- und zurücksetzen und dann langsam anfahren.

»Lass dich nicht unterkriegen!«, wird der Freund sagen.

»*Agur*, Esteban, bis zum nächsten Mal«, wirst du beinahe schreiend antworten.

Allmählich wird der Zug in Fahrt kommen, und du wirst Andoni, den Bahnhof, die Masten und Berge zurückfallen sehen.

»Bis zum nächsten Mal, Stammesbruder!«

Die Sonne wird dir ins Gesicht fallen, und als du die Augen schließt, wirst du ganz deutlich die Sprache des Zugs hören:

trakatrak trakatrak trakatrak ...

8

Zu zweit auf der Schulbank

An diesem Montagmorgen fing die Schule an, und die Mutter weckte Goio in der Früh:

»Raus aus dem Bett, heute beginnt die Schule wieder! – Benimm dich anständig und gehorch den Lehrern. – Soll ich dich zur Schule begleiten?«

Goio öffnete die Augen und antwortete:

»Ich geh' allein!«

Für diesen Tag hatte er neue Stiefel und eine lange Hose bekommen. In die Stiefel kam er nur schwer hinein, der kleine Zeh wollte nicht eingesperrt sein. Doch nicht nur die Zehen sollten lange gefangen bleiben.

Als Goio mit vier oder fünf Jahren eingeschult worden war, hatte die Mutter ihn begleitet. Obwohl es noch zu früh gewesen war, hatten zahlreiche Kinder vor den großen Schultoren gestanden, jedes mit seiner Tasche, seinem gewaschenen Gesicht, seinen gekämmten und sauber gescheitelten Haaren, der Mutter, dem kindlichen Ernst. Als die Schule geöffnet worden war, hatte die Mutter Goio hineingeführt, ihn an einem Holzpult Platz nehmen lassen, ihm einen Kuss gegeben und war gegangen. Einige Kinder hatten, von ihren Müttern zurückgelassen, zu weinen begonnen.

Aber wenn man in die achte Klasse kam, war es peinlich, mit der Mutter aufzutauchen. Es gab eine Bezeichnung für diejenigen, die mit der Mutter gesehen wurden. Sie kam schon fast einer Aufforderung zum Duell gleich: Muttersöhnchen.

»Der schläft noch bei seiner Mama im Bett«, hieß es.

Sie kamen in der Schule an, und die Mutter sagte in einem

Spanisch, das Goio hölzern vorkam, zu Pater Mendiberi: »Guten Tag, ich bin die Mutter von Gregorio Ugarte«. Und der Jesuit antwortete Goios Mutter das Gleiche, was er ein paar anderen Frauen zuvor schon gesagt hatte: »Am Schuljahresende werden Sie stolz auf Ihren Sohn sein.«

»Geh nach Hause«, bat Goio die Mutter.

Er war wütend auf sie, weil er die spottenden Blicke der Klassenkameraden spürte, und drehte die Wange zur Seite, als sie ihm einen Abschiedskuss geben wollte.

Bald stand er allein im Gang, nicht weit von der Tür 8B entfernt.

Ich kam um zwanzig vor acht im Wagen meines Vaters an, nachdem wir Bilbao bei Tagesanbruch verlassen hatten. Ich erinnere mich, dass der Vater am Steuer saß, die Krawatte gelöst und mit über der Stirn flatternden Haaren, während ich den Kopf halb aus dem Seitenfenster hinausstreckte, die neblige grüne Landschaft vorbeifliegen sah und die frische Morgenluft einsog.

»Unsere finanzielle Lage ist nicht einfach«, das war der einzige Satz, den der Vater auf der Fahrt zu mir sagte, »du wirst dieses Jahr doch nicht durchfallen, oder?«

Obwohl es auch in Bilbao Oberschulen und Gymnasien gab, hatten mich die Eltern in Kalaportu angemeldet, zu allem Überfluss auch noch als Internatsschüler, sie glaubten, dass ich bei den Jesuiten eine besonders gute Ausbildung genießen würde. Und so stieg ich mit meiner neuen langen Hose und meinem neuen Lederkoffer aus dem Wagen aus.

Ich stieg aus, und mein Blick fiel auf diesen schrecklichen Bau, diesen Klotz. Ein Haufen Kinder und viele Eltern standen vor der Tür. Der Schulbau war grau, von der Morgensonne angestrahlt, vierstöckig und sehr lang, ungefähr hundert Meter, mit endlos langen Fensterreihen. Daneben befand sich, sehr herausgeputzt, eine gotische Kirche.

Der Vater fragte auf Baskisch: »Wo ist die achte Klasse?«

Sie zeigten auf eine der Türen und antworteten auf Spanisch, *el cuarto por allá*. Wir betraten einen dunklen Gang voller Schüler, der Vater mit meinem Koffer, ich mit der neuen Ledermappe.

»Wo ist die achte?«, fragte der Vater.

»Hier«, antwortete ein rothaariger Junge auf Euskera.

»Bist du auch in der achten?«, fragte der Vater.

»Ja.«

»Das ist dein Klassenkamerad, Andoni. Ich gehe …«

Mein Vater wollte aufbrechen, und auch ich wartete darauf, dass er endlich verschwand. Er fuhr mir mit der Hand über den Kopf und ließ mich allein.

Der rothaarige Junge lehnte mit dem Rücken an der Wand und schwieg. Ich stellte mich neben ihn und fragte auf Baskisch:«

»Du bist auch in der achten?«

»Ja.«

»Weißt du, in welcher Klasse du bist?«

»Es gibt zwei Klassen, A und B. Wie heißt du mit Nachnamen?«

»Martinez Anakabe«, sagte ich.

»Dann musst du in dieses Klassenzimmer.«

Ich sah ein großes B auf der Tür stehen.

»Und du?«, fragte ich.

»Ich auch.«

Wir blieben schweigend und mit dem Rücken zur Wand nebeneinander stehen. Ein Haufen Schüler war damit beschäftigt, Listen zu lesen. In großen Trauben standen sie vor den Aushängen, einige sprangen von hinten auf ihre Vorderleute.

»Ich bin neu, und du?«

»Ich nicht«, sagte Goio.

Die Gänge waren voll, auch auf dem Hof sah man zahllose Schüler, lärmend ging es hin und her.

»Wie viele Leute sind hier in der Schule?«

»Hunderttausend.«

Er sagte das ohne einen Anflug von Ironie, aber ich begann zu lachen, als ich die Größe der Zahl überschlug.

Stotternd ertönte die Klingel, es war Zeit, ins Klassenzimmer zu gehen, und wir mussten uns in zwei Reihen aufstellen, Goio wurde in die eine geschickt, ich in die andere. Ich gab ihm ein Zeichen. Ich weiß nicht, ob er sich noch an diesen Moment erinnert. Es gab einen unglaublich dicken Jungen, er hatte sich als Erster vor die Tür gestellt und hieß mit Nachnamen Zumalde. Über ihn hinwegzuspringen war einfacher, als an ihm vorbeizugehen. Schließlich betraten wir das Klassenzimmer. Die Uhren zeigten schon nach neun.

Wir waren ungefähr dreißig Jungs, immer zu zweit in einer Schulbank. Als der stellvertretende Rektor eintrat, standen alle auf. Er verharrte einen Moment an der Tür, bis wir absolut still waren, und ging dann lächelnd in die Mitte des Lehrerpodiums. Dort blieb er eine Weile stehen und blickte uns ernst an. Er war dünn und groß, trug eine schwarze, von den schwarzen Schuhe bis zum Kragen reichende Soutane, hatte einen weißen, wie aus Porzellan aussehenden Hals, dünne Lippen, eine schwarze Brille und ebenfalls pechschwarze, nach hinten gekämmte und geölte Haare.

Er blickte uns dreißig einen nach dem anderen an und fragte dann stirnrunzelnd:

»Wozu seid ihr hier?«

Das Klassenzimmer war groß, mit hohen grünen Wänden und vielen feuchten Stellen, an denen sich die Farbe löste. An der hinteren Wand hing ein Kreuz, es war das Erste, was einem beim Betreten des Klassenzimmers auffiel. Vor uns befand sich das Podium, darauf links der Lehrertisch und darauf wiederum ein Globus. Auch die große, noch unbeschriebene Tafel befand sich dort, schwarz und sauber, darüber das Bild Francisco Francos.

Nach einem langen kalten Schweigen sagte Pater Solana, dass

er nun die Anwesenheitsliste durchgehen werde. Dass zwei das vergangene Schuljahr nicht bestanden hätten und nun die siebte Klasse noch einmal machen müssten und dass er ihre Namen nicht nennen werde. Aber dass er, auch wenn es nicht darum gehe, den Betroffenen berühmt zu machen, gezwungenermaßen einen Jungen vorstellen müsse, der die achte wiederholen werde.

»Emilio Mina Irasasi«, sagte er.

Und dann fügte er hinzu, über seine Brille hinweg auf einen blonden Jungen blickend, der beschämt auf der linken Seite des Raums saß, dass sich der Junge, wenn er dieses Schuljahr schaffen wolle, weniger mit Fußbällen und mehr mit Büchern werde beschäftigen müssen. »Wir haben auch einen neuen Schüler«, sagte er, »Antonio Martinez Anacabe«, und zeigte auf mich, »er kommt aus Bilbao.«

Er begann, die Liste zu verlesen. Wenn wir unseren Namen hörten, mussten wir aufstehen und »anwesend« sagen, *presente*. Unter anderem erwähnte er diese Namen:

Francisco Javier Larrea Iparaguirre, den wir später Beixama nannten, ich weiß nicht mehr warum.

Antonio Martinez Anacabe, ich stand auf und sagte »anwesend«.

Ignacio Michelena Lopez, unser Freund Inazito.

Emilio Mina Irasasi, der stille, blonde und hagere Junge, der so gut Fußball spielte und dessen Knie immer mit Schrammen übersät waren. Dieser Mina, der die achte Klasse wiederholen musste, sollte später erst bei Athletic und dann lange Zeit für Osasuna in der zweiten Liga spielen.

Esteban Oiz Arrizabalaga, den wir *Itoa*, den Ertrunkenen, riefen, weil er im Sommer zuvor von der Mole gefallen war und sie ihn erst aus dem Wasser geholt hatten, als alle schon davon überzeugt waren, er sei tot.

Cecilio Ramirez Saiz, der Sohn eines Guardia Civil, der mit seiner Familie in der Kaserne lebte.

Und dann, als der Pater mit der Anwesenheitsliste weitermachte, erfuhr ich, dass mein rothaariger Freund Gregorio Ugarte Etxeita hieß.

Juan Jose Urtiaga Inchaurraga, der eine Brille so dick wie Panzerglas trug, immer Klassenbester war und heute Besitzer eines Puffs auf Mallorca ist.

Pedro Zumalde Ezpeleta, mit Spitznamen *Lodia,* die Tonne.

Als Pater Solana, der sich selbst nicht vorgestellt hatte, die dreißig Namen durchgegangen war und die Liste erledigt schien, schwieg er einen Moment, pustete auf den Tisch, als wollte er Staub wegblasen, räumte die auf der linken Seite liegenden Unterlagen nach rechts hinter den Globus, schob das Tintenfass und den Federhalter hingegen von rechts nach links, holte Kreide aus der Schublade und legte sie vor sich hin.

Dann runzelte er erneut die Stirn und fragte, seine dünnen Lippen unruhig bewegend, ein zweites Mal, wozu wir hier seien.

Y ustedes, ¿a qué vinieron aquí?

Wir liefen in den Pausenhof und fingen sofort an, Fußball zu spielen. Verglichen mit der Enge, die ich bis dahin in der Schule in Bilbao kennen gelernt hatte, erschien mir der Hof unglaublich groß. Das Fußballfeld, das als »regulärer Platz« bezeichnet wurde, lag in der Mitte und hatte Metalltore mit Netz. Neben diesem großen, regulären Feld befanden sich noch ein kleineres, auf dem alte Holztore standen, und dahinter eine große Halle zum Pelota-Spielen.

Das reguläre Feld hatten die Neuntklässler besetzt, und so versammelten wir uns auf dem Platz mit den Holztoren. Während Emilio mit irgendjemandem tip tap machte, um die Mannschaften zu wählen, brachte uns Inazito zum Lachen, indem er die Stimme des Vize-Rektors nachahmte.

»Und ihr, verdammt, wozu seid ihr hier?«

Von da an sollten wir fast jeden Morgen ab zehn Uhr eine halbe Stunde Fußball spielen. Wir hatten ziemlich viel Platz für Pässe und Dribblings, aber es war trotzdem nicht immer einfach zu spielen. Zu viele Partien fanden gleichzeitig statt: auf dem regulären Platz eine, auf dem kleinen Feld eine zweite, manchmal wurde auf jedes Tor ein eigenes Match gespielt, und dazu kamen auch noch die Leute, die auf dem Hof einfach nur herumgingen. Man lief auf der einen Seite los und musste dann nicht nur die Verteidigung der gegnerischen Mannschaft ausdribbeln, sondern auch irgendwelche Schüler, die im Weg herumstanden.

Wenn du den Ball an das andere Team verlorst, war das nicht weiter dramatisch, aber oft nahm dir ein älterer, ein Neunt- oder Zehntklässler den Ball weg, und dann war Schicht. Da gab es zum Beispiel einen namens Urruti, der sich immer den Ball schnappte und ihn im Stil von Athletic-Torwart Iribar in die Stratosphäre schoss. Anschließend blickte er erst einmal prüfend auf seine Schuhe, um dann, wenn mit ihnen alles in Ordnung war, die Flugbahn des Balls zu verfolgen, der irgendwo auf dem Dach des Schulgebäudes oder in einem Gemüsegarten der Nachbarhäuser aufschlug.

»Bleib, wo du bist«, sagte Urruti dann immer, als wollte er dem weggeschossenen Ball einen Befehl erteilen.

Man hatte gegen die Großen keine Chance, konnte höchstens flüsternd über sie schimpfen.

»Dieser Vollidiot!«, sagte Goio.

Die Pause war kurz, danach hatten wir *Formación del Espíritu Nacional*, Nationalkundeunterricht. Der Lehrer blieb an der Tür stehen und wartete, bis wir alle an ihm vorbei hineingegangen waren. Als er uns still an den Schultischen sitzen sah, stieg er aufs Lehrerpodium.

Zunächst stellte er sich vor: Clemente Lopez.

Nachdem er Vor- und Nachnamen anhand der Anwesenheitsliste überprüft hatte, ließ er uns das Buch auf der einzigen Farbseite aufschlagen.

Wir öffneten das Nationalkundebuch, und während der Rest des Buchs in schwarz-weiß- und Grautönen gehalten war, füllten hier die Farben der spanischen Fahne eine Doppelseite aus. Unter der Fahne stand ein Satz, den er uns langsam und in feierlichem Ton vorlas:

Die spanische Fahne besteht aus drei horizontalen Streifen, der obere und der untere sind rot, der dazwischen ist goldgelb, in der Mitte weist sie das Waffenwappen der Nation auf …

Er war jung und kräftig, seine Muskeln waren am ganzen Körper trainiert. Langsam schritt er zwischen den Tischen auf und ab. Von der hinteren Wand blickte der gekreuzigte Jesus Christus in seinem Martyrium auf uns herab, während Francisco Franco in seiner Paradeuniform von oberhalb der Tafel über uns wachte.

Wir sollten immer zu zweit in einer Bank sitzen, und mir wurde am ersten Tag der Platz neben Goio zugeteilt. Während des Unterrichts sollten wir die Augen offen halten, die Ohren spitzen, mucksmäuschenstill sein.

Gegen zwölf war der Unterricht vorüber. Während die anderen, die in Kalaportu wohnten, nach Hause gingen, blieben wir Internatsschüler zurück. Wir nahmen die Koffer, die wir hinten im Klassenzimmer abgestellt hatten, und wurden über eine Holztreppe und durch zahlreiche Gänge in unsere Räume geführt.

Wir betraten den Schlafsaal langsam, als handele es sich um einen Ort, an dem man Vorsicht walten lassen müsse. Ich blickte nach oben auf die Balken an der Decke, die mir wie die Finger eines nach uns greifenden Riesen erschienen. Es war ein großer Saal, mit Betten links und rechts, neun oder zehn auf jeder

Seite. Ich wählte ein Bett aus, eines neben einem Fenster, und stellte den Koffer darauf.

Um mich an den Ort zu gewöhnen, ging ich zwischen den Betten hindurch. Der Schlafsaal ist groß, dachte ich, nachdem ich nach jeder Seite 26 Schritte gezählt hatte. Neben jedem Bett stand ein Holzschrank, und über jedem Kopfende gab es eine Lampe. Der Schalter befand sich an der Wand, ich probierte ihn aus, das Licht ging an.

»Das Bad!«, hörte ich.

Ich betrat das Bad, das sieben Mal größer war als zu Hause. Sieben Waschbecken standen in einer Reihe nebeneinander, jedes mit einem Wasserhahn und einem ovalen Spiegel.

In einem der Spiegel sah ich ein Gesicht. Das war ich, ein blasser Junge, eingeschüchtert, irgendwie fehl am Platz.

Ich kehrte in den Schlafsaal zurück. Meine Klassenkameraden waren dabei, ihre Koffer aus- und die Schränke einzuräumen. Ich schritt zum Fenster, das weit offen stand, und sah das Meer, tiefblau. Am Horizont zog es eine schnurgerade Linie.

Auf der linken Seite lag Kalaportu. Ich holte mein Taschentuch aus der Hose und tupfte mir den Schweiß von der Stirn.

Um Punkt sechs weckten uns die Glocken, und wir mussten sofort aufstehen, verschlafen, wie betäubt, verzweifelt. Wir hatten eine Viertelstunde, um ins Bad zu gehen, uns zu waschen und anzuziehen, danach mussten wir in den Speisesaal und noch vor dem Frühstück ein Vaterunser beten.

Als Neuankömmling musste ich die ersten Tage die Streiche der Anderen ertragen. Wenn ich die Socken, die meine Mutter zu Ballen zusammengelegt hatte, aus dem Schrank holte, nahmen sie sie mir weg und warfen sie sich gegenseitig zu, sodass ich barfuß hin- und herlaufen musste, bis ich mir die Socken zurückgeholt hatte.

Ein anderes Mal frühstückten wir, ich hatte eine Tasse Schokolade vor mir stehen. Jemand sprach mich an, und als ich mich wegdrehte, versteckten sie die Tasse. Ich konnte niemanden fragen, meine Tischnachbarn frühstückten weiter, als hätten sie nichts bemerkt. Ich beschloss, auf das Frühstück zu verzichten, und fand meine Tasse am Ausgang des Speisesaals auf dem Flurboden wieder. Ich trank die Schokolade, und als ich in den Speisesaal zurückkam, um die Tasse abzugeben, empfingen sie mich mit spöttischem Gelächter.

Diese Prüfungen, die ein Neuankömmling in den ersten Tagen im Internat bestehen musste, hinterließen bei mir eine Bitterkeit, die das ganze Jahr, das ich dort verbrachte, anhalten sollte.

Am nächsten Morgen lernten wir die neue Französischlehrerin kennen. Sie war jung und trug eine kleine runde Brille. Ohne etwas zu sagen, schrieb sie in der rechten oberen Ecke der Tafel in Schönschrift, als würde sie sich am Rande eines Abgrunds bewegen:

Français – Deuxième Degré

Der Geruch der neuen Kreide breitete sich aus. Dann stellte sie sich so langsam, wie sie konnte, auf Französisch vor:

Je m'appelle Ariane Daguerre, je suis de Saint-Jean-de-Luz …

Ihre Haare waren zu einem langen Zopf gebunden, der über die Schulter fiel. Sie war ziemlich dünn und trug an diesem Tag einen dunkelvioletten Rock und eine Bluse.

…pas loin d'ici, et je voudrais être votre amie.

Hier und dort kam ein Grinsen auf. Inazito machte Teigkugeln aus dem Pausebrot, das er in der Tasche hatte, warf sie nach vorn und traf den Nacken von Zumalde, der Tonne, der direkt in der ersten Bankreihe saß und so breit war, dass man ihn unmöglich verfehlen konnte.

Die Lehrerin sah die Brotkügelchen durch die Luft fliegen, in

Tonnes Nacken landen und dann auf den Boden fallen. Sie nahm die Brille in die Hand, schätzte die Flugbahn ab und blickte mit ihren tiefen, dunkel glänzenden Augen Goio an:

»Du!«

»Ich?«, fragte Goio.

»Ja, du!«

Sie sprach Baskisch, was uns alle irritierte.

»Du, komm nach vorn, und du gehst nach hinten.«

Goio ging, ohne zu protestieren, in die vorderste Reihe, während Inazito ein Ich-war-es-nicht-Gesicht aufsetzte.

Der Weg von Tonne nach hinten war schwieriger, er passte nicht durch den Gang zwischen den Tischen, die Bänke mussten verrückt werden. Die Operation wurde so umständlich und so laut wie möglich durchgeführt. Schließlich setzte sich Tonne neben mich. Der Umfang seines Körpers ließ mir kaum Platz, um mich zu bewegen.

Ariane blickte Goio an und sagte laut:

»Weil es das erste Mal war, werde ich darüber hinwegsehen. Aber von jetzt an macht ihr eure Dummheiten draußen.«

Sechzig weit geöffnete Augen waren auf die junge Lehrerin gerichtet, alle schauten schweigend auf Madmoasell Mademoiselle, während diese den Unterricht unbeeindruckt fortsetzte. Auf die Tafel schrieb sie die große Frage:

Qu'est-ce que c'est?

Es gab keine weiteren Zwischenfälle, bis schließlich Inazito kurz vor Ende der Schulstunde die Hand hob. Er meldete sich mit ernstem Gesicht und fragte, als er von der Lehrerin aufgerufen wurde, auf Spanisch:

»Sie sind doch Französin. Wissen Sie, ob die Kinder wirklich aus Paris gebracht werden?«

Einen Moment lang war es im Klassenzimmer totenstill,

dann huschte ein Lächeln übers Gesicht der Lehrerin, und sie antwortete erneut auf Euskera:

»Ihr seid ganz offensichtlich nicht aus Paris gekommen, sonst würdet ihr besser Französisch sprechen. Ihr könnt gehen, unser Unterricht ist für heute *fini*.«

Wir verließen das Klassenzimmer lachend, schwärmten von den Beinen der neuen Lehrerin, und einer, der direkt vor dem Lehrerpult saß, behauptete, dass man unter dem Tisch alles habe sehen könne, wenn sie sich setzte.

»Alles«, sagte er.

Dieses *fini* am Ende der Stunde fanden wir auch lustig. *Fini*, so wie die Buchstaben am Ende eines Films.

Beim Hinausgehen wollte ich mit Goio über die Brotkugeln und die Versetzung vom Tisch reden, ich wollte wissen, was er dachte, aber Goio machte sich wortlos auf den Heimweg. Wir waren vierzehn Jahre alt und nicht besonders gesprächig. Gelegentlich, manchmal für lange Zeit, bewegten wir uns wie Taubstumme.

9

Der Seemann

Trakatrak trakatrak wird sich die Zugfahrt von einem Bahnhof zum nächsten hinziehen, bis es heißt:

»Endstation.«

»Wurde auch Zeit«, wird jemand sagen und sein Gepäck in die Hand nehmen.

Beim Aufwachen wirst du die Helligkeit des Tagesanbruchs, wie in einem Schlafzimmer, in dem plötzlich die Gardinen aufgerissen werden, in den Augen stechen spüren.

Am Bahnhof von Guayaquil wird es sieben Uhr morgens sein, die Stunde, in der die Stadt erwacht und ihre Bewohner barfuß über die kalte Erde zu laufen beginnen.

Müllmänner, die mit Lastwagen unterwegs sind, Arbeiter auf dem Weg zur Schicht, Betrunkene auf dem Heimweg, der Duft aus Bäckereien, öffnende Geschäfte, aufheulende Fabrik- und Schiffssirenen. Der Nebel wird die Umrisse verschwimmen lassen und für eine unwirkliche Stimmung sorgen. Die Leute auf der Straße werden aussehen, als wären sie aus einem anderen Stoff.

Du wirst in einem Hotel ein Zimmer nehmen und auf dem Bett ausgestreckt die Zeitung lesen. Es wird heiß sein und der Deckenventilator keine Kühlung bringen, nur die Seiten der aufgeschlagenen Zeitung wird er durcheinanderwirbeln:

»Guayaquil ist eine amphibische Stadt auf einem weichen morastigen Untergrund. Zum Bau der Stadt musste Geröll von den umliegenden Hügeln aufgeschüttet werden ...«

Du wirst aufstehen, leichten Schrittes im Zimmer auf- und abgehen, deine Füße sich entfernen sehen, als wäre ein anderer aufgestanden.

Nachdem du dein Geld gezählt hast, wirst du die Zeitungsseite mit den Prostituierten aufschlagen. Die Bestellung wirst du telefonisch aufgeben.

»Sie hätten also gerne eine Studentin?«, wird die gepflegt klingende Stimme am anderen Ende der Leitung fragen.

»Ja, eine Studentin«, wirst du sagen und dir dabei lächerlich vorkommen.

»Ihre Adresse?«

Du wirst eine Prostituierte wollen, die nicht wie eine Prostituierte ist, eine Studentin, eine Unbekannte, die, obwohl sie Geld nimmt, auch ohne Geld bereit wäre, mit dir zusammen zu sein.

»Ihre Adresse bitte?«

Du wirst den Hörer auflegen.

Beim Zeitunglesen wird dich der Schlaf überkommen, der verbotene Marsch der *Indígenas* nach Quito, die Kursschwankungen des Euro, die Forderungen der Palästinenser, ein Bulldozer, der beim Abriss und Planieren eines Vorstadtviertels eine Hütte plattgewalzt und zwei darin lebende Alte überrollt hat – zwei Schwestern, die offensichtlich taub waren und deshalb den Bulldozer nicht hören konnten. Du wirst bis drei Uhr nachmittags schlafen, bis eine Sirene dich weckt.

Du wirst dich recken und vom Hotelbalkon aus die Umgebung betrachten. Neubauten, Hochhäuser, die reglos wie gefangene Riesen nach den Wolken greifen.

Du wirst dich daran erinnern, dass Guayaquil eine amphibische Stadt ist und auf Morast gebaut wurde, und erneut eine Sirene hören, die Sirene eines Ozeandampfers.

Du wirst Edwin Walsh besuchen gehen.

Die Straßen von Guayaquil werden einen ruhigen Eindruck auf dich machen – die gelassen mahlenden Kiefer von Passanten, die Geschäfte, in denen Schuhe und Hosen als Sonderangebot feilgeboten werden, ein Kind, das von einem Straßenverkäufer einen Maiskolben kauft. Die Anzeige:

FLIEGEN SIE MIT PAN AMERICAN NACH HONOLULU

Du wirst anklopfen, und ein unglaublich großer, dünner, blasser, alter Mann wird dir die Tür öffnen:

»Edwin Walsh?«

»Ja, Sie sind der Krankenpfleger, den mir die Universität schickt, nicht wahr?«, wird er auf Englisch sagen und husten. »Kommen Sie herein …«

Das Haus wird voll mit Büchern und Glasgefäßen sein.

»Der schönste und eindrucksvollste Ort, den ich kenne«, wird er sagen.

»Welcher?«, wirst du fragen.

Beim Husten wird er eine schmerzverzerrte Miene machen.

»Ich gebe nichts auf die Berechnungen anderer, egal ob sie von einem Mediziner oder einem Hexenmeister stammen …«

Achte darauf, dass er zu denen gehört, die das Wort Wissenschaft stets in Großbuchstaben setzen, dass er, um seinen Glauben an die objektive und systematische Erfassbarkeit von Mensch und Natur zu betonen, Worte mit lateinischem oder griechischem Ursprung im Englischen immer ein wenig hervorhebt.

Er wird das Wort »Prognose« aussprechen und es wird dich an »Metastase« erinnern.

Und er wird über den Tod reden:

»Bis ich sterbe, lebe ich«, wird er feststellen. »Der Körper des Einzelnen wird zu einem Leichnam, das Gefängnis des Ichs zu dessen Grab. Früher oder später sterben wir alle einmal. Und trotzdem kommt der Tod überraschend, wenn er denn kommt. Bis ich sterbe, lebe ich, aber auch der Arzt lebt nur so lange, bis er stirbt. Er glaubt zu wissen, wann ich sterben werde, aber der

Ärmste weiß gar nichts, nicht einmal, wann es ihn selbst erwischt ...«

In akademischem Englisch wird er über den Tod referieren, und du wirst dich, obwohl er von Angesicht zu Angesicht mit dir spricht, schämen und dich wie ein Voyeur fühlen, als würdest du in seinen Privatsachen schnüffeln.

In diesem Augenblick wird Edna auftauchen und »Hai« sagen, während sie zwei Tassen Tee abstellt.

»Das ist Edna, meine Frau«, wird Edwin sagen.

Meryl Streep, wirst du denken, während du eine der Tassen in die Hand nimmst.

»Als sie bei mir Krebs diagnostizierten, kam es mir vor, als würde ich eine Invasion erleiden ...«

Edna wird schweigend wieder verschwinden.

»Ich habe meine gesamte Energie auf diesen Krieg konzentriert, ich wollte den Eindringling aus dem Territorium meines Körpers vertreiben. Zusammen mit dem Onkologen haben wir uns für eine radikale Behandlung entschieden, für eine Kombination von Strahlen- und Chemotherapie ...«

Es ist schwer, mit einem kranken Körper umzugehen, aber Routine und Nähe erleichtern es dir. Die Krankheitsgeschichte wirst du dagegen nicht ertragen können, du wirst Beklemmung empfinden, ein grauer Fleck wird in deinem Blickfeld auftauchen, und obwohl du dich aus Angst, das Bewusstsein zu verlieren, auf die Glasbehälter in den Regalen konzentrierst, wird der graue Fleck immer größer werden.

»Edna war stets an meiner Seite, sie hat mich zu allen Arztterminen begleitet. Es ist beruhigend, ja sogar komisch, mit ihr zum Arzt zu gehen. Sie macht sich immer Notizen, ich habe sie so kennen gelernt, sie war meine Studentin, und jetzt sehe ich sie wieder mitschreiben und intelligente, komplizierte Fragen stellen ...«

Um dem Nebel zu entkommen, der dich einhüllt, dich verschwinden lässt, wirst du nachdenken, ob Edna, Meryl Streep, bei der Forschungsexpedition dabei sein wird. Doch in diesem Moment wird dir schon schwarz vor Augen sein.

»Sie wissen, dass der Krieg gegen den Krebs schwer zu gewinnen ist, man muss komplizierte militärische Operationen durchführen. Nun, sie hat die ganze Strategie entworfen …«

Die Stimme von Edwin Walsh wird sich von dir entfernen und schließlich fast nicht mehr zu hören sein. Der Nebel wird dich einhüllen, obwohl du es schaffst, aufrecht stehen zu bleiben.

Du wirst schon fast das Bewusstsein verloren haben, als du beginnst, dem Schwindel allmählich wieder zu entfliehen.

»Nach und nach habe ich begriffen, dass meine eigenen Zellen für die Ausbreitung des Krebses sorgen«, wirst du die Stimme näher kommen hören und erneut die Gefäße in den Regalen erkennen, »dass einige dieser Zellen anders leben möchten und dass ich, um den Krebs zu besiegen, Teile meines eigenen Körpers töten muss … Fühlen Sie sich nicht gut? Sie sind ganz blass …«

Das ergraute Haar von Edwin wird wie Schnee auf Bergspitzen aussehen.

»Es ist nichts, mir ist nur etwas schwindelig …«

»Mittlerweile kann ich behaupten, dass der Tod nicht mein Feind ist. Ich habe gelernt, den Krebs zu akzeptieren, ich weiß nicht, ob das ein Ausdruck von Toleranz oder ein Eingeständnis der Niederlage ist.«

Du wirst tief Luft holen, die Glasgefäße betrachten und fragen:

»Was nehmen Sie gegen den Schmerz?«

»Brompton«, wird er antworten. »Aber machen Sie sich keine Sorgen, Edna wird es mitnehmen.«

Weil Edna die Medikamente aufbewahrt.

Du wirst dich nicht trauen, ihm zu sagen, dass Brompton Morphin ist und Morphin extrem süchtig macht.

»Sie wissen, dass Sie die Bedingung sind, die uns von der *Academy of Sciences* auferlegt wurde?«

Zunächst wirst du nicht verstehen, was er damit sagen will.

»Ich werde ihnen nicht viel Arbeit machen. Die Medikamente werden wir beschaffen. Es sind nicht mehr viele, ich nehme nur noch Brompton.«

In diesem Augenblick wird Edna mit einigen Unterlagen in der Hand hereinkommen. Es werden drei Formulare sein, in die du deine Daten eintragen musst, und du wirst begreifen, dass du nichts weiter als der ausgebildete Krankenpfleger bist, den sie für die Gesundheitsbescheinigung benötigen. Auf dieser Reise bist du eine bürokratische Formalität, genau genommen überflüssig, beinahe ein Schmarotzer.

»Und die ganzen Gefäße?«, wirst du fragen.

»Ich habe eine Wassersammlung von all den Orten angelegt, an denen ich gewesen bin ...«

Du hast richtig gehört, eine Wassersammlung. Jedes Gefäß wird ein Etikett tragen: Gelber Fluss, Totes Meer, Donau, Kapverdische Inseln, Amazonas ...

»Meere, Flüsse, Wasserfälle, Quellen ...«, wird Edwin sagen.

Frag ihn, wozu er Wasser sammelt, wozu er Meere, Flüsse, Wasserfälle und Quellen in Gefäßen abfüllt. Frag ihn, ob er mit dem Versuch Erfolg hat, eine unreproduzierbare Welt zu klassifizieren.

»Sie sind an vielen Orten gewesen ...«, wirst du sagen.

Er wird eine schmerzerfüllte Geste machen und aufstehen, wobei sich sein Hemd etwas öffnet. In diesem Moment wirst du die Blase sehen.

Ein gelber, am Bauch befestigter Beutel – als trete der Tod durch einen Schlag auf den Unterleib ein. Wie bei diesem Spiel, das ihr als Kinder auf dem Bauernhof immer gespielt habt.

Edwin wird den Beutel mit der Hand festhalten. Weil er stehen bleibt, wirst du denken, dass es Zeit ist zu gehen, und ihm die Hand reichen.

Auch Edna wird sich verabschieden:

»Bis morgen, um elf Uhr am Hafen.«

Aufgewühlt wirst du die Treppe hinuntergehen.

Später, fast schon gegen Mitternacht, wirst du durch die unbekannte Stadt laufen, das unsichtbare Kainsmal der Einsamkeit auf der Stirn tragen. Die Straßen werden dunkel sein, die Kneipen geschlossen, ein Kino im Umbau befindlich, eine Avenida beleuchtet, jedoch menschenleer. Beim Laufen wirst du überrascht deinen Schatten beobachten, der sich hinter jeder Laterne erschreckend in die Länge zieht, um dann, sobald du dich der nächsten näherst, zu verblassen, während hinter dir ein neuer entsteht.

Du wirst zu einer Zeit am Kai ankommen, als die Stadt ihren geschäftigen Betrieb eingestellt hat und die Küste trostlos daliegt. Die Lichter einiger Schiffe werden noch zu sehen sein, doch die Bucht wird dunkel sein und dort, direkt an der Kaimauer, wirst du auf eine Kneipe stoßen. Stühle und Tische stehen draußen am Wasser.

Die Tür wird offen sein, hinter dem Tresen eine Frau Gläser spülen.

»Wir haben geschlossen«, wird sie sagen.

Trotzdem wirst du hineingehen.

Drinnen wird außer euch niemand sein. Die am Tresen aufgereihten Barhocker werden am Boden festgeschraubt sein, damit kein hartgesottener Trinker auf die Idee kommt, einen mit nach Hause zu nehmen.

Die Frau wird weiter ihre Gläser spülen.

»Ein Bier bitte.«

»Um diese Uhrzeit schenken wir keinen Alkohol mehr aus.«

»Was dann?«

»Nichts, das Lokal ist geschlossen.«

»Irgendetwas wird's doch noch geben, um den Durst zu löschen …«

»Wir haben geschlossen!«

»Diese Ortschaft ist ja schlimmer als die Wüste, dieses Guayaquil!«, wirst du sagen, und nun wird die Frau lächeln.

»Ich mache gerade etwas in der Küche, wenn du willst …«

Kaffee, normal oder doppelt, mit oder ohne Schaum, in der Tasse oder im Glas? Sie wird keine dieser Fragen stellen, aber bald mit zwei Tassen aus der Küche zurückkehren und dir eine davon hinstellen.

Der dampfende Milchkaffee wird dir zu heiß und zu süß vorkommen.

Ihr werdet euch nicht viel zu sagen haben, auf die Tassen blicken und lange Zeit schweigen.

»Wie viel macht das?«, wirst du fragen, während du in der Hosentasche nach Münzen suchst.

»Das geht aufs Haus«, wird die Frau antworten. »Das kommt von der Küche und dafür nehmen wir nichts.«

Du wirst ihr trotzdem Geld hinhalten und sie wird zwei Münzen von deiner Handfläche für den Musikautomaten nehmen.

»Die Musik kannst du meinetwegen bezahlen.«

Die Frau wird die Farbe gerösteten Zuckers haben und, nachdem sie die Theke umrundet hat, auf die Musikbox zugehen.

»Willst du tanzen?«, wird sie dich mit einer müden Geste fragen.

Zu dem Bolero aus der Box werdet ihr zu tanzen beginnen. *Was soll's, morgen früh werde ich dich vergessen haben, also nehme ich noch einen Schluck, ebenso lang wie die Zeit, die ich auf dich warten muss …*

Das heisere Zittern der Schallplatte wird sich wie Gischt in der finsteren Luft ausbreiten, Feuchtigkeit und Rost werden aus der Musikbox, der Plattennadel, den Kneipenwänden hervorquellen.

»Zu welcher Spezies der örtlichen Fauna gehörst du?«, wird sie dir ins Ohr flüstern.

»Was für eine örtliche Fauna?«

»Mestize, Indio, Fischer, Schmuggler, Reeder, Seemann, Jäger verheirateter, allein gelassener Frauen ...«

Was bist du? Sag ihr, dass du ein Matrose bist.

»Seemann«, wirst du sagen.

Du wirst ihre Finger in deinen Haaren spüren.

»Und du, wohin gehst du später?«

»Ich schlafe hier«, wird sie antworten.

Neben der Küche wird noch eine weitere, halb geöffnete Tür zu sehen sein und dahinter ein dunkler Raum.

»Und stimmt es, dass es keine anständigen Rotschöpfe gibt?«, wird sie fragen.

Du wirst ihre Brüste an deinem Oberkörper spüren, ihre Hüfte an deiner Hüfte, ihren Schenkel zwischen deinen Beinen, ihren Atem an deinem Hals, *deine* Schenkel zwischen *ihren* Beinen. Während die Platte sich dreht, wird eine verzweifelte Stimme im warmen Tonfall des Bolero von längst verflossener Liebe und Verrat erzählen. *Was soll's, morgen früh werde ich dich vergessen haben, also nehme ich noch einen Schluck, ebenso lang wie die Zeit, die ich auf dich warten muss ...*

Ihr werdet falsche Namen austauschen und lächelnd vorgetragene Schmeicheleien, und auch du wirst ihre Haare und ihren Hals zu berühren wagen.

Sie wird etwas zurückweichen und dir zuflüstern:

»Lass mich los.« Sie wird einen eigenartigen Ausdruck verwenden, *überstürz dich nicht.*

Als sie auf die halb geöffnete Tür zusteuert, wird sie fragen:

»Hilfst du mir beim Aufräumen?«

Ihr werdet nicht mehr tanzen, sondern mit der Arbeit beginnen.

Mit einem Lappen wirst du die Tische abwischen, die Stühle mit den Beinen nach oben auf die Tische stellen und den Boden fegen. Ab und zu wirst du die Frau ansehen, die ebenfalls bei der Arbeit ist, aber keine Pause machen, sondern die an den Tischen klebenden Zigarettenstummel abkratzen; voller Verlangen, mit der Frau ins Bett zu gehen.

»Machst du noch draußen sauber?«

»Draußen?«

Du wirst hinausgehen und auf dem Gehsteig, im durch die Glastür fallenden Licht, Coca-Cola-Dosen, leere Flaschen, Zeitungsfetzen, Glasscherben einsammeln und in den Müll werfen.

Die Frau wirst du durch die Tür sehen können, auf der anderen Seite der Scheibe. Sie wird die Eingangstür abschließen und ihre Nase gegen das Glas pressen, ohne jede weitere Geste, mit trägen oder schläfrigen Augen.

Du wirst glauben, dass sie dir nach dem Fegen wieder aufsperren und dich ohne Umschweife zu sich ins Bett holen wird, und so wirst du mit dem Besen auf der Schulter lächelnd auf die Tür zugehen.

Doch die Frau wird, die Nase immer noch gegen die Scheibe gepresst, den Riegel vorschieben und dir zum Abschied winken, so wie man jemandem winkt, den man vor einer weiten und langen Reise allein auf dem Kai oder Bahnsteig zurücklässt.

»Mach auf!«, wirst du sagen.

Mit der Nase an der Scheibe wird die Frau dir weiter zuwinken. *Adiós*, Seemann, Taschendieb, ich wünsche dir schöne Träume. Sie wird den Schlüssel aus der Schürzentasche ziehen, ihn dir zeigen und dann, bevor sie in ihr Schlafzimmer geht, wieder in die Tasche stecken.

»Verdammt, was soll das!«, wirst du auf Baskisch sagen, nachdem du vor einer fremden Kneipe in einer fremden Stadt den Gehsteig gefegt hast. Den Besen noch immer in der Hand.

Das Glas wird dich geschickt wie ein Taschenspieler einfangen und deine Silhouette zurückwerfen. Ja, das bist du, aber du wirst dein Spiegelbild zunächst nicht erkennen. Hochgewachsen, schlank, rothaarig, mit grünem Pullover und blauer Hose, blasser als je zuvor, wirst du nicht glauben können, dass du das bist. In der ausgehärteten Flüssigkeit der Scheibe wirst du wie eine Wasserleiche aussehen.

Du wirst dich umschauen und niemanden entdecken, ganz allein wirst du auf dem Gehsteig vor der Scheibe stehen. Plötzlich wirst du etwas an der Hand spüren und dich erschrecken, doch es wird nur ein Hund sein, der dir die Hand leckt. Er wird sich neben dich setzen, und nachdem er dich zwar nicht wie seinen Herrn, aber doch freundschaftlich begrüßt hat, ebenfalls auf die Scheibe blicken und die lange, unruhige Zunge aus dem Maul hängen lassen.

Mit dem Hund im Schlepptau wirst du zum Kai gehen. Von den Schiffen werden die letzten Stimmen zu dir herüberdringen, unverständlich, nur ein Raunen.

Von der Kaimauer aus wirst du ins Wasser pinkeln, lange, sehr lange, und dabei lachen. Die verborgenen Stimmen in der Bucht und die Bewegungen der Boote werden wie die von Schmugglern sein, die kleinen Lichter sich wie Goldfische auf der dunklen Meeresoberfläche spiegeln.

10

Erdkunde und der Ortsteil Kaiondo

Wir waren vierzehn Jahre alt und nicht besonders gesprächig. Gelegentlich, manchmal für lange Zeit, bewegten wir uns wie Stumme.

Außerdem lebten wir Internatsschüler in einer geschlossenen Welt. Wir durften das Schulgelände nur selten verlassen, und auch das Innere dieses gewaltigen, alten Gebäudes war für uns verbotenes Terrain.

Wenn wir anfingen, über Herkunft und soziale Stellung unserer Familien zu sprechen, wurde meistens ziemlich angegeben:

»Mein Vater ist Fischer.«

»Und meiner Schiffseigner.«

»Mein Vater ist der Reichste in ganz Biscaya«, sagte jemand anderes und zeigte seine neue Uhr, als wäre sie ein neues Fahrrad.

»Na und? Mein Vater hat einen Lkw.«

»Und meiner einen SEAT-1500. Und meine Mutter hat einen SEAT-800 für die Einkäufe.«

Inazito warf dann ein:

»Meine Mutter hat einen Esel.«

»Und mit dem Esel ist sie auf der Schnellstraße unterwegs?«

»Klar. Jeden Tag geht sie nach Gernika, um Milch zu verkaufen.«

»Und wenn die Autos sie überholen?«

»Wenn Autos kommen, muss man ein Stück zur Seite treten.«

Es wurden auch heimliche Forschungsexpeditionen durchgeführt, denn das Internat war voller Verstecke und Geheimnisse. Schon am dritten Tag nahm ich an einer teil, wir untersuchten das dunkle Innere der Schule. Mit Inazito als Anführer schlichen wir zu viert die Treppen hinauf und die endlosen Gänge hinunter, drass drass drass machten unsere Schuhe auf den gebohnerten Böden, die verschlossenen Türen öffneten sich quietschend. Wir bewegten uns lautlos, während uns die Lichtstrahlen, die durch die Fenster hereinfielen, wie Schwerter trafen. Wir betraten den Raum, in dem die Tierpräparate aufbewahrt wurden, und noch ein paar andere verbotene Winkel, immer sehr vorsichtig, weil an jeder Ecke und hinter jeder Tür ein Jesuit lauern konnte. Stets darauf vorbereitet, rennend durch die hallenden Internatsgänge fliehen zu müssen.

Trotz unserer Entdeckungsreisen war das Leben in der Schule grau und trostlos. Abends stand ich am Fenster und blickte auf Kalaportu hinab. Das kleine Dorf dort unten hatte mich sofort nach meiner Ankunft in seinen Bann gezogen. Es verströmte einen besonderen Geruch, der, wie es hieß, vom Salzwasser stammte. Aber wer weiß schon, woher er wirklich kam – vom Meer, den Fischgeschäften, den modrigen Zimmern und Betten.

Was das Leben außerhalb der Schule anging, so erzählte man von Schülern, die für ein paar Stunden ausgerissen waren und allerlei Abenteuer in den Straßen von Kalaportu, den anliegenden Bauernhöfen oder am Meer erlebt hatten. Viele Liebesgeschichten machten die Runde, aber auch Geschichten von Schülern, die bei einem verbotenen Ausflug umgekommen waren.

Unser Erdkundelehrer hieß Don Patricio und war etwa fünfzig Jahre alt, er hatte eine dunkle, fast grünstichige Haut und trug Anzug. Als wir ins Klassenzimmer kamen, malte er bereits mit farbiger Kreide eine Landkarte an die Tafel.

Wir setzten uns an unsere Tische und öffneten das Erdkundebuch. Von einer Seite blickte uns ein gestreifter Tiger an, von einer anderen eine vor ihrem Iglu stehende Eskimofamilie. Aus der Kreide in Don Patricios rastloser Hand, die Goio erstaunt beobachtete, erwuchs eine Weltkarte, die sechs Kontinente umfasste und die gesamte Tafel ausfüllte.

Plötzlich beendete Don Patricio seine Zeichnung und sagte: »Ihr seid hier!«

Er sagte das trocken, *Ustedes están aquí*, deutete auf den Golf von Biscaya, und betonte das *ihr*, als wollte er damit *ich nicht* sagen.

Als er vom Podium herabgestiegen war, sein Buch aufgeschlagen und auf das Bild eines Elefanten gedeutet hatte, fragte er, welchem Erdteil wir das Bild zuordnen würden, wo dieser Elefant wohl lebte.

Inazito hob den Arm. Nachdem Don Patricio ihn aufgerufen hatte, stieg er auf das Podium, näherte sich verwirrt der Weltkarte und berührte mit dem Zeigefinger England. Don Patricio schickte ihn zurück an seinen Platz.

»Die Elefanten leben in Afrika und in Südasien«, er zeigte uns die Orte auf der Karte. »Das ist Afrika, das Südasien.«

Dann sprach er von den Eskimos und ließ uns das Bild auf Seite 76 aufschlagen. Ich wusste, dass die Eskimos am Pol lebten.

»Wo lebt diese Familie?«, fragte er.

»Am Pol«, sagte jemand.

Don Patricio stellte sich neben den Globus, der auf dem Lehrertisch stand, und erklärte, dass es zwei Pole gebe, dass der obere Nordpol heiße, der untere Südpol und dass unser Planet sich stets drehe. Er setzte – tack – den Globus in Bewegung und fügte hinzu, dass die Rotationsachse auf einer imaginären Linie zwischen den beiden Polen verlaufe.

In den Händen Don Patricios sah ich nur noch das Marmorfundament und die metallene, halbkreisförmige Halterung des Globusses, weil die Grenzen und Farben der Welt bei der schnellen Drehung der Kugel verwischten.

»Wohnen die Eskimos im Norden oder im Süden?«, fragte Don Patricio.

»Auf beiden Seiten«, meinte jemand.

Don Patricio erklärte, dass die Eskimos nur im Norden, am Südpol hingegen überhaupt niemand lebte.

Don Patricio war ein älterer und ernster Mann, er schien ein guter, wenngleich immer auch ein wenig trauriger Mensch zu sein. Manchmal lächelte er, als befände er sich in Gedanken irgendwo anders. Später erfuhren wir, dass er in Filipinoena wohnte. Das war ein seltsames Haus, ein barocker Palast, in dem alle Ecken und Winkel mit Bildern üppiger östlicher Fauna und Flora verziert waren. Es hatte einen beeindruckenden Garten, eine dicht belaubte Oase tropischer Pflanzen mit Weihern, kleinen Brücken und Statuen; ganz anders als die nüchtern anmutende baskische Landschaft. Eine unüberwindbare, die gesamte Anlage umgebende Mauer und schwere Eisentore brachten den Eigentumsanspruch der Besitzer oder ihren Wunsch nach Abgeschiedenheit zum Ausdruck.

Don Patricio sprach ein seltsames Spanisch. Er erklärte nie, warum er von den fernen Philippinen – falls er je dort gelebt haben sollte – geflohen und ins kleine Kalaportu gekommen war. Doch es gab Vermutungen und Gerüchte, wonach er vertrieben worden oder wegen eines mysteriösen Unglücks bei uns gelandet war. Sein Haus war alt, wie der an der Mauer sich hochrankende Efeu und die exotischen Bäume im Garten bewiesen. Als Don Patricio geboren wurde, stand Filipinoena schon, das Haus der Filipinos. Wir wussten nicht, ob er wirklich Filipino war, denn abgesehen vom Namen des Hauses gab es keinen Hinweis darauf. Doch auf jeden Fall hatten die Erdkundestunden auch wegen des Geheimnisses um diesen freundlichen Lehrer etwas Melancholisches.

Der Mann regte unsere Phantasie an, wir malten uns die Geschichte einer wohlhabenden und glücklichen Familie aus, eines von einem Schicksalsschlag vernichteten Wohlstands und einer in alle Himmelsrichtungen zerstreuten Familie, von deren Mitgliedern einer bei uns gelandet war, hier in Kalaportu, und über den wir fast nichts wussten, weder woher er kam, noch bis wann er bleiben würde.

Die Schule war ein Gefängnis, Fußball die einzige Möglichkeit, sich zu verausgaben. Mich nannten die anderen Arieta Segundo, wegen der Tore, die ich schoss, und bald begann ich, mit Emilio Mina die Mannschaften zu wählen. Wir machten tip tap, und wenn wir dann die Mannschaften zusammenstellten, wählte ich als Ersten immer Goio.

»Goio«, sagte ich.

Emilio wählte stets Zumalde, die Tonne, als Torwart, weil fast alle Schüsse an ihm abprallten. Es war, als würde man einen Elefanten vors Tor setzen, man konnte überhaupt nur aus einigen wenigen Winkeln Tore schießen.

Goio war nicht ganz so effektiv, aber mutig, er machte unglaubliche Paraden, hechtete durch die Luft und warf sich auf den Boden, wie jeder andere es nur auf einem Rasen oder am Strand tun würde.

An diesem Tag spielten wir auf dem kleinen Platz, Emilio hatte den Ball vor dem eigenen Tor erobert und stürmte ganz allein und alle Gegenspieler ausdribbelnd auf unser Tor zu. Er schoss scharf, und Inazito, der vor Goio stand, riss die Hand hoch.

»Hand!«, sagte Emilio.

»Hand! Elfmeter!«, begannen alle zu rufen. »Elfer!«

Wir behaupteten das Gegenteil, aber ohne allzu großen Nachdruck. Emilio machte elf Schritte von der Torlinie weg und legte sich den Ball zurecht.

Goio stand regungslos wie eine Kerze im Tor, und in diesem Moment kam unsere Französischlehrerin vorbei. Emilio verharrte zwei Sekunden und beobachtete Goio. An diesem Tag trug die Französischlehrerin das Haar offen, es fiel wie schwarzer Regen über Schulter und Rücken, Emilio lief langsam an,

Ariane betrat, ohne uns zu beachten, das düstere Schulhaus ... und Tor.

»Den Elfer«, sagte ich, »haben sie reingemacht, weil du der Französischlehrerin hinterhergeschaut hast.«

Eines Tages, gegen sechs Uhr Nachmittag, zog ich mir lange Hosen an und stieg über die Mauer des Schulhofs.

Auf der Brücke von Zubieta blieb ich stehen, vom Unbekannten in den Bann gezogen. Die Brücke über den Fluss war hoch und schmal, sah wie ein gespannter Bogen kurz vor dem Abschuss aus. Aber sie war fest und stabil und besaß nur die Funktion, die beiden Ufer zu verbinden. Der Fluss führte zum Hafen, auf der rechten Seite, am Ostrand der Ortschaft, standen die neuen Häuser und weit dahinter die Schule. Links vom Fluss lag Kalaportu.

Die Straßen waren schmal, feucht, gewunden und dunkel, wie die Eingeweide eines alten großen Tieres. Im Hafen lagen vielleicht zehn Fischer- und einige Ruderboote. Die Wellen schwappten über die Kaimauer, aber im Inneren des Hafenbeckens hatte das Wasser eine Oberfläche wie aus Öl und sah friedlich aus. Holzstücke trieben herum, verdorbene Orangen, es roch nach Diesel, vergammelten Sardinen und Meer.

Auf dem Kai verlief ein Gleis, auf dem Waggons hin- und hergefahren werden konnten. Ein rotbärtiger Fischer, der die Taue auf seinem Boot zusammenrollte, schaute mich wortlos an. Auch ein finster dreinblickender, auf dem Kran arbeitender Mann betrachtete mich. Er sah von oben herunter, als ich unter seinem Kran hindurchging.

Ich setzte mich auf eine Schiffskette, die bis zum Bug eines Fischerboots reichte. Das festgezurrte Boot schaukelte sanft auf dem Wasser. Ab und an tauchte eine Taube am Himmel auf, eine Möwe oder ein größerer Vogel, und führte einem mit seinem Flug das Blau des Himmels vor.

Plötzlich machte das an der Kette unter mir festgemachte

Boot einen Ruck, wie ein schlafender Riese, der im Traum erschrocken zusammenzuckt. Aus Angst herunterzufallen, klammerte ich mich an die Kette.

Die Sonne schien auf die Hänge im Westen, und auf der gegenüberliegenden Seite breitete sich mit dem Sonnenuntergang ein großer Schattenflügel über dem Hafen aus. Ich erfuhr erst später, dass die Klippen im Westen *Harriandi*, Großer Felsen, genannt wurden.

Ich hatte gedacht, dass ich Goio treffen würde, denn er wohnte in Kaiondo, dem Ortsteil am Hafen. Bei meinem Spaziergang fehlte mir nichts außer einem Freund, doch ich sah Goio nirgends. Die Sonne verschwand, und die Hafenlandschaft bekam schärfere Konturen, die Farben gewannen an Intensität, die Luft wurde kälter, das Meer dunkler. Die Wellen, jetzt schwärzer und undurchdringlicher, schlugen auf die grün schimmernden Wellenbrecher vor der Hafenmauer, den Kai selbst, die schützenden Gerippe der Schiffe.

Vor einem großen Haus blieb ich stehen, um das Wappen zu betrachten, auf dem einige Walfänger zu sehen waren. Der Harpunier stand aufrecht am Bug, hatte seine Waffe gerade abgeworfen, einem Wal steckte die Harpune im Rücken, ein zweites, noch größeres Tier schwamm an seiner Seite. In der Abenddämmerung kaum lesbar stand darunter:

ANDIAC ARRAPATU GENITUEN – WIR FINGEN DIE GROSSEN

Der Satz stand direkt unter dem Bild. Die Großbuchstaben waren fast verschwunden, mit Ausnahme eines Cs, und ich schloss daraus, dass der Name Calaportu einst den Platz der ausgeblichenen Buchstaben eingenommen hatte.

Einige Hauseingänge weiter brannte Licht. Ein schwaches rotes Äderchen in einer Birne aus Glas.

Es war die Tür der Hafenkneipe, und ich trat ein. Im Inneren der Spelunke war es dunkel, in einer Ecke im Schatten konnte man die Umrisse eines Kickers erahnen. Es roch penetrant nach Wein, und als ich mich an den Tresen stellte, konnte ich den Hafen sehen und zahllose, gerade entzündete Lichter.

»Gib mir einen kleinen Wein«, verlangte ich.

Der dicke Kneipenwirt musterte mich von Kopf bis Fuß, als wollte er fragen, ob ich schon lange Hosen anzöge.

»Bist du aus dem Internat? Ich werde dir ein halbes Glas zum Probieren geben – aber keins mehr ohne die Erlaubnis deiner Mutter.«

Es waren keine anderen Gäste da, die mich hätten auslachen können, und ich suchte mir mit meinem Glas einen Tisch.

Ich trug die langen Sonntagshosen, mein Stimmbruch hatte gerade eingesetzt, und ich konnte zwei Reihen am Kicker gleichzeitig bedienen; wenn es darauf ankam, auch alle vier. Der Wein lief mir nicht einfach die Kehle hinunter, aber wenn ich ein Mann werden wollte, musste ich trinken.

Nach einer Weile kam ein graubärtiger kleiner Mann herein, er hatte eine Zigarre zwischen den Lippen und stieß gelegentlich Rauch aus. Er stützte die Ellenbogen auf den Tresen und verlangte einen Kaffee.

»Schön schwarz, ja?«, sagte er, als der Wirt den dampfenden Kaffee in einem Glas servierte. »Aber vergiss nicht, mir ein Tröpfchen reinzumachen …«

Der Wirt kam mit einer Flasche Rum zurück und goss einen Schuss in den Kaffee.

Der alte Mann schritt wankend in Richtung meines Tischs.

»Was machst du hier, Junge?«

Als er sich neben mich setzte, fügte er hinzu: »Man kann nicht das ganze Leben am Rockzipfel der Eltern hängen. Heute ist ein guter Tag, um flügge zu werden.«

Ich blickte schweigend auf den Hafen hinaus, und er begann, von der Nordsee zu erzählen.

Er war Kapitän der Handelsmarine gewesen, ein Kapitän, der nur eine einzige Route befahren hatte, von Santurtze nach Gdansk.

»Der Winter in der Nordsee ist hart«, sagte er, »die Schlechtwetterfronten peitschen gnadenlos über die Schiffe hinweg. Und es ist nicht nur das schlechte Wetter! In diesem Meer gibt es gefährliche Strömungen, Sandbänke und Minen aus dem Weltkrieg.«

An der Nord- und Ostsee sei das Meer, erzählte er, nie ganz Meer, das Festland nie ganz Festland. In der grünen See gebe es Inseln, die je nach Gezeiten auftauchen und versinken würden, und unter der Wasseroberfläche würden sich Wiesen erstrecken. Gleichzeitig habe das Festland zwischen Marsch und Wäldern graue Seen und Morast, und Möwen würden kreuz und quer am grauen Himmel fliegen.

»Deswegen gibt es so viele Bojen. Man muss in den Fahrrinnen bleiben, die mit Bojen markiert sind. Doch das Gefährlichste – vom schlechten Wetter, den Meeresströmungen, den Sandbänken und den Minen einmal abgesehen – ist der Nebel …«

Auf dieser Route zwischen Santurtze und Gdansk bedecke Nebel den Himmel, lasse die Bojen verschwinden, verbinde sich mit dem Meer zu einer einzigen trüben Suppe. Dieses spermafarbene Monster verschlucke das Boot: »Alle Maschinen auf Stopp!« Bei diesem Wetter diene der Radar als Blindenführer des Kapitäns. »Langsam«, befehle dieser, »halbe Kraft voraus.«

Unter dem Kommando des Käpt'ns habe sich das Schiff vorsichtig seinen Weg gebahnt. Oben auf dem Mast habe sich die Parabol-Antenne gedreht, »Sicht gleich null«, der Käpt'n auf die konzentrischen Kreise auf dem Bildschirm und den dünnen, darauf rotierenden Zeiger gestarrt.

»Man konnte die Bewegung der Parabol-Antenne spüren. Wir verbrachten Stunden und Tage in diesem Nebel, das Schiff fuhr langsam, vorsichtig, unter größter Anspannung. Der zweite

Steuermann sagte zu mir: ›Du bist schon zweiundzwanzig Stunden auf der Brücke, geh runter und schlaf ein bisschen.‹«

Der alte Mann blies in seinen Kaffee mit Schuss, und wir beide dachten an den kalten, wabernden Nebel von früher.

Er sei unter Deck gegangen, habe die Uniform über den Stuhl gehängt und sich auf seine Koje geworfen. Aber er habe nicht schlafen können, nicht einmal eine Viertelstunde sei er liegen geblieben. Also sei er auf die Brücke zurückgekehrt, und gerade als er dort ankam, habe er auf dem Bildschirm ein riesiges, genau auf sie zuhaltendes Schiff entdeckt. Er habe den Alarm ausgelöst und gerufen:

»Volle Kraft zurück!«

Eine Gruppe Fischer betrat die Kneipe.

»Hey, Hamaika«, grüßten sie den Alten. »Einen schönen Stummel hast du im Mund!«

»Und«, sagte der Alte, »habt ihr eure Schiffe auch ordentlich vertäut?«

Die Fischer hatten ihre Schiffe ordentlich vertäut, die Blaumänner ausgezogen und sich dann auf den Weg zur Kneipe gemacht. Um eine Weinflasche versammelt, begannen sie nun Karten zu spielen und sich laut zu unterhalten. Dass sie mit einem einzigen Zug so und so viel hundert Kisten Fisch gefangen hatten.

»Und was ist dann passiert?«

»Gibst du mir 'nen Schluck Rum aus?«

»Ich hab kein Geld.«

Mit den paar Peseten, die ich in der Hosentasche hatte, konnte ich keinen Rum ausgeben.

»Und was ist dann geschehen?«, wiederholte ich.

Der Alte drehte plötzlich sein leeres Glas um und fing eine Fliege ein. Wie verrückt surrte sie in dem Glas herum. Draußen schüttete es in Strömen, wir beide blickten hinaus.

»Lass Regen fallen und Wind blasen«, sagte der Alte. »Soll das Wasser steigen, bis die Fische Gott in den Arsch beißen.«

11

Die Weltgeschichte in einem Stück Fleisch

Der Tagesanbruch wird die auf dem Meeresdunkel wie Goldfische schimmernden Lichter löschen, und du wirst einen Hafen und die unterschiedlichsten Schiffe zu sehen bekommen: *Chimborazo, Esmerald Islands, Santo Domingo, Estrella de Portoviejo, Bachelor's Delight …*

Am Zoll, am Zugang zum Kai, werden sie nach deinem Ausweis fragen. Ein Polizist mit einem Kupfergesicht wird deinen bordeauxfarbenen Pass überprüfen und dir keine weitere Aufmerksamkeit schenken. Erstaunlich, dass niemand etwas Ungewöhnliches an deinen Papieren findet, nicht einmal du selbst.

Eine Menge Schiffe liegen am Kai an. Du wirst dich an seinen Namen erinnern und dein Schiff bald finden:

IRON WILL

Rote Lettern auf einem weißen Schiffsrumpf.

Sofort wirst du merken, dass es an Bord Probleme gibt, denn als du an Deck gehst, heißen sie dich nicht willkommen. Die Diskussion wird sich um Edwin drehen, der noch nicht an Bord ist. Einige, die erst jetzt davon erfahren haben, sind nicht damit einverstanden, einen todkranken Mann mit auf die Reise zu nehmen.

»Das ist kein Leichenwagen«, wird einer sagen.

Verschiedene Meinungen werden vorgetragen und schließlich mittels Abstimmung zur Entscheidung gebracht werden. Weil dich niemand auffordert, deine Stimme abzugeben, wirst du am Rand stehend zum stillen Zeugen der Versammlung. Vier

Leute stimmen für Edwin, eine Würdigung des Wissenschaftlers und alten Freundes, drei dagegen, und nachdem die Entscheidung gefallen ist, wird niemand Einspruch erheben oder ein missgestimmtes Gesicht machen.

Unmittelbar nach der Abstimmung werden Edwin Walsh und Edna eintreffen. Lächelnd wird sie ihn am Arm stützen, als kämen sie nur wegen des Abstimmungssieges; dabei werden sie wahrscheinlich keine Ahnung von der vorangegangenen Diskussion haben.

Ein schwarzer Junge wird dir vom Kai aus ein Zeichen geben, dass du die Koffer heraufholen sollst. Du wirst also hinuntersteigen und zweimal gehen müssen, um die drei Koffer und den zusammengeklappten Rollstuhl an Deck zu bringen, und danach noch zweimal, um sie in die Kabine zu tragen.

Nachdem nach einer ruhigen und klaren Nacht die Berggipfel bei Tagesanbruch von Nebel umgeben waren, wird schlechtes Wetter aufziehen und ein frischer Wind von Süden wehen.

Edwins Kabine wird deine sein, so wie es der Kapitän anordnet: »Der Krankenpfleger zu seinem Patienten!«, wird er sagen.

Vielleicht wird es auch nicht der Kapitän sein, sondern der Schiffsmaat. Wie auch immer, die Leute werden ihn mit *Nostromo* ansprechen, den Romantitel zu seinem eigentlichen Namen machen, *der Nostromo*.

Deine Koffer wirst du in Edwins, die von Edna in eine von ihr allein bewohnte Kabine bringen müssen. Als du mit den Koffern seine Kabine betrittst, wird es dir peinlich sein, ihm zu erklären, dass Edna in einer anderen Kabine schlafen muss, und du wirst Angst haben, weil du merkst, wie quälend es ist, sich nur fünf Minuten mit dem Tod auseinanderzusetzen, und du die Beklemmung der vor dir liegenden Tage und Wochen erahnst.

Edwin dagegen wird die Entscheidung mit Fatalismus hinnehmen.

»Fehlt noch jemand?«, wird der Nostromo rufen.

»Nein, alle Mann an Bord!«, wird eine andere Stimme laut antworten.

Der Guayas wird trübes Wasser führen, der Motor stotternd anlaufen, die Schiffsschraube sich zu drehen beginnen, das Schiff ratat ratatat ratatatatat den Trägheitsmoment überwinden, und in dem Augenblick, in dem es ablegt, wird dir bewusst werden, dass du in eine der unwirklichsten Gegenden fährst, die es gibt.

Während sich das Schiff vom Kai entfernt, wirst du die Leute betrachten, die sich zum Abschied versammelt haben. Es wird dir vorkommen, als wären die Gesichter der Menschen platt gebügelt, Nasen und Münder ausradiert, als würden Augen mit Augenbrauen verschmelzen, die Köpfe sich in eiförmige Gebilde verwandeln. Ihr entfernt euch, und sofort werden die Gestalten auf den trockenen Steinen am Kai immer kleiner.

Das Wasser wird trübe und schlammig sein und erst dort, wo Fluss und Meer zusammenfließen, blauer, sauberer und von kräftigerer Farbe werden. An der Mündung wirst du hinausblicken, und das Meer wird sich wie ein Fächer vor dir öffnen, dunkelblau und beinahe faltenlos, vollkommen still. Grüne Flecken werden auf der Wasseroberfläche treiben.

Ein blonder junger Mann wird sich neben dich stellen.

»Schauen Sie die grünen Flecken an?«, wird er dich auf Englisch fragen, und du wirst dich daran erinnern, dass er zu denen gehörte, die bei der Abstimmung mit Ja gestimmt haben.

»Ja.«

»Das sind Wasserhyazinthen. Der Guayas schwemmt sie ins Meer, aber die Flut spült sie manchmal wieder in den Fluss zurück.«

Der Schiffsbug wird sich ins Wasser graben, es teilen, und aus dem gespaltenen Wasser wird Schaum aufsteigen und dieser gekräuselte Schaum, nachdem er an den Schiffswänden entlanggestrichen ist, eine weiße Spur zurücklassen.

»Verzeihung, ich bin Axel Fountaine«, wird er sagen und dir die Hand geben. »Der Topograph.«

»Javier«, wirst du antworten.

»Die Leute hier nennen sie *Salat*«, wird Axel sagen.

»Der Fluss trägt sie hierher, aber die Flut spült sie manchmal wieder zurück«, wird er später noch einmal wiederholen, als fände er kein besseres Thema.

Zahllose grüne Flecken, auf dem Wasser schwimmender Salat.

Die Kabine wird klein und weiß gestrichen sein: an der Wand zwei Schränke, ein Kühlschrank, ein Etagenbett mit zwei Liegen.

»Bringen Sie mir ein bisschen Brompton?«, wirst du hören, während du deine Kleider aus dem Koffer holst und den Schrank einräumst.

»Ich?«, wirst du fragen.

Edwin sitzt im Rollstuhl, Edna steht hinter ihm. Du wirst ein Krankenpfleger sein, der seinen Pflichten nachkommen muss, das darfst du nicht vergessen.

Auf dem Bett wirst du eine Menge Brompton-Fläschchen sehen. Du wirst vierzehn oder fünfzehn Milligramm abmessen und mit Wasser oder Milch vermischen müssen. Das ist die Dosis, die der Patient alle sechs Stunden einmal einnehmen wird.

»Vielen Dank«, wird Edna zu dir sagen.

Und auch Edwin wird sich bei dir bedanken, unruhig, mit vom Schmerz gezeichnetem Körper, bis er das Brompton geschluckt hat.

»Es ist kalt«, wird er sagen.

Aber es wird nicht wahr sein, gelegentlich wird ein warmer drückender Wind über das Schiffsdeck streichen, über das Deck und die langen Haare der schweigenden Edna.

»Auf jeden Fall ist das ein schönes Zuhause, oder?«, wird Edwin später sagen und Atem holen, *This is just a gorgeous home, isn't it?*

Und Stunden später, in der Dämmerung, wird das Abendrot glühen, ein unfassbares Rot am Horizont – als würde der Tag im Kampf mit der Nacht blutend verenden.

Die Schlacht wird kurz sein.

So wird der erste Tag zu Ende gehen, und ich werde dir jetzt einen Vorschlag unterbreiten: Ich werde dir erzählen, dass du eingeschifft bist und das Boot Kurs aufs offene Meer nimmt; dass du nicht mehr zurück, nicht mehr über die Reling springen und zum Kai zurückschwimmen kannst. Nur auf Deck wirst du auf und ab laufen können, während euer Schiff Tage und Nächte durchquert. Aber wohin fährst du? Das Schiff fährt.

Das wird der Vorschlag und die erste Wahrheit sein, der Tagesanbruch deines Bewusstseins. Du fährst zur See, weil du begreifst, dass du zur See fährst. Und die Wurzeln? Du wirst keine Wurzeln haben, deine Herkunft wird sich auf Schiffsstahl, Reling und Spanten aus Plastik beschränken. Du wirst den an der Wasseroberfläche treibenden Gewächsen ähneln, den vom Guayas ins Meer gespülten Hyazinthen. Sie reichen nicht in die Erde hinab, sondern verbreiten sich nur an der Oberfläche, fast oberhalb des Nichts.

Beim Aufwachen, kaum dass du die Augen öffnest, wird eine Fertigbaustimme dir auf Englisch prophezeien:

»Bitte stehen Sie auf. Heute ist ein glücklicher Tag ...«

Und sie wird zu singen beginnen:

Jingle bells, jingle bells,
jingle all the way ...

Du wirst merken, dass du wie in einer Wiege geschaukelt wirst, und dich, um nachzusehen, von wessen Hand, sofort erschrocken im Bett aufsetzen.

Im Bett unter dir wirst du Edwin mit dem Wecker in der Hand

sehen. Du wirst die grünen Ziffern lesen: 6:30. Das Schiff wird rollen und stampfen, auf und ab, von einer Seite zur anderen.

Der Nostromo wird eine Versammlung einberufen und in seiner weißen Uniform mit seinem kräftigen Nacken und dem Walrossbart wie eine Matrosenpuppe aussehen. Auf Deck wird er euch in lautem Befehlston Ratschläge erteilen:

»Eine Hand immer am Schiff!«, wird er sagen. »Sowohl unter Deck als auch auf Deck: eine Hand muss immer am Schiff sein. Pünktlichkeit bei den Mahlzeiten. Nasse oder feuchte Kleidung muss in die Reinigung gebracht werden. Keine schmutzigen Schuhe, weder in den Kabinen noch auf den Gängen. Beim Landgang entfernt sich niemand allein aus der Sichtweite der anderen. Wenn jemand über Bord zu gehen droht oder wieder hochgezogen werden soll, gibt man sich die Hand auf Seemannsart: einer umfasst des anderen Handgelenk ...«

Ihr werdet das Anlegen der Schwimmwesten und das Besteigen der Rettungsboote üben. Du wirst auch Edwin dazuholen, ihn mit angelegter orangefarbener Schwimmweste in seinem Rollstuhl an Deck bringen.

Ein dicker Schwarzer, der wie einer von *New Kids on the Block* aussieht, wird dir dabei helfen:

»Bobby Endicott«, wird er sich vorstellen, *bi oh dabblbi uai.*

»Und noch ein guter Rat«, wird der Nostromo später hinzufügen. »Lassen Sie sich nicht von der Bezeichnung Pazifischer Ozean in die Irre führen. Dieses Meer ist weder still noch friedlich, und Sie werden bald merken, wie es einen in die Mangel nehmen kann ...«

Am Horizont werden Himmel und Wasser nicht mehr zu unterscheiden sein, denn der Südwestwind und die Nebelbänke, das aufgeschäumte Meer und der ständige Nieselregen werden Oben und Unten in eins fallen lassen. Von der Reling aus wird das Meer in alle Richtungen dunkel und wild aussehen.

Eine bläulich-grüne Sonne wird von Zeit zu Zeit versuchen,

durch die Wolken zu brechen, aber nur kraftlos wie eine Öllampe ohne Brennstoff schimmern.

Auch in der nächsten Woche wird das weiße Schiff im Dienst der Wissenschaft seine Fahrt Richtung Süden fortsetzen.

»Bringen Sie mir etwas Brompton?«, wird in den ersten Tagen einer der häufigsten Sätze lauten.

Mit der Zeit wird die Aufforderung kürzer. Bis ein knappes »Es ist soweit!« ausreicht. Eine beliebige stumme Geste.

Deine Arbeit wird darin bestehen, fünfzehn oder sechzehn Milligramm abzumessen und ein Glas Wasser oder Milch einzuschenken.

Edwin, der nach fünf oder sechs Stunden von Schmerzen heimgesucht wird und zu zittern beginnt, wird sein Medikament einnehmen und sich sofort besser fühlen.

»Vielen Dank«, wird der Patient von seinem Rollstuhl oder Bett aus zu dir sagen.

Das Leben an Bord wird ereignislos verlaufen, nur der Ruf nach dem Brompton für Unterbrechungen sorgen.

Im Verlauf der Tage wirst du Zeuge bizarrer wissenschaftlicher Debatten werden, besonders im Speisesaal und an Deck.

»Der französische Historiker Fernand Braudel ist der Meinung, dass die Geschichte die Gegenwart verschlingt …«, wird einer namens John Masefield erklären.

Ein anderer wird ihm fast schon verärgert ins Wort fallen:

»Ich verstehe nicht, was der Satz ›Die Geschichte verschlingt die Gegenwart‹ bedeuten soll, zumindest in wissenschaftlicher Hinsicht würde ich behaupten, dass es sich genau umgekehrt verhält: Die Geschichte wird von der Gegenwart verschluckt …«

Solche Gesprächsthemen und Diskussionsrunden, die wie eine Karikatur der Beschäftigung an Bord sind, wird es an Deck öfter geben.

John Masefield, der von der Zeitschrift *The Wanderer* aus

Philadelphia einen Auftrag über mehrere Expeditionsreportagen erhalten hat, wird sich als Rhetoriker erweisen.

»Ich habe keine Ideologie«, wird er sagen, »ich beziehe mich auf das aus der Pansophie des Jan Amos Comenius abgeleitete Modell einer menschlichen Gesamtwissenschaft ...«

»Ist er Schriftsteller?«, wirst du Axel fragen.

»Ja, er ist dieses Jahr mit einem Bestseller bekannt geworden, *The Worst-Case Scenario Survival Handbook.*«

»Und ist es gut?«

»Es ist eines von den Büchern, die man immer in der Jackentasche haben muss. Ein Handbuch für die ausweglosesten Situationen im Leben!«

»Ein praktisches Buch.«

»Ein absolut notwendiges!«, wird Axel lachend erwidern. »Nehmen wir zum Beispiel diese Situation: Du fährst auf der Straße, und plötzlich schneiden dir drei Mafia-Autos den Weg ab. Die Insassen haben den Auftrag, dich zu erschießen. Zu deiner Linken liegt ein ausgedehntes Sumpfgebiet, zu deiner Rechten ein Meer voller Haie ...«

»Also zurück!«

»Von hinten kommen der Vater und der Ehemann des Mädchens, das bei dir im Auto sitzt. Beide schießen mit einem Gewehr ...«

»Dann würde ich mich im Auto verkriechen und erst mal nachdenken.«

»Aber bei dem Mädchen im Auto haben die Wehen eingesetzt. Sie ist schwanger von dir, deshalb will ihr Ehemann dich ja umbringen, außerdem ist es dein erster Sohn. Und dann merkst du auch noch, dass auf dem Rücksitz eine Bombe liegt, die in wenigen Sekunden explodieren wird.«

»Was soll man da noch tun?«

»Das fragst du mich? Um das zu wissen, musst du das Buch kaufen ... «

»Aber wenn es das Buch nicht gäbe, was würdest du tun?«

»Also, ich würde es halten wie Tarzan. Die Hoffnung nicht aufgeben, dass Chita kommt und mich rettet ...«

Weil Edwin in seinem elektrischen Rollstuhl auf dem Deck herumfährt und du allein in der Kabine bist, wirst du eines seiner Büchern in die Hand nehmen, den Reiseführer *Lonely Planet*, und zwischen den Seiten 32 und 33 ein Stück Papier als Lesezeichen finden. Die mit dem Datum 4.11.1981 gekennzeichneten und auf dem Weg nach Ecuador gemachten Aufzeichnungen werden aus einer Liste von Fragen bestehen.

Bevor du fährst, frag dich folgendes ...

Warum unternehme ich diese Reise? Was lasse ich hinter mir zurück? Habe ich mich vor der Abreise ausreichend über die Region informiert? Wird meine Fahrt der Region, die ich besuche, eher zuträglich sein oder schadet sie ihr? Bin ich bereit, mich an die Umgebung und ihre Lebensweise anzupassen? Was werde ich bei meiner Rückkehr tun, falls ich zurückkommen sollte?

»Bringen Sie mir etwas Brompton!«, wird Edwin von oben rufen.

Du hast es nicht eilig und wirst erneut die Fragen durchgehen und dir mögliche Antworten überlegen. Warum unternehme ich diese Reise? Was lasse ich hinter mir zurück? Habe ich mich vor der Abreise ausreichend über die Region informiert?

Plötzlich wird Edna in die Kajüte kommen und dir einen verächtlichen Blick zuwerfen, er wird dich treffen wie ein Stein. Sie wird das Medikament nehmen, hinausstapfen und die Tür wortlos hinter sich zuschlagen.

Du wirst ihr folgen und die beiden an Deck finden. Edwin wird steuerbord an der Reling stehen und »Fuck you cancer!« schreien, husten, »Fuck you cancer!«, sich ins Meer übergeben, während Edna, an seiner Seite, ihm das Brompton verabreicht.

»Fuck you cancer! Fuck you cancer!« Als du zu ihnen gehst,

weißt du nicht, was du tun sollst. Du wirst bloß Edwin festhalten, der sich bei jeder Schmerzattacke vom Rollstuhl aus ins Meer werfen zu wollen scheint, den herunterhängenden Urinbeutel festhalten und die weinende Edna anschauen.

Bald darauf wird er sich wieder beruhigen. Zusammen mit John Masefield wirst du ihn in die Kabine zurückbringen, während Edna den zusammengeklappten Rollstuhl trägt.

Als du das Milchpulver auflöst, scheint Edwin zu schlafen. Mit dem Löffel in der Hand wirst du die Milch umrühren.

»Entschuldigen Sie, dass ich nicht früher gekommen bin …«, wirst du sagen, als du merkst, dass er die Augen geöffnet hat.

»*Ich* sollte mich entschuldigen, für die viele Arbeit, die ich Ihnen bereite.«

»Das ist mein Beruf.«

»Mir ist klar, dass diese Arbeit unbezahlbar ist.«

Du wirst ihm ein Glas Milch anbieten und er wird ablehnen. Sag ihm, was du denkst.

»Ich glaube, Sie nehmen zu viel.«

Freundschaftlich wird er antworten:

»Nein, nein, ich werde es Ihnen ein anderes Mal erklären, wenn ich genug Kraft für Erklärungen habe.«

»Brompton ist zu stark, in Europa ist es verboten. In den USA werden Rezepte von nur wenigen Milligramm ausgestellt.«

»Der Schmerz ist für die Menschheit schlimmer als der Tod«, wird er sagen. »Diese Welt zu verlassen ist schmerzhafter, als auf die Welt zu kommen …«

Ihr werdet beide lächeln, als Edna hereinkommt.

Edna, *Hai hani*, wird dich beim Eintreten keines Blickes würdigen, und du wirst in der Ecke der Kajüte stehen bleiben, das Glas Milch in der Hand, Milch trinken, warme Milch, Getränk für Kinder und Katzen.

Beschämt wirst du an Deck steigen und an die Reling geklammert steuerbord in Richtung Bug gehen, wo dich die Dunkelheit schroff zum Stehen bringt – so wie die Wand einer Sackgasse einen verirrten Spaziergänger zum Stehen bringt. Ein schneidender rauer Wind wird wehen, gewaltige, sich überschlagende Wellen werden aus dem Meer aufsteigen.

Du wirst daran denken, was Edwin gesagt hat, dass der Schmerz für die Menschheit schlimmer ist als der Tod. Er wird wirklich »für die Menschheit« gesagt haben. Er wird von der Allgemeinheit sprechen, obwohl er den Schmerz ganz allein zu ertragen hat.

»Ich werde es Ihnen ein anderes Mal erklären...«, wird er gesagt haben.

Von Zeit zu Zeit werden Sterne am nächtlichen Firmament aufscheinen, wie feuchte Streichhölzer, die sich nicht entzünden, aber Funken sprühen.

Im Angesicht des Todes wird das Leben singulär, einzigartig. Im Leben eines jeden Einzelnen ist das Leben der gesamten Menschheit komprimiert, in einem Stück Fleisch entscheidet sich die Geschichte der Welt.

12

En étrange pays, dans notre pays

»Soll das Wasser steigen, bis die Fische Gott in den Arsch beißen.«

Ich wiederholte den Spruch des Alten noch einmal Goio gegenüber, und wir beide mussten lachen.

»Das ist Hamaika«, antwortete er. »Der trinkt den ganzen Tag, ein Glas nach dem anderen.«

Nachdem ich es zwei Tage in der Schulbank neben dem dicken Zumalde eingeklemmt hatte aushalten müssen, kehrte Goio wieder neben mich zurück.

Wir hatten Unterricht bei Clemente Lopez, unserem Athleten. Er ließ uns das Nationalkundebuch aufschlagen, einen grauen, vierhundertseitigen Schinken, in dem von den Rechten und Pflichten der Spanier die Rede war.

Clemente Lopez fragte jeden von uns nach seinem Vater.

»Was ist dein Vater von Beruf?«

Er schritt langsam im Klassenzimmer auf und ab, und die von ihm aufgerufenen Schüler mussten antworten, dass ihr Vater Fischer war oder Ladenbesitzer oder Schreiner oder Vertreter so wie meiner.

Francisco Javier Larrea begann zu stottern, weil er den Beruf seines Vaters nicht definieren konnte oder nicht zugeben wollte, dass er Bauer war, und als er aufgefordert wurde, doch einfach zu beschreiben, was der Vater denn mache, begannen wir alle lauthals zu lachen, weil Francisco antwortete, dass sein Vater über Tiere herrsche.

…y gobierna animales.

Clemente Lopez ließ uns nach Herzenslust lachen und gab

uns dann ein Zeichen, still zu sein. In demütigem Tonfall verkündete er uns, dass wir an der Schule lernen sollten, »Menschen zu beherrschen und uns selbst zu beherrschen.«

Clemente Lopez sprach, nachdem er noch drei oder vier weitere Schüler befragt hatte, über das Vorbild, das unsere Väter mit ihren Berufen gaben, dass wir später ihre Plätze würden einnehmen müssen, weil nur so die Gesellschaft aufrecht erhalten und die Zivilisation weiter entwickelt werden könne, dass jeder von uns der Nachfolger seines Vaters sei und wir deshalb unsere Väter als ein Beispiel von Würde und Anstand betrachten sollten.

¿Qué es tu patria?, fragte er weiter. Was ist dein Vaterland?

Wir alle bewunderten seine Oberarmmuskeln, die noch deutlicher hervortraten, wenn er den Nationalkundewälzer in der Hand hielt. Er hatte einen beeindruckenden Körper und trug enge Hemden, die seine Figur betonten.

Er ging einige Schritte zwischen den Schulbänken auf und ab und las uns dabei, das aufgeschlagene Buch in der Hand, langsam vor:

»*Patria* ... ein griechisches Wort, das *Abstammung* bedeutet und von *pater*, dem Vater, abgeleitet wird. Den Vater zu kennen, bedeutet eine klare Identität zu besitzen, zu wissen, wer man ist und woher man stammt.«

Clemente Lopez leitete ein ›Studio für Körperkultur‹. Er kam nicht aus Kalaportu, sondern war aus dem kastilischen León hierher gezogen, um eine Sektion der falangistischen Jugendorganisation OJE aufzubauen. Sein Fitness-Studio diente als Ortslokal der Organisation.

»Hier bei euch bekommt man solche Filme wie bei uns nicht zu sehen«, flüsterte ich Goio zu. »Wetten, dass du keine Ahnung hast, wer BB ist? Diese Frau zieht sich nackt aus, ich hab's gesehen ...«

»Du lügst«, antwortete er.

»Wirklich«, sagte ich.

Es war wirklich fast die Wahrheit, weil ich schon im Kino drin gewesen war. Leider hatte mich der Platzanweiser im letzten Moment entdeckt.

»Dafür habe ich ein Schiff«, erwiderte Goio.

Ich tat so, als glaubte ich ihm nicht. Auch er hatte bestimmt nicht die ganze Wahrheit gesagt.

»Wo?«

»Wo wohl? Am Meer.«

»Glaube ich dir erst, wenn du's mir zeigst.«

»Ist mir egal, ob du's mir glaubst.«

Am nächsten Morgen hatten wir Französischunterricht.

Goio tat sich mit der Aussprache schwer. Der Lehrer vom Vorjahr, den wir Mössjö Neinmonsieur nannten, hatte ihn durchkommen lassen, aus Freundlichkeit oder weil er bei seinem Schulwechsel keine Probleme hinterlassen wollte. In den ersten Unterrichtsstunden machte die Lehrerin Goio vor der ganzen Klasse immer wieder vor, wie man die Umlaute richtig aussprach, *au* wie o, *oi* wie ua . . .

Sie diktierte:

Tous les malheurs des hommes viennent de ce qu'ils ne peuvent rester en repos dans leur chambre . . .

Als Ariane ihn aufforderte, den Satz zu wiederholen, wurde Goio nervös und verhaspelte sich.

Ariane rief Juanjo auf, der alles richtig machte.

»Brav, brav!«, spottete Inazito.

Goio musste den Satz noch einmal lesen. Das R rollte er, die stummen Wortenden sprach er klingend aus.

Wenn Ariane ihn korrigierte, wurde er rot vor Scham.

»Dein Gesicht hat die gleiche Farbe wie deine Haare«, sagte ich zu ihm.

Sachkunde hatten wir nachmittags. Der Lehrer war ein junger Mann namens Pablo Esparza, den die Brille und die zerzausten blonden Haare wie einen Verrückten aussehen ließen. In seinen alten, abgetragenen Kleidern hatte er etwas von der Standarte einer besiegten Nation.

Er drehte sich Zigaretten, rollte den Tabak geschickt in Papier und legte die fertige Zigarette dann, während er über dieses oder jenes Thema referierte, zur Seite, wo er sie völlig vergaß.

Er behauptete, dass das menschliche Wohlbefinden das Ergebnis eines bioelektrischen Gleichgewichts sei. Bei Schirokko würden die Natrium- und Kalium-Partikel im Nervensystem still stehen. Das sei die Ursache für das Unwohlsein, das so viele Leute bei heißem Südwind spürten. Weil er die fertige Zigarette vergessen hatte, holte er erneut Tabak und Blättchen heraus, drehte geschickt eine zweite Zigarette und ließ dann auch diese wieder auf einer Seite des Pults liegen, während er auf der Suche nach Streichhölzern mit der Hand in der Hosentasche herumkramte.

»Und woher kommt der Südwind?«, fragte Inazito.

Wir blickten uns alle gegenseitig an.

»Manche sagen, er kommt aus der Sahara«, sagte Pablo. »Aber ich glaube, er kommt aus Lissabon.«

»Wieso? Spricht der Wind portugiesisch?«, warf einer ein und alle begannen zu lachen.

»Warum sagen Sie, dass er bioelektrisch ist?«, fragte Juanjo.

»Der Wind ist ionisiert und polarisiert positiv und negativ geladene Teilchen.«

Statt die Streichhölzer aus der Hosentasche zu ziehen, holte er erneut Tabak und Zigarettenpapier hervor und fuhr fort:

»Der Südwind sorgt dafür, dass die Maiskolben und Bohnen, die Mispeln und Kastanien reifen.«

Wir alle liebten Pablo. Während sich die Lehrer in den meisten anderen Fächern eher anstrengten, die Welt, die wir kannten, von der Wissenschaft abzutrennen, bemühte er sich darum, den Unterrichtsstoff mit Alltagsbeobachtungen in Beziehung zu setzen.

Doch wir gingen anderen Naturwissenschaften nach, als Pablo Esparza uns nahe legte. Mehr als durch illustrierte Bücher lernten wir anhand von Tieren, die wir, von Gelächter begleitet, grausam quälten. Eine Fledermaus ließen wir Schmuggelzigaretten rauchen, einen Frosch bliesen wir mit einer sodomitisch eingeführten Röhre so lange auf, bis er sich in einen grünen Ballon mit Beinen verwandelte. Und auch eine Grille musste sich uns geschlagen geben und kehrte nie wieder in ihr Versteck zurück.

Ich wollte Goios Schiff kennen lernen. Er nannte es das *Hochseeschiff*, nicht Kutter, Dampfer, Kahn oder so, sondern *Hochseeschiff*, und ich wollte es unbedingt sehen.

An einem Nachmittag verabredete ich mich mit Goio an der Brücke, und wir liefen nebeneinander Richtung Dorf hinunter.

»Was ist? Zeigst du mir heute dein Schiff?«

»Nein.«

»Du hast gesagt, du würdest es mir zeigen.«

»Das hab ich nicht gesagt. Ich hab dir nur gesagt, dass ich eines habe.«

Wir waren beide beleidigt und verfielen in Schweigen.

Als wir unter dem Walfängerwappen hindurchschritten, *Wir fingen die Großen*, sah ich wieder den aufrecht stehenden Harpunier, den Wal mit der Harpune im Rücken, einen zweiten, größeren Wal an seiner Seite.

Der alte Hamaika saß in der Kneipe.

»Das ist der Kapitän, von dem ich dir neulich erzählt habe.«

»Hey, Hamaika!«, sagte Goio.

»Habt ihr eure Schulaufgaben schon gemacht?«, erwiderte er wankend, mit tief ins Gesicht gezogener Baskenmütze.

»Die haben uns heute aus der Schule geworfen«, sagte Goio.

Wir bestellten zwei kleine Gläser. Felipe hatte Mitleid mit uns, gab uns aber zu verstehen, dass es bei einem Glas bleiben würde.

»Wein ist gut, um sich die Brust abzugewöhnen«, sagte Hamaika.

Er wollte immer Rum, aber Felipe gab ihm nur Kaffee mit Schuss.

»Ah, der Rum von Curaçao, das ist guter Stoff!«, sagte er. »Obwohl das Zeug aus der kleinen schwarzen Flasche auch nicht von schlechten Eltern ist. Die reinste Sünde ist das, auch wenn mir Felipe heute eine ziemlich dünne Mischung serviert hat …«

Er nahm noch einen Schluck und blickte auf seine Taschenuhr.

»Was ist denn jetzt damals in der Nordsee passiert?«, fragte ich.

Nachdem er nicht hatte schlafen können und nach nur einer Viertelstunde in der Koje auf die Brücke zurückgekehrt war, hatte er auf dem Radarschirm ein riesiges Schiff entdeckt. Sofort hatte er Alarm gegeben und die Sirene eingeschaltet, Volle Kraft zurück!

»Was soll schon passiert sein? Wir waren praktisch schon kollidiert!«

Draußen vor der Kneipe ging eine Frau vorbei. Obwohl Goio reflexartig die Hand vors Gesicht hielt, blieb die Frau stehen, es war Goios Mutter.

Ihre Augen fixierten den Sohn, sie verharrte wortlos, als warte sie auf ihn. Goio musste die Kneipe verlassen.

An diesem Abend sollten sie zu Hause miteinander streiten.

»Was hast du in einer Spelunke zu suchen?«

»Da fühle ich mich wohler als daheim.«

Eine ganze Stunde später sollte ihr Streit immer noch im Wohnzimmer im ersten Stock zu hören sein:

»Du musst Andres lieb haben.«

»Ich werde ihn niemals lieb haben.«

Goio blieb stumm sitzen und betrachtete diese einfältige

Frau, die ernsthaft glaubte, er würde einen Unbekannten als seinen Vater akzeptieren.

»Ich weiß, dass er nicht dein Vater ist, aber er wird wie ein Vater zu dir sein.«

In Goios Ohren hallte dieses *wie wie wie* nach.

Einmal hatte er gehört, dass sein Vater nichts wert sei, dass er weit entfernt lebe und dass man ihn, falls er doch einmal zurückkehren sollte, ins Meer schmeißen solle – so wie man Dreck ins Meer wirft.

Ich stand im Morgengrauen auf und blickte aus dem Fenster. Die Schulkameraden kamen den Weg zum Internat herauf; noch nicht richtig wach, einige allein, andere zu zweit, sehr wenige in Dreier- oder Vierergruppen, manche die Hände in den Hosentaschen vergraben, andere mit schlaff herabhängenden Armen. Sie kamen, um zu lernen, obwohl sie wussten, dass man eigentlich nur sehr wenig lernen kann. Hinter ihnen waren die Arbeiter zu sehen, die in Overalls die Werft betraten.

Nach der dritten Stunde kam Ariane auf uns zu.

»Komm morgen um sechs Uhr nachmittags zu mir nach Hause«, sagte sie. »Du weißt doch, wo ich wohne?«

Sie sprach Baskisch mit ihm. Und ob er wusste, wo sie wohnte! Zu diesem Zeitpunkt wussten wir alle, dass Ariane im Ortsteil Zubieta in einer Mietwohnung lebte. Bemerkenswerterweise allein.

»Weißt du, wo das ist?«, fragte ich Goio.

»Ja«, antwortete er.

»Sonst könnte ich dich begleiten.«

Aber Goio brauchte keine Unterstützung, zumindest nicht von mir.

Nach dem Unterricht, als wir Internatsschüler in die Schlafsäle gingen und sich Goio auf den Weg zur Lehrerin machte, zwinkerte ich ihm zu:

»Du weißt, dass sie allein wohnt?«

Doch Goio lachte nicht.

Ich haute aus dem Internat ab. Ich hatte die Schnauze voll von Hausaufgaben, Abendessen, der ganzen Langeweile. Ich bat Inazito, sich eine Entschuldigung für mich auszudenken, falls jemand meine Abwesenheit bemerken sollte.

»Warum gehst du allein?«, fragte er.

»Weil ich mich dann mit niemandem einigen muss, wo ich hin will.«

Die meisten Schiffe, die im Hafen lagen, waren aus Kalaportu, es waren die Boote der einheimischen Fischer. Aber es gab auch zwei Yachten, die reichen Sonntagsfrischlern gehörten und eigentlich nur im Sommer ablegten, und manchmal war in der Ferne auch der ein oder andere Frachter zu sehen. Ich wollte mir an diesem Tag anschauen, wie die Schiffe anlegten und ihre Fracht gelöscht wurde, hatte tief ins Wasser gedrückte Schiffsrümpfe vor Augen, doch die Kräne, Container und Stauer sollten sich erst später in Bewegung setzen, vielleicht sogar erst wieder am nächsten Tag.

Auch Goio interessierte sich mehr für die Frachter von außerhalb. Vielleicht, weil sie größer waren und eine geheimnisvolle Aura sie umgab; vielleicht, weil man nicht wusste, woher sie gerade kamen, was sie an Bord hatten und welchen Ort sie als nächstes ansteuern würden; vielleicht, weil man nur sicher wusste, dass auch ihr nächstes Ziel weit entfernt war. Die Matrosen blieben zwei Tage im Ort, blonde Männer mit stechend blauen und Schwarze mit grünen Augen, Männer, die schnell und seltsam redeten, vielleicht ganz normale Leute, nicht anders als diejenigen, die bei uns wohnten und in den Werkstätten arbeiteten. Doch im Unterschied zu den Arbeitern aus Kalaportu kamen die Matrosen vom weiten, tiefen, endlosen Meer und kannten die Häfen, die wir auf dem Schulglobus betrachteten. Der eigentümliche Klang ihrer Sprachen bewies, dass sie mit Geheimnissen vertraut waren, die den Menschen auf dem Festland verborgen waren.

Ich sprang über die Mauer, stieg das dunkle Treppenhaus hinauf und schaffte es, unbeobachtet in den Schlafsaal zu gelangen.

Goio legte an diesem Nachmittag, als ich mich im Hafen herumtrieb, einen anderen Weg zurück. Das Gebäude war neu, er las die Namen auf den Briefkästen, auf jedem Kasten standen ein oder zwei mit Hand geschriebene Namen auf einem Stück farbiger Pappe. Pedro Gonzalez Aller 1°-A, Juan Arrizabalaga & María Alberdi 1°-B, Ariane Daguerre 2°-A …

Goio erschien der mit feiner Handschrift auf gelbem Karton geschriebene Name schön und bedeutungsvoll. Nervös stieg er die Treppe hinauf. Weil es noch zu früh war, wartete er einen Moment.

Zu der von Ariane genannten Uhrzeit klopfte er an die Tür. Sie öffnete in einer fast durchsichtigen Bluse, durch die man ihren BH sehen konnte.

Goio war aufgeregt.

»Setz dich. Ich werde mich anziehen«, sagte Ariane mit größter Selbstverständlichkeit und auf Baskisch.

Mit einem roten Rock bekleidet, frisch gekämmt und nach Eau de Cologne riechend, kam sie zurück. Weil Goio immer noch stand, forderte sie ihn erneut auf, sich zu setzen.

Ariane nahm neben ihm Platz und begann Französisch zu sprechen.

Sie erklärte ihm, dass das französische R nicht gerollt werde, man es weiter hinten im Gaumen anstimmen müsse, die Wortendungen stumm blieben und so weiter, und dann machte sie mit ihm eine halbe Stunde lang Übungen.

Arianes Hand berührte seine Hand, *Jeune fille plus perdue que toute la neige*, wiederholte er. Sein Knie stieß unter dem Tisch an Arianes Knie, *Mon amour plus loin que toute la neige*, und er spürte bei jeder Berührung dieses gar nicht zögerlich wirkenden Beines ein noch nie da gewesenes Glücksgefühl. Danach sollte er Sätze von Arthur Rimbaud aufschreiben, die Ariane mit süßer Stimme diktierte.

Esclaves, ne maudissons pas la vie ...

Er presste den Stift so heftig auf das Blatt, dass die Spitze immer wieder durchs Papier stach. Man hätte die ins Blatt gravierten Buchstaben mit der Fingerkuppe entziffern können, fast als wären sie in Blindenschrift verfasst.

Schließlich sagte Ariane auf Baskisch.

»Siehst du, dass es nicht schwer ist?«

Ariane sprach ein merkwürdiges Euskera, für Goio hatte es einen französischen Einschlag und klang weicher als das Baskisch von Kalaportu.

»Ich habe zu Hause Baskisch gelernt«, sagte Ariane, »aber in St.-Jean-de-Luz wird auf der Straße kaum Euskera gesprochen. Spanisch habe ich später an der Universität in Bordeaux gelernt.«

Goio hörte zum ersten Mal, dass das Baskische auch im weit entfernten Frankreich gesprochen wurde.

»Mit euch traue ich mich Baskisch zu sprechen«, sagte Ariane, »aber hier im Süden muss ich mit den meisten Leuten Spanisch reden. Die halten mich für einen komischen Kauz, wenn ich Baskisch spreche. Als würden sie mich nicht verstehen.«

Goio wusste, dass in den Tälern, die man vom Bauernhof des Großvaters aus sehen konnte, und am Küstenstreifen in der Nähe von Kalaportu, Baskisch geredet wurde. Er hatte es bei Fischern aus Bermeo, Ondarroa, Orio, Hondarribia gehört.

»Am Anfang haben sie mich im Laden gefragt, woher ich komme, und ich habe geantwortet, dass ich aus dem Nordbaskenland komme, und der Ladenbesitzer hat ›Ah, aus dem Norden‹ gesagt und Richtung Meer gezeigt. Norden, als würde sich mein Baskisch wie Isländisch anhören.«

En étrange pays dans notre pays lui-même, fügte sie auf Französisch hinzu, *n'est-ce pas?* Sie nahm ihre runde Brille ab, und Goio betrachtete nervös die mit Kajal nachgezogenen, perfekt geschwungenen Augenbrauen; vorsichtig wie jemand, der ein Gespenst ansieht und seine Angst gerade erst verloren hat.

»Kommst du morgen auch?«, fragte sie, als sie ihn zur Tür brachte.

In einer der Erdkundestunden, während uns Don Patricio auf einer Karte Großbritannien zeigte, das – wie er sagte – einer eleganten Dame von früher gleiche, fragte ich meinen Tischnachbarn Goio mit leiser Stimme:

»Und? Bis du gestern hingegangen?«

Kurz angebunden antwortete er:

»Ja.«

Ich blickte in Goios Heft und las auf einem karierten Blatt:

MÖWENFELSEN

KALAPORTU

BASKENLAND

EUROPA

ERDE

UNIVERSUM

»Das Universum, die Sterne und all das …«, sagte ich.

Er ärgerte sich und riss mir das Heft aus der Hand, als hätte ich ein Geheimnis entdeckt.

Ich dachte, dass Kaoiarri der Name der Straße war, in der Goio wohnte. Doch Goios Haus lag in der Unterstraße, wie ich später erfuhr.

Kalaportu war ein winziger Punkt in der Welt, und genau dort lebten wir.

Es war nicht das richtige Wetter zum Fußballspielen. Der Ball wurde vom Wind fortgeweht, aber es war ein schöner Herbsttag, es blies ein warmer, angenehmer Wind aus Süden.

13
Spiegel-Inseln

In einem Stück Fleisch entscheidet sich die Geschichte der Welt. Das zu verstehen heißt Mitgefühl haben.

Edwin wird dich am nächsten Tag freundschaftlich zu sich rufen:

»Ich wollte Ihnen eine neue Strategie gegen die Schmerzen vorschlagen«, wird er mit Papier und Bleistift in der Hand sagen.

Zunächst wird er dir die Zusammensetzung von Brompton erklären:

»Morphin, Kokain, flüssiges Chloroform, Alkohol und Geschmacksstoffe, alles gemischt und gut geschüttelt.«

Sag ihm, dass er bei einer solchen Dosis explodiert.

»Damit werden Sie explodieren«, wirst du sagen.

Edwin wird anfangen zu lachen. Und er wird drei Buchstaben aufschreiben, PRN, und jeden Buchstaben einzeln betonen:

Pro re nata, er wird die Formel ins Englische übersetzen. »Das ist Lateinisch und bedeutet: Nur wenn zwingend notwendig.«

Er wird eine Tabelle mit drei Spalten zeichnen. Schulmeisterlich, als würde er eine Vorlesung in Biochemie, Philologie oder Geschichte halten, wird er fortfahren:

»Sie sind Europäer. Im sechzehnten Jahrhundert wurde in Europa Opium aus Asien importiert. Man glaubte, dass Opium jede Krankheit heilen könne. Die Leute rauchten es gemischt mit Tabak, bis es im neunzehnten Jahrhundert einem deutschen Apotheker gelang, aus Opium Morphin zu gewinnen. Aber Betäubungsmittel machen süchtig, und so wurden sie verboten ...«

Er zeichnet eine Kurve, die wellenförmig von links nach rechts auf- und absteigt:

»Sehen Sie, das PRN-Prinzip sieht vor, dass Mittel nur bei akuten Schmerzen gegeben werden. Die schmerzstillende Dosis ist dann sehr stark, und das Morphin setzt einen geistig außer Gefecht, bis der Schmerz wiederkehrt. Die Konsequenzen sind folgende ...«

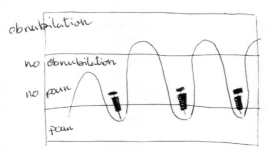

»Bei Schmerzen müssen Sie erneut eine starke Dosis geben. Spritzen, sehen Sie die Spritzen?«

Du wirst einige kleine Spritzen erkennen, die er zeichnet, um den Zeitpunkt der Injektionen zu markieren. Edna wird hereinkommen, du wirst *Hai Hani* hören.

»Besser ist diese andere Form«, wird Edwin sagen und eine zweite, ähnliche Grafik skizzieren. Die Schmerzkurve wird jetzt weniger stark ausschlagen ...

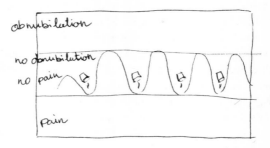

»Verstehen Sie?«, wird er fragen.

Das Auf und Ab der Kurve ist brutal, fast episch.

»Natürlich versteht er das«, wird Edna, gerade als du sagen willst, dass du es nicht verstehst, mit einem halb traurigen, halb spöttischen Lächeln antworten.

»Vierzehn Milligramm Brompton, alle vier Stunden, bevor der Schmerz zurückkehrt«, wird Edwin erklären, so als hätte er eine Formel entdeckt.

Sowohl Edwin als auch Edna werden sich in ihrer seltsamen *togetherness* ansehen, als warteten sie auf deine Zustimmung. Aber es gibt nichts zu sagen, was sollst du jemandem, der Schmerzen erleidet, schon über den Schmerz erklären, einem Todkranken über den Tod sagen können. Dir wird nichts anderes übrig bleiben, als das angeordnete Medikament zu verabreichen – wie ein Kellner, der Limonade serviert. Von nun an wirst du alle vier Stunden anzutreten haben, sechs Mal am Tag: um 8 Uhr, 12 Uhr, 16 Uhr, 20 Uhr, 0 Uhr, 4 Uhr. Und da es festgelegte Zeiten sind, wird der eine den anderen nicht rufen müssen, es wird ausreichen, nach jeder Medikamentengabe Edwins Wecker neu zu stellen.

Die Fertigbaustimme wird alle vier Stunden wiederholen:

»Bitte stehen Sie auf. Heute ist ein glücklicher Tag ...«

Und das Lied singen:

> *Jingle bells, jingle bells,*
> *jingle all the way ...*

»Ich benutze den Elektrowecker«, wirst du Edwin sagen hören, »nicht, um mich dem Diktat der Zeit zu unterwerfen, sondern um zwischendurch die Zeit vergessen zu können.«

Bei geringer Sichtweite werdet ihr Inseln ansteuern, pal pal pal wird das Schiff durch den Nebel gleiten. Eine Insel wird auftauchen und wieder verschwinden, sobald sich das Schiff ihr nähert, danach werdet ihr weitere Inseln im Dunst entdecken. Das Meer wird steif geschlagen aussehen, Nebel und Dunst werden die Landschaft beherrschen – ein Nebel, der vor Ort entstanden ist, keiner, den der Wind vor sich hertreibt. Und in dieser klammen, milchigen Welt werden nach und nach weitere Inseln auftauchen.

»Chiloé!«, wird einer ausrufen.

»Llatehué!«, ein anderer.

Die Möwen werden sich wie Schneeflocken vor den dunklen Schatten der Inseln abzeichnen.

»Kra kra kra«, werden sie rufen und seltsame Bahnen in die Luft kratzen.

Es wird kalt sein, der dünne, stumme, anhaltende Nebel wird aussehen, als würde die Luft schmelzen. Auf einer Insel voller Möwen werdet ihr einen Zwischenstopp einlegen.

Steuerbord werdet ihr anlegen, und auf der alten, hölzernen Mole werden vier Personen warten. Ein Mann, eine Frau, zwei Kinder – ein Junge um die zehn, das Mädchen sechs oder sieben. Sie werden auf Koffern und Paketen sitzen, anscheinend eine einheimische Familie, die umzieht.

Weiße, pfeifende Vögel, die wie Albatrosse aussehen, werden über den Köpfen kreisen:

»Kra kra kra.«

Und kru kru kru wird ein pechschwarzer, abgetakelter Kahn auf euch zusteuern, er ist mit Kohle beladen. Ohne den alten Motor abzuschalten, wird er längsseits die Mole anlaufen, und eine dunkle Planke wird angelegt werden, über die erst der Junge, dann die Mutter hinübergeht. Das Mädchen schließlich wird auf der Planke ausrutschen, das Gleichgewicht verlieren und ihr Koffer ins Wasser fallen. Kru kru kru wird der Kahn weiter tuckern und der Vater sein Gepäck absetzen, um ins kalte Wasser zu springen. Er wird den auf der Wasseroberfläche treiben-

174

den Koffer zu fassen bekommen, damit zum Boot schwimmen und ihn mit den Armen nach oben stemmen. Die Frau wird nach dem vor Wasser triefenden Koffer greifen, während der Junge dem Vater dabei hilft, wieder aus dem Wasser zu steigen.

Der Bootsführer wird das Geschehen teilnahmslos verfolgen, der Junge zurück auf die Mole gehen und das restliche Gepäck holen. Endlich wird der Bootsführer das Brett einholen und seinen Platz am Steuer einnehmen, um die Fahrt fortzusetzen. Der Motor des Kahns wird kru kru röcheln wie ein Asthmatiker, kurzatmig und langsam.

Die vier Passagiere werden sich mit ihrem Hab und Gut auf den Kohleberg setzen.

Der Anblick des sich entfernenden, von Möwen umschwärmten Kohlehaufens wird dir unendlich traurig vorkommen.

»Kra kra kra«, wirst du hören.

Der Kohleberg wird im Nebel verschwinden, das schwarze Gestein auf dem Schiff die Nächte in vielen Häusern erwärmen.

»Siehst du die Festung?«, wird Edna dich fragen. »Anscheinend war das früher ein Gefängnis.«

An der Küste, auf einem nackten Felsen oberhalb des graugrünen Wassers, wirst du einen halb verfallenen Gebäudekomplex erkennen.

»Gehen wir zusammen hin?«

»Und Edwin?«

»Er hat gerade sein Medikament genommen und diskutiert mit dem Geografen. Er selbst hat mir vorgeschlagen, die Festung zu besichtigen – falls ich einen Begleiter finde …«

»Dann lass uns gehen«, wirst du sagen.

Die Häuser auf der Insel werden aus Holz sein, irgendwann einmal sind sie gestrichen worden, aber die Feuchtigkeit hat sie dunkel verfärbt. Die misstrauischen Bewohner des Eilands halten sich versteckt, sodass ihr mit niemandem sprechen könnt. Ihr werdet durch eine Welt aus Dunst laufen und an einer mit Efeu und Moos bewachsenen Mauer entlang zum Eingang des Gefängnisses gelangen.

»Ein offenstehendes Gefängnistor hat etwas Beängstigendes, was?«, wirst du scherzhaft fragen.

Wirst du damit sagen wollen, dass das Tor hinter euch zufallen könnte?

»Lass uns reingehen«, wird Edna vorschlagen. »So beängstigend ist es nun auch wieder nicht. Zumindest nicht, wenn das Tor ausgehängt ist.«

Es fehlen nicht bloß die Torflügel, sondern auch der Rahmen. Nur ein in die Steinmauer geschmiedeter Bogen markiert den Eingang.

Ihr werdet in einen kalten Gang gelangen und eine Weile durch die Dunkelheit laufen, bis ihr einen kreisförmigen Hof erreicht. Drei Türen wird es dort geben, die zu drei verschiedenen Gefängnistrakten führen.

»Ist nicht gerade ein angenehmer Ort. Wer würde hier schon gerne leben …«, wird Edna sagen.

»Nicht mal die Aufseher.«

Ihr werdet einen der Trakte betreten, von denen jeder drei Stockwerke hoch ist. In jedem Stockwerk erstreckt sich auf beiden Seiten eine lange Zellenreihe, und du wirst dir vorstellen, wie die Gefangenen im dritten Stock aus ihren Zellen treten und nach unten blicken, die Arme aufs Geländer gestützt.

Du wirst zur Treppe gehen und sagen:

»Lass uns in den dritten Stock gehen.« Aus dem Gebäudeflügel wird ein schreckliches Echo zurückhallen: …*ehen, ehen* …

Als du hinaufsteigst, wird dein Fuß ins Leere treten und du wirst beinahe abstürzen.

»Die Treppe hat keine Stufen«, wirst du überrascht feststellen.

Auf den meisten Treppenabsätzen fehlen die Bretter, die wenigen verbliebenen sind verfault, weich wie nasse Pappe, von Pilzen zerfressen.

»Auch die Treppenstufen sind ausgebrochen ...«, wirst du sagen.

Ein paar Vögel werden zu sehen sein. Verglichen mit den außerhalb der Gefängnismauern kreisenden Scharen aber nur sehr wenige.

Die eisernen Zellentüren im Untergeschoss werden sich leicht öffnen lassen.

Die Zellen sind stumm, eng, feucht. Der Rost wird die Gitter an den Fenstern dünn und mürbe gemacht haben.

Irgendjemand hat an die Mauer geschrieben:

DON'T WALK ON THE GRASS, SMOKE IT.

Namen, Datumsangaben, Zeichnungen – fast alle phallisch, in verschiedenen Handschriften, romantisch, naiv, futuristisch.

SIE WERDEN MICH NICHT SCHNAPPEN.
ERDOSAIN

»Was bedeutet das?«, wird Edna dich fragen und auf einen Spruch zeigen.

»Ich bin ein einsamer Flügel, der fliegen will«, wirst du übersetzen.

»Und das hier?«

PROIBIDO MORIRSE.

»Sterben verboten«, wirst du sagen.

Entweder hast du nicht richtig übersetzt oder sie hat dich nicht richtig verstanden. Sie wird einen anderen Spruch betrachten:

177

ERZITTERE BOURGEOISIE, DIR BLEIBEN NUR NOCH EIN
PAAR JAHRTAUSENDE DEINER MISERABLEN EXISTENZ.

Und schließlich:

WAS BIST DU NACHTS – DIE KATZE ODER DAS DACH?

Als du es ihr übersetzt, lacht sie.

»Javier, ich muss mich bei dir entschuldigen«, wird sie sagen.
»Ich habe mich dir gegenüber nicht fair verhalten.«

»Egal.«

»Ich hab ihm heute noch mal gesagt, dass er positiv denken
und die Hoffnung nicht aufgeben soll.«

MAN MUSS IRGENWANN MAL ABTRETN, ALTA.

»Und?«

»Dass es absurd ist, jemandem, der Schmerzen hat, Ratschläge zu erteilen.«

Die Entstehung des Lebens war eine schöne Aneinanderrei-
hung von Schmerzen. Sag Edna, dass das Leben ohne Schmerzen eine Unverschämtheit wäre.

»Man muss einen Weg finden, okay zu sterben ...«, wirst du
sagen, und die Worte werden dir wie eine mystische Eingebung
vorkommen.

»Aber es gibt keinen guten Tod ...«, wird Edna antworten.

Von der Festung werdet ihr zur Küste hinuntergehen und über
die Felsen zur Mole zurückkehren. Die Sträucher und kleinen
Bäume an der Küste, fast ständig vom Südwestwind gepeitscht,
werden nach Nordosten geneigt sein.

In diesem gebeugten Gestrüpp werden unzählige der über
der Insel kreisenden Vögel ihre Nester haben.

»Warst du jemals verliebt?«, wird Edna dich am Strand fragen. Hast du die Möwe gehört, die wie ein Gringo *kraea* macht? Und mit dem Vogelgeschrei wirst du antworten:

»Ja.«

»Wann?«

Erst jetzt wird dir auffallen, dass sie einen Tick hat. Dass sie von Zeit zu Zeit ihren Kopf bewegt und gleichzeitig die rechte Hand hebt, als hätte sich eine Fliege oder Mücke auf ihre Wange gesetzt …

»Wann? Versuch dich zu erinnern«, und sie wird noch einmal nachfragen: »Aber hast du dich wirklich verliebt?«

Die Möwen kreisen krächzend über der Insel.

»Ich glaube schon. Drei oder vier Mal bestimmt.«

»Wann?«

Du musst sie ihr einzeln aufzählen.

»Richtig verliebt?«, wird sie dich fragen.

Was sie wohl mit diesem *richtig* meint?

»Keine Ahnung«, wirst du antworten, als wolltest du wegen ihrer Hartnäckigkeit aufgeben.

»Dann warst du nicht wirklich verliebt.«

»Doch, ich war verliebt.«

»Nein, du warst nicht verliebt.«

»Nein?«

»Nein, da bin ich mir sicher.«

»Warum?«

»Darum!«

Milchiger Dunst wird alles verschlucken, euer Schiff selbst aus der Nähe kaum zu erkennen sein.

»Warum bist du mit auf diese Reise gekommen?«, wird Edna dich fragen.

Weil du ein Wort brauchst, das so wenig wie möglich von dir preisgibt, wirst du *Downshifting* antworten. Und du wirst denken, dass sie Edwin erwähnen wird, erläutern wird, warum er gefahren ist und dass sie ihn auf seine Bitte hin begleitet. Doch Edna wird nicht über ihn sprechen:

»Manchmal muss man einen Weg einschlagen, nur um zu merken, dass er nirgendwo hinführt.«

Ihr werdet Edwin an der Reling stehen sehen. Er wird aufrecht am Geländer lehnen, mit seinen traurigen, irren Augen an ein bekleidetes Skelett erinnern und halb singend halb klagend murmeln:

> *For whatever we lose,*
> *like a you or a me,*
> *it's always ourselves*
> *we find in the sea ...*

Kra kra kra werdet ihr hören. Und von der Reling aus wird Edwin die Vögel beobachten, die in ihrer luftigen Welt die Wurzeln des Nebels auskundschaftenden Möwen.

Euer Aufenthalt wird lang sein, aber weil die Inselbewohner scheu sind, werdet ihr mit niemandem sprechen und die Legende vom Gringo und dem weißen, auf der Suche nach Seelen das Festland umkreisenden Boot nicht erzählt bekommen.

»Bootsmann! Bootsmann!«, rufen die Seelen, heißt es.

Das wie Nebel aussehende weiße Boot kommt, so erzählt man sich, um die Seelen der Toten zu holen. Die Seele verlässt ihr Grab, den Körper, fliegt zum Meer und schreit:

»Bootsmann! Bootsmann!«

Das Boot, so geht die Erzählung weiter, setzt mit dem Bug fast auf dem Strand auf. Es ist völlig weiß, hat weiße Ruder und eine weiß gekleidete Besatzung.

Eines Tages kam eine Gruppe Goldsucher an den Strand, es waren Gringos, und einer von ihnen hörte von der Geschichte des weißen Bootes.

Betrunken begann der Gringo am nächsten Abend aufs Meer hinauszurufen:

»Bootsmann! Bootsmann!«

Und tatsächlich erschien ein weißes Boot. Es kam heran, lief mit dem Bug auf den Sand auf, wo der betrunken grölende Gringo stand und verschwand sofort wieder im Nebel.

Am nächsten Morgen fand man den Goldsucher tot im Sand.

Wurde die aus dem Körper befreite Seele des Gringos vom weißen Boot mitgenommen? Die Leute aus Chiloé behaupten nein. Die Besatzung des weißen Bootes habe die Seele nicht an Bord gelassen.

Und wo ist sie dann heute? Die Inselbewohner erzählen, dass sie umherirrt, im Bauch einer Möwe umherfliegt.

Hörst du nicht die Möwe, die *kraea* macht wie ein Gringo?

Es sind Tausende von Möwen, die über den Inseln von Chiloé kreisen.

Kraea kraea kraea.

14

Die Landzunge von Harrizorrotz

Es blies ein warmer, angenehmer Wind aus Süden, und ich glaube, dass dieser Wind uns aufs offene Meer hinaustrieb.

»Es ist zwar nicht mein Schiff, aber am Wochenende können wir ein untergegangenes Boot suchen gehen, wenn du mitkommen willst«, sagte Goio.

Die meisten Internatsschüler verbrachten das Wochenende zu Hause.

Am Samstagmorgen verließ ich das Schulgebäude, weil wir uns um neun vor dem Kirchenportal verabredet hatten. Ich kam früh am Portalbogen an, um zwanzig vor, und wartete dort unter den Ungeheuern.

Den Kindern aus dem Dorf drohte man mit diesen Monstern, den steinernen Kirchturmfiguren. Ach, du willst deine Suppe nicht essen, gut, dann werde ich die Ungeheuer rufen, machten die Mütter von Kalaportu sich das schreckliche, aus dem Mittelalter oder irgendeiner anderen finsteren Epoche stammende Horrorkabinett am Kirchenportal zunutze.

Die Figuren sahen wirklich schrecklich aus. Man sah einen gewundenen, schmerzverzerrt lächelnden und einen gewaltigen erigierten Penis zeigenden nackten Mann, eine Frau, die eine große Nase, aber keinen Mund hatte, ein aus einem Fass emporlugendes Gesicht, das mit halb verwundertem, halb höhnischem Ausdruck grüßte. Und eine vom Vordach herunterhängende Gestalt, die ihre Finger in die Wand krallte und ängstlich hinunterblickte, als fürchtete sie, jeden Moment herunterzustürzen.

»Das ist Juan Bautista, und das ist Andoni«, stellte Goio uns gegenseitig vor.

»Und – stechen wir in See?«, fragte Juan Bautista.

Wir folgten der sich hinunterschlängelnden Straße zum Hafen, wo das Boot seines Vaters lag.

»Gib mir das Tau«, sagte Juan Bautista zu mir, als er wenig später aufs Boot sprang.

Ich wusste nicht, was ein Tau ist und zögerte.

»Das Seil da! Gib mir das Seil.«

Ich machte es los und folgte ihm. Juan Bautista und Goio fingen sofort an, das Boot klarzumachen, jeder nahm sich zwei Ruder, und während ich mich ans Heck setzte, begannen sie sich in die Riemen zu legen.

Wir trieben und schaukelten sanft auf dem Wasser. Das Boot war außen grün, innen blau angestrichen. Es trug keinen Namen.

Ich sagte niemandem, dass ich zum ersten Mal in meinem Leben in einem Boot saß und aufs Meer hinausfuhr. Nur Wasser unter uns.

Plötzlich tauchte ein Mädchen auf der Kaimauer auf und rief uns zu:

»Juan Bautista! Warte, ich komm mit euch mit …«

Juan Bautista legte sich nur noch mehr ins Zeug.

Das Mädchen lief auf der Höhe unseres Bootes den Kai entlang.

»Ihr wollt mich nicht mitnehmen, ihr Fischköppe?«

Doch Juan Bautista hatte keine Lust anzuhalten. Er ruderte, so schnell er konnte.

»Ersauft doch mit eurem Seelenverkäufer!«

»Volle Kraft voraus«, sagte Juan Bautista schwitzend.

Die beiden Ruderer saßen mir gegenüber und bewegten sich, als fegten sie mit einem Besen unter der Wasseroberfläche. Sie drückten die Riemen herunter, um die Ruderblätter aus dem Wasser zu heben, und schoben sie, einige Spritzer verschleudernd, nach vorne; ließen die Ruder erneut ins Wasser fallen, begannen zu ziehen, setzten ihren ganzen Körper und ihre ganze Kraft ein, um die Blätter durchs Wasser zu pflügen.

Das Boot glitt, eine kleine Wasserfurche hinter sich ziehend, vorwärts. Zwischen den Ruderzügen bremste das Boot, als würde es stehen bleiben, doch der nächste Schub setzte es sofort wieder in Bewegung.

Schon bald ließen wir die Hafenmauer hinter uns und erreichten das offene Meer.

»Wer ist das Mädchen?«, fragte ich.

»Maite«, antwortete Juan Bautista.

Wir steuerten backbord, am Großen Felsen entlang, während uns die Gischt ins Gesicht spritzte. Nichts konnte uns aufhalten. Wir atmeten den Wind ein und leckten uns das Salz von den Lippen.

»Was ist Barlovento?«, fragte ich nach einem Wort, das ich einmal in einem Piratenfilm aufgeschnappt hatte.

»Das ist die Luv«, sagte Juan Bautista. »Stell dich hin und schau nach dort!«

Ich stand auf und blickte in die Richtung, in die er gezeigt hatte. Der Wind fegte mir direkt ins Gesicht.

»Und jetzt zieh den Rotz hoch.«

Ich tat, was er sagte, und sammelte den Schleim auf der Zunge.

»Spuck so fest, wie du kannst!«

Ich schob den Rotzklumpen nach vorn und spuckte mit aller Kraft. Der Wind drückte die Spucke zurück, sodass sie in meinem Gesicht landete.

Goio und Juan Bautista hoben die Ruder, streckten die Beine nach oben und brachen in Gelächter aus. Dann wischten sie sich die Spucke von der Backe, die auch in ihren Gesichtern gelandet war.

»Schleimi, jetzt wirst du nicht mehr vergessen, was Luv bedeutet.«

Die Luv war die Windseite, die Richtung, aus der der Wind kam. Die andere Seite, diejenige, in die der Wind blies, nannte man die Lee.

»Wir fahren ein bisschen weiter raus!«

Ich lernte noch andere Worte, Spant und Havarie und am Wind fahren und Ducht.

»Wir sind da, aber das ist ein Geheimnis, okay?«, sagte Juan Bautista.

»Ich werde schweigen wie ein Grab«, sagte ich.

Er manövrierte uns mit einem Ruder so herum, dass wir mit dem Bug zum Festland standen, und fragte dann:

»Was seht ihr?«

Wir rissen die Augen auf, aber konnten nichts erkennen.

»Schaut nach unten, tief ins Wasser hinein.«

Ich verstand nicht, wie man ohne Markierung oder Zeichen eine Stelle auf dem Meer finden konnte.

»Das ist die Landzunge von Harrizorrotz, mit dem Großen Felsen und der Polizeiwache.«

Juan Bautista erklärte, dass man, um zu wissen, wo man sich auf dem Meer befindet, nur darauf achten müsse, was man auf dem Festland sehe und was nicht.

Er setzte ein Glas auf die Wasseroberfläche und sagte:

»Schaut nach, da unten sind Leute.«

Ich sah nichts, aber Juan Bautista behauptete, dort unten liege ein Schiff.

»Ein untergegangenes Schiff?«, fragte ich.

»Die *Bou Nabarra*«, sagte er.

Er erklärte, dass die Bou Nabarra im Krieg versenkt worden war. Es war ein Kabeljau-Kutter gewesen, der vor Neufundland gefischt hatte und im Krieg umgebaut wurde, um Handelsschiffe zu eskortieren. Als die *Bou Nabarra* im März 1937 ein Handelsschiff von Bayonne nach Bilbao begleitete, griff sie der franquistische Zerstörer *Ferrol* an. Während das Handelsschiff den

Hafen von Kalaportu anlief, stellte sich die *Bou Nabarra* dem Gefecht und kämpfte eine halbe Stunde lang einen aussichtslosen Kampf, denn der Zerstörer war fünfzehn Mal so groß wie sie.

Der Meeresboden war an dieser Stelle pechschwarz.

»Ich sehe nichts«, sagte ich.

Die franquistischen Kanonen trafen den Maschinenraum, und als das Schiff abzusaufen begann, sprangen zwölf Matrosen ins Wasser, um sich schwimmend an Land zu retten, fielen jedoch den Franquisten in die Hände. Einige von ihnen wurden später hingerichtet. Der Kapitän und sieben andere hingegen zogen es vor, mit dem Schiff zu sinken und lagen nun dort unten, gemeinsam mit weiteren acht Matrosen, die während des Kampfs gefallen waren.

»Woher weißt du das alles?«, fragte ich.

»Mein Vater ist einer von denen, die begnadigt wurden. Aber sein Bruder liegt dort unten.«

Er tauchte mit einem Kopfsprung ins Wasser und blieb lange unten. Eine, zwei, drei unendliche Minuten war er verschwunden.

»Und?«, fragten wir.

»Da unten sieht man alles!«

Juan Bautista tauchte mehrere Male.

»Kalt?«, fragte ich.

»Warm«, antwortete Juan Bautista, aber er musste dauernd in Bewegung bleiben, um sich nicht zu unterkühlen.

»Ist nicht tief«, sagte er grinsend. »Du wirst schon nicht ertrinken.«

Aber mir war das Meer zu dunkel und fremd.

Goio sprang hinein. Auch er blieb lange unter Wasser und kehrte atemlos an die Bootskante zurück, wo er, ohne etwas zu sagen, nach Luft schnappte. Dann streckte er sich aus, machte den toten Mann und blickte in die Luft, in einen tiefen, wolkenlosen Himmel.

Juan Bautista verschwand, wie Johnny Weissmuller, immer wieder lange unter der Wasseroberfläche.

Von einem dieser Tauchgänge kehrte er mit einer alten Pistole zurück, die er, den Arm aus dem Wasser gestreckt, auf die Bank des Ruderboots legte. Die Pistole war verrostet, Schnecken klebten an ihr. Goio und ich betrachteten die alte Waffe mit großen Augen.

»Sicherheitshalber verstecken wir das mal«, sagte Juan Bautista, »die Zivilgardisten schauen immer mit dem Feldstecher zu …«
Dann sagten beide:
»Und, sollen wir nach Hause fahren?«
Am Festland angekommen, vertäute ich das Boot am Kai.

Als ich am Sonntagnachmittag in der Schule ankam, kehrten gerade einige Internatsschüler von zu Hause zurück.

Am Montag, nachdem ich erfahren hatte, dass Goio wieder zur Nachhilfe zu Ariane kommen sollte, beschloss ich, zum Möwenfelsen zu gehen. Ich kam an der Werft im Ortsteil Zubieta vorbei, überquerte ein mit Pfützen und rostigen Metallgegenständen übersätes Gelände. Der Hafen lag zu meiner Linken, bis ich die Hafeneinfahrt hinter mir ließ. Die Wellen brachen sich an der Kaimauer. Der Möwenfelsen war eigentlich nur ein kleiner Hügel, östlich der Hafeneinfahrt und westlich des Strands.

An der Einfahrt lag ein abgestütztes Schiff, dessen metallener Rumpf von der Welt vergessen vor sich hinrostete.

Zahllose Möwen flogen um den Felsen herum.

Goio kam währenddessen bei Ariane an.

»Entschuldige, ich wasche gerade meine Wäsche«, sagte sie, nachdem sie die Tür geöffnet hatte, mit einem lippenstiftroten Lächeln.

Ihre nassen Hände waren voller Schaum.
»Willst du einen Kaffee?«, fragte sie.

Und dann rief sie Goio aus der Küche zu:

»Nimm das Buch, das auf dem Tisch liegt und lies ein Gedicht, so lange ich Kaffee mache.«

Goio betrachtete den Titel: Jacques Prevert, *La pluie et le beau temps.*

»Aber so, dass ich dich höre!«

Goio schlug Seite 15 auf und fing mit einem Gedicht namens *Étranges étrangers* an: *Étranges étrangers, vous êtes de la ville …*

Als Ariane mit dem Kaffee zurückkam, war er bei den letzten Zeilen angelangt:

> *vous êtes de sa vie*
> *même si mal en vivez*
> *même si vous en mourez*

Immer wieder musste Goio *étrange, étranger, ville, vie, vivez* wiederholen. Das R, die Wortendungen, das V …

Arianes Aussprache war ganz weich. Die Leute in Kalaportu redeten lauter und härter, vielleicht damit der Wind ihre Worte nicht so leicht wegtrug. *Vous êtes de sa vie,* manchmal war das kaum zu verstehen, *même si mal en vivez,* Ariane brachte *gâteau* zum Kaffee mit.

Goio wusste nicht, was er mit diesem Kuchen anstellen sollte, ob er ihn essen durfte oder ob sie dann denken würde, er bekäme zu Hause nicht genug …

Es fehlte eigentlich nur noch die richtige Musik, damit alles wie in einer Filmszene mit Alain Delon und einer seiner Geliebten war. Arme und Knie berührten sich fast, es fielen elektrisierende Worte, voller Angst und Sehnsucht.

Goio rührte den Kaffee um.

»Er ist heiß«, sagte er.

»Du redest schon richtig Französisch«, sagte Ariane mit einer sich nähernden und wieder entfernenden Stimme.

Auf dem Tisch lag ein Bild von ihr, als sie ungefähr vierzehn

Jahre alt war. Sie hatte ein zartes Lächeln, ihre Worte strichen Goio über die Haut.

»Ich finde, du hast ziemliche Fortschritte gemacht«, sagte Ariane. »Du bist so gut wie deine Klassenkameraden oder vielleicht sogar etwas besser. Du musst nicht mehr länger hierher kommen.«

Pater Solana erwischte mich bei meiner Rückkehr vom Möwenfelsen. Ich stieg die große Treppe hinauf, nahm, den Blick nach oben gerichtet, immer zwei Stufen auf einmal und schlich dann vorsichtig den Flur hinunter, weil der gebohnerte Boden bei jedem Schritt quietschte. Als ich um die Ecke bog, sprang Pater Solana plötzlich aus der Dunkelheit.

»Stopp«, sagte er zu mir und ich fiel fast zu Boden, als ich sein weißes Gesicht und seine glatt anliegenden, glänzenden Haare sah.

Er fragte mich, woher ich käme, doch ich antwortete nicht.

Er sagte, dass er mich über die Mauer habe springen sehen, »von hier, meinem Wachturm aus«, und deutete auf sein Fenster, als würde eine Spinne auf ihr Netz zeigen. Seine Hand war weißer als die eines Gespenstes.

Das Fenster sah mit dem Vollmond im oberen rechten Winkel wie ein seltsames Gemälde aus.

Pater Solana begann mit einer Aufzählung der Tage, an denen ich heimlich und zu spät in die Schule zurückgekehrt war. Er hatte alles in einem Heftchen notiert und las es nun im Mondlicht daraus vor: am 5. Oktober um fünf vor zehn, am 13. Oktober um zehn, am 23. Oktober um zehn vor elf, am 3. November um zwanzig nach elf. Er hob die stete Zunahme meiner Verspätungen hervor.

Warum ich immer allein wegging, fragte er mich, und warum ich mich überhaupt draußen herumtreibe, wo ich doch dort nichts zu suchen habe.

»Morgen musst du zum Rektor«, sagte er.

15

Fluss mit einem Ufer

Kraea kraea kraea.

Du gehst in die Küche, und Bobby wird dir die Menükarte zeigen:

Chili dog & fries
Milkshake

»Edwin möchte kein Mittagessen«, wirst du sagen.

»Man läuft immer Gefahr, beim Essen zu sterben – oder danach«, antwortet Bobby mit seinem schwarzen Humor, »deshalb ist es besser, man isst, ohne sich Gedanken zu machen...«

Beim Mittagessen wird sich John Masefield neben dich setzen:

»Magst du Kino?«, wird er fragen.

»Mögen, klar.«

»Erinnerst du dich an das Lied des sterbenden Computers Hal 9000?«

Erinnere dich, Stanley Kubricks *2001: A Space Odyssey*, dieser Science-Fiction-Film, den du in Bilbao im Filmclub der Universität gesehen hast. Das muss 1978 oder 1979 gewesen sein, das Jahr Zweitausend war damals noch weiter entfernt als der Horizont selbst.

»Es ist sehr lange her, dass ich ihn gesehen habe. Ich erinnere mich nicht mehr daran.«

Erinnere dich an die Szene mit dem Menschenaffen, daran, dass er einen Knochen nimmt und dieser sich in seiner Hand in ein Werkzeug und dann in eine tödliche Waffe verwandelt und dass dieser Knochen schließlich, in die Luft gewirbelt, zum Raumschiff wird.

»Der kaputte Computer, der von A bis Z alles vergessen hat, kehrt zu seinen ersten Erinnerungen zurück. Unserem alten Herrn geht es genauso, wie ein kaputter Computer singt er am Ende Wiegenlieder ...«

Du wirst *Jingle bells, jingle all the way* hören, und dir wird klar werden, dass Masefield über diese Melodie spricht.

»Zumindest den künstlichen Neuronennetzen passiert das. Wenn die ihren Geist aufgeben, durchlaufen sie von hinten noch einmal alles, was sie gelernt haben – so als würden sie ihr Silikonleben wieder ent-lernen. Die zerfallen nicht einfach in Inkohärenz, sondern kehren zu ihrem Ausgangszustand zurück ...«

Er wird denken, dass Edwin singt.

»Der Mensch beginnt schon jung zu sterben, vom fünfundzwanzigsten Lebensjahr an verlieren wir täglich fünfundzwanzigtausend Neuronen ...«

»Die Melodie kommt von meinem Wecker«, wirst du ihn unterbrechen.

Zurück in der Kabine, wirst du Edwin auf dem Bett liegen sehen, ausgestreckt in seiner Gruft. Du wirst ihm das Brompton geben und dich dann um die Blasen auf seinem Rücken und Hintern kümmern müssen.

Doch Edwin wird sofort, nachdem er das Brompton getrunken hat, einschlafen, mit dem Gesicht nach oben, ausgetrocknet vom Fieber, wie die Astronauten, die in den Science-Fiction-Filmen unendlich lange schlafen.

Nahe einer Landzunge werdet ihr die Seereise fortsetzen. Auf der Steuerbordseite wird sich eine dunkle Gesteinsmasse wie eine Flosse aus dem grauen Meer erheben. Hin und wieder werden Felsen zu sehen sein, die die Küstenlinie emporsteigen lassen, und Schluchten, von den Wasserläufen des Gebirges geformt.

Dahinter, als Horizontlinie, der dunkle Rücken eines gigantischen Bergmassivs und ein weißer Gipfel.

»Was ist das für ein Gipfel?«

In der Ferne wird ein sehr hoher Berg zu sehen sein, sechs- oder siebentausend Meter hoch, wirst du schätzen.

»Hier beginnt die Südpassage«, wird Axel sagen.

»Und dieser Gipfel?«, wirst du erneut fragen.

»Ich erinnere mich nicht an den Namen«, wird Axel antworten; zu überwältigt von der vor euch liegenden Landschaft, als dass er jetzt in seinen Büchern nachschlagen wollte.

Es wird kaum Seegang gehen, aber es wird kalt sein, und an dem langen Schaumstreifen, der sich die Küste hinunterzieht, wird man erkennen können, dass die Wellen mit aller Macht gegen die schwarzen Felsen der Steilküste schlagen. Und immer mehr Vögel werden sich über dem Boot sammeln und ihre Kreise ziehen. Möwen, Sturmvögel, Kormorane …

Kra kra kra.

Auch die behäbig fliegenden Albatrosse werden sich nähern, unruhig und bedrückt. Auf ihren Bahnen zeichnen sie Spiralen in die Luft, von den dunklen Felsen des Festlands hinaus auf das Meer.

»Sieht so aus, als wäre das die Ruhe vor dem Sturm«, wird Axel sagen.

»Leben hier an der Küste Menschen?«

»Ja, die Alakalufe-Indianer. Auf den Inseln, an den Buchten und Meerengen …«

»Und dieser Gipfel?«, wirst du erneut fragen.

Die Meeresnomaden, die Alakalufe-Indianer, erzählen, dass auf dem Berg das Glück herrscht. Dort auf dem weißen Gipfel müsstest du dich um nichts kümmern. Den besten Wein gibt es dort, heißen Tee, Kekse und gebratene Muscheln, alles fertig zubereitet.

Es heißt, dass die Leute nach ihrem Tod auf diesen Gipfel kommen.

Auf dem fernen Gipfel dieses gewaltigen Berges soll es außerdem auch gestrandete Wale und Robbenkolonien geben. Und die schnurrbärtigen Robben sollen ihr Fell ablegen und es den ankommenden Indios schenken, obwohl Fellkleidung eigentlich nicht nötig ist. Denn das Wetter ist viel milder und angenehmer als unten in den Meerengen ...

»Schade, man kann ihn nie lange sehen!«

Du wirst in Richtung Gipfel blicken und keinen Berg mehr entdecken können. Auch der felsige dunkle Küstenstreifen wird verschwunden sein, alles von dichtem Dunst verschluckt. Weil sich das Paradies der Alakalufe versteckt, sobald es jemand betrachtet.

»Gewitter zieht auf«, wirst du jemanden von der Besatzung sagen hören.

Der Wind wird Wellenkämme aufpeitschen, und Windstöße werden Wasser über das Schiff werfen, als wäre es Nebel.

»Wir gehen besser rein«, wirst du sagen.

Auf Steuerbord wirst du das Meer gegen dunkle Klippen schlagen sehen.

»Die Gewitter hier sind furchtbar!«, wird Axel sagen.

Du wirst den Südwestwind heulen hören, das Trommeln des Regens und die Wellen, die sich mit aller Kraft aufbäumen und niederstürzen, und die Wucht des Meeres spüren, das sich an den Felsen bricht und weiß vor Schaum immer wieder die Steilküste hinaufsteigt, an ihr herabstürzt, erneut aufsteigt ...

Weil Edwin unten schläft, wirst du dich mit Edna auf dein Bett legen.

»Erzähl mir etwas über dich ...«, wird sie dich auffordern.

Fast stotternd wirst du antworten, dass du Javier Salgado heißt und gelernter Krankenpfleger bist.

»Und das ist alles?«

Und dann wird sie von ihrem Leben erzählen. Das Interesse an dir wird nichts weiter gewesen sein als ein *warm up* der Zuhörerin, das war es, was sie von Anfang an wollte – ihr eigenes Leben erzählen, wie man die Geschichte eines Staates erzählt:

»Der Ort selbst ist schon grau und deprimierend. Eine zweihundert Meter lange Hauptstraße, eine Kirche mit bunten Fenstern, eine Baumwollfabrik und die Häuser der Arbeiter. Jeden Samstag ist Markt, und die Farmer aus der Umgebung kommen, um einzukaufen und sich ein bisschen zu unterhalten ...«

Den Namen des Ortes wird sie dir nicht verraten, vielleicht, damit du ihn Oldandnasty Deep South taufen kannst. Die Hauptstraße könntest du The White Way nennen, wenn sie denn einen Namen verdient.

»Im Umkreis von drei Meilen gibt es keinen Bahnhof. Zwölf Meilen entfernt liegt Savanah, ein anderer kleiner Ort, der ein wenig mehr Einwohner hat. Der Ort ist wie von der Welt abgeschnitten und der Staub dort schmerzt ...«

Bibellesungen, der weiße Lieferwagen des Milchmanns, und um drei Uhr nachmittags, bei hundertzwei Grad Fahrenheit, zieht Robert Redford seinen Revolver und schießt auf irgendjemanden.

»In einer dunklen, staubigen Straße gab es ein Kino, und deshalb kamen die Leute abends mit dem Auto in die Stadt. Man hörte das Surren des Projektors, der einen flimmernden Lichtstrahl durch ein Loch in der Wand warf, und Farben breiteten sich schillernd auf der Leinwand aus. Wir hockten dort und schauten aus der Dunkelheit ins Licht, einsam, still, alle gemeinsam und doch jeder für sich allein ...«

Es wird nur noch fehlen, dass sie sagt, der Ort und seine Geschichte habe den Leuten die Luft zum Atmen geraubt.

»Weißt du, was mir mein erster Verlobter zum Valentinstag geschenkt hat? Ein Rinderherz.«

»Ein Herz von einer Kuh?«

»Ja, ein echtes Herz, es war sogar noch blutig. Er kam aus einer Viehzüchterfamilie und hat es mir in einem Schuhkarton gebracht...«

»Aber das ist ja so, als würde man eine Prostata verschenken!«, wirst du sagen.

Nein, nicht die Prostata eines Rentners, ein vor Blut triefendes Rinderherz. Du musst die Symbolik verstehen.

»Auf der Hochzeitsreise sind wir in ein Hotel an den *Niagara Falls* gefahren. Die meisten Leute aus unserem Städtchen verbringen ihre Flitterwochen an den Niagarafällen. Um ehrlich zu sein, der Wasserfall hat etwas Erotisches, der Donner, der Schaum, all das...«

Dann zerbrach die Ehe, sie war frei und wurde, hör genau zu, in der Bürgerrechtsbewegung aktiv:

»Wir weißen Frauen nannten das *sexual test*. Wenn du es abgelehnt hast, mit einem Schwarzen ins Bett zu gehen, haben sie dich als Rassistin abgestempelt. Bist du dagegen drauf eingegangen, warst du eine Schlampe und hast außerdem noch den Hass der schwarzen Frauen auf dich gezogen. Es war eine Zeit voller Lebensfreude und Frustrationen, als Verhütungsmittel haben wir Coca-Cola benützt, weil wir glaubten, Kohlensäure sei spermizid, aber wir haben von der Cola nur Bauchfellentzündung und schwere Blähungen bekommen...«

Dann wurde sie Hippie und malte auf weiße Wände die drei Ps: *Peace, Pussy, Pot.*

»Wir haben uns Frieden, Muschi und Dope auf die Fahnen geschrieben. Wir haben wie die Männer *Muschi* und nicht *Schwanz* gesagt, und sie haben uns wie Karnickel behandelt, rein raus, rein raus, rein raus...

In out, in out, in out.

»Das war so langweilig!«, wird Edna sagen.

Jingle bells wird dich wecken, und du wirst in Ednas Armen erwachen. 8:00 wirst du in grünen Ziffern auf dem Wecker lesen, dich daran erinnern, dass du die Dosis Brompton vorbereiten musst, und fast hinfallen, als du hektisch aus dem Bett springst.

Edwin wird in seiner Koje liegen, der Körper nur noch die Hülle seiner Knochen. Du wirst das Brompton verabreichen und nach draußen gehen.

»Heute Hähnchen mit Kartoffeln«, wird der Koch ankündigen.

Kartoffeln schälend wird er auf einem Stuhl sitzen, ein weiterer Hocker mit einem Messer darauf neben ihm stehen.

»Weiter südlich ist nicht mehr das richtige Ambiente für Hähnchen«, wird Bobby sagen.

Während du das auf dem Stuhl liegende Kartoffelmesser nimmst und dich zu Bobby setzt, um ihm zu helfen, wird er erklären:

»Die Hähnchen werden auf der Reise in den Süden immer krank. Sie kommen durcheinander, weil die Tage kürzer oder länger werden. Sie wissen nicht mehr, wann sie krähen sollen, fangen zu den unmöglichsten Zeiten mit ihrem Kikeriki an und drehen am Ende völlig durch.«

Die Kartoffelschalen fallen auf einen Haufen im Eimer, und als Bobby das letzte Stück Schale von der letzten Kartoffel schneidet, wird er sagen:

»Deshalb schickst du, wenn du ein gutes Herz hast, den armen Hahn am besten auf die Reise in den Topf.«

Unzählige Vögel werden das Schiff begleiten. Vor dem Bug werden sie von Steuerbord nach Backbord kreuzen und wieder zurückfliegen, gerade Bahnen und Kurven, unerwartete Winkel und Hyperbeln zeichnen, alle Lehrsätze der euklidischen Geometrie verletzen.

Auch du würdest gerne wie die Vögel fliegen, einen Windstoß

abpassen und auf ihm dahingleiten, bis knapp über der Meeresoberfläche hinabstürzen und dann erneut in die Luft aufsteigen.

Der Koch wird den Eimer mit den Kartoffelschalen über die Reling kippen und sofort wird das Geschrei der Vögel anschwellen, sie werden ihre Kreisbahnen in der Höhe verlassen und sich kopfüber ins Wasser stürzen. Während sich die Möwen kreischend gegenseitig die Schalen aus dem Schnabel schnappen, wird ein großer schwarzer Sturmvogel auftauchen, die Möwen mit seinen Flügelschlägen vertreiben und sich der Schalen bemächtigen.

Du wirst an der Reling stehen bleiben, allein. Windböen, Wolkenfetzen, Schäfchenwolken, Tiefnebel. Das Schiff wird stampfen und rollen. Plötzlich wird ein Brecher über dich hinweggehen, du wirst ihn wie einen Schlag im Gesicht spüren. Mit der Hand wirst du deine Wange berühren und glitschige Fäden bemerken, die sich wie Blindschleichen anfühlen.

»Was ist denn das für ein Viech?«

»Das ist kein Tier, das sind Algen«, wird Bobby antworten.

Du wirst das glitschige, wie Gummi aussehende Seegras in der Hand halten.

»Die sind angeblich so lang, dass sie bis auf den Meeresboden reichen«, wird der schwarze Koch lachend hinzufügen.

Lang und glitschig.

16

Gespenster

Ich wusste, dass der Rektor mich rufen würde, und wartete.

Schließlich holten sie mich beim Mittagessen aus dem Speisesaal, um mich zur Schulleitung zu schicken.

»Jetzt sofort?«

»Pater Solano hat befohlen, dass du jetzt sofort gehst«, sagte mir Beixama.

»Ich nicht?«, fragte Inazito.

»Nein, du nicht.«

Inazito schien etwas enttäuscht darüber zu sein, dass ihn Pater Schlaumeier, wie er ihn nannte, nicht gerufen hatte. Ich ließ den Teller mit dem Reis stehen und stand auf. Langsam setzte ich einen Fuß vor den anderen, um so spät wie möglich vor dem Rektorat anzukommen.

Herein, hieß es von drinnen, als ich an die Tür klopfte.

Der Rektor saß hinter seinem Schreibtisch und gab mir ein Zeichen, dass ich mich setzen solle. Er trug eine Soutane und hatte eine Glatze.

Auf dem Tisch lagen große Blätter, enorme Tabellen, in den Kästchen waren Zahlen eingetragen. Zwischen den Fingerspitzen hielt er einen kleinen Notizzettel.

»Dein Name?«, fragte er.

»Andoni Martinez.«

Er erklärte mir, dass der Name nicht Andoni, sondern *Antonio* heiße.

»Antonio, und wie weiter?«, fragte er.

»*Antonio Martínez.*«

Er fragte, in welcher Klasse ich sei. In der achten, sagte ich.

8B, korrigierte er mich streng, er benötigte meine Erwiderungen nicht, er beantwortete sich seine Fragen selbst.

Dann legte er den Zettel auf den Tisch und strich einige Mal mit der Handfläche darüber, als wollte er die Falten im Papier glätten.

»Du hast das Internatsgelände verlassen, du hast dir offensichtlich angewöhnt, dich draußen herumzutreiben«, sagte er. »Von wem hast du die Erlaubnis dazu erhalten?«

»Von niemandem«, sagte ich.

»Mit wem hast du dich rumgetrieben? Und warum?«

Ich schwieg. Die katholische Glatze des Rektors glänzte wie nasser Marmor.

Die Stille zog sich hin.

Er holte ein weißes Blatt Papier unter einem Stapel Dokumente hervor, hielt es mir hin und sagte, als ich es in die Hand nahm, dass ich es beidseitig beschreiben solle.

»Du wirst das Blatt bis morgen abgeben und mir darin erklären, mit wem und warum du dich draußen rumgetrieben hast …«

Mit dem Blatt in der Hand verließ ich den Raum.

Während des Nachmittagsunterrichts lag es vor mir, blütenweiß. Wir hatten Spanischstunde, saßen an unseren vollgekritzelten, alten, fast biblischen Holzpulten, *si yo hubiera* oder *hubiese sido* – wenn ich gewesen wäre.

»Was ist das für ein Blatt?«, fragte Goio.

Weil wir karierte Hefte verwendeten, *si tú hubieras* oder *hubieses sido*, fiel ihm dieses weiße Blatt auf.

»Mathe«, sagte ich.

Es war blütenweiß, *si él, ella* oder *ello hubiera* oder *hubiese sido*. In den meisten Fächern sollten wir rechts oben das Datum notieren, nur in Mathematik nicht. Die Mathematikarbeiten wurden ohne Datum abgegeben.

Ich behauptete, dass es ein Mathematikblatt sei, aus diesem Grund sei es so weiß. Wir hatten Erdkunde, Mathematik, Spanisch, Sach- und Naturkundeunterricht, Nationalkundeerziehung, Französisch, Religion, Latein, Sport. Für jedes Fach hatten wird ein Heft, ein kariertes. *Si nosotros hubiéramos* oder *hubiésemos sido.*

In unserem Klassenzimmer hing ein Foto von Francisco Franco, er sah jünger darauf aus als auf den Bildern in den Zeitungen und im Fernsehen. Von oberhalb der Tafel wachte er über uns.

Von hinten blickte der gekreuzigte, in seinem schrecklichen Martyrium gefangene Jesus Christus auf uns herunter und beobachtete unsere Unbekümmertheit, als wolle er sagen: »Ich glaube an euch.«

Weil Inazito dabei erwischt wurde, wie er sich für einen von Bank zu Bank wandernden Radiergummi mit den Worten *eskerrik asko* bedankte, musste er einhundert Mal folgenden Satz in sein Heft schreiben:

Ich werde im Spanischunterricht kein Baskisch reden.

Die Strafe bestand im Schreiben. Schreiben als Zwangsarbeit.

Inazito organisierte die Strafaufgabe unter den Internatsschülern als *auzolan*, als gemeinschaftliche Nachbarschaftsarbeit. Er selbst schrieb von oben nach unten: *ich, ich, ich,* Esteban übernahm *werde, werde, werde,* Beixama *im, im, im.* Und ich schließlich trug in meine krumme, unregelmäßige Spalte einhundert Mal *reden, reden, reden* ein.

Später schaute ich aus dem Fenster auf Kalaportu, und mir fielen die Gespenster vom Kirchplatz wieder ein. Besonders die Gestalt, die herunterhing und sich erschrocken, fast verzweifelt, an der Wand festkrallte. Die Frau mit der großen Nase und ohne Mund, ein Wesen, das niemals würde sprechen können.

Aus den Schornsteinen der Häuser stieg Rauch auf, alles schien grau. Im Sachkundeunterricht hatte ich gehört, dass der

Herbst drei Sinne sensibilisiere: das Gehör, den Seh- und den Geruchssinn.

»Für die anderen beiden Sinne muss man sich die Körper aneignen«, sagte Pablo Esparza. »Man kann nicht schmecken oder tasten, ohne den betreffenden Gegenstand festzuhalten oder zumindest zu berühren. Sehen, hören und riechen hingegen kann man auch aus der Distanz.«

Er zog daraus eine bemerkenswerte Schlussfolgerung. »Deshalb«, sagte er und wiederholte das Wort noch einmal, »deshalb ist der Herbst auch diejenige Jahreszeit, die dem Traum am stärksten ähnelt. «

Ich stand also am Fenster, käute die eigenartige Logik dieser Lektion aus dem Unterricht wieder und erinnerte mich, den aus den Schornsteinen der umliegenden Häuser aufsteigenden Rauch vor Augen, an die Zigaretten, die Pablo Esparza ungeraucht im Klassenzimmer liegen zu lassen pflegte. Der Rauch der Häuser hatte eine ganz eigene Art aufzusteigen, er fiel zunächst auf die Dächer, wurde dann langsam von einer Luftströmung angehoben, suchte eine Baumkrone oder Falte im Berg und löste sich schließlich nach und nach auf. In den klaren Flammen des Küchenherds entstanden, verwandelte sich das Feuer zu Rauch, trug Reinheit und Wärme aus dem Haus zum Kamin hinaus und ließ die Asche schließlich auf Ziegeln, Baumkronen und Elektrizitätsmasten rieseln.

Es ging ein kräftiger Wind:

»Mal sehen, ob er zuerst die Blätter oder die Vogelnester herunterfegt.«

Während ich an die Ungeheuer des Kirchenportals dachte, wurde ich am Fenster selbst zum Gespenst. Wie der vor Schmerz gekrümmte Mann mit seinem gewaltigen Penis, wie die aus dem Fass hervorlugende Gestalt, die die Welt halb erstaunt, halb spöttisch betrachtete, war ich Zeuge meiner Umgebung.

Goio war in diesem Augenblick daheim im Ortsteil Kaiondo.

Bald würde Andres nach Hause kommen. Die Mutter war damit beschäftigt, Garn durch ein Nadelöhr einzufädeln und Löcher in Socken, Hosen und Hemden zu stopfen. Goios Pullover war an den Ellenbogen durchgescheuert, und die Mutter nähte ihm Lederflicken auf. »Du musst Andres lieb haben.« – »Ich werde ihn niemals lieb haben.« – »Du musst ihn lieben, weil er dein Stiefvater sein wird, dein neuer Vater.« Und sie zeigte ihm die Ellenbogen mit den neu aufgenähten Lederflicken, aber der Sohn schaute nicht einmal hin.

Er schaltete das alte Radio ein und hatte nur das Wort *Stiefvater* im Kopf, *Stiefvater, Stiefvater*. Aus dem Lautsprecher hallten Interferenzen, man hörte ein Pfeifen und das Geräusch von Regen, unbekannte Sprachen, die sich wirr miteinander vermischten. Paris, Prag, Budapest las er, während er am Gerät drehte, *Ici Radio France Internationale …*

»Willst du mitkommen?«, fragte mich Inazito.

»Ich will nicht raus.«

»Wir gehen nicht raus, wir wollen das Internat unter die Lupe nehmen.«

Ich konnte nicht Nein sagen.

Inazito kannte zu diesem Zeitpunkt bereits einige verbotene Winkel der Schule, von denen zwei Orte besonders interessant waren: der Raum mit den Tierpräparaten und die Kammer, in denen die alten Klaviere aufbewahrt wurden. Und so schlichen Inazito, Esteban und ich an diesem Abend den langen Gang hinunter, während der gebohnerte Fußboden unter unseren Schuhen quietschte.

Inazito öffnete geschickt klick klack die verschlossenen Türen.

Unsere Expedition führte uns schließlich in das Schlafzimmer von Pater Solana. Weil wir wussten, dass er sich in seinem Aussichtsturm aufhielt, betraten wir sein Reich sorglos.

Inazito machte die Schreibtischlampe an und begann die Holzfiguren auf dem Tisch umzustellen.

»Inazito, lass uns abhauen.«

»Schau mal das Puder hier.«

»Das verwendet er, damit er einen blassen Teint bekommt. Und das ist das Öl, das er sich in die Haare schmiert ...«

Inazito sprang aufs Bett, schob die Hand unter die Matratze, als wäre er in seinem eigenen Zimmer, und zog eine dicke Zeitschrift hervor.

»Jesusmaria! Schaut euch das an!«, rief er und deutete mit dem Finger auf die Fotos.

Die Zeitschrift hieß *Playboy*, und eine vollbusige blonde Frau lächelte uns vom Titelblatt an.

»Lass uns gehen, Inazito!«

»Mit der Zeitschrift haben wir den Pfaffen an den Eiern!«, sagte Inazito, legte sich gelassen aufs Bett und blätterte gemächlich das Heft mit den nackten blonden Frauen und ihren bemerkenswert großen Titten durch.

Plötzlich hörten wir ein Geräusch. Esteban warnte uns:

»Es kommt jemand!«

Tack tack tack hörte man, wie in einem Horrorfilm, Schritte im Flur.

»Pater Solana!«, sagte Inazito, der sofort aufgesprungen war.

Wir rannten wie verrückt durch die langen Flure und kamen völlig außer Atem im Schlafsaal an.

Wir schlüpften ins Bett und warteten.

Nach ungefähr einer halben Stunde ging ich zu Inazitos Bett und sagte flüsternd:

»Er kommt nicht.«

»Gott sei dank.«

»Schade, dass wir die Zeitschrift nicht mitgenommen haben.«

»Ich habe sie auf dem Bett liegen gelassen!«, sagte Inazito.

»Auf dem Bett? Dann weiß er, dass wir im Zimmer waren.«

»Nein, nein, ich glaube, ich habe sie unters Bett gesteckt«, sagte Inazito.

»Das nächste Mal schauen wir sie uns richtig an«, sagte ich verschwörerisch.

Inazito fuhr mit der Hand unter das Bett neben sich und zog ein Magazin hervor.

»Wenn du sie lesen willst, kannst du sie hier rausholen.«

Es war der Playboy.

»Du hast sie ihm geklaut!«

»Na und! Der Pfarrer hätte mit der Zeitschrift heute Nacht viel schlimmere Sünden begangen als einen Diebstahl.«

17

Der gefrorene Freund

Hängend. Als ich im Morgengrauen aufwache, habe ich das Gefühl, dass die Uhr in der Luft hängt.

Das Uhrwerk des alten Weckers setzt sein unermüdliches tick
tack fort, es erinnert mich an das alte Schrottding, das uns früher,
ganz früher, befahl, aufzustehen und zur Schule zu gehen. Als ich
die weißen Laken, weißen Wände, weißen Betten wahrnehme,
spüre ich die Unruhe und Desorientierung, die einen oft beim
Aufwachen an einem ungewohnten Ort überkommt.

Eine Krankenschwester tritt ein, ohne anzuklopfen.

»Entschuldigung, Maribel«, die Schwester erkennt mich, »ich
wusste nicht, dass jemand hier ist.«

»Ich bin mitten in der Nacht angekommen. Wie geht's Goio?«

»Von Tag zu Tag besser.«

Ich stehe auf, um ihn zu suchen, gehe die Galerie der Verlorenen Schritte hinunter und stoße auf Imanol Urioste.

»Wie war die Reise?«, fragt er mich auf Baskisch und gibt mir
einen Kuss.

»Gut, und wie geht's Goio?«

»Besser. Ich glaube, er ist dabei, den Knoten zu lösen«, antwortet Imanol.

Er berichtet, dass Goio zu sprechen begonnen und die Erinnerung zurückerlangt hat, dass er Dinge unternimmt, denken
und sich etwas vorstellen kann.

»Nicht mehr vergessen zu können«, sagt Imanol, »ist schlimmer, als das Gedächtnis zu verlieren … Erinnerst du dich noch
an Jairo Jaramillo?«

»Ja«, sage ich und denke an Jairo Jaramillo, den Amnestiker, der sich keine Gesichter merken konnte, der beim Anblick von Gesichtern manchmal bewusstlos wurde.

»Wir haben ihn gestern entlassen«, sagt Imanol. »Beim Abschied meinte er, er würde sich an Tausende von laut zufallenden Türen erinnern.«

An unerwartet oder unerwartet laut zufallende Türen erinnere auch ich mich.

»Goio ist gerade in der Therapie«, sagt Imanol. »Danach können wir ihn sehen.«

Ich verabschiede mich von Imanol und nutze die Zeit, während der Rothaarige in der Therapiesitzung ist, zum Frühstücken. Ich setze mich, am gleichen Tisch nimmt ein Patient mit seiner alten Mutter Platz.

Es gibt Kaffee und Guaven zum Frühstück.

»Kaffee, mein Kind?«, fragt die Mutter.

»Aber ohne Zucker«, antwortet der Patient, ein großer massiger Mann.

Auf dem Tisch steht eine Zuckerdose, zu der eine kleine Ameisenstraße führt. Ich mag Guaven am liebsten, wenn sie rotes Fruchtfleisch haben. So wie diese hier.

»Der Kaffee ist schon gesüßt, Junge. Wenn man einmal Zucker hineingetan hat, kann man ihn nicht wieder rausholen.«

Der Mann, der *Junge*, ist ungefähr fünfzig. Er steht auf und beginnt im Saal auf und ab zu gehen.

»Kannst du nicht mal stillsitzen? Beruhig dich, mein Kind, heute wirst du bestimmt Post bekommen …«

»Dieser verdammte Briefträger ist schon seit einem Monat nicht mehr hier gewesen.«

»Er würde schon kommen, wenn uns jemand etwas schicken würde.«

»Was willst du damit sagen?«

»Sie haben uns vergessen. Jeder hat mit seinen eigenen Problemen zu schaffen, den eigenen Angelegenheiten.«

»Nein, nein und nochmals nein«, sagt der Fleischberg mit dem Gesichtsausdruck eines beleidigten Kindes.

»Es schneit draußen!«, sagt die Mutter. »Deswegen kommt der Postbote nicht. Die Wege sind verschneit.«

Erstaunt blicke ich nach draußen, spüre die Guavenkerne zwischen den Zähnen knirschen und sehe einen sonnigen, drückend heißen Tag.

Der Riese läuft weiter hin und her:

»Ach so, wegen des Schnees!«, sagt er, während er aufs Fenster zugeht. Er öffnet es, und ein Schwall greller Hitze fällt herein.

»Die Wege, Stühle und Statuen sind schneebedeckt«, sagt er. »Der Schnee reicht bis an die Füße der Statuen.«

»Deshalb kommt der Briefträger nicht.«

»Deshalb.«

»Aber wenn er kommt, wird er dir bestimmt etwas mitbringen.«

Ich verlasse den Speisesaal und gehe die Galerie der Verlorenen Schritte hinunter, jenen langen und einsamen Korridor, um wieder in den Garten zu gelangen.

Dort sehe ich den Rotschopf allein herumstehen. Es stimmt mich traurig, den Freund in einem Krankenhausgarten zu treffen, aber immerhin ist er auf den Beinen, steht da wie ein wachsender Baum, wie jemand, der gerade stehen lernt. Sessel und Betten assoziiert man mit Erschöpfung, mit Müdigkeit, Krankheit und Tod, obwohl man doch in Betten auch miteinander schläft. Immerhin ist Goio wieder auf den Beinen.

»Du hast angefangen zu sprechen?«

Regungslos und still steht er da, wie eine Figur aus Eis, mit seinem feuerroten Schädel. Wenn er den Kopf hebt, sehe ich in seinen Augen Hügel unter der Sonne verdörren.

»Sie haben mir gesagt, dass du wieder redest«, wiederhole ich. »Wie geht's, Goio?«

Was er von sich gibt, hat mit Sprache nichts zu tun.

Er stößt Laute aus, plappert das letzte gehörte Wort nach: »Oio ...«

»Wie geht es dir?«, sage ich.

Vielleicht wird er jetzt nach einem Wort suchen, aber es wird verstümmelt und ohne jeden Sinn sein, zerhackt wie die Eisstücke, die aus Coca-Cola-Automaten in Plastikbecher fallen.

»Hast du keine Lust zu reden?«

»... eden ...«, sagt er, so wie ein in der Dunkelheit verlorenes Kind.

Welche Farbe haben seine Worte? Eine trübe Farbe, steril, wie ein letzter Rest Wasser.

Und dann bleibt Goio stehen, wie ein Tier, das den Bach, an dem es zu trinken gewohnt ist, ausgetrocknet vorfindet.

Ich gehe zu Imanol Urioste und finde ihn in seinem Büro vor dem Fernseher, ein olympischer Athlet reckt seine Goldmedaille in die Kamera. Eine Fahne steigt zwischen zwei anderen Fahnen einen Mast hinauf, eine nach Militärmarsch klingende Hymne ist zu hören, auf dem Bildschirm ist über dem Kopf des sich gerührt die Tränen aus den Augen wischenden Athleten *Sydney 2000* zu lesen.

»Alles klar?«, frage ich, als ich mich neben ihn setze.

»Muskeln, Geld, Nationalismus, Rekorde, Werbung, Ruhm, Pillen – die Show ist unter aller Kanone.«

Der Sieger reißt unter den olympischen Ringen stolz die Arme in die Höhe und überquert mit nach vorne geworfener Brust die Ziellinie.

»Da sind die besten Körper der Welt versammelt«, sagt Imanol und nippt an seinem Gin. »Verglichen mit den Körpern dieser Athleten sind wir bei der Schöpfung nur mit Abfällen bedacht worden. Aber dafür haben wir die Genugtuung der Rache ...«

Der Athlet hält noch einmal seine Goldmedaille in die Kamera, die Fahne steigt ein zweites Mal zwischen zwei anderen den Mast hinauf, etwas oberhalb der anderen beiden, wieder sieht man das Gesicht des gerührten Athleten, seine Tränen.

»Was für eine Rache«, frage ich ihn.

»Dieser Unglückliche trainiert seit acht Jahren, er opfert sich auf, gibt alles, um jetzt diesen perfekten Körper zur Schau zu stellen. Schau ihn dir an, er ist wirklich perfekt, vor allem, wenn man bedenkt, wie schlecht wir gebaut sind ...«

Der Athlet streckt die Goldmedaille nach vorn, und Bilder der qualmenden olympischen Flamme werden darüber gelegt, Hunderte fliegender Tauben.

»Ich wollte über Goio reden«, sage ich.

»Jetzt schau ihn dir an, schweißüberströmt, erschöpft, beklommen, erschlagen, mit schummrigem Blick ...«

»Von wem redest du?«, frage ich.

Eine Wiederholung des Rennens, der Athlet, der die Brust nach vorn drückt und mit letzter Anstrengung die Ziellinie überquert. Imanol beginnt zu lachen.

»Wir, die schlecht Gebauten, können hier ganz in Ruhe sitzen und saufen.«

Imanol beachtet mich erst, als ich mich anschicke zu gehen.

»Wenn du willst, gebe ich dir die Krankenakte von Goio mit.«

Ich gehe in den Schlafsaal, aber als ich gerade begonnen habe, die Akte zu lesen, ertönt eine Flughafenstimme aus dem Lautsprecher und nennt meinen Namen.

»Maribel Lima, beim Pförtner liegt ein Anruf für Sie vor.«

Es ist Arantxa. Sie fragt, ob ich zum Hof kommen möchte. *Zum Hof*, sagt sie.

»Meine Tochter Maialen möchte dich auch kennen lernen.«

»Ich bin erst heute angekommen und wollte die Krankenakte von Goio lesen.«

»Mach's, wie es dir passt«, sagt Arantxa. »Aber komm, du musst mir zeigen, wie ihr die Fladen macht.«

»Was?«

»Ich hab hier ein *talaburdina*.«

»Was ist ein *talaburdina*?«

»Das Blech, auf dem man die Fladen backt! Wir haben eine Menge Mehl gekauft, Maialen möchte Maisfladen mit Milch probieren.

Arantxas biskayischer Akzent ruft mir die großen runden Maispfannkuchen in Erinnerung, die meine Großmutter früher immer im Winter für uns machte. Ich spüre einen Geschmack von Entbehrung auf der Zunge.

»Braucht man *labadure*, um die Fladen zu machen?«

»*Labadure*? Was ist das?«

»*Labadure*, du weißt schon. Damit der Teig aufgeht.«

Ich kenne das Wort nicht, auch Josu verwendet andere Wörter für Hefe. In Managua habe ich gelernt, dass das Brot ohne Hefe nicht aufgeht. Das Einzige, was ich früher über Brot wusste, war, dass man es in Bäckereien kauft; dass man dort ein bestimmtes Brot verlangt, Weißbrot, Baguette, Bauernlaib, und dann bezahlt.

»Ich werd kommen, aber ich hab, glaube ich, noch nie Maispfannkuchen gemacht.«

»Du Faulpelz«, sagt Arantxa lachend.

Der erste Abschnitt von Goios Krankenakte ist fast leer. Die allgemeinen Angaben sind unvollständig, unter Name steht nur Juan, sein Alter ist mit zweiundvierzig angegeben, die darauffolgenden Zeilen sind leer – Beruf, Adresse, Freunde, Interessen. Der nächste Abschnitt beschäftigt sich mit der Kindheit, normalerweise wird hier besonders auf die Krankheiten der Eltern eingegangen, aber auch diese Zeilen sind leer.

Die folgenden Abschnitte heißen: Beherrschung und Passivität, Ausbildung, Jugend, Sexualität, Arbeit, Motivation, psychologisches Profil, chronologische Beziehung zwischen Krankheitsentwicklung und biografischen Ereignissen ...

Der zweite Teil der Krankenakte besteht aus täglichen Eintragungen, aus unzusammenhängenden und mit unterschiedlichen Kugelschreibern notierten Eindrücken Imanols, jeweils mit einem anderen Datum versehen. Sie sind auf Baskisch: Heute hat er das gemacht oder jenes gesagt oder sich an folgendes erinnert. Die meisten Notizen sehen so aus:

Sitzt den ganzen Morgen im Garten, ganz allein, keh.

Aber es gibt auch ungewöhnliche Reflektionen, zum Beispiel:
»Still zu sein ist ein legitimes und sehr logisches menschliches Verhalten.« Das hört sich für mich wie ein Aphorismus an.
Und immer wieder die Buchstaben *keh.*
Die meisten Notizen müssen von Imanol stammen, denke ich.
In den klaren und ruhigen, langen und leeren Stunden des Sanatoriums gehe ich zu Goio hinunter. Ich setze mich auf eine Bank oder spaziere mit dem gefrorenen Freund auf und ab, durch die Galerie der Verlorenen Schritte oder auf den Wegen des im französischen Stil angelegten Parks.

Die Krankenschwester kommt mit einem Stapel Briefe an.
»Gib mir meinen«, fordert der Riese.
»Was soll ich dir geben?«, antwortet die Krankenschwester. »Warte!«
Sie beginnt Namen vorzulesen. Wenn sie jemanden aufruft, greift eine gierig ausgestreckte Patientenhand nach dem Brief.
Der Stapel wird kleiner.
Schließlich sind alle Briefe weg.
Diejenigen, die keinen bekommen haben, gehen achtlos davon, spucken auf den Boden, wischen sich mit der Hand den Schweiß von der Stirn.
»Für mich war nichts dabei«, sagt der fettleibige Mann und

macht mit dem Zeigefinger den Buchstaben D des Taubstummenalphabets.

»Was sollte denn dabei sein?«, fragt ihn ein anderer Patient.

Am Abend gehe ich in den Schlafsaal und lege den Kopf auf mein Traumkissen. Ich bin allein in einem Saal mit zwölf Betten und habe in der Dunkelheit den Eindruck, dass sich die weißen Wände wie Laken bewegen.

Ich betrachte die Wände, sie scheinen vergessene Sprachen und ausgestorbene Philosophien abzubilden. Resigniertes Kreischen und das Echo ungeschickter Liebeserklärungen haben sich darin verfangen, unverständlich geworden wie alte Bilder an der Wand. Auf der Suche nach einem Symbol, einem Ausweg, blicke ich auf die Wand, warte darauf, dass sich an der Stelle, auf der sich jetzt eine Fliege niederlässt, ein Raum-Zeit-Kanal öffnet.

Später in der Nacht höre ich die Tür aufgehen und sehe im Licht des oben durchs Fenster hereinfallenden Mondes einen nackten Mann in den Schlafsaal treten. Er hat eine Glatze, ist dick und sieht wie ein Gespenst aus. Als er zum Fenster schreitet, bringt der Mond auf dem schweren, gealterten Körper blaue, rötliche und lilafarbene Flecken zum Vorschein. Er sieht aus wie die Figur auf dem Bild, das Armando im Haus in Managua an die Wand gehängt hat.

Am Rand neben dem Bild stand, dass der Mann Meningitis, Lungenentzündung und AIDS habe. Armando nannte das Bild *Massive Nacktheit*. Angsterfüllt beobachte ich den Mann, die Schatten seines fetten Körpers, seine trägen Bewegungen, sein dunkles, hin- und herschwingendes Geschlechtsteil, die tiefe Verlassenheit, die sich in seinen Gesten spiegelt. Drei oder vier Minuten lang blickt er aus dem Fenster, dann dreht er sich um und geht langsam wieder hinaus. Die Tür schließt er vorsichtig, in der Galerie der Verlorenen Schritte erzeugen seine Füße den Klang von Ochsenhufen.

Danach Stille, nur ein Säuseln: wie Wasser, das den Abfluss in einem Spülbecken sucht oder eine unersättliche Kehle hinunterläuft, deren Durst es nie stillen wird; wie Elektrizität, die aus einem Kabel fliehen will, ein brummendes, Licht suchendes Insekt.

Schlaflos bleibe ich liegen, bis der Hahn schreit.

»Ich habe gestern Goios Krankenakte gelesen«, sage ich zu Imanol.

»Und?«

»Ich will wissen, was mit ihm los ist. Ich habe gelesen, bis mir die Augen weh taten. Dieser Bericht ist ein Roman.«

»Und wie geht es *dir*?«

»Ich habe nicht geschlafen, ansonsten gut.«

Offensichtlich betrunken, obwohl ich die Ginflasche diesmal nicht zu sehen bekomme, erteilt mir Imanol Ratschläge:

»Verzichte auf die Siesta, trink nach dem Mittagessen keinen Kaffee, keine Schokolade, keinen schwarzen Tee und keine Coca Cola, streng dich vor dem Schlafengehen nicht mehr physisch an, steh immer zur gleichen Zeit auf und geh immer zur gleichen Zeit ins Bett.«

»Der letzte Ratschlag ist der vernünftigste«, sage ich. »Ich will wissen, was mit Goio ist. Ein Psychologe muss mich doch darüber aufklären können, oder?«

»Ich glaube nicht, dass ein Psychologe diese Pflicht hat, er muss dir nicht erklären, was er selbst nicht versteht«, sagt Imanol, nimmt die Krankenakte und räumt sie ins Archiv. »Was willst du? Soll ich so tun, als würde ich verstehen, was ich nicht verstehe? Nur Schwätzer und Idioten verstehen alles.«

Er macht betrunkene Schritte erst in die eine, dann die andere Richtung. Er dreht sich um, bleibt wankend vor mir stehen und sagt:

»Oder willst du der Krankheit einen Namen geben, weil du

glaubst, dass du die Geschehnisse mit einer Bezeichnung besser kontrollieren kannst?«

Er wartet einen Moment auf meine Antwort und antwortet dann selbst:

»Dann stell dir vor, dass der Mann eingefroren ist; und zwar nicht im Winter auf irgendeinem Berggipfel oder an der antarktischen Steilküste, sondern hier, mitten in der Karibik.«

»Und was bedeutet *keh*?«

»Klub der einsamen Herzen«, sagt er. »Das ist eine Anspielung, entschuldige. Die Notizen lesen normalerweise nur wir ...«

»Dann also Klub der einsamen Herzen ...«, sage ich lächelnd.

»Aber dazu gehört nicht nur Goio«, Imanol blickt mich unschuldig an. »Ich bin auch Mitglied in diesem Verein. Du nicht?«

Er schaltet den Fernseher ein, Sydney 2000, schaut sich die olympischen Spiele an. Ich erinnere mich an die Worte, die er am Vortag verwendet hat: Muskeln, Geld, Nationalismus, Rekorde, Werbung, Ruhm, Pillen, Show.

»Maribel, ich habe das Gefühl, du hältst mich für einen Säufer, für einen hoffnungslosen Fall«, sagt er, als die Sportübertragung unterbrochen wird und Shakira zu singen beginnt.

Er nimmt ein Buch vom Tisch und hält es mir hin.

»Du solltest wissen, dass der Alkohol sehr spirituell ist. Er tendiert dazu zu verdampfen, sich wie Glaube und Gedanken in Luft aufzulösen. Man muss ihn so schnell wie möglich trinken, damit er nicht vorher verschwindet.«

Auf dem Bildschirm ist ein Strand zu sehen, sie präsentieren Nelson Oliveira, einen Bildhauer, der am Strand von Rio de Janeiro mit Eis arbeitet. Es heißt, dass er seine Skulpturen allein aus Eis macht, zum Beispiel die Figur namens »Das Mädchen von Ipanema«, und dass seine Werke direkt am Strand ausgestellt werden.

»Ist es nicht schade, das Werk zu verlieren?«, fragt der Moderator neben der in der Sonne schmelzenden Skulptur.

214

Im Sanatorium gibt es noch einen Baskisch sprechenden Patienten, er muss einer der ältesten hier sein. Es heißt, dass er immer vor einem Schachbrett sitzt, einem Brett ohne Figuren.

»Bist du Baske?«, spreche ich ihn auf Euskera an.

»Manuel Loidi«, antwortet er und hebt seine grauen Augen, die an einen tiefen Brunnen erinnern.

Er soll mehr als hundert Jahre alt sein und den ganzen Tag vor dem Schachbrett verbringen. Ich trete noch einen Schritt näher und sehe eine Ameise auf dem Brett herumlaufen. Immer wieder stellt er ihr seinen alten Finger wie ein Stück Holz in den Weg.

»Wie geht's?«, frage ich.

Der alte Mann wirkt wie eine Aufnahme aus der Zeit der Daguerreotypie.

»Hast du keine Familie?«, frage ich.

»Ich habe nicht mal einen Schatten neben mir.«

Habe ich seine Augen schon einmal irgendwo gesehen? Diese alten Augen, die wie zwei Brunnenschächte aussehen?

»Bist du schon lange hier?«

»Ziemlich. Hier kann sich niemand vorstellen, dass ich auch mal Kind war …«

»Und was machst du hier?«

»Mit meinem Rheuma«, sagt er mit seiner zahnlosen Stimme, »kann ich das Wetter wie ein Meteorologe vorhersagen.«

»Aber da – mit dem Brett und der Ameise?«

»Die Figuren sind alle verloren gegangen: König, Königin, die Türme, Läufer, Pferde, Bauern. Das Brett hat vierundsechzig Kästchen. Und jetzt schau dir die Ameise an. Da läuft sie und glaubt, dass es Tag ist, wenn sie über weiße Felder läuft, und Nacht, wenn sie über die schwarzen kommt …«

Heute gehe ich mit Goio im Park und in der Umgebung des Sanatoriums spazieren. Der Freund ist blass, gleichgültig, sein

Blick auf den Boden gerichtet oder zur Sonne aufschauend, die die Erde zu Staub verbrennt.

Es gibt im Park einen Vogel, der je nach dem, auf welchem Baum er sitzt, unterschiedlich singt, jedes Mal, wenn er den Standort wechselt, zwitschert er eine andere Melodie.

Es gibt Ameisen, die in einer Karawane den Baumstamm hinauf bis zu den reifen Früchten marschieren.

»Wie fühlst du dich?«

Gelegentlich, selten, ein Motorengeräusch. Der Geruch der Drillingsblumen und die Bewegungen der Tanzblumen hingegen setzen nicht aus, scheinen für die Ewigkeit geschaffen zu sein.

»Ich glaube, dir geht es besser«, sage ich und meine es auch so.

Einige Kakteen und die sich auf ihren Sockeln erhebenden Marmorstatuen, schwermütig, weiß, mit Moosflecken besprenkelt.

Wir gehen zum Flussufer. Eine alte Frau warnt uns.

»Vorsicht, in der Nähe dieses Baumes treibt sich die *gritona* herum.«

Gritona, die schreiende Frau. Ich stelle mir Haare wie Piniennadeln und Krallen wie die einer Eule vor.

»Während des Bürgerkriegs in den vierziger Jahren sind hier in der Gegend viele Leute umgebracht worden. Unter diesem Baum haben sie eine schwangere Frau getötet, sie haben ihr den Bauch mit einem Bajonett aufgeschlitzt. Sie hat fürchterlich geschrien, und ihre Schreie haben sich irgendwie in der Luft verfangen. Man hört sie jede Nacht.«

»Willst du sie hören?«, frage ich Goio.

»Nein«, antwortet er lächelnd.

Wir kehren früh zum Krankenhaus zurück.

»Was ist mit deiner Erinnerung geschehen?«, frage ich ihn.

Wir setzen uns, er streicht sich mit der Hand über die Stirn,

216

als wolle er einen Gedanken verscheuchen, und unter Aufbietung aller rhetorischen Fähigkeiten sagt er:

»Ich blicke meine Hände an und muss sie berühren, um zu glauben, dass es wirklich meine sind ...«

Sein Gesicht ist unruhig, die Hände zittern.

»Dann fass ich mir mit der Hand ins Gesicht«, sagt Goio, »in mein Gesicht, und es sind nicht meine Hände.«

»Wie geht es Ihnen?«, fragt mich ein Mädchen.

»Was?«

»Ich frage mich, ob Sie sich hier wohl fühlen ...«

Sie ist jung, trägt schwarze Kleider und hat lange schwarze Haare.

»Ich? Warum?«

»Sie sind nicht von hier, oder?«, fragt sie, »Sie wirken so anders. Fast wie eine Verzierung.«

»So schlimm ist es nun auch wieder nicht«, sage ich lachend.

»Sie sind so hart im Nehmen!«

In diesem Moment bekommt sie einen epileptischen Anfall. Sie beginnt zu zucken und fällt auf den Boden.

Schließlich bleibt sie platt wie ein Rochen auf dem Boden liegen, aus ihrem Mund rinnt trockener schaumiger Speichel, der wie ein Baumwollfaden aussieht.

Auf einer Bahre bringen wir sie ins Sanatorium, ihre Worte hallen wie ein Echo in meinem Kopf nach: Sie wirken so anders, fast wie eine Verzierung ...

Es ist wahr, dass unsere Vergangenheit für die Menschen in unserer Umgebung genauso undurchsichtig bleiben muss, wie sie für uns selbst ist. Ich kenne dieses Mädchen nicht, sie jedoch kennt mich genug, um zu merken, dass ich mich wie jemand bewege, der sich verlaufen hat, wie eine Verzierung.

Ich bin erschöpft und schaue fern. Der Sprecher berichtet

über das Leben der Libellen, während eine in Zeitlupe fliegende Libelle den Bildschirm komplett ausfüllt.

»Ihr Leben ist kurz und leuchtend wie das eines Streichholzes ...«, sagt der Sprecher.

Gestern habe ich auf dem Stadtplan eine imaginäre Besichtigungsroute entworfen, und heute mache ich mich allein auf den Weg in die Stadt. Auch ich bin Mitglied im Klub der einsamen Herzen.

Ich spaziere durch die Straßen von Barranquilla, sehe Läden, Restaurants, Reisebüros, Bäckereien, Schuhgeschäfte, trinke einen Kaffee. Vor bunten Kiosken bleibe ich stehen und lese Anzeigen für Aphrodisiaka. Ich folge meiner imaginären Route, aber komme schließlich nicht weiter, weil der Weg endet, mich zu unbegehbaren Orten führt, sich gabelt.

Ich mische mich unter die Menschenmenge, unter eine Million Bewohner, und weiß oder glaube zu wissen, dass mich niemand erkennt. Wenn ich sich küssende Pärchen sehe, spüre ich grenzenlosen Neid. Meine Füße sind zwei Straßenköter, die ziellos – oder mit Ziel – durch die Stadt streifen.

Als es zu dämmern beginnt, fahre ich zurück.

»Wenn es dunkel wird, beginnen sie Leute auf der Straße umzubringen«, hat man mich gewarnt.

»Das ist keine Übertreibung«, hat ein anderer hinzugefügt.

Auf dem Weg von Barranquilla zum Krankenhaus spüre ich seltsame Blicke. Unter einem Werbeschild mit dem Aufdruck *United Fruit Company* steht ein Wagen. Als mein Taxi an ihm vorbeikommt, setzt er sich langsam in Bewegung, fährt hinter uns her, verheimlicht gar nicht erst, dass er uns folgt.

Nervös erreiche ich das Sanatorium, denke, dass ich mich vielleicht getäuscht habe, denn Leute wie ich tragen direkt neben dem Herzen immer einen kleinen spanischen Polizisten von der Größe einer Fliege bei sich. Und manchmal beginnt er mit seinen Brownschen Bewegungen, von hier nach da, geradeaus, eine plötzliche Kehrtwende, nach oben, nach unten, die sinnlosen, nie aussetzenden Bahnen einer Fliege.

Als ich durch die Eisentür komme, sehe ich Arantxas Tochter oben im Garten mit einem großen farbigen Ball spielen.

Ich erkenne sie, weil sie auf Baskisch »Ball« ruft, als ihr dieser dong dong dong den Hang hinunterhüpft.

Die griechisch-römischen Statuen steigen nicht von ihren Sockeln herunter, um ihn zu stoppen.

Er springt mir in die Hände.

Das kleine Mädchen kommt den Hang heruntergerannt.

»Du bist Maialen!«, sage ich, als ich ihr den Ball gebe.

»Ja«, antwortet sie, nimmt ihn und läuft in Richtung eines grünen Wagens, der gerade durchs Tor rollt.

Sie steigt hinten ein, durch die verspiegelten Fenster der Rückbank kann man nicht hineinblicken, aber am Steuer sitzt der Kommandant. Der Offizier mit dem pechschwarzen Schnurrbart.

18

Die weiße Republik

Lang und glitschig wird es sein.

»Ich habe geträumt, dass ich träume«, wird Edna zu dir sagen.

Jules Vernes hat geschrieben, dass wer träumt, dass er träumt, sofort aufwacht, oder besser gesagt, Jules Vernes hat geschrieben, dass Edgar Allan Poe dies geschrieben hat. Doch Edna wird sich lange in ihrem Traum quälen, ohne wach zu werden.

»Was für ein Traum?«, wirst du von der oberen Koje aus fragen.

Und sie wird dir einen erzählen:

»Ich bin in eine mir unbekannte Stadt gekommen.«

»Was für eine Stadt?«

»Ich weiß nicht, vielleicht war es keine reale Stadt ...«

»Und du bist allein dort hingekommen?«

»Ganz allein.«

»Wie heißt die Stadt?«

»Keine Ahnung.«

»Wohnen in der Stadt keine Leute?«

»Doch, aber die Stimmung war zu seltsam, um Fragen zu stellen.«

»Und du hast nichts gefragt?«

»Nein.«

»Und was hast du dort gemacht?«

»Ich habe eine Karte oder einen Stadtplan gesucht, aber ohne Plan war es unmöglich rauszufinden, wo es einen Plan geben könnte. Dann habe ich gemerkt, dass ich träumte, aber als ich aufwachte, habe ich festgestellt, dass ich mich noch in einem anderen Traum befand. Und dann bin ich aufgewacht...«

Frag sie, ob sie sich jetzt sicher ist, den Boden zu berühren. Du wirst es ihr nicht sagen. Du wirst an Deck gehen. Das Schiff wird Kurs voraus halten.

Dir wird alles, was an der Oberfläche schwimmt, unnatürlich vorkommen. Kork, Holz, leere Flaschen, Boote, weil alles, was natürlich ist, auf den Grund sinkt.

An diesem Tag wirst du die Insel der Ona sehen. Es wird noch das verdörrte Gerippe dessen zu sehen sein, was einmal eine Stadt gewesen sein mag, die weggesackte Mole, verfallene Gebäude aus Eisen und Stein, umgestürzte Loren ...

Ich werde dir die Geschichte der Ona erzählen, angefangen mit der Zeit, als die Ona nichts außer einem Stück Guanako-Fell trugen. Sie hatten das Feuer entdeckt, und um sich vor der Kälte zu schützen, reichte es ihnen, sich den Körper mit Robbenfett einzuschmieren. Auf diese Weise geschützt, benötigten sie keine Kleidung und kannten, obwohl sie stets nackt waren, weder Erkältung noch Husten noch Grippe.

Dann kamen die Entdecker, die die Welt erschlossen, die Missionare, Wissenschaftler, Militärs und Kolonialherren. An dieser Küste der südlichen Hemisphäre landeten anglikanische Missionare, die in der Absicht, etwas für die Ona zu tun, den ganzen Stamm auf diese Insel hier deportierten. Die Ona, die bis dahin je nach Lust und biologischen Bedürfnissen gearbeitet hatten, wurden gezwungen, von nun an Kohle abzubauen.

Sie waren es gewohnt, nackt neben dem Feuer zu schlafen, die anglikanischen Missionare jedoch brachten ihnen Betten und Decken; auf diese Weise begannen die Ona krank zu werden. Als man sie zwang, Kleidung anzuziehen, wurden sie immer anfälliger. Aber die eigentliche Katastrophe begann mit der Seife.

Weil die anglikanischen Missionare den Geruch der Ona

nicht mochten, zwangen sie diese – obwohl den Ona ihrerseits der Geruch der Missionare zuwider war –, ihren Körper einzuseifen und zu waschen. Mit der Seife verloren die Ona den Kälteschutz des Robbenfetts und wurden krank. Den Ona waren die von den Weißen eingeschleppten Erreger von Erkältung, Lungenentzündung und Syphilis unbekannt. Durch den Kontakt wurden sie einer nach dem andern dahingerafft.

Die industrielle Revolution auf der Insel der Ona währte nicht lange. Die Unternehmer verschwanden bald nach dem Tod ihrer Arbeiter, und schließlich suchten auch die Missionare das Weite.

Seitdem ist viel Zeit vergangen, und so werdet ihr auf eine verfallene, kohlefarbene Kirche, aufgelassene Stollen, schief auf den verlassenen Gleisen hängende Loren, Metallgerüste, eine alte Mole stoßen.

Eines Morgens werdet ihr eine Überraschung erleben. Als du von Edna an Deck gerufen wirst, steht euch lauernd ein Kriegsschiff gegenüber. Es wird nicht besonders groß sein, aber die Kanone auf dem Bug furchteinflößend aussehen.

»Es sind Chilenen«, wird John sagen.

Da der Nostromo vermutet, dass sie an Bord kommen wollen, wird er die Motoren stoppen lassen. Und ihr werdet warten.

»Die haben hier Grenzprobleme …«, wird Axel sagen.

Ein sonniger, kalter Tag. Tausende von weißen Vögeln werden über den Schiffen kreuzen, im schräg fallenden Licht der Sonne werden sie dir noch weißer erscheinen.

Am Hauptmast werdet ihr die chilenische Fahne flattern sehen. Als die chilenischen Militärs ihre Fahne lange genug präsentiert haben, werden sie abdrehen.

Auch ihr werdet den Motor wieder anwerfen und eure Fahrt über die Weiten des Meeres fortsetzen. Das Wasser wird Indigoblau sein; so ähnlich wie jenes, das die Mutter zum Wäschewaschen verwendete. Und von Zeit zu Zeit werden die Möwen kopfüber und mit angelegten Flügeln aus der Luft herabstürzen, wie verloren gegangene Gepäckstücke herunterfallen, um dann manchmal mit einem kleinen Fisch, manchmal mit leerem Schnabel wieder in den Himmel aufzusteigen.

Gegen Mitternacht wird ein heftiger Südwestwind aufkommen und sich ein Schneesturm ankündigen.

»Der Willkommensgruß der Antarktis«, wird Edwin, bleicher denn je, von seinem Rollstuhl aus anmerken.

Wütend wird das Meer zu peitschen beginnen. Wellen werden über das Schiff hereinbrechen, das Wasser immer beängstigender über die Reling stürzen und durch alle nicht verschlossenen Luken ins Schiffsinnere fluten.

Am nächsten Tag jedoch, als du erneut an Deck gehst, wird das Meer einem Reich der Stille gleichen. Null Grad, die Luft kalt und klar.

Einen weiteren Tag später werden backbord zwei Eisspitzen aus dem ziemlich dunklen Wasser ragen, die ersten Eisberge.

»Außenposten der weißen Republik …«, wird einer sagen.

Es werden nicht die einzigen bleiben. Bald werden andere am Horizont auftauchen, verblüffend realistisch, erhobenen Hauptes, feierlich ihrer Wege ziehend. Und so oft du sie auch auf Fotos, im Kino oder Fernsehen gesehen hast, werden sie dir mit eigenen Augen betrachtet doch unwirklich wie Traumbilder vorkommen.

Axel wird mit dem Sextanten und anhand der Deklination der Sonne berechnen, dass sie zwanzig Meter aus dem Wasser ragen.

»Der verborgene Rest des Eisbergs, der Teil, der sich unter Wasser befindet, ist neunmal so groß.«

Um nicht mit den direkt vor euch treibenden Kolossen zusammenzustoßen, werdet ihr den Kurs ändern. Aber nicht allzu sehr, denn diese beeindruckenden und doch völlig wertlosen Bauwerke aus Eis werden bereits neben euch liegen.

Noch habt ihr die Antarktis nicht erreicht, doch der Anblick der Eisberge wird euch das Gefühl vermitteln, den sechsten Kontinent unmittelbar vor euch zu haben.

Jemand wird erklären, dass es sich um abgebrochene Teile des antarktischen Eispanzers handelt, die sehr groß sein können und eher von den Meeresströmungen als vom Wind bewegt durchs Wasser driften. Das Wetter wird gut, das Schauspiel unbeschreiblich schön sein. Die Polarwelt wird sich von ihrer strahlendsten Seite zeigen, das Sonnenlicht unter dem wolkenlosen Himmel vom Weiß der Eisberge in allen Regenbogenfarben reflektiert werden.

Und in einer nicht endend wollenden Abenddämmerung wird ein sonderbarer Lichtvorhang vom Himmel herabhängen.

»Wie ist das Meer?«, wird Edwin fragen.

»Schön.«

Aber trotz der atemberaubenden Schönheit der Landschaft und des auch nachts nicht erlöschenden Lichts wird der Szenerie etwas Gespenstisches anhaften.

Es geschieht bei Tagesanbruch.

»Mann über Bord!«, wird ein Schrei zu hören sein.

»Mann über Bord!«, wird jemand noch lauter wiederholen.

Du wirst auf die untere Koje blicken und nach draußen rennen, als du siehst, dass sie leer ist.

»Ich habe ihn fallen sehen«, wird der Steuermann zu dir sagen, der vom Heck hinunter ins Wasser starrt, »aber ich konnte nichts machen.«

Edna wird aufgeregt dazukommen, ein Taschentuch vor dem Mund, und auf der Steuerbordseite nach achtern, auf der Backbordseite nach hinten laufen und so das gesamte Schiff umrunden, um dann auf der Steuerbordseite noch einmal von vorn zu beginnen.

»Er hat sich ins Wasser gestürzt«, wird der Steuermann sagen.

Der Nostromo wird den Befehl geben, das Boot zu stoppen und zurückzufahren. Das Wasser wird still und dunkel daliegen wie zähflüssige Tinte.

»Ich habe noch mit ihm gesprochen«, wird der Steuermann sagen. »Ich habe gesagt, dass es kalt ist, und er hat geantwortet, dass es so kalt nun auch wieder nicht sei. Dann habe ich gesehen, dass er am Hilfsanker herummacht, mir aber nichts weiter dabei gedacht. Ich habe nicht gemerkt, dass er dabei war, die Kette durchzusägen. Er ist zur Reling gegangen und hat versucht, den Anker hochzuheben. Als ich gemerkt habe, dass er sich ein Tau um die Hüfte gebunden hat, bin ich losgerannt, aber da hat er den Anker bereits über Bord gewuchtet. Das Gewicht des Ankers hat ihn mit runtergerissen …«

Auch die Wissenschaftler werden sich an der Reling versammeln, um die Ohnmacht der Wissenschaft in Anbetracht des Todes zu demonstrieren.

»Das Wasser hier ist tief, wahrscheinlich sinkt er immer noch …«, wird Axel sagen.

Alle Gesichter werden ernst aussehen, doch allein Ednas wird Schmerz erkennen lassen, Schmerz oder Angst.

»Was machen wir jetzt?«, wird einer fragen.

»Was sollen wir schon machen, einen trinken …«, wird der Nostromo sagen. »Und dann wieder volle Kraft voraus.«

Das Wasser in der Umgebung wird wie eine große, dunkle Grabsteinplatte aussehen. *Let's have a wake,* wird Bobby sagen.

»Was bedeutet dieses *wake*?«, wirst du ihn fragen.

»Zusammensitzen,« wird der Koch antworten, »die Nacht über wach bleiben und über den Verstorbenen sprechen, sich unterhalten, Witze machen und Geschichten erzählen.«

Du wirst mit Edna in die Kabine hinuntergehen. Die Medikamente, das Brompton und die Salben zusammenräumen und im Schrank verstauen.

»Hör mal, was hier im Buch unterstrichen ist«, wird Edna sagen.

Sie wird eine Stelle aus Joseph Conrads *Herz der Finsternis* vorlesen:

Ich habe hart mit dem Tod gerungen. Man kann sich keinen weniger spannenden Zweikampf denken. Er findet statt in einem unfassbaren Grau, ohne festen Stand, ohne irgendetwas, ohne Zuschauer, ohne Geschrei, ohne Ruhm, ohne das große Siegesverlangen, ohne die große Furcht vor der Niederlage – findet statt in einer eklen Atmosphäre schalen Zweifels; ohne viel Glauben an das Recht auf der eigenen Seite, zu schweigen von dem an das Recht des Gegners. Wenn dies der Wahrheit letzter Schluss ist, dann ist das Leben ein größeres Rätsel, als es die meisten von uns sich vorstellen.

Die Totenwache wird am Nachmittag beginnen, als sich alle an Deck versammelt haben und der Nostromo eine Ansprache hält.

Ein eisiger Wind wird wehen.

»Ich weiß nicht, wie der Tod ist«, wird der Nostromo seine wissenschaftliche Andacht beginnen. »Aber ich weiß, dass wir nicht immer der Körper waren, in dem wir jetzt sind. Wir bestehen aus Partikeln, die schon lange Zeit gewandert sind, aus Zellen, die sich mit uns vereinigt haben. Mit dem Tod lösen die Elemente, aus denen wir bestehen, ihre Bindungen und kehren in den Ozean des Seins zurück. Die Grundlage unseres Daseins löst sich auf, und unsere Einzelteile verwandeln sich wieder, jedes auf seine Weise, in Materie des Seins. Es ist nicht wahr, dass mit dem Ende eines Menschenlebens dessen Tod beginnt, mit dem Lebensende endet auch der Tod ...«

»Wir sind verloren!«, wirst du angesichts des dargelegten Wissens und Geplappers mit leiser Stimme sagen.

»Fünf Schweigeminuten, bitte!«, wird der Nostromo befehlen.

Nichts als die Gleichgültigkeit der See und das Kreischen einiger Vögel werden die Stille stören.

Und dann klick werden die Leute auf dem Schiffsdeck zu trinken und zu plaudern anfangen. *Absolut Vodka*, ein Schluck nach dem anderen, witzige Anekdoten mit semiakademischen Gesprächen vermischt, laute Wortwechsel, Lachsalven nach jeder Bemerkung, *Absolut Sadist*, die Augen schwer.

Edna wird mit glänzenden Augen aufs Meer blicken, und das Wasser wird aussehen, als wäre es aus Eternit.

Dein Blick wird bald benebelt sein, bis du, ein Glas nach dem anderen trinkend, Baskisch zu sprechen anfängst.

»Auf sein Wohl und auf unser Bestes!«, wirst du die Worte murmeln, die dir von früher und aus einer weit entfernten Welt in den Sinn kommen.

John Masefield wird dir im Rausch von einem sarkastischen Witz berichten:

»Edwin hat ihn mir erzählt, als wir in Chiloé waren. Ein buddhistischer Mönch soll ihn Billy Burroughs erzählt haben«, wird er wankend sagen. »Billy Burroughs soll ihn Allen Ginsberg und Allen Ginsberg dann Edwin erzählt haben. Dieser Billy Burroughs ist übrigens nicht der berühmte William Burroughs, sondern dessen Sohn. Billy Burroughs war krank, und die Ärzte hatten eine schwere Operation angeordnet. Da soll er bei einem buddhistischen Mönch Rat gesucht und der Mönch zu ihm gesagt haben: Du wirst die Operation überleben oder dabei sterben, beides sind gute Lösungen ...«

Später werdet ihr als Gruppe auf der Brücke einfallen.

»Hey, lässt du uns mal das Schiff steuern?«

Der Steuermann wird dir tatsächlich das Kommando über das Schiff überlassen.

»Pass auf Javier, wir sind nur ein paar arme Teufel!«, wird einer sagen.

»Ich bin schon als Kind zur See gefahren!«, wirst du antworten.

Du wirst das Steuer übernehmen, und die anderen werden sich davonmachen:

»Kommt, wir hauen ab, bevor wir mit dem Kerl hier untergehen!«

Der Steuermann wird noch eine Weile neben dir stehen bleiben, als vertraue er dir nicht. Aber dann wird auch er verschwinden, und du wirst allein zurückbleiben, betrunken, Herr über das Steuer, so wie du es dir gewünscht hast.

Thanks God, wirst du die republikanischen Politiker aus dem *Deep South* auf Englisch nachmachen, *I'm free and he's an asshole* ...

Und dort, in der namenlosen Weite des Horizonts, am Ende des Meeres, wirst du dein Zuhause vermuten, Brot, Milchkaffee und die Waschlaugenstille im Treppenhaus, dein Land, wo die Leute immer noch unnachgiebig Widerstand leisten.

Dort hinten wird deine Heimat sein, die einem alten Lastenkahn ähnelt, der erfolglos versucht, von der Küste abzulegen und in See zu stechen.

Du wirst nach einem Baum suchen, einer Frau, einem Stück Festland, aber nur Wasser entdecken, das ebenso, wie es Wege eröffnet, gleichzeitig den Weg zum Festland versperrt.

Mit Salzgeschmack auf den Lippen wirst du die von Edwin erlernte Melodie anstimmen:

> *For whatever we lose,*
> *like a you or a me,*
> *it's always ourselves*
> *we find in the sea* ...

Du bist deine Sippe, deine Eltern, deine Kinder und die Erinnerung, die dich nicht findet. Du bist die Hand, die schmerzt und gleichzeitig die, die Krankheiten heilt, und wirst dich, das

Steuerrad in der Hand und volle Kraft voraus, *ice will, iceberg,* wie der Kapitän eines Eisbergs fühlen.

Die Nacht wird kurz und grau sein, aber trotzdem wirst du Sterne sehen können. Sternenstaub.

»Die sternenklare Nacht«, wirst du dich an einen Reim der Fischer von Kalaportu erinnern, »sternhagelvolle Morgen macht.«

Der nächste Tag wird der Morgen nach dem Vorabend sein.

Du wirst mit Sodbrennen aufwachen und Edna aus dem unteren Bett aufstehen sehen.

»Schaut mal da!«, wirst du später auf dem Schiffsdeck hören.

Eine Viertelmeile vom Bug entfernt werden zwei beeindruckende und immer wieder untertauchende schwarze Rücken zu sehen sein – ein Sinnbild des Meeres.

Sie werden sich euch nähern, größer werden, von Zeit zu Zeit Wasserfontänen in die Luft spritzen.

Einer der beiden Wale wird riesig sein, der daneben etwas kleiner. Vielleicht eine Mutter und ihr Junges. Langsam werden sie steuerbord vorbeiziehen, ab und an laut mit dem Schwanz schlagen und dann wieder untertauchen, als müssten sie niemanden fürchten.

Hinter dem Heck werden sie verschwinden – im tiefen weiten endlosen Meer.

19

Das Schiff am Möwenfelsen

Im Morgengrauen schliefen die meisten noch, und die Dämmerung brach allzu pünktlich an.

»Wach auf«, sagte die Mutter zu Goio.

Und Goio wachte auf, sah das beschlagene Fenster und legte sich sofort wieder schlafen. Die Kälte draußen erahnend, zog er es vor, unter der warmen Decke zu bleiben, und dämmerte noch einmal kurz weg.

Nachdem er schließlich doch aufgestanden war, Wasser mit der Hand aus einer Schale geschöpft und sich das Gesicht gewaschen, nachdem er die von der Mutter auf den Stuhl gelegten Kleider angezogen und den von ihr gemachten Milchkaffee getrunken hatte, betrachtete er sie schweigend. Sie mussten gleichzeitig aus dem Haus; sie, um Fischernetze am Kai zu flicken; er, um in die Schule zu gehen.

Sie trennten sich an der Straßenecke, und Goio blickte, obwohl es neblig war, immer wieder zurück, erst der Mutter hinterher, dann einer Katze. Denn an einer Ecke lag eine tote Katze, die vom Rad eines LKW erfasst und überrollt worden war. Niemand kümmerte sich darum, ihren zerquetschten, blutigen Körper beiseite zu räumen. Mit dem Bauch nach oben lag sie da, die vorderen Gliedmaßen vom Körper gespreizt wie der gekreuzigte Jesus Christus in der Schule, die Hinterbeine angespannt, als setze sie gerade zum Sprung an.

Es war kalt und neblig. Vor dem Wintereinbruch zog oft solcher Nebel auf, meistens von der Festlandseite her. Der das Tal herunterkriechende Dunst wurde Milchnebel genannt, es hieß, dass er von Eibar komme, einer nah gelegenen Stadt, und sich aus dem Dampf der dort in den Häusern aufgekochten Milch bilde. Er gelangte diffuser und träger ans Meer als der kleine, aus der Stadt herunterkommende Fluss.

Im Lateinunterricht mussten wir beim Durchgehen der Anwesenheitsliste *adsum* anstelle von *anwesend* antwortete.

»Emilio Mina.«

»*Adsum!*«

»Ignacio Michelena.«

»*Adsum!*«

»Antonio Martinez.«

»*Adsum!*«

Pater Mendibe wünschte es so. Manchmal lasen wir, anstatt Latein zu lernen, etwas über das Leben eines Heiligen. Der Pater reichte einem von uns ein Buch, und jeder musste einen Absatz daraus vorlesen. Auf diese Weise wanderte es von Schüler zu Schüler. Auf Seite 67 hatte er, wie wir alle wussten, einen Hundertpesetenschein hineingelegt, die Kante des Geldscheins lugte zwischen den Seiten heraus.

Am Ende des Unterrichts schlug Pater Mendibe dann das Buch auf, um nachzuschauen, ob wir die Prüfung der Seite 67 bestanden und auf diese Weise ihn und Gott glücklich gemacht hatten. Andere Male stiegen wir die komplizierte Deklinationsleiter hinauf, Nominativ *qui*, Genitiv *cuius*, Dativ *cui*, Akkusativ *quem*, und die Konjugationen der irregulären Verben hinunter, *volo, nolo, malo*. Wir mussten die geregelte Zeitenfolge in Nebensätzen bestimmen, *scio quid feceris*, ich weiß, was du gemacht hast, *sciebam quid fecisses*, ich wusste, was du gemacht hattest, *scio quid facias*, ich weiß, was du machst, *sciebam quid faceres*, ich wusste, was du machtest, *scio quid facturus sis*, ich weiß, was du machen wirst, *sciebam quid facturus esses*, ich wusste, was du machen würdest.

Manchmal brachen Punische Kriege zwischen uns aus, die Schüler auf der einen Seite waren Römer, die anderen verteidigten Karthago. Wenn das Schlachtengetümmel einsetzte, wurden die Rohre unserer Kugelschreiber, mit denen wir Papierkügelchen und Reiskörner durch die Klasse schossen, zu unserer wichtigsten Waffe.

Einmal trug uns Pater Mendibe auf, für die nächste Stunde einen lateinischen Satz auszusuchen.

Ich wählte, nachdem ich Catull gelesen hatte, folgenden:

Quem basiabis? Cui labella mordebis?

Pater Mendibe hörte ihn und reagierte nicht. Auf seinen benedeiten Lippen zeichnete sich eine unbestimmte Mischung aus Ekel, Befriedigung und Wut ab, »noch einen«, sagte er, »noch einen«.

Goio fügte hinzu: *Mollior cuniculi capillo.*

Und Pater Mendibe sagte wieder, »noch einen, noch einen«, während er Goio und mich abwechselnd anblickte.

»Der Teufel kommt oft in Engelsgestalt«, sagte er. »Aber ich besitze einen Satansdetektor.«

Inazito fragte Goio nach dem Ende des Unterrichts nach der Bedeutung der Sätze.

An diesem Tag wurde im Pausenhof kein Fußball gespielt. Wenn es regnete, stellten wir uns mit dem Fußball in die Halle und schlugen die nasse Kugel an die Mauer, als wäre sie ein Pelota-Ball. Wir fingen zu vierzigst im Pulk an; jeder, der einen Fehler machte, schied aus.

Inazito wiederholte bei jeder Gelegenheit unsere lateinischen Sätze:

»Wem hast du einen Kuss gegeben, wessen Lippen hast du gebissen?« fragte er alle.

Und manchmal faselte er wie blöde vor sich hin:

»Weicher als das Fell eines Kaninchens ...«

Später, als wir Nationalkundeunterricht hatten und unser Lehrer nicht erschien, begannen wir uns mit Kreide zu bewerfen. Wir schnappten uns die unter der Tafel liegenden Kreidestücke und eröffneten sofort die Schlacht. Die Würfe fielen am Anfang noch etwas schwach aus, wurden dann härter und schließlich fast professionell. Unser Krieg hörte schlagartig auf, als Clemente das Klassenzimmer betrat. Schweigend ging er über das Podest zum Tisch und betrachtete das Schlachtfeld. Zumalde war aufgrund seiner Körpermasse wie immer der Letzte, der auf den Platz zurückkehrte, zertrat bei jedem Schritt krack krack eines der Kreidestücke und schaffte es nicht, seine dicken, weißen Pratzen zu verbergen.

Clemente Lopez begann über die sozialen Errungenschaften des Regimes zu referieren, dass die Arbeiter eigentlich Produzenten genannt werden müssten, weil der Begriff »Arbeiter« eine Manipulation sei, eine Täuschung. Wir setzten daraufhin unsere Auseinandersetzung fort, schmissen Kreidestücke durch die Luft und täuschten Würfe an, bis der Lehrer mit rotem, fast schon blau angelaufenem Gesicht seinen Bodybuilderarm hob, die Faust krachend auf das Pult fallen ließ und uns im Gestus eines Löwendompteurs anschrie:

»Ich habe hier das Sagen, niemand sonst hat das Recht, während des Unterrichts zu sprechen!«

Die Stille hielt nicht lang an. Inazito steckte mir einen Zettel mit einer Karikatur des Lehrers zu, auf dem dieser in Bodybuilder-Pose seine beeindruckenden Muskeln zur Schau stellte.

Nachmittags um fünf hängten Goio und ich die Zeichnung mit einer Reißzwecke am Schulausgang auf.

Die Schule glich einem gewaltigen Drachen, der die morgens um acht verschluckte Kinderschar jetzt um fünf Uhr nachmittags wieder erbrach. Die Schüler verließen das Maul des Drachens lärmend wie eine Herde soeben befreiter Zicklein.

An diesem Tag trafen wir Ariane zufällig an der Tür:

»Ich muss auch nach Zubieta«, sagte Goio.

»Dann lass uns doch zusammen gehen«, antwortete Ariane und gab ein Zeichen zum Aufbruch.

Goio war furchtbar glücklich und nervös.

»Wie läuft der Unterricht?«, fragte sie ihn später auf dem Weg.

»Gut«, erwiderte er stotternd.

Stumm sollte er neben ihr her laufen, gelegentlich mit der Fußspitze einen Stein anstoßen oder mit dem Schuh auf trockenes Laub treten, nur um die Stille zu durchbrechen.

Zu dieser Zeit bestimmte Ariane Goios Gedanken. Stets war er mit der Frage beschäftigt, wo sie gerade war, wann sie wo hingehen würde, wo er ihr begegnen könnte. Er war verliebt, aber es war nicht das weiche und schöne Gefühl, das man erwarten würde. Die Stimmung während seiner Spaziergänge mit Ariane hatte weniger von den französischen Filmen mit Alain Delon und BB als vielmehr von einer großen bleiernen Stille.

Seitdem Goio keinen Einzelunterricht mehr bekam, nutzte er jeden Vorwand, um in Richtung Zubieta zu gehen. Er redete sich damit heraus, dass sein Heimweg von der Schule nah an Arianes Wohnung vorbeiführte, aber auch abends brach er noch einmal auf und spazierte, ohne sich zu trauen, die Lehrerin zu rufen, unter dem Balkon ihrer Wohnung vorbei. Während Ariane drinnen ein Buch las oder Musik hörte, setzte sich Goio, in seiner stillen Romanze gefangen, irgendwo hin, um von weitem das Haus zu beobachten, *en étrange pays dans notre pays lui-même*.

Eines Abends, als Goio in der Nähe der Werft saß, entdeckte er Ariane, die allerdings nicht aus der Richtung ihres Hauses in Zubieta, sondern in Begleitung von Felipe, dem Wirt der Hafenkneipe, vom Möwenfelsen herkam. Die beiden schritten, in eine Unterhaltung vertieft, nebeneinander her; sie kehrten von einem nächtlichen Spaziergang am Strand zurück, als seien sie aus der Tiefe der Meeres emporgestiegen.

Goio erstarrte, spürte einen Kloß im Hals, war nicht in der Lage, etwas zu sagen oder zu grüßen. Als wäre er ein Ungeheuer vom Kirchenportal, betrachtete er sie mit steinernem Gleichmut und versuchte, seine Verbitterung zu verbergen.

»Guten Abend!«, sagte Felipe.

»Guten Abend!«, sagte Goio.

»Bis morgen«, sagte Ariane.

Ariane und Felipe schienen ebenso nervös und verschämt zu sein wie Goio.

Die Schöne und der Dicke, *Ah merde alors!* Und Goio blickte erstaunt, wütend, hasserfüllt in die Dunkelheit, in der das Paar auf seinem Weg Richtung Arianes Haus verschwand.

Sie waren vom Möwenfelsen gekommen. Und Goio brach genau dorthin auf, wobei er die Französischlehrerin auf die eine oder andere Weise mit sich führte. Es war, als hätte Arianes Schatten aufgehört, ihrem Körper zu folgen, und würde nun stattdessen Goio begleiten.

Aber er folgte nicht dem Weg, den das Paar zurückgelegt hatte. Er ging zu seinem Schiff.

Der Möwenfelsen lag an der Hafeneinfahrt. Von der Spitze des Felsens konnte man den ganzen Hafen überblicken, die Fischerboote und Schaluppen, die schlummernd dalagen, sich leicht im Takt des Seegangs bewegten, als würden sie atmen.

Das Meer war ruhig, die Wellen brachen sich an der Küste, und das Wasser, das die blaugrüne Farbe des Tages verloren hatte, sah pechschwarz aus. Dort am Ende des Kais lag das Schiff, von dem Goio behauptete, dass es seines sei, seit langem ans Festland gekettet, gestrandet, von der Ebbe gekränkt, sich selbst überlassen.

Goio war schon oft in die Kabinen und den Maschinenraum gestiegen, hatte das Steuerrad in die Hand genommen und den behäbigen Rumpf des alten Tieres nach Backbord und Steuerbord gelenkt; ohne Angst, dass die Taue, mit denen es am Kai festgemacht war, reißen könnten.

Goio kannte das Schiff wie seine Westentasche. Die Schiffswand war am Bug völlig durchgerostet, doch den Namen des Schiffes hatte er gelesen oder zumindest erahnen können. *Esmirna*, ein Name, den es gewiss lange Jahre stolz auf den Weltmeeren getragen hatte. Goio allerdings hatte das Schiff immer nur so gekannt, als ein Teil der Landschaft am Möwenfelsen.

Von einem Alten hatte er einmal gehört, dass diese *Esmirna* seit ungefähr zehn Jahren dort an der Hafeneinfahrt lag und die Matrosen es gezielt mit der ganzen Fracht in felsigem Gewässer auf Grund hatten laufen lassen, weil der griechische Reeder lieber die Versicherungsprämie kassieren wollte, als den schrottreifen Kutter in Stand zu halten. Der Reeder habe die Versicherung kassiert, so hieß es, das Schiff zum Ausschlachten noch einmal heben und an den kleinen Kai am Möwenfelsen schleppen lassen. Dort lag es nun, halb verrostet, wie ein brauner Elefant, und niemand wusste, wie lange es bleiben würde. Es schien, als wäre das Schiff immer schon an diesem Kai vertäut gewesen, gefangen zwischen Steinen und unermüdlichem Wellengang.

Tagsüber kamen die Kinder zum Spielen hierher, besonders im Sommer, und gegen Abend fanden sich verliebte Paare ein, die kein eigenes Zimmer hatten, um in einer der heruntergekommenen Kabinen eine Nummer zu schieben.

Und manchmal suchte auch der eine oder andere Betrunkene, der ahnte, dass ihm die Ehefrau um diese Zeit die Haustür nicht öffnen würde, im Morgengrauen Zuflucht an Bord.

20

Das Schicksal der Kormorane

Bei ruhiger Fahrt voraus wird eine Insel aus dem tiefen weiten endlosen Meer auftauchen. Oder wird es ein weiterer Eisberg sein? Nein, es wird Festland sein und den Namen Deception Island tragen.

Bevor ihr die Insel anlauft, wird der Nostromo alle zusammenrufen, um euch über drohende Gefahren zu informieren, eine Liste möglicher Unfälle zu erstellen und alle eine Erklärung unterschreiben zu lassen.

»Hiermit erkläre ich, für alle Unfälle während des Landgangs selbst Haftung zu übernehmen …«, wird er vorlesen.

Der Nostromo wird darauf hinweisen, dass mit der Unterschrift jeder Verantwortung für sein Leben übernimmt. Feierlich werdet ihr eure Unterschrift unter die Erklärung setzen.

»Das also ist die Polarbürokratie …«, wird Axel lachend sagen.

Deception Island war einmal ein Vulkan, bevor er in den Weiten des Polarmeeres erlosch und halb versank.

»Frühere Expeditionen haben warme Quellen gefunden«, wird Axel sagen. »Erik Sorensen fand zum Beispiel eine mit neunundsechzig Grad.«

»Scheint ein schöner Ort zu sein«, wirst du sagen.

»Mal sehen, warum sie ihn so getauft haben«, wird Axel entgegnen. *Decepción* bedeutet auf Spanisch Enttäuschung, *deception* auf Englisch Betrug.

»Es war immer ein guter Hafen und Schlupfwinkel«, wird ein Matrose sagen. »Wenn Eisstürme die Segelmasten zum Bersten brachten oder gefrierendes Eis den Rumpf der Schiffe zu zerbrechen drohte …«

Ihr werdet euch der Insel nähern und an den freien Stellen, den Flächen, die nicht von weißem Schnee oder blauen Gletschern bedeckt sind, pechschwarzes Gestein entdecken. Ihr werdet zwischen riesigen, eine enge Einfahrt bildenden Steilklippen hindurch in eine hufeisenförmige, fast geschlossene Bucht einlaufen. Das Innere des Kraters wird ruhig und – es klingt übertrieben – warm sein. Auch Farbe und Geruch werden sich nach Durchfahrt der Passage verändern, das Wasser in der Bucht wird rötlich sein und Gestank in der Luft liegen.

Ihr werdet zwei einlaufende Walfangschiffe entdecken. Das erste wird einen großen toten Wal hinter sich her schleppen, das zweite eine norwegische Fahne am Mast aufziehen und auf euch zusteuern. Es wird anders sein, als jemandem in Bluefields oder Barranquilla auf der Straße zu begegnen. Du wirst bewegt und besorgt zugleich sein.

Der Kapitän wird euch in bestem Oxford-Englisch einladen, und ihr werdet durch die unfassbar schöne, fast vollständig von hohen schwarzen Felsen umgebene Bucht, durch den Schlund des versunkenen Vulkans, auf eine Fabrik zusteuern. Als ihr die Anlage erreicht, wird dir klar werden, dass die rote Farbe des Wassers vom Blut herrührt.

»Was ist das da im Wasser?«

»Das ist ja widerlich!«

Überall auf der Wasseroberfläche werden Fleischstücke treiben, neben den Schiffen ganze Wale liegen, die noch zerteilt werden sollen. Über der Tür einer Holzbaracke wird der Name der Gesellschaft stehen:

JACOBSEN & BROTHERS CO.

Ein dreimastiges Segelschiff und zwei Dampfer werden vor Anker liegen, zwei weitere gerade einlaufen. Im Wasser Blut, Fett, Öl. Über der ganzen Bucht ein abstoßender Gestank.

Der Nostromo wird dich auffordern mitzukommen. Axel, der Nostromo und du, ihr werdet zum Haus des Geschäftsführers gehen.

Der Geschäftsführer wird ein vornehmer Mann im Anzug sein:

»Swen Foyn«, wird er sich vorstellen und euch die Hand geben.

Ein eleganter Saal, Kaminfeuer, Wärme. Der Geschäftsführer wird seinen Mantel anziehen und mit euch zum Segelschiff gehen.

»Unsere Ausrüstung«, wird er sagen.

Er wird dir manchmal ironisch, manchmal angeberisch vorkommen.

»Und unsere Waffe«, wird er fortfahren. »Wenn Sie Wissenschaftler sind, werden Sie sicher wissen, dass wir nur dank der von Menschen erfundenen Waffen Millionäre sind.«

Am Bug des Schiffes werdet ihr eine imposante Kanone aus Stahl entdecken:

»Unsere Harpunenkanone«, wird Swen Foyn sagen. »Die Harpune ist mit diesem starken Schleppseil hier verbunden. Wenn die Harpune in den Körper des Wals eindringt, öffnet sich ihre Spitze, und eine kleine Sprengladung explodiert. Auf diese Weise stirbt der Wal sofort.«

Swen Foyn wird lächelnd neben seiner Kanone stehen bleiben.

»Früher floh der harpunierte Wal häufig und zog das Schiff hinter sich her. Das verletzte Tier tauchte unter oder griff das Boot an, indem es das Schiff auf den Rücken nahm. Und oft gelang es dem Wal, das Harpunenseil aus der Verankerung im Schiff zu reißen und mit sich zu ziehen.«

Auf die Industrieanlage deutend wird er sagen:

»Wir haben ein Pontonschiff von dreitausend Tonnen Wasserverdrängung und sechzig Arbeiter.«

Mister Swen Foyn ist stolz auf sein Unternehmen:

»Es gibt Wale im Überfluss, und wir haben kaum Zeit. Um konkurrenzfähig zu bleiben, verarbeiten wir vierzig Prozent des Walkörpers und müssen die minderwertigen sechzig Prozent hier einfach wegwerfen.«

Er erklärt, dass sie im November mit der Arbeit in der Fabrik beginnen und bis Februar dort beschäftigt sind:

»Der Polarsommer endet hier Ende Februar, danach beginnt das schlechte Wetter. Wir ziehen dann Richtung Norden, zur Magellanstraße, nach Ushuaia …«

Swen Foyn ist offensichtlich sehr über die Steuern verärgert, die er an drei oder vier verschiedene Regierungen bezahlen muss:

»Wir müssen an England zahlen, weil die Engländer die Falkland-Inseln für sich beanspruchen, aber auch den Argentiniern, weil sie die Inseln Malvinas nennen und überzeugt sind, dass sie ihnen gehören …«

Er wird von den zahllosen Problemen sprechen, die es wegen des Besitzanspruchs auf praktisch unbewohnte Inseln gibt.

»Und Sie sind Krankenpfleger?«, wird er dich später fragen.

»Ja.«

»Dann werde ich Ihnen unseren neuen Arzt vorstellen.«

Nach einem Schiffsrundgang wirst du den Arzt namens Harald Uppdal kennen lernen.

»Es ist das erste Mal, dass ich zur See fahre, und ich bin fassungslos. Ich kann diese Schlachterei nicht nachvollziehen …«, wird er auf Englisch sagen.

Er ist Norweger, hat seine Ausbildung gerade erst beendet und scheint alles andere als glücklich zu sein. Während er mit seinen grünen Augen auf die rote Bucht blickt, wird er niedergeschlagen feststellen:

»Ich bin auf dem falschen Planeten gelandet …«

Weil der Gestank der toten Wale unerträglich und die besten

Anleger besetzt sind, werdet ihr beschließen, aus der Bucht hinauszufahren und einen anderen Ankerplatz zu suchen.

Die andere Stelle, im Südwesten der Insel gelegen, wird ebenfalls aus einem Vulkankrater bestehen. Nach den Berechnungen von Axel ist die Einfahrt in die Bucht dort zwanzig Meter breit und sechs oder sieben Meter tief, in der Mitte des Sees wird die Tiefe hingegen einhundertzwanzig Meter betragen.

»Die Einfahrt ist ziemlich eng und flach, das ist gut für uns, weil wir problemlos hineinfahren können, große Eisblöcke hingegen nicht durchkommen«, wird der Nostromo erklären.

Es wird ein schöner Hafen sein, in dem ihr aus allen Richtungen vor dem Wind geschützt seid, doch auch hier werden Walfleischstücke auf dem Wasser treiben, sich dunkelrote Blutschwaden mit dem blauen Wasser vermischen; frisch erlegtes Fleisch, das einen scharfen, ekligen Geruch verbreitet.

Der Strand am Rand der Bucht wird schwarz sein, auf der Höhe des Tidenhubs ohne Schnee. Und zwischen dem schwarzen Geröll wird Rauch aufsteigen.

Unser Nostromo wird der Bucht einen Namen geben wollen.

»Aber sie wird schon einen haben, auch wenn wir ihn nicht kennen«, wird einer sagen.

Als Axel erklärt, dass er die Fumarolen untersuchen muss, wirst du ihm anbieten, ihn zu begleiten. Ihr werdet warmes Wasser finden und zahlreiche Stellen, an denen Gas austritt. Axel wird Messungen vornehmen, aus einem Loch wird das Gas mit siebenundsechzig Grad in die eisige Umgebung gelangen, aus einem anderen mit dreiundsechzig Grad.

Danach werdet ihr auf der Suche nach Moos die Felsen hinaufsteigen, obwohl die Kormorane euch dabei angreifen. Sobald sie sich nähern, wirst du mit deinem Beutel auf sie einschlagen.

»Sie glauben, dass wir ihnen die Nester ausrauben wollen. Wenn sie uns Moos einsammeln sehen, denken sie, dass wir auch ihre Nester aus Moos einstecken könnten ...«

Kormorane sind mutige Tiere, und es wird nicht leicht sein, sie zu verscheuchen.

Später, vom Felsen aus, von wo ihr die Bucht und das Schiff weit unter euch liegen seht, wirst du die Kormorane beobachten. Sie haben einen ovalen Körper, einen langen Hals, einen schwarzen Rücken und eine weiße Brust und sind bemerkenswerte Fischer. Sie fliegen schwerfällig, sehr tief, stürzen sich hinab, wenn sie einen Fisch entdecken, tauchen tief ins Wasser ein, um dann mit der Beute im Schnabel wieder aufzusteigen.

Während du die Landschaft und die Vögel betrachtest, wird der Koch zu euch stoßen.

»Was hast du vor?«, wirst du ihn fragen, als du ihn mit einem Gewehr heraufsteigen siehst.

Bobby Endicott wird erst antworten, als er wieder zu Atem gekommen ist. Dann wird er seine Flinte laden und entsichern.

»Ich mag die einfache und gesellige Lebensweise der Kormorane. Sie sind eine leichte Beute«, wird er grinsend sagen.

Ihr werdet den Hang hinunterrutschen.

An diesem Tag werdet ihr Kormoran essen. Doch vor dem Essen wird die Jagd liegen, und sie wird schrecklicher sein als das Essen.

»Kormoran-Niere ist wirklich lecker«, wird der Koch sagen, als wolle er dich vorwarnen.

Du wirst das Krachen der Schüsse und den Anblick des senkrecht zu Boden stürzenden Vogels hassen.

Axel wird dir etwas über Kormorane erzählen:

»Die Chinesen züchten sie, weil die Vögel so gute Fischer sind. Sie legen ihnen Metallringe um den Hals, damit die Vögel den gefangenen Fisch nicht schlucken können. Die chinesischen Fischer nehmen in ihren Bambusbooten drei oder vier dressierte Kormorane mit. Die Vögel kehren mit einem Fisch im Schnabel zum Boot zurück. Nur sehr selten nehmen die chinesischen

Fischer den Ring ab, um die Kormorane ein Stück Fisch essen zu lassen …«

»Wenn die Kormorane abhauen würden, könnten sie wegen des Rings nichts fressen, stimmt's?«

»Genau, die Vögel müssen sich mit ihrer Arbeit abfinden …«

Denk darüber nach. Du wirst über das Schicksal der Kormorane grübeln.

21

Davon geht die Welt nicht unter

In meiner Erinnerung zeigen alle Bilder Goios nur ein einziges Gesicht.

Goio verbrachte den Unterricht damit, Gesichter zu zeichnen. Er hinterließ sie am Rand der Bücher, fand auch auf der bekritzelten Oberfläche der Holzpulte Platz, malte sie morgens, wenn das Glas beschlagen war, mit dem Finger auf die Fensterscheiben. All diese Gesichter schienen mir wie Ariane auszusehen.

Wenn wir Mannschaften wählten, dachte sich Goio immer irgendeine Ausrede aus. Wir hatten keinen langen und rothaarigen Torwart mehr, der die Bälle wie Iribar oder Yazhin durch die Luft hechtend fing. Goio interessierte sich nicht mehr für Fußball.

»Was ist los mit dir?«, fragte ich ihn im Lateinunterricht.

»Nichts.«

»Was ist mit der Frau?«

Wir nahmen gerade die Gallischen Kriege durch, *Celtae* und *Galli* waren die Subjekte des Verbs *apellantur*. *Nostra lingua* war unsere Sprache, *ipsorum lingua* ihre …

»Welche Frau?«

»Keine Ahnung, irgendeine.«

»Ich hab keine Frau.«

»Und Ipse?«, sagte ich, und er verstand sofort mein komisches Latein.

»Wer ist *sie*?«

»Wer schon?«

Goio wurde vor Scham rot wie eine Tomate.

Er blieb am Schultor stehen, abwesend, kindlich verängstigt, als wolle er beobachten, wie die ersten Winterbrisen Laub aus den gegenüberliegenden Bäumen schüttelten.

Er wartete auf Ariane, um ihr wie zufällig begegnen zu können:

»Gehst du nach Hause?«, fragte er sie und begleitete sie dann Richtung Zubieta.

Manchmal erschien Ariane in Begleitung, einmal kam sie mit dem ekelhaften Clemente Lopez. Andere Male verließ sie das Gebäude schnell, fast gehetzt, ohne Goio Zeit zu lassen, sich ihr zu nähern. Er lief ihr dann hinterher, folgte ihr wie ein Verbrecher in einem Film.

Einmal verlor er sie im Nebel, weil man nicht weiter als zwei Meter weit sehen konnte. Er lief durch den Ortsteil Zubieta. Auch zwischen den Schiffen am Hafen lag Nebel, der immer dichter und schwerer wurde, immer gespenstischer. Die Fußgänger bewegten sich über das Festland wie Schaluppen, die ohne Sicht auf dem Wasser manövrieren. Nur mit Hilfe von Geräuschen und Rufen konnten sie erraten, wo sie sich gerade befanden.

Die Mutter traf Goio am Kai, er hatte sie seit langem nicht mehr bei der Arbeit besucht, aber da hockte sie und stopfte Fischernetze, saß mit sechs anderen Frauen am Wasser und führte die Nadel mit einem Handschuh.

»St. Simon und St. Judas, der Winter ist da«, stimmte eine der Frauen an.

Es war ein grauer Tag, die Kälte schoss scharf in die Nase.

»Und die Boote werden im Hafen bleiben«, erwiderte eine andere.

Die kurzen, düsteren Wintertage standen bevor, sie schickten den Nebel voraus. An diesem Tag beschloss Goio, am nächsten Morgen zu Ariane zu gehen.

Wie jeden Donnerstag hatte sie frei und würde zu Hause sein. Goio machte sich um zehn Uhr kurz nach Beginn der Pause davon, obwohl wir ihn zum Fußballspielen aufforderten.

Wir hatten Nationalkundeunterricht gehabt.

»Du bist verliebt«, hatte ich gesagt, während Clemente Lopez über die organische Demokratie referierte.

Goio sah mich mit seinen eisigen Augen an.

»Schwachsinn!«, sagte er.

Danach brach er auf, während wir uns beim Fußballspielen im Dreck wälzten. Vor Arianes Haus blieb er einen Moment wie ein Seekranker stehen und dachte, dass es nun zu spät war, um kehrtzumachen. Das Kreischen einer Metallsäge drang von der Werft herüber, er blickte, als wäre es das letzte Mal, auf den Hafen, den ein Dampfer gerade mit Kurs aufs offene Meer verließ.

Goio stieg die Treppe hinauf und drückte nervös die Klingel. Nach einigen Sekunden erschien Ariane, im Nachthemd und mit zerzausten Haaren.

»Was machst du hier? Hast du keinen Unterricht?«

Goio machte ein Gesicht, als hätte ihn jemand gezwungen zu kommen.

»Komm rein«, sagte Ariane.

Drinnen war es dunkel, durch die halbgeschlossenen Fenster drang kein Licht, so schien es Goio zumindest. Ihm lag die Frage auf der Zunge, warum sie die Fenster nicht öffnete, aber er traute sich nicht, sie zu stellen …

»Gefällt dir die Musik? Das ist George Brassens«, sagte Ariane.

Der Plattenspieler drehte sich, aber Goio nahm nur Ariane wahr. Als sie sich setzte, waren ihre Schenkel zu sehen, und Goio war noch aufgeregter als zuvor. Durch das dünne Nachthemd zeichneten sich ihre vollen Brüste ab, wie in einem Film.

»Weswegen bist du gekommen?«, fragte Ariane.

Sie hatte sich gerade ihre Lippen frisch geschminkt, und Goio hätte am liebsten einfach nur ihre Beine, Brüste, ihr Gesicht be-

246

trachtet, als wäre Ariane Arianes Porträt. Doch so, direkt vor ihr, war der Anblick unerträglich.

»Bist du aus dem Unterricht abgehauen?«

»Ja, ich musste hierher kommen.«

»Was ist denn passiert? Ich helfe dir, wenn ich kann.«

Goios Wangen glühten, er spürte einen Kloß im Hals. Ariane erhob sich aus ihrem Sessel und stellte die Platte ab.

»Ich bin in dich verliebt«, sagte Goio.

Der Satz fiel wie ein ins Wasser geworfener Stein, breitete wellenförmig Stille im Raum aus.

Ariane lächelte, ein sanftes und trauriges Lächeln, und zog dann mit einer Hand das Nachthemd vor ihrer Brust zu.

»Olala«, sagte sie. »Ich werd mal einen Kaffee aufsetzen.«

Goio blieb zurück, verwirrt. Er fühlte sich wie der kindischste Mensch aller Zeiten.

Ariane kehrte mit einem dampfenden Kaffee zurück. Auch sie war nervös. Blickte Goio in die Augen, während eine süße Furcht Besitz von ihm ergriff.

»Junge«, sagte sie mit ihrer weichen Stimme, »du hast gerade erst zu leben begonnen und hast gelernt, ›ich liebe dich‹ zu sagen. Aber wenn wir ›ich liebe dich sagen‹, bedeutet das weder das Paradies noch geht die Welt davon unter.«

On dit je t'aime mais ça n'est pas toujours le paradis et ça n'est pas la fin du monde.

Goio saß neben ihr und hätte sein Leben dafür gegeben, länger so sitzen bleiben zu können.

»Zwischen uns kann es das, was Liebe genannt wird, nicht geben. Ich bin vierundzwanzig und zu alt für dich. Du bist noch ein Kind, vielleicht hast du deswegen diese Neugier, mehr zu erfahren …«

Und sie nahm seine Hand und führte ihn an ihrer zarten Hand zur Tür. Als sie die Tür öffnete, küsste sie ihn auf die Lippen, Goios Hand in ihrer Hand haltend, und Goio drückte seine Beine gegen ihre Schenkel, schloss die Augen und öffnete, ihre Lippen auf seinen spürend, den Mund und suchte nach ihrer feuchten, warmen Zunge. Wie ein Blinder, der eine Mauer abtastet, suchte er hemmungslos nach diesem ihm unbekannten nassen, warmen Ding.

»Geh zur Schule«, sagte Ariane.

Er wich zurück und ging wie ferngesteuert die Treppe hinunter.

»Komm nicht wieder hierher!«, sagte Ariane von der Tür aus.

Goio verschwand und kehrte, die Katastrophe hinter sich lassend, zur Schule zurück.

Die Pause war vorüber und die nächste Stunde hatte bereits angefangen, als wir Goio hereinkommen sahen. Er bat um Erlaubnis, eintreten zu dürfen und setzte sich dann schweigend neben mich an den Tisch.

»Von wo kommst du?«, fragte ich.

Wir hatten Erdkundeunterricht bei Don Patricio und versuchten anhand von Atlas und Heften zwischen Geologie, physischer, botanischer und Wirtschaftsgeografie zu unterscheiden.

Inazito bemerkte es als Erster, als er sich umdrehte und von seinem Platz nach hinten schaute:

»Du hast rote Bonbons gegessen!«, sagte er.

Um Goios Lippen herum war ein roter Abdruck zu sehen.

Weil die Sozialgeografie die Bevölkerung untersucht, umfasst sie in einem weiten Sinne die Geschichts- und Wirtschaftsgeografie sowie politische und andere Sparten der Geografie.

Aber Inazito hatte ein interessanteres Thema:

»Wen hast du geküsst, in wessen Lippen hast du gebissen?«

Es hatte mit dem menschlichen Dasein wirklich mehr zu tun.

»Weicher als das Fell eines Kaninchens …«, sagte Inazito.

»Hurensohn«, sagte Goio aufgebracht.

»Erzähl schon!«, warf ich von der anderen Seite ein.

Ohne jede Vorankündigung schlug er mir mit der Faust in die Niere. Ich bekam einen Moment lang keine Luft.

Und antwortete mit einem Tritt.

»Ich hab doch nur gesagt, dass du was erzählen sollst!«

Als Don Patricio unseren Kampf bemerkte, warf er uns, das Wort Geodynamik noch nicht ganz ausgesprochen, aus dem Unterricht. Wortlos gingen wir hinaus, jeder seines eigenen Weges: ich in den Schlafsaal des Internats, Goio nach draußen.

Der Winter hatte angefangen, und Weihnachen stand vor der Tür.

Ich würde die Ferien in Bilbao verbringen, Goio mit seiner Mutter auf den Bauernhof der Großeltern fahren.

Mein Vater kam mich mit dem Auto abholen. Auf der Strecke lag nicht besonders viel Schnee. Ich hatte gedacht, dass wir Ketten anlegen würden, aber nein.

»Warum fährst du so langsam?«, fragte ich den Vater.

»Weil es zu viele Unfälle gibt!«, antwortete er.

Ich lehnte mein Gesicht ans Fenster, drückte mir die Nase an der Scheibe platt und hoffte, ich würde Autos sehen, die nach einem Unfall zusammengeschoben wie ein Akkordeon aussehen.

Als wir in Bilbao ankamen, war ich traurig, weil wir ohne Schneeketten durchgekommen waren.

Die Weihnachtsfeiern verliefen wie immer. Als ich das Haus betrat, hatten sie im Flur schon die Krippe aufgebaut. Bunte Glühbirnen, Moos, ein Fluss aus silbernem Schokoladenpapier, kleine Häuschen aus Gips, ein paar Hirten und Schafe, Jesus in seiner Wiege, Maria und Josef, ein Ochse und ein Esel, die Heiligen Drei Könige noch etwas abseits am Rand der Krippe, und alles von Watteschnee überzogen.

Weihnachtslieder, Verse, Glückwünsche wie jedes Jahr.

Die Figuren fielen immer mal wieder hin und ich musste sie neu aufstellen, besonders die Schafe und die Heiligen Drei Könige.

Letztere brachten mir schließlich einen grünen Anorak als Geschenk.

»Schön gewachsen bist du, Junge!«, sagte der Großvater zu Goio, als sie sich am Nachmittag des 24. wiedersahen.

Goio betrachtete ein wenig verschämt die Kerbe, sie war höher als die seiner Cousins, höher als seine früheren. Die erste reichte ihm nun gerade noch bis zur Hüfte. Das Weihnachtslamm war unten im Haus an der Treppe angebunden, ein schönes weißes Lamm, das die ganze Zeit vor sich hin blökte, als wisse es, dass seine Tage gezählt waren. Goio blieb beim Lamm, um ein wenig mit ihm zu spielen, oder genauer gesagt, um ihm Gesellschaft zu leisten, denn das Lamm war zu nervös, um zu spielen.

Später erlebte er mit, wie es getötet und gehäutet wurde. Das geschliffene Messer vor Augen, begann das Lamm herzzerreißend zu blöken. Der Blick des Tieres, seine trüben Augen waren Mitleid erregend. Warmes Blut ergoss sich in Spritzern über den Kellerboden. Sie hängten das Lamm kopfüber an einen Haken und zogen ihm mühelos die Haut vom rosa schimmernden Körper.

Der Großvater setzte sich zum Abendessen an das Kopfende des Tisches, die Mutter, die Onkel und Tanten und die kleinen Cousins nahmen an der Seite Platz. Goio aß unter Mördern sein Stück Fleisch und bewahrte den Knochen auf. Dazu gab es Bohnen und Nüsse. Nach der Mahlzeit suchte der Großvater sich eine Zigarre, steckte sie an und begann sie langsam zu rauchen.

Die Großmutter saß wegen ihrer Krankheit nicht mit am Tisch. Goio sollte in dieser Ferienwoche viele Stunden an ihrem Bett verbringen, während sie einen Rosenkranz in ihren knochigen Händen hielt und die Perlen nach und nach durch die Finger gleiten ließ.

Am Sylvesterabend brach Goio mit den Kindern aus der

Nachbarschaft auf, um singend von Haustür zu Haustür zu ziehen und um Süßigkeiten zu bitten.

An die Tür ein Kreuz /hier haben wir genug gesungen /jetzt ziehen wir zum Nachbarshaus.

Am Bauernhaus nebenan wuchs Efeu die alten Mauern hinauf, klemmte sich in Risse und Spalten. Es war kalt, aber trotzdem dampfte der fermentierende Dünger neben der Stalltür.

Als es dunkel wurde, zündeten sie Öllampen an.

»Bring *balea* her!«, sagte ein Mädchen.

»Was meinst du mit Wal?«, fragte Goio, der genau das verstanden hatte, Wal.

»*Balea* ist das Lampenöl«, sagte das Mädchen.

Einige andere Bauernhäuser waren verlassen. Die Ziegel waren teilweise heruntergefallen, in den unüberdachten Räumen wucherten Brennnesseln und Dornengestrüpp.

Nach dem Abendessen wurde auch im Haus gesungen, obwohl die Großmutter im Bett lag. Vielleicht stimmten sie, der Großvater, die Mutter, die Nachbarin Joakina und Goio, auch genau deshalb die Lieder an, weil die Großmutter im Bett lag und ihr diese Weihnachtslieder gefielen: *Komm, Junge /komm nach Haus /die Kastanien warten auf dich...* Als sie um Mitternacht aus dem Fenster schauten, sahen sie draußen große Schneeflocken durch die Luft schweben. Auch ein Seemannslied sangen sie in der Runde: *Ruder, Matrose, ruder /wir müssen noch weit.* Der Schnee schien systematisch zu fallen, Schicht für Schicht, als sollte alles für immer unter Schnee begraben werden, und Goio fiel einer der sechs oder sieben Verse ein, die sie bei Einbruch der Dunkelheit an der Tür bei den Großeltern vorgetragen hatten: *Innen blütenweiß, außen strahlendrot, es gibt niemanden, der diesen Ort so schmückt wie diese Frau.* Goio stand, wenn auch stumm, zwischen den Sängern, während sich seine eigene Familie mit Ausnahme der Großmutter vor dem Haus versammelt hatte und zuhörte.

Bevor sie am nächsten Morgen, dem Neujahrstag, ins Dorf

hinabstiegen, um den Bus nach Kalaportu zu nehmen, traf Goio den Großvater im Stall. Er blickte durch die Tür, erahnte in der Dunkelheit die Umrisse des Großvaters, der unter einer Kuh auf einem Schemel hockte, und hörte, als er näher kam, wie die Hufe des Tieres auf dem Boden scharrten und die warme Milch nach und nach in den metallenen Melkeimer schoss.

Plötzlich begann eine zweite Kuh neben Goio zu pissen, und er spürte die warmen Spritzer dieses eigenartigen gelben Wasserfalls auf der Haut. Als Goio sich von der Großmutter verabschieden ging, sagte die abgemagerte grauhaarige Frau vom Bett aus:

»Hol die Kiste da aus dem Schrank, Kind.«

Goio hielt ihr das Kästchen hin, und die Großmutter zog zwischen Medaillen und alten Münzen ein kleines Foto von sich heraus.

Sie legte ihr Bild in Goios Hand, drückte sie mit ihren weichen knöchrigen Fingern zusammen, sodass das Foto von der Hand des Jungen eingeschlossen wurde, und sagte einen Satz, der Goio mehr frösteln ließ als alle Kälte des Winters:

»Du wohnst weit weg und wirst mich nicht sterben sehen. Nimm das Bild mit, damit du mich anschauen kannst, wenn ich nicht mehr hier bin.«

Die Augen der Großmutter glänzten seltsam, fiebrig. Angst hüllte Goios Körper ein, wie die Kälte eines Leichentuchs. Auch der Onkel Gregorio schaute ihn an, von seinem Bild an der Wand herunter, mit seinem zeitlosen, sorglosen Blick.

22
Phantomschmerz

Du wirst über das Schicksal der Kormorane grübeln, und am nächsten Tag werdet ihr bei der Ausfahrt aus der Bucht einen Unfall haben. Auf dem Wasser schwimmende Walgedärme werden sich im Anker und in der Schiffsschraube verfangen, und als Malcolm sich daran macht, sie aus der Ankerkette zu entfernen, wird er ausrutschen und auf die Kettenklüse fallen. Er wird sich eine klaffende Wunde an der Hand zuziehen.

Ihr werdet bei grauem Industriewetter und ruhiger See auslaufen, es wird ein beständiger Südwestwind wehen, und zahlreiche Eisberge werden im Wasser treiben, denen ihr ausweichen müsst. Später werdet ihr eine unglaublich schöne Insel entdecken, die wie eine von einer antiken Zivilisation errichtete und vergessene weiße Pyramide aussieht. Der Nostromo wird ihr den Namen Casablanca geben, und ihr werdet vor Anker gehen, um einen Briefkasten zu leeren. Ihr werdet Eisanker werfen, zwei an Steuerbord und jeweils einen am Heck, an Backbord und am Bug.

Am nächsten Morgen werdet ihr euch auf den Weg zum Briefkasten machen, wobei die Bezeichnung Briefkasten ein bisschen übertrieben ist. Ein altes, zwischen Steine geklemmtes Brett, auf dem die Buchstaben, die irgendwann einmal darauf aufgemalt wurden, verblichen sind. Eine kaputte Flasche wird dort liegen und darin wiederum, auf einem feuchten, fast schon auseinanderfallenden Papier, eine unleserliche Nachricht, deren verlaufene Tinte nur noch die Spuren eines Datums erkennen lässt.

Das Holz wird von einer weißlichen Schicht überzogen sein. Du wirst denken, dass es graues Moos ist oder Schimmel.

»Das ist kein Schimmel, das sind Vogelfedern«, wird Axel sagen.

Der Nostromo wird die Flasche öffnen.

»Die Jahreszahl ist das Einzige, was sich noch lesen lässt, das ist eine Zwölf, ich glaube, der Brief ist von 1912 ...«

Die Landschaft wird überwältigend sein. Man wird nur ahnen können, dass die Felsen dunkelgrau sind, denn an den meisten Stellen werden sie ihr Kleid aus Schnee und Eis nicht abgelegt haben. Insgesamt werden die Farben fehlen, weder das Grün von Gras noch Erdfarben werden vorkommen, Weiß und Blau dagegen in zahllosen Tönen und Abstufungen zu sehen sein.

Du und die anderen, ihr werdet beschließen, auch einen Brief zurückzulassen. Ihr werdet darüber diskutieren, was ihr schreiben sollt. Schließlich werdet ihr einfach das Datum notieren und dazu schreiben, dass ihr von Deception Island kommend Kurs auf den sechsten Kontinent nehmt.

»Mal sehen, ob die Nächsten wenigstens auch die Jahreszahl entziffern können«, wird einer sagen.

Doch mit der Zeit wird auch diese Jahreszahl verbleichen.

Ihr werdet die Postflasche verschließen und zu der Steilküste mit den Pinguinen gehen. Den Hang werdet ihr angeseilt hinaufsteigen müssen, weil der Schnee ziemlich hart und rutschig ist. Oben auf dem Hügel wird euch ein steifer Wind entgegenwehen, aber das Schauspiel, das sich euch bietet, wird euch für die Mühe des Aufstiegs entschädigen: Die ganze Felslandschaft bis hinunter ans Meer wird von kleinen schwarz-weißen Vögeln bevölkert sein.

Erschöpft und glücklich wird Edna sagen:

»Seht mal, Vögel mit Frack und allem drum und dran.«

Als du ihnen dabei zuschaust, wie sie über den Schnee laufen, werden dir alte Slapstick-Filme einfallen – besonders wegen der Art, wie die Pinguine watscheln und immer wieder hinfallen: Charlie Chaplin, Buster Keaton, Dick und Doof ... Sie werden loslaufen, stolpern, das Gleichgewicht verlieren und mit voller

Wucht hinfliegen, um ein paar Meter weiter zum Stehen zu kommen. Ernsthaft und mit großer Würde werden sie wieder aufstehen und dorthin blicken, wo sie ausgerutscht sind, als wollten sie die Ursache ihres Unfalls ergründen. Danach werden sie ihren Weg hartnäckig fortsetzen, bis sie kurz darauf erneut stolpern und kopfüber fallen.

Es werden unzählige Tiere sein. Axel wird von seinen mathematischen Fähigkeiten Gebrauch machen und überschlagen, dass sich in eurem Blickfeld bei soundsoviel Pinguinen pro Quadratmeter und soundsoviel Hektar Fläche etwa sechzigtausend Vögel befinden.

Ihr werdet zu ihnen hinunterklettern, aber der Abstieg gegen den Wind wird nicht einfach sein. Oft wird der Hang senkrecht zum Meer abfallen, während unten die Wellen unablässig und mit wütender Kraft auf die Felsen schlagen. Ihr werdet absteigen müssen, ohne in die Tiefe zu schauen.

Die Jungvögel, tölpelhafte, pummelige Tiere, die noch nicht schwimmen können, werden tippelnd, mit geducktem Kopf und lustig schwankendem Gang umherwatscheln, den Hang in kleinen Hüpfern und mit aneinandergelegten Füßen hinunterlaufen, ihre Flügel wie verkümmerte Arme ausbreiten. Und an den schneebedeckten Stellen, wo ihnen das Gehen schwer fällt, werden sie kopfüber hinunterrutschen, als lägen sie auf einem Schlitten. Auch im Wasser werden zwischen den hohen Wellen zahllose Pinguine zu sehen sein, es wird ihnen große Mühe kosten, von dort wieder aufs Festland zu gelangen. Getragen von einer Welle werden sie es gerade so auf einen Felsen schaffen, doch die nächste Welle wird vielleicht schon über sie hinwegschwappen und sie wieder ins Wasser ziehen.

»Ich muss die Nistplätze der Pinguine untersuchen«, wird der Schriftsteller John Masefield sagen.

Er wird euch um Hilfe bitten, er wird sagen, dass er sie sich genau ansehen muss, um sie später beschreiben zu können.

»Es ist Brutzeit, willst du eine Familie unglücklich machen?«, wird Axel einwenden.

Trotzdem werdet ihr alle zu den Nestern der Pinguine gehen. Sie werden einfach gebaut sein, ein paar im Schnabel herbeigeschleppte und zu einer Mulde angeordnete Steine aus der Umgebung. Als ihr die Eier betrachtet, werden sich die Pinguine aufregen. Aber John wird die Nester unbedingt untersuchen wollen. Durch dicke Handschuhe geschützt, wird er die Pinguine ohne Angst vor Schnabelschlägen am Schwanz packen und beiseite zerren. Auf diese Weise wird er, mit euch im Schlepptau, von Nest zu Nest gehen, die Familien aus ihren Nestern vertreiben und die Eier unter die Lupe nehmen. Unter den Pinguinweibchen wird ein verärgertes Gekreische ausbrechen, während die Männchen ernst, aber tatenlos daneben stehen.

Sobald ihr gegangen seid, werden die Pärchen sofort zu ihren Nestern zurückkehren. Das Männchen wird den Hals recken und drehen, um dem Weibchen seine Zuneigung zu beweisen, das auf dem Ei sitzende Weibchen ihm mit der gleichen liebevollen Geste antworten, und beide werden krächzen.

»Schau dir diese Liebe an!«, wird Edna sagen.

»Der Charme der Ehe …«, wird Axel sagen.

Obwohl die Pinguine in ihren Anzügen gepflegt aussehen, wird es wegen der kaputten Eier in der Umgebung schrecklich stinken.

»Was hast du über die Eier rausgefunden?«, wirst du John fragen.

»Die meisten Eier sind ganz, aber wenn eines kaputt geht, brüten die Eltern nichts als eine graue Masse aus …«

John wird ein Foto von Edna und sich zusammen mit den Pinguinen schießen wollen. Sie werden posieren, um ein Bild für die Zukunft zu machen, denn dieses Bild ist die Zukunft einer vergehenden Vergangenheit und irgendwann einmal auch die Vergangenheit einer vergangenen Zukunft.

»Cheeeese ...«, wirst du sagen, aber, weil der Handschuh so dick ist, den Auslöser nicht drücken können.

Du wirst den Handschuh ausziehen und deine Fingerkuppen werden an der Kamera festkleben. In der Zeit, in der du scharf stellst, die Belichtung regulierst und die festgeklebten Fingerkuppen löst, werden dir der Wind und die Kälte unter den Nägeln beißende Schmerzen verursachen.

Der Weg zurück den Hang hinauf wird anstrengend, der Abstieg auf der anderen Seite aber dafür umso angenehmer sein. Ihr werdet hinunterrodeln, euch auf den Rücken legen und den Hang hinunterrutschen; es wird sich anfühlen, als würdet ihr fallen: ohne Ziel, ohne Möglichkeit zu bremsen, mit irrsinniger Geschwindigkeit. Der von den Füßen aufgewirbelte Pulverschnee wird dir die Augen verkleben, und du wirst mit am Rücken aufgerissenem Anorak unten ankommen.

Die Tage werden vergehen, und an einem Nachmittag wirst du eine Überraschung erleben. Es wird am Weihnachtstag sein, als ihr eine laute Ansage hört. In einer Ecke des Speisesaals wird ein Weihnachtsbaum stehen, grün, mit bunten Lämpchen, kleinen Kerzen und allerlei Schmuck.

»Heute gibt's Pinguin zum Abendessen«, wird Bobby sagen.

»Wo hast du diesen Tannenbaum her?«, wird einer fragen, und der Koch wird mit einem Grinsen antworten.

Konservenbüchsen werden geöffnet, Flaschen entkorkt.

»*Oomans beans*«, wird Axel sagen, »*it's shameful.*«

Das Pinguinfleisch wird dich nicht satt machen, es wird bitter schmecken, nach Verrat. Auch Axel wird es nicht mögen:

»Wo der Mensch auch hinkommt, immer trägt er ein Messer bei sich ...«

Die Stimmung ist anders als auf dem Festland. Beim Festessen an Bord gibt es weder Gedeck noch weiße Tischdecken. Du wirst deinem Nachbarn keine Schüssel reichen und es wird auch nicht getanzt werden. Jeder wird sich dort hinsetzen, wo er Platz findet und wie er will. Auf einen Stuhl, Tisch, Mülleimer. Jemand wird eine Flasche herausholen und ihr werdet miteinander anstoßen. Von da an werdet ihr alle sowohl Gast als auch Gastgeber sein.

Nach dem Abendessen wird der Nostromo seine Rede halten:

»Diese Jahrtausendwende beschert uns Glück und Erfolg. Wir haben unseren Traum einer Antarktis-Expedition verwirklicht, viele Menschen werden in diesem Augenblick an uns denken. Und auch wenn es uns ein wenig traurig stimmt, nicht in der Heimat zu sein, würden doch viele zu Hause jetzt gerne an unserer Stelle sein. Wir werden in Zukunft noch viele Weihnachtsfeste feiern, und dieses, das wir heute begehen, sicherlich niemals vergessen …«

Zur Erinnerung wird er jedem von euch eine unsäglich kitschige Postkarte schenken. Goldene Glöckchen, Schneeflocken, Engel mit Schärpen:

Merry Christmas and
A Happy New Year!

Er wird die unvollendete Ansprache mit einem Toast beschließen:

»Wie gesagt, unser Wunsch, in die Antarktis zu kommen, ist in Erfüllung gegangen. Beten wir nun dafür, dass auch unser zweiter Traum Wirklichkeit wird. Unser zweiter Wunsch sollte die Vollendung des ersten sein: dass wir alle wohlbehalten wieder nach Hause zurückkehren …«

Jemand wird Gitarre und Akkordeon spielen, falls jemand von euch diese Instrumente beherrscht, die Unterhaltungen werden immer alberner werden.

»Weißt du, dass Josef neben der Wiege geweint hat?«

»Warum?«

»Er hätte lieber ein Mädchen gehabt.«

Betrunkenes Gelächter. Und der Schmerz der Erinnerung wird in dieser Nacht zu spüren sein. Wenn es einen Erinnerungsschmerz gibt, wirst du ihn in dieser Nacht spüren.

Einer wird mitten im Gespräch eine Karte herausziehen, seinen Zeigefinger darauf legen, euch unter anderem die Victor-Hugo-Insel, die Pendleton-Bucht, die Casablanca-Island, das *Beascoecheia* Bay zeigen.

Du wirst dich über die Karte beugen, weil dich der Name an deine Heimat erinnert, dein kleines, warmes, weit entferntes Land, das auf der großen Weltkarte weder mit Grenzlinien noch mit Farben verzeichnet ist, und du wirst daran denken, dass auch dort jetzt Winter ist, der allerdings viel wärmer ist als hier im Süden, und es nachts richtig dunkel wird, anders als im Polarsommer, und dass dort nach dem Essen alte Lieder gesungen werden und niemand auf den Gedanken kommt, eine Weltkarte zu studieren.

Und dann werdet ihr singen, bis ihr heiser seid, und auch diejenigen, die den Text nicht beherrschen, werden mitgrölen und so den Gesang übertönen:

> *How I missed her, how I missed her*
> *How I missed my Clementine*
> *But I kissed her little sister …*

Bis in die frühen Morgenstunden werden Trinklieder, semiakademische Debatten: *what precisely, if, perhaps, but,* und Flüche zu hören sein. Es wird eine helle Festnacht sein, weil die Sonne, kaum dass sie verschwunden ist, auch schon wieder aus dem Wasser aufsteigen wird. Und während ihr frühstückt, ein leckeres Omelett aus Pinguineiern esst, wird ein Schiff von Deception Island zu euch kommen.

Es werden die norwegischen Walfänger sein.

»Wir kommen wegen dem Krankenpfleger. Einer unserer Männer hatte einen Unfall.«

»Aber ihr habt doch einen Arzt bei euch?«

»Harald, unser Arzt, hat vor einer Woche die Sachen hingeschmissen und ist nach Norwegen zurück. Seitdem haben wir keinen Arzt mehr.«

»Was ist denn passiert?«

»Der Mann hat sich die Finger von der Hand abgetrennt.«

»Ich komme mit dir mit!«, wird Edna sagen.

Dir wird bewusst werden, dass du es dir nicht aussuchen kannst, ob du gehst oder nicht. Gegen Mittag werdet ihr zu dritt aufbrechen: Edna, Axel und du.

Axel wird auf die Insel am Horizont zeigen, die wie ein ferner, verlorener Punkt aussieht.

»Deception Island, 66° 56' südlicher Breite, 60° 40' westlicher Länge, neunzehn Kilometer Durchmesser von Nord nach Süd, fünfzehn Kilometer von Ost nach West, fünfzig Quadratkilometer Fläche ...«

Der am Horizont erkennbare weiße Punkt wird während der Fahrt Stück für Stück größer werden, bis ihr erneut durch blutige Gedärme fahrt und das Industriegebiet der Norweger erreicht. Trostlos das blutige Wasser, die Fleischfetzen, der Gestank in der Luft.

Der verletzte Walfänger wird im Haus des Geschäftsführers untergebracht sein und Swen Foyn euch willkommen heißen und berichten, dass sie selbst keinen Arzt mehr haben. Den Kranken, der Tarje heißt, wirst du im Bett liegen sehen, mit drei abgetrennten Fingern.

»Tarje, der Arzt ist da!«, werden seine Kumpel sagen.

An den Fingerwurzeln wird sich Wundbrand gebildet haben und die linke Hand zittern wie eine aufgespannte Kröte.

»Das muss amputiert werden ...«, wirst du sagen.

Doch das wissen sie bereits, deshalb haben sie dich geholt.

Sie vertrauen darauf, dass du ein Händchen fürs Amputieren hast, ein Händchen fürs Amputieren einer verfaulenden Hand. Was wirst du jetzt tun, du, der dich nicht einmal traust, ein Stück Bratenfleisch von einem Knochen zu schneiden?

Sag ihnen, dass sie es selbst machen sollen, genauso wie sie sonst die Körper der Wale zerlegen.

»Hier haben Sie das chirurgische Besteck«, wird Swen Foyn zu dir sagen.

Deine Nervosität wird dir die Ausstrahlung eines Chirurgen verleihen:

»Du musst mir helfen, das Chloroform zu verabreichen«, wirst du zu Edna sagen.

Der Eingriff wird sofort vorbereitet. Weil es schwierig ist, in dieser Umgebung aus verdorbenem Tran und fauligem Fleisch Keimfreiheit herzustellen, wirst du besondere Hygienemaßnahmen anordnen. Zu Beginn der Operation wird Tarje bereits bewusstlos sein. Du wirst spüren, wie Edna, mit einem weißen Tuch vor dem Mund, dich beobachtet. Angespannt wirst du die scharfe Säge in die Hand nehmen.

Später wird die entzündete Hand auf einem Tablett liegen, so wie eine von Kindern bei einem grausamen Spiel aufgeblasene Kröte.

Dem Patienten wird es am nächsten Tag gut gehen. Er wird mehr als achtunddreißig Grad Fieber haben, aber du wirst ihm erklären, dass das unter diesen Umständen normal ist, und die Einnahme von Antibiotika anordnen. Obwohl die Wunde sorgfältig gereinigt und verbunden worden ist, wird man an diesem Ort nicht für Keimfreiheit sorgen können.

»Halt sie ruhig«, wirst du Tarje am Abend sagen.

Aber er kann sie nicht ruhig halten, er hat Schmerzen in den Fingerkuppen, in den Fingern, in der ganzen Hand. Bei jeder Bewegung werden die Schmerzen in der fehlenden Hand unerträglicher werden. Die Phantomschmerzen.

Die Sonne wird nicht mehr untergehen, gegen Mitternacht das Meer kaum berühren und sofort wieder aufsteigen. Auch der Mond wird nun neben der Sonne am Himmel stehen, wie Geschwister werden sie aussehen. Es wird dir schwer fallen zu schlafen.

Edna wird sich neben dich an Tarjes Seite setzen. Du wirst einschlafen, im Traum von Edna gerufen zu ihr laufen und, als du erwachst, die beiden neben dir schlafen sehen, Tarje und Edna.

Am vierten Tag wird er fast vierzig Grad Fieber haben und du wirst Angst bekommen. Doch am darauffolgenden Tag wird die Temperatur allmählich wieder sinken.

23
Kälte und Möwen

Mit einem zeitlosen, sorglosen Blick brachte jener Winter mehr Schnee als in den Jahren zuvor.

Normalerweise schmilzt der Schnee an der Küste sofort, aber in jenem Winter blieb er manchmal mehrere Tage liegen, und die Leute hatten Angst, dass das Gewicht des Schnees die Dächer eindrücken könnte.

Wenn es nicht schneite, fror es oft in den sternenklaren Nächten, und wir fanden die Pfützen auf dem Pausenhof in der fahlen Morgendämmerung vereist vor.

Wir sprangen auf den gefrorenen Pfützen herum, die krik krak wie Glas zerbrachen, nahmen die scharfen Eisstücke und lutschten sie.

»Du wirst von den ganzen Bakterien krank.«

»Die Bakterien sterben, wenn das Wasser gefriert und sie nicht mehr herumschwimmen können«, antwortete Tonne.

Die Kälte erwischte, packte, bedrängte uns, aber wir machten weiter: rutschten, schoben, schubsten; mit nassen Füßen, steifen Fingern, glühenden Ohren und vor Kälte tränenden Augen und Nasen, die Dampf ausstießen wie die Nüstern müder Fohlen.

Goio kapselte sich ab, machte weder beim Fußball noch bei anderen Spielen mit. Obwohl wir im Unterricht weiter nebeneinander saßen, redete er fast nicht mehr mit mir.

In der Schule suchten wir Wärme neben dem Ofen. Es war ein Butangas-Gerät, das man vorne zündete und dann glühendrot wurde. Wir stritten darüber, wo der Ofen zu stehen habe, und näherten uns ihm heimlich, um mit Hilfe seiner Hitze wenigstens ein Stück der verlorenen Geborgenheit und Intimität von Zuhause zurückzuerlangen.

Einmal schob ich Goio während des Lateinunterrichts einen Zettel zu. Er saß an diesem Tag an einem anderen Platz, ich erinnere mich nicht genau warum. Ich schrieb:

Mollior cuniculi capillo?

Als würde ich einen Radiergummi, einen Stift oder Spitzer zurückgeben, reichte ich den Zettel Inazito. Der gab ihn Emilio und Emilio wiederum Goio. Sofort erhielt ich die Antwort; auf der Rückseite des von mir geschriebenen Zettels stand:

Nach dem Unterricht hinter dem Pelota-Platz

Zum Unterrichtsende wusste die ganze Klasse Bescheid, alle hatten davon gehört, dass wir am Pelota-Platz kämpfen würden, und so schien es zu spät, Goio zu sagen, dass meine Bemerkung nur ein Scherz gewesen war.

Um Punkt eins verließ Goio den Klassenraum und überquerte mit seinen Büchern unter dem Arm das große Fußballfeld in Richtung Pelota-Platz.

Ihm folgten Inazito, Itoa und Beixama. Mit mir zusammen kamen Emilio und Juanjo, dahinter drei andere und als Letzter, unbeweglich und schwer, Zumalde.

Es war immer noch kalt und jeder stieß beim Atmen eine Dampfwolke aus. Goio war zuerst da. Nachdem er hinter dem Pelota-Platz durch ein Loch im Zaun gestiegen und dort zwischen Gestrüpp und Schutt stehen geblieben war, bildete sich um ihn herum schnell ein Kreis.

Als ich dazustieß und Goio in der Mitte stehen sah, rothaarig, leichenblass, umringt von den Dampfschwaden der anderen, denn dort draußen war es wirklich bitterkalt, blickte ich ihn an, als wollte ich sagen, dass ich zwar keine Angst habe, aber der Kampf sinnlos sei. Goio sagte:

»Traust du dich nicht, allein zu kommen, oder was?«

»Ich habe sie nicht herbestellt«, antwortete ich beleidigt.

»Ich mache den Schiedsrichter«, verkündete Itoa.

Ich legte meine Bücher auf einen Stein, obwohl sie dort nass werden würden, und musste in die Mitte des Kreises treten.

Goio griff mich sofort an, wir schlugen mit der Faust aufeinander ein, manchmal daneben, manchmal trafen wir den anderen voll, bis wir schließlich beide auf den Boden fielen.

Schneller als er kam ich wieder auf die Beine und schlug ihm aufs Auge.

»Gib's ihm«, hörte ich.

Ich hüpfte von links nach rechts, hielt die Fäuste vors Gesicht, wie ich es im Fernsehen gesehen hatte, und runzelte die Stirn, weil ich gehört hatte, dass die Schläge so weniger schmerzen würden. Dann schlug ich mit rechts zu. Goio drehte seinen Kopf ein wenig zur Seite, und der Schlag traf ihn neben dem Ohr.

»Cassius Clay«, hörte ich.

Goio umklammerte mich, und ich fiel aus dem Kreis der Freunde heraus nach hinten, zwischen Brennnesseln und Schutt. Während ich mit schmerzendem Rücken am Boden lag, kniete sich Goio auf mich und schlug, aufgehetzt von den Blicken der anderen, mit der Faust auf mich ein.

Mit aller Kraft warf ich ihn durch eine Körperdrehung ab und bekam ihn mit dem Gesicht nach unten zu fassen. Ich setzte mich auf seinen Rücken, drückte einen Arm mit dem Knie nach unten, griff mit beiden Händen in seine roten Haare hinein und presste seinen Kopf zu Boden.

Der Kreis der uns anfeuernden Freunde stand nun fast direkt über uns.

Als Goio eine Hand zum Gesicht führte, packte ich seinen Arm und drückte ihn auf den Rücken.

»Ahhh ...«, Goio stöhnte, sein Gesicht war blutig und verschwitzt, bei jedem Atemzug stieß er eine weiße Wolke aus.

»Willst du mehr?«

»Nein«, sagte er.

»Du gibst also auf? Sag es dreimal.«

Weil er schwieg, nahm ich seinen Kopf an den Haaren und presste sein Gesicht noch einmal in die Brennnesseln und den Schutt.

»Es reicht!«, sagte Goio.

»Dann sag, dass du dir den Mund in der Wohnung der Französischlehrerin geschminkt hast, weil du schwul bist.«

Er war im Schwitzkasten und hatte keine Kraft mehr. Trotzdem sagte er nichts.

»Penner!«, sagte ich, wie ich es von meinen Freunden in Kalaportu gelernt hatte.

Ich ließ von ihm ab und sah, während ich ein Taschentuch aus der Hose zog, wie er sich umdrehte und aufstand. Seine Lippen waren dreckig und voller Spucke, von den Augenbrauen lief über die Schläfen ein Blutfaden zum Hals hinunter.

Er nahm seine Bücher und ging.

Die anderen standen um mich herum und gaben dumme Erklärungen und Meinungen ab, als wollten sie den Kampf weiter anheizen.

»Du hast ihn zu Kleinholz gemacht, Mann!«

Ich ging ein paar Schritte zur Seite und pinkelte an die alte Mauer des Pelota-Platzes. Die Spritzer fielen mir dampfend auf die Schuhe.

Ich flüchtete vor den anderen, immer noch außer Atem, während ich die Herzschläge im ganzen Körper pochen spürte. Mir war zum Heulen zumute.

Ich machte einen Bogen um die Kantine und stieg zum Schlafsaal hinauf. Auf der Treppe begegnete mir Agustin.

»Du blutest aus der Nase«, sagte er.

Außer der Nase taten mir auch noch der Rücken und alle Knochen weh, meine Hose war schmutzig, das Hemd zerrissen.

Eine Stunde später hatten wir wieder Unterricht. Ich musste mich waschen und umziehen.

In der ersten Stunde am Nachmittag saß Goio neben mir. Reglos über den Tisch gebeugt, die Hand aufs Gesicht gelegt, das Handgelenk auf der Höhe der geschwollenen Lippen, versuchte er unbemerkt zu bleiben. Als der Unterricht begann, *die geschätzten vasconischen Provinzen,* wurden Blicke ausgetauscht, doch das Gemurmel verstummte, und wir hörten den Erläuterungen von Clemente Lopez fügsamer zu als je zuvor.

Wahrscheinlich wurde er auf uns aufmerksam, weil es im Klassenzimmer ungewöhnlich still war:

»Wir haben heute also zwei Kriegsverletzte unter uns«, sagte er.

Einige begannen zu kichern.

»Was ist dir passiert?«, fragte er Goio.

»Ich bin hingefallen.«

»Und wo bist du hingefallen, wenn man fragen darf?«

»Am Großen Felsen draußen, gleich nach dem Essen.«

»Und warum bist du zum Felsen gegangen, wenn man fragen darf? Wolltest du das Meer betrachten oder dich hinunterstürzen?«

»Das Meer betrachten.«

»Ach ja, das Meer betrachten. Das Meer hat ja auch so viel, was sich anzuschauen lohnt.«

Die Muskeln von Clemente Lopez sahen an diesem Nachmittag beeindruckender aus als je zuvor.

»Und du, Antonio, bist du auch vom Felsen gefallen oder hast du nach dem Mittagessen eine Runde mit Cassius Clay trainiert?«

»Ich bin die Treppe runtergefallen.«

»Aber so weit ich informiert bin, gibt es in der Schule keine Treppe, auf der man sich so viele blaue Flecken holen kann. Selbst dann nicht, wenn man sie von oben nach unten herunterfällt.«

Er blickte aus dem Fenster und fuhr fort:

»Ihr beide werdet nach dem Unterricht hier bleiben.«

Ich dachte, dass er uns zum Rektor schicken und dieser uns erneut befragen und dann bestrafen würde.

Nach der Stunde blieben wir am Tisch sitzen. Clemente Lopez sortierte den auf dem Lehrerpult liegenden Papierstapel, legte ein Blatt nach oben, ein zweites nach unten, schob ein drittes in den Stapel hinein.

Unerwartet hob er den Kopf und sagte, über seine Brille hinwegblickend:

»Geht heim!«

Ohne aufzublicken schritten wir zur Tür, begannen im leeren Gang zu rennen und liefen gemeinsam davon.

Goio hatte mir gegenüber einen Vorteil, er war kein Internatsschüler. Er ging nach Hause, zog sich, bevor die Mutter kam, die Regenjacke an und brach zum Möwenfelsen auf.

Auf dem Weg traf er auf Hamaika, der Alte hatte eine grüne Rumflasche neben sich stehen, und Goio setzte sich zu ihm, den Blick auf die Werft gerichtet.

»Aus welchem Krieg bist du denn heimgekehrt?«, fragte Hamaika.

Goio schwieg.

»Wegen einer Frau?«, sagte Hamaika.

»Woher weißt du das?«, fragte Goio.

»Die Frauen von der Küste!«, sagte Hamaika.

»Was ist mit den Frauen von der Küste?«

»Sie sind aus Sand!«, sagte Hamaika lachend. »Aber trotzdem sind sie manchmal das Schönste, was es gibt!«

Es begann zu dämmern, und der Vollmond, der an einen Teller Milch erinnerte, warf sein Licht herab. Hamaika führte die Flasche zum Mund, um festzustellen, dass sie leer war.

»Du wohnst bei Klara, oder?«, fragte Goio.

»Im Leben eines Mannes gibt es zwei Frauen: eine, die dir das Leben geschenkt hat, und eine, die es dir wieder nimmt.«

Und dann begann er, Klara zu verfluchen.

»Diese Frau knöpft selbst den Mäusen noch Miete ab!«

Mit den Augen eines toten Fisches blickte er in die grünstichige Flasche, starrte lange auf die von Mondlicht durchschnittene leere grüne Flasche.

»Ich gehe zu Felipe«, sagte er schließlich.

Torkelnd und zitternd verschwand er in der Dunkelheit.

»Mann!«, sagte er. »Diese Kälte ist wie ein Hundepimmel! Wenn die erst mal in einem drin steckt, geht sie so schnell nicht wieder raus.«

Goio ging weiter zum Möwenfelsen. Bevor er das krängende Schiff erreichte, fand er eine Möwe auf dem Boden. Sie war verletzt, krank oder zu alt, auf jeden Fall fast schon tot, denn Vögel sterben nicht dann, wenn sie aufhören zu atmen, sondern wenn sie den Willen zum Fliegen verlieren. Die Möwe saß zwischen den Felsen und hatte keine Kraft mehr, sich zu bewegen.

Der Wind war kalt, Goio brachte die Möwe ins Schiffsinnere.

Juan Bautista, Goio und die Jungs aus Kalaportu wussten gut über Möwen Bescheid, besonders über Küken. Sie hatten mehr als ein aus dem Nest gefallenes Tier in Pflege genommen und gerettet. Das erste Gefieder der Küken zerstäubte wie eine Löwenzahnblüte, weil ihnen so schneller Federn wuchsen.

Wie schön sie einen anblickten mit ihren schwarzen, runden Augen!

»Die Vögel haben ihre Augen dort, wo wir unsere Ohren haben«, sagte Goio einmal zu mir.

»Und wo sind ihre Ohren?«

»Ich weiß nicht, vielleicht unter ihren Flügeln.«

Alle bekamen Namen: Dreckfuß, Hongkong, Grauvogel, Peter Langschläfer, schwarzer Witwer ...

Wenn ein Vogel fliegen gelernt hatte und allein überleben konnte, ließen die Jungs ihn frei. Am Anfang vertraute er seinen Flügeln noch nicht so recht, streckte sie aus, aber wagte sich nicht in die Luft. Breitete die Flügel nur aus, um sie resigniert wieder an den Körper anzulegen. Dann versuchte er es noch einmal und verharrte kurz, als würde er zögern. Aber wenn er sich schließlich doch in die Luft erhoben hatte, sah man ihn mit weit ausgebreiteten Flügeln überrascht am Himmel kreisen.

24

Mapping

Am nächsten Tag wirst du ein Donnern hören und nach draußen an die Reling laufen. Ein langer weißer Streifen wird zu sehen sein, der Eiskontinent im Südosten weiß schimmern. Die gigantische Eiswand wird dich an das Felsmassiv von Urbasa erinnern und aus den Tiefen deiner Erinnerung das Bild der riesigen Felsstufe aufsteigen, die man auf dem Weg von Vitoria nach Pamplona sieht.

Das Schiff wird die Küste entlangfahren, und jedes Mal, wenn die Eisblöcke ins Meer stürzen, ein Kanonendonnern zu hören sein – wie eine Warnung an denjenigen, der dem Eis zu nahe zu kommen wagt.

Noch bevor euch der Donner erdröhnt, siehst du die Eisbrocken aus der Wand herausbrechen, ins Wasser fallen und Wellen sich ausbreiten. Wenn euch die Wellenstöße erreichen, wird das Boot zu schaukeln beginnen.

Es wird Südwestwind wehen, die Sonne strahlend scheinen, das Meer friedlich daliegen. Nur zwei Farben wird es geben, die von Wasser und die von Schnee, Blau und Weiß. Beide Farben werden jedoch unbeschreibliche Mischungen und Töne hervorbringen. Das Sonnenlicht wird auf dem Eis Effekte auslösen, manche Eisklötze werden im grünen Wasser violett aussehen, andere rötlich leuchten, als befände sich eine Lichtquelle in ihrem Inneren.

Riesige Eisblöcke werden hier und dort auftauchen, die eisigen Wächter des Kontinents immer zahlreicher werden. Einige von ihnen werden wie gespensterhafte Pilger zu fernen Zielen aufbrechen. Nie werden sie verharren, selbst bei ruhiger See hin-

und hertreiben, je nach Wind und Strömung ganz plötzlich ihre Geschwindigkeit ändern.

Das Schiff wird langsam fahren, um den Eisbergen ausweichen zu können.

»Wenn aus einem Eisberg ein großes Stück herausbricht, kann sich das Gravitationszentrum ändern und der Eisberg kippen …«, wird Axel erklären.

Während des sich lang hinziehenden Abends werden sich Nebelbänke bilden, die das Meer und die flachen Inseln verhüllen und nur noch die Berggipfel herausragen lassen. Doch bald schon wird der Dunst sich verziehen und den Blick auf den Horizont frei geben. Es wird unfassbar schön sein.

»Häuser aus Zucker«, wird Edna sagen.

Sie werden den Herrenhäusern des Deep South ähneln. Große, aristokratische Villen, manche prunkvoller, andere bescheidener, aber alle eiskalt.

Selbst wenn die Blöcke zuckersüß wären, könnte man die Schroffheit und Kälte des Ortes nicht ignorieren.

Ein anderer Eisblock wird, die Mimese fortführend, wie eine riesige weiße Glocke aussehen, die still auf dem Wasser treibt. Vielleicht wird, so denkst du, ihr Glockenschlag in der Tiefe des Meeres ertönen.

Und dann die menschenähnlichen Eisberge. Schau dir den an, der wie ein Körper aussieht: Er wird blau angelaufen sein, gebeugt, vom Alter gezeichnet. Der Greis wird schreckliche Löcher im Rumpf haben, der Wind ihm von hinten durch die Brust pfeifen. Langsam wird er davonziehen, mit seinem todgeweihten Schnaufen.

Axel wird sich mit seinem nautischen Instrument neben dich stellen:

»Vierundsiebzig Meter«, wird er die Höhe des Eiskörpers beziffern.

Schau dir den anderen an, den riesigen Kopf, der wie ein mit geschlossenen Augen aufrecht schlafender Riese aussieht. Als ihr ihn betrachtet, wird plötzlich das, was seine Stirn war, herausbrechen, mit einem fürchterlichen Krachen ins Meer stürzen und gewaltige Wellen auslösen. Und auch der Kopf wird aus dem Gleichgewicht geraten und zu schwanken beginnen. Die beiden großen Eisblöcke werden auf- und absteigen, als hüpften sie mit den Füßen auf dem Meeresgrund, und immer neue mächtige Wellen werden die *Iron Will* hin- und herwerfen und durchschütteln.

Allmählich werden die Wellen schwächer werden, schließlich ganz verebben, und der Kopf des Riesen wird in seinen Zustand wortloser Gelassenheit zurückkehren. Der Eisblock neben ihm könnte der Kopf eines kleineren Riesen sein.

»Wenn sie ihr Gleichgewicht verlieren, kann es passieren, dass sie kippen…«, wirst du erneut hören.

Dir wird klar werden, dass es gefährlich ist, dicht an den Eisriesen vorbeizufahren, weil sie unerwartet drehen können; wie ein Kind, das lange fröstelnd im Meer war und schließlich zu schwimmen beschließt.

Später werdet ihr auf einen Eisberg in Form eines Torbogens treffen.

»Der *Arc de Triomphe* von Paris«, wird der Nostromo sagen.

Ihr werdet euch alle an der Reling versammeln, um das Naturschauspiel zu betrachten.

»Wir werden hindurchfahren«, wird der Nostromo rufen.

Du wirst denken, dass er Witze macht. Aber es ist kein Witz, und kurz darauf wird der Nostromo mit dem Steuermann den Kurs besprechen. Schließlich wird der Nostromo das Steuer selbst übernehmen. Euer Schiff wird durch den Triumphbogen aus Eis hindurchgleiten, und das Manöver, wenn auch unnötig, so doch schrecklich schön sein.

Das Schiff wird langsam weiterfahren, den Bug leicht am Wind, und immer mehr Eisbergen ausweichen müssen. Das Wasser wird voller Packeis sein, mit großen und kleinen Eisstücken, die für das Schiff eine ständige Gefahr darstellen, selbst dann, wenn ihr die Motoren stoppen würdet. Die Sonne wird nicht untergehen, und du wirst auch mit Uhr nicht wissen, ob Tag oder Nacht ist. Deine Augen werden vom Wind und der Kälte salzig werden.

Im Süden wird sich der Himmel verdunkeln und eine graue Farbe annehmen, ein starker Wind aus Südosten wird aufkommen, der das Meer jedoch nicht aufwühlt. Dann wird es zu schneien beginnen, sanft und ohne Unterlass. Ihr werdet keine Sicht mehr haben, nur noch einige Meter weit schauen können.

»Stoppt die Maschinen!«, wird der Nostromo befehlen.

An Weiterfahrt ist nicht zu denken, weil ihr, ohne Sicht manövrierend, jederzeit kollidieren könntet. Während ihr mit gestoppten Maschinen auf dem Wasser treibt, wird von Steuerbord ein Eisberg auf euch zutreiben. Ihr werdet ihn bemerken, als das Schiff schon fast mit ihm zusammenstößt. Einen anderen, der sich von hinten dem Heck nähert, werdet ihr erst entdecken, als er gegen die Schiffswand kracht.

Du wirst Wache schieben müssen, an der Reling stehen und auf den Schnee blicken. Beim Anblick der auf das ruhige, schwarze Wasser fallenden Flocken wird dir schwindlig werden.

»Es ist, als würden wir in einem Ballon fliegen«, wird Edna hinter dir sagen.

Als würdet ihr aufsteigen und das Meer und das Eis unter euch in der Dunkelheit versinken sehen. Du wirst einen Schwächeanfall haben und dich bei Edna abstützen.

Erst in der Kabine wirst du, während Edna dir einen heißen Tee macht, wieder zu Kräften kommen.

Das Wetter wird besser werden, Packeis sich wie Bauschutt um das Schiff herum auftürmen. Auch Eisberge werden vorbeitreiben, aber vor allem wird das Wasser voll mit kleinen Eisstücken sein. Ihr werdet den Motor starten, und das Schiff wird sich krack krack krack in Bewegung setzen.

Einer von euch wird am Bug stehen und dem Steuermann zurufen:

»Mehr Fahrt!«

Und ihr werdet Fahrt aufnehmen.

»Abdrehen!«, und ihr werdet langsam backbord steuern.

Die Kollisionen werden häufiger werden. Mit Stangen und Latten werdet ihr versuchen, das Eis aus dem Weg zu räumen, kleine Schollen wegzuschieben, das Schiff auf Abstand zu den Eisbergen zu halten.

»Volle Kraft zurück!«

Unzählige Vögel werden durch die Luft fliegen, Möwen und Sturmvögel, die über euren Köpfen kreisen und im Sturzflug herabstoßen, wenn etwas über Bord geworfen wird.

Sonnenhungrige Robben werden auf den Eisschollen liegen und ihre ungewöhnliche Physiognomie zur Schau stellen: ihre glänzenden Glatzen, ihre großen, freundlichen Augen, ihre langen Schnurrbärte, die schweren, sauberen Körper.

Axel wird eine Stange, an deren Spitze ein Thermometer angebracht ist, ins Wasser halten. Plötzlich wird es einen Ruck geben, das Thermometer nach unten gezogen werden.

»Eine Robbe will mein Thermometer klauen!«, wird er rufen.

Du wirst ihm helfen, die Stange heraufzuziehen, und ein Robbenmaul wird an der Wasseroberfläche erscheinen, das Thermometer fest zwischen den Zähnen. Die Robbe wird nicht loslassen, bis ihr ganzer Körper in der Luft hängt.

Später werden sie Axel damit aufziehen:

»Die arme Robbe, die wollte doch nur ihre Temperatur messen. Du hast wirklich kein Herz für Tiere.«

Trotz der Hindernisse wird das weiße Schiff seine Fahrt fortsetzen, traurig und träge dahingleiten. Die Wassertemperatur wird zwei Grad betragen – unter Null.

»War die Antarktis jemals von Menschen bewohnt?«, wird einer fragen.

Die Frage wird eine Diskussion auslösen. Argumente dafür und dagegen, spiralförmige Erläuterungen werden vorgetragen werden.

»Früher gab es einen einzigen Urkontinent«, wird Axel erklären. »Diese Theorie stützt sich auf die Form der Kontinente. Wenn man beispielsweise Afrika und Amerika aneinanderlegt, schließt Äquatorialafrika an die Antillen an, und die Landzunge von Brasilien passt genau in den Golf von Guinea. Außerdem muss man berücksichtigen, dass die Kontinente sich jährlich einige Zentimeter voneinander entfernen.

»Und wo befand sich die Antarktis zu jener Zeit?«

Während ihr an Backbord steht, wird Axel mit dem Zeigefinger in die graue Weite deuten:

»Die Antarktis war wahrscheinlich dort, wo sich heute der Indische Ozean befindet.«

»Aber es gibt keine Beweise dafür.«

»Es gibt Kohlevorkommen, und Kohle ist ein Überbleibsel pflanzlichen Lebens. In Schiefertafeln hat man Fossilien großer Farnbäume gefunden. Die Gegend hier war irgendwann einmal grün und subtropisch.«

»Und von wann sind diese Fossilien?«

»Aus einer Zeit, lang bevor es Hominiden gab, noch bevor die Dinosaurier die Erde beherrschten.«

Die Diskussion wird weitergehen, denn das wird eine eurer Hauptbeschäftigungen sein: diskutieren. Viele Streitfragen wird die Oxford-Enzyklopädie beantworten können, andere werden euch tagelang belästigen, wie Pferdebremsen um euch herumschwirren. Und schließlich wird es auch unversöhnliche Streithälse geben, die sich jeder Lösung widersetzen und nach den Diskussionen in Schweigen verfallen, als wären sie zwei unvereinbare geometrische Körper – der eine ein Würfel, der andere ein Kegel.

Ruhige See, die Wellen aus Westen. Im Südosten wird sich am

Horizont eine schneeweiße Terrasse erstrecken, ihre Gipfel in Nebel gehüllt.

»Das Ende der Welt«, wird Edna sagen und auf die Sonne deuten, die sich im Dunst am Himmel gespiegelt vervielfacht.

»Welche ist die echte?«, wirst du im Scherz fragen.

Sechs Sonnen, sechs Sandkreise wie in Dantes *Inferno*.

»Ich dachte, das wäre der Mond«, wirst du frotzelnd sagen.

Dann wird es zu schneien beginnen. Du wirst in die Kabine hinabsteigen, um Kormorane zu zeichnen.

Auf einmal wirst du ein lautes Donnern hören. Du wirst aufs Deck rennen und gerade noch beobachten können, wie ein großer, fast zweihundert Meter hoher Eisberg zerbricht und kippt. Eine wandernde Wand aus Wasser wird aufsteigen, als hätte es eine Unterwasserexplosion gegeben, schwere Wellen und Strudel werden entstehen, und die Wasseroberfläche wird von Eistrümmern verschiedener Größe und Form übersät sein. Nach und nach wird der Eiskoloss zu seinem Gleichgewicht zurückfinden.

Das Schiff wird im aufgewühlten Meer rollen und stampfen. Als ihr denkt, dass das Spektakel vorbei ist, wird aus dem Eisberg ein weiteres Drittel herausbrechen.

Vorsichtig wird der Steuermann das Schiff aus dem Labyrinth herausmanövrieren, und schweigend werdet ihr das Schauspiel aus größerer Entfernung weiterverfolgen.

»Ein instabiles Gleichgewicht«, wird einer sagen.

»Ein stabiles Ungleichgewicht«, wird ein anderer antworten.

Axel wird den Sonnenstand messen. Die Temperatur, die um Mitternacht minus sechs Grad betrug, wird nun gegen Mittag bei plus sechs Grad liegen. Ihr werdet die Meerestiefe ausloten, sie wird fünfundsiebzig Meter betragen und der Meeresgrund steinig sein.

Ihr werdet Steinproben nehmen, einen Haufen kleiner Steine und Tierarten einsammeln.

»Willst du einen?«, wird dich Axel fragen.

Du wirst einen flachen schwarzen Stein nehmen.

Ihr werdet Wind aus Nordost haben. Er wird heulen, als würden eine Menge Leute mit Hasenscharte alle gleichzeitig aus Nordostrichtung blasen.

Große Eismassen werden sich vom weißen Panzer des Kontinents lösen und aufs Meer hinaustreiben. Davor werden Eisberge zu sehen sein, aneinandergereiht wie riesige, den Einlass versperrende Torwärter oder wie ein weißer Zug aus sechzehn, siebzehn Waggons.

»Steuerbord!«, wird der Nostromo befehlen, weil er befürchtet, dass der Gespensterzug sich in Bewegung setzen könnte.

Die Nacht wird klar sein. In der Ferne werdet ihr zwei in Richtung Süden schwimmende Wale entdecken.

Axel Fountain wird dich in seine Kabine einladen, und du wirst die große Antarktiskarte an der Wand betrachten.

»Im Allgemeinen ist die Antarktis auf dem unteren Teil der Weltkarten eingezeichnet und in weißer Farbe dargestellt. Aber auf den Karten ist in der Regel die Eisdecke, nicht der Kontinent abgebildet. Man ging lange Zeit davon aus, dass die Eisschicht das Festland bedeckt und mit der Form des Kontinents übereinstimmt, also nichts weiter als eine dünne Eisschicht auf dem Festland ist. Doch dieser Eispanzer ist alles andere als dünn …«

Axel wird Tee zubereiten.

»Wir wissen weniger über die Topografie der Antarktis als über die des Mondes …«

Du wirst fragen:

»Sind Landkarten objektiv?«

»Der Kartograf, der eine Landkarte erstellt, ist subjektiv. Objektiv sind nur Objekte. Was meinst du mit dem Begriff ›objektiv‹?«

»Ob man eine wahrheitsgetreue Landkarte herstellen kann.«

»Wahrheitsgetreu?«, wird Axel fragen. »Landkarten sind immer objektiv und subjektiv zugleich. In der Geschichte der westlichen Kartografie hat es eine sukzessive Entwicklung von den imaginativen Karten der Antike zu den vermeintlich exakten Karten der Neuzeit gegeben. Beatus von Liebana verwendete Reiseberichte und religiöse Texte als Grundlage für seine Karten, mit denen er seinen *Kommentar der Apokalypse* illustrierte. Das Paradies siedelte er im Nordwesten an, außerdem zeichnete er neben Europa, Asien und Afrika eine Terra Incognita ein, weil die Apostel in alle vier Himmelsrichtungen ausgesandt worden waren. Heute hat ein Kartograf Satellitenbilder mit neununddreißig Millionen Pixel zur Verfügung, aber diese Informationen verwendet er natürlich auch nur gemäß seiner Vorstellungen ...«

Er wird dir erklären, dass die Karten des neunzehnten Jahrhunderts ausgesprochen eurozentristisch waren und die wirtschaftlichen, politischen und wissenschaftlichen Interessen der europäischen Kolonialmächte widerspiegelten. Dass sie bestimmte Eigenschaften hatten: Der Norden war immer oben, der Süden unten, der Nullmeridian verlief durch Greenwich, und Europa war der Mittelpunkt der Welt. Und dass diese Festlegungen später zu Regeln wurden, das Bewusstsein für die Willkürlichkeit dieser Regeln verloren ging und andere Landkarten geringschätzig behandelt wurden, weil man sie für primitiv und subjektiv hielt.

Axel wird eine große Mappe öffnen und mehrere Karten hervorholen. *Mapping* wirst du auf dem Umschlag lesen.

»Das ist die Karte des *Geosphere Project*, die in Santa Monica und Pasadena erstellt wird. Sie basiert auf den Neununddreißig-Millionen-Pixel-Bildern, die der Satellit Ptolemäus liefert. Sie ist also offensichtlich von einem objektiven elektronischen Auge gemacht worden. Und trotzdem, achte mal auf ihre ideologischen Festlegungen: Der Norden ist oben, der Atlantik liegt im Zentrum der Karte. Und es gibt noch andere Manipulationen: Sie haben die Wolken entfernt, obwohl jemand, der die Erde aus der Ferne betrachtet, sie großteils von Wolken bedeckt sehen wird und Wolken ein Merkmal der Erde sind. Das heißt, die Wissenschaftler aus Santa Monica und Pasadena haben Pixel für Pixel die Spuren der Wolken entfernt. Außerdem haben sie die Flüsse nachgezeichnet, siehst du? Und sie haben die Karte koloriert, so wie es Kinder in der ersten Klasse lernen: grün, um bewachsene Flächen lebendiger zu machen, weiß, damit der Schnee mehr wie Schnee aussieht. Sie haben falsche Farben verwendet, und zwar paradoxerweise, um die Karte realistischer erscheinen zu lassen.«

Dann wird er dir eine andere Karte zeigen, die mit den Informationen des Seasat-4-Satelliten in Pasadena erstellt wurde. Auf dieser Karte ist die Landmasse nicht berücksichtigt und das Meer entsprechend der mit Hilfe von Schwerkraftmessungen ermittelten Meerestiefe in verschiedenen Farben abgebildet. Er wird dir auch eine dunkle Karte zeigen:

»Die hat Joseph Stonehead an der Universität von San Francisco gemacht. Sie basiert ebenfalls auf Satellitenbildern, die allerdings bei Nacht aufgenommen wurden. Der ganze Planet liegt im Dunkeln, nur die Lichter der Städte sind zu erkennen. Was hältst du davon?«

Die Abbildung wird fast vollständig schwarz sein, nur einige weiße Punkte aufweisen. Die Kontinente werden nicht hervorgehoben sein, doch die weißen Punkte, die Lichter der Städte, werden durch ihre ungleiche Verteilung das gewohnte Bild der Welt erahnen lassen.

»Die Erde bei Nacht, nicht wahr?«

»Ja, aber es wurde etwas nachgeholfen, denn auf der Erde ist nie überall gleichzeitig Nacht ...«

Es wird drei Uhr morgens sein, das Licht der Morgenröte in die Kabine fallen.

»Und was für eine Art Karte wirst du nach unserer Rückkehr erstellen?«

»Auf meiner Karte wird der Süden oben und der Osten links sein …«

Ihr werdet grinsen, zurück an Deck gehen und die auf den Eisschollen schlafenden Robben ansehen, schwarz, ölig schimmernd, hell gefleckt. Auch als sich ihnen das Schiff nähert, werden sie nicht unruhig. Erst als der Lärm immer lauter wird, werden sie blinzeln, als wollten sie euch zuzwinkern, kein bisschen Furcht oder Verwunderung zeigen und sich dann wieder schlafen legen.

Der Südwind wird Eisbrocken auf euch zutreiben und ihr werdet versuchen, das Schiff mit Stangen zu schützen.

Vom schmelzenden Schelfeis wird immer wieder lautes Donnern herüberdringen, als würde nicht weit von euch entfernt eine Schlacht toben.

Der Wind wird stärker werden und die Bucht mit Nebel füllen. Das Barometer wird fallen und im Südwesten eine tiefschwarze Gewitterfront aufziehen. Im Nordosten wird der Himmel heller sein, doch die Luft wird wie Stahl aussehen.

Das Schiff wird sich der Eisgrenze nähern – eine Furcht einflößende weiße Wand, senkrecht und unüberwindbar. Ihr werdet euch einen besseren Ort suchen müssen und auf der Suche nach einem Anleger nach Südosten weiterfahren.

Du wirst in die Kabine gehen und damit beginnen, eine Landkarte zu entwerfen. Skizziere eine subjektive Weltkarte. Die Antarktis wirst du in die Mitte legen und, wenn du willst, den kleinen Wurm Kuba, die Kapverdischen Inseln und ganz Afrika größer machen. Auch Europa wirst du einzeichnen, aber die Westgrenze des Kontinents wird von Belgien Richtung Schweiz und Italien verlaufen. Frankreich und Spanien werden im Wasser versinken, und in Südwesteuropa wird es zwei Inseln geben, das um Galizien erweiterte Portugal und das Baskenland.

Nach diesem kleinen Racheakt wirst du den Entwurf in der Koje zurücklassen und wieder an Deck gehen. Mittlerweile wird endgültig schlechtes Wetter aufgezogen sein, ein starker Wind aus Nordost wehen, Schneefall und Hagel werden eingesetzt haben. Trotzdem wirst du an der Reling stehen und die Eiskristalle im Gesicht stechen spüren.

Und dann, als du vor dich auf den Boden schaust, wirst du eine Ratte entdecken, die unentschlossen vor deinen Stiefeln vom Bug Richtung Heck läuft.

25
Waffen und ein Heft

Überrascht war auch Goio – über die Wut der Mutter.

»So etwas hat es bei uns noch nie gegeben«, sagte sie aufgebracht.

Sie war wütend, weil sie sich in der Schule geschämt hatte. Pater Solana und der Rektor hatten die Mutter und Goio für sieben Uhr vorgeladen, doch als der Junge nicht auftauchte, war die Mutter alleine gegangen.

»Wo hast du dich rumgetrieben? Ich habe dich überall gesucht!«

Sie hatten der Mutter mitgeteilt, dass sie Goio beim nächsten Versäumnis von der Schule werfen würden.

»Ich hab nichts Schlechtes getan«, sagte Goio nur.

»Nichts Schlechtes? So viel Ärger wie noch nie hast du gemacht.«

Der Rektor hatte der Mutter die Liste seiner Vergehen vorgelesen. Dass er Karikaturen von Lehrern gezeichnet habe, es Gerüchte über Beziehungen zu Mädchen gebe, er sich im Schulhof geprügelt habe …

»Wir müssen die Miete bezahlen. Glaub nicht, dass die Schule kostenlos ist.«

Goio drehte der Mutter den Rücken zu und blickte stumm zum Fenster hinaus.

Auch der Mutter fehlten die Worte und sie begann zu weinen.

Sie hatte Recht, die Miete und die Schule mussten monatlich bezahlt werden. Und in Goios Sparbüchse herrschte immer Ebbe, weil er das kleine dicke Schwein fast täglich geschickt durch den Schlitz im Rücken entleerte.

An diesem Abend wusste Goio, was ihn am nächsten Morgen in der Schule erwartete.

Ich hingegen wachte ahnungslos auf. Morgens um acht, als wir ins Klassenzimmer kamen, rief Pater Solana erst Goio und dann auch mich zu sich und teilte uns mit, dass der Rektor mit uns sprechen wolle.

Wir gingen Seite an Seite, ohne ein Wort miteinander zu wechseln.

Vor dem Rektorat blieben wir auf dem Flur stehen, ohne anzuklopfen. Durch die angelehnte Tür drang die Stimme des Rektors: »Herein!« Wir sahen seinen polierten Marmorschädel: »Setzen!«

Er hob den Kopf, hielt uns einen Zettel vor die Nase und betonte den Ernst der Situation:

»Habt ihr diese Zeichnung eines Lehrers aufgehängt?«

Als uns der Rektor die Zeichnung zeigte, schwiegen wir: ein stolzer Mann, der seine wohltrainierten Muskeln zur Schau stellt.

»Es handelt sich um ein Vergehen politischer Dimension, das euch«, so sagte der Rektor, »wenn es vor einem Gericht verhandelt würde, ins Gefängnis bringen könnte.«

Anschließend las er aus einem kleinen Notizheft eine Auflistung meiner Ausbrüche vor, während ich mich an die Nacht erinnerte, in der ich die Treppe hinaufgerannt und quietsch quietsch über den gebohnerten Flur laufend, von Pater Solana überrascht worden war. Ich dachte an den sich im Fenster spiegelnden Vollmond und alle möglichen anderen Details. Am 5. Oktober um fünf vor zehn, am 13. Oktober um zehn, am 23. Oktober um zehn vor elf, am 3. November um zwanzig nach elf…

Plötzlich unterbrach er seine chronologische Aufzählung, blickte Goio an, »ein noch viel schwerwiegenderes Thema«, und ging Goios Besuche im Haus der Französischlehrerin durch.

»Das heißt, wir sind über alles informiert«, sagte Pater Schlaumeier neugierig.

Goio sah bleich aus unter seinem roten Schopf, wie ein durch den Redefluss des Rektors leicht bewegtes Eisstück.

Der Schulleiter sagte, dass wir beide noch jung seien und mit der Zeit auf den rechten Weg zurückkehren würden. Dass er uns zumindest eine Chance zur Besserung geben würde. Und dann sprach er von Beichte und Läuterung.

»Hat dich die Französischlehrerin verführt?«, fragte er.

»Sie hat mir Nachhilfe gegeben, weil ich im Unterricht nicht mitkam, sonst nichts.«

»Bist du dir sicher?«

»Ja«, sagte Goio.

»Du kannst gehen«, sagte er zu Goio.

»Warum hast du mit ihm gekämpft?«, fragte mich der Rektor, als wir allein waren.

»Weil er ein Egoist ist«, sagte ich.

»Ein Egoist?«, fragte der Rektor. »Was meinst du damit?«

»Beim Fußball will Goio immer alles allein machen, anstatt den Ball an andere abzugeben, die besser stehen als er.«

»Hm, hm«, machte der Rektor, als räuspere er sich. »Ich werde dir helfen, dich zu erinnern. Goio ist an einem Tag mit rot geschminkten Lippen in den Unterricht gekommen.«

»Geschminkt? Was meinen Sie mit geschminkt?«, erwiderte ich.

Er sagte, dass es hier nicht einfach um einen Jungenstreich gehe, sondern der Ruf der gesamten Schule auf dem Spiel stehe.

Er drückte mir ein weißes Blatt in die Hand, das genauso aussah wie jenes, auf dem ich beidseitig hatte erklären müssen, mit wem und warum ich aus der Schule ausgerissen war, ein Mathematikblatt, ohne Angaben, blütenweiß.

»Deine Eltern werden kein Verständnis dafür haben, wenn du es mir nicht erklärst.«

Und dann fügte er hinzu, als erteile er mir die Erlaubnis zu gehen: »Wenn wir keine Bereitschaft zur Zusammenarbeit erkennen können, werden wir uns gezwungen sehen, auch gegen dich ein Dossier anzulegen.«

Ich verließ den Raum mit einem Gefühl von Freiheit.

Als ich das Klassenzimmer betrat, hatte der Erdkundeunterricht längst angefangen. Inazito stand mit Don Patricio neben dem Globus auf dem Podest.

»Die Längengrade sind die Kreise, die durch die Erdpole laufen«, erklärte Don Patricio. »Die Breitengrade sind Ringe auf der Erdoberfläche, die parallel zum Äquator liegen.«

Ich setzte mich neben Goio und holte, bevor ich etwas sagte, zuerst meine verklecksten Hefte, meinen Radiergummi und meine Stifte heraus.

»Wir müssen miteinander reden«, flüsterte ich Goio zu.

»Was?«

»Ich glaube, sie wollen Ariane von der Schule schmeißen.«

»Ja«, sagte Goio kurz angebunden.

»Die von den Geografen entwickelten Längen- und Breitengrade bilden ein Netz um die Erde«, sagte Don Patricio und zeigte auf Inazito. »Aber warum?«

Inazito setzte den Globus in Bewegung, wie es Don Patricio immer tat, und antwortete:

»Die Längen- und Breitengrade fangen die Erde in einem Netz ein, um sie ein bisschen festzuhalten. Das heißt, damit sie nicht entwischt.«

»Nimmst du mich auf den Arm?«, sagte Don Patricio mit tagalogischer Ernsthaftigkeit.

»Ich? Nein«, erwiderte Inazito mit unschuldigem Blick.

Er bekam sofort eine Strafe. Don Patricio befahl ihm, den Arm auszustrecken und die Hand zu öffnen. Mit einem Holzlineal schlug er ihm auf die Finger.

Inazito zog die Hand nicht weg.

»Eins, zwei, drei …«, zählte Don Patricio.

Manchmal hörte er auf, wenn man um Verzeihung bat oder zu weinen anfing, aber Inazito machte nicht das geringste Anzeichen nachzugeben, und so setzte Don Patricio die Bestrafung fort, bis er beim zehnten Schlag angelangt war.

Für uns Internatsschüler war der Morgen in den dunklen, eisigen Schlafsälen eine trostlose Angelegenheit. Unbarmherzig läutete Pater Solana um sechs Uhr morgens die Glocke, ohne seine Aufgabe jemals zu vergessen oder sich auch nur zu verspäten. Wir mussten sofort aufstehen und gingen missgelaunt und vor Kälte zitternd ins Bad, stiegen nach einer Viertelstunde, die wir zum Anziehen hatten, in den Speisesaal hinunter und mussten dort zuerst einmal das Vaterunser beten. Ich, der ich das Beten völlig verlernt hatte, bewegte nur meine Lippen.

Goio litt mittlerweile mehr als je zuvor unter der Atmosphäre zu Hause. Die Bemerkungen der Mutter, »Du musst Andres lieb haben, du bist doch mein Sohn, mein liebster Sohn«, widerten ihn an, besonders weil es gleichzeitig Liebesbekundungen waren. Dazu kam außerdem, dass Andres jetzt fast täglich zu ihnen nach Hause kam. Die alten Schränke, der Klang des Radios, der Staub, der sich jeden Tag auf die Möbel legte oder der Geruch der Waschlauge – es gab etwas im Haus, das Goio nicht ertrug, und so flüchtete er nach draußen.

Aber während er sich bis dahin mit Freunden getroffen hatte, um Murmeln oder Fußball zu spielen, irgendwo versteckt eine Hütte zu bauen oder einen Ausflug auf einem Boot zu machen, während er bis dahin geglaubt hatte, dass Familie und Freunde das ganze Leben lang für einen da waren, fühlte er sich nun durcheinander und unsicher. Den Blick aufs Meer gerichtet, stand er da und spürte eine eigenartige Alchimie in sich arbeiten, etwas drängte ihn dazu, die Verbindungen zu seiner Umwelt zu kappen.

Ariane sah er nur noch im Unterricht, und seine Probleme mit der französischen Aussprache kehrten zurück.

»Was heißt das«, fragte er mich nach einem Diktat.

Un pays que jamais ne rejoint le soleil natal.

»Ich glaube, dass dieses *rejoindre* ,sich vereinen' bedeutet oder ,aufeinandertreffen'«, antwortete ich. Aber ich verstand den Satz selbst nicht.

Einige Tage später traf er Ariane außerhalb des Schulgeländes. Die Dämmerung brach gerade herein und es regnete, es schüttete aus allen Kübeln. Goio, der auf dem Heimweg war, blieb bei der Werft stehen und blickte in Richtung Hafen, während der Regen eine Gänsehaut auf das Wasser legte. Die Schauerleute suchten, nachdem sie die Fracht mit einer Plane bedeckt hatten, Schutz unter einem Dach, und plötzlich tauchte Ariane auf dem Weg auf, der zum Möwenfelsen führte. Mit einem dunklen Trenchcoat bekleidet, die Hände in den Hosentaschen vergraben und mit nassen Haaren sprang sie über die Pfützen hinweg. Sie war allein.

Goio versteckte sich und Ariane lief an ihm vorbei nach Hause.

Danach ging er selbst Richtung Felsen, um nach der im Schiff zurückgelassenen Möwe zu schauen. Der Vogel war nicht in dem Versteck, in dem Goio ihn beim letzten Mal abgesetzt hatte. Goio ging nach draußen, aber entdeckte ihn auch hier nirgends. Einige andere Möwen kreuzten durch die Luft, drehten Kreise im Nebel, doch keine schien Goio einen Hinweis geben zu wollen, wo sich die Artgenossin aufhalten könnte.

Er stieg zurück ins Boot, um Zuflucht vor dem Regen zu suchen.

»Kra, kra«, hörte er.

Er kletterte tiefer ins Boot hinein, schaute sich im Halbdunkel um und fand die Möwe auf einem Brett sitzend. Sie blinzelte mit ihren seitlich stehenden Augen, plusterte sich auf und sah kräftig aus, aber als Goio sie in die Hand nahm, stellte er fest, dass sie nur aus Knochen bestand.

Dann entdeckte er hinter dem Brett den Griff einer Tasche. Er schob das Brett zur Seite und zog eine Kunststofftasche heraus. Sie war schwer, und als er sie öffnete, kamen drei Pistolen zum Vorschein. Drei Pistolen, die aussahen wie aus einem Film oder wie jene, deren Umrisse er manchmal in den Pistolentaschen der Zivilgardisten erahnte. Doch diese hier waren echt, dunkel, schwer und kalt.

In der Tasche befanden sich außerdem ein mit Hand beschriebenes Heft und, eingewickelt in gelbe Plastikfolie, so etwas wie Plastilin oder Fensterkitt. Er begann im Heft zu blättern. Es ging um Sprengstoff, die Eintragungen waren auf Baskisch verfasst und mit blauem Kugelschreiber notiert, erklärten, um welche Art Substanz es sich bei Sprengstoff handelt und wie Bomben gebaut werden, es gab auch Zeichnungen, die zeigten, wie viel Sprengstoff an welcher Stelle angebracht werden muss, um einen Mast oder ein Gebäude zum Einsturz zu bringen. Unter der Zeichnung der Konstruktion stand das Wort *Kaserne*, außerdem gab es einige mit roter Tinte auf Spanisch oder Französisch hinzugefügte Hinweise, die die Bemerkungen in blauer Schrift korrigierten oder ergänzten.

Firebird las Goio auf einer der Waffen. Bis dahin hatte er Pistolen, MPs und Gewehre nur in den Händen der Zivilgardisten gesehen, und die sprachen kein Baskisch.

Er war nass, die Kälte drang ihm in die Glieder. Reglos stand er da, an diesem ereignislosen Nachmittag, und blickte seine Möwe an.

Der Regen fiel aufs Meer, und riesige Wellen schlugen an die Kaimauer.

26

Der gefrorene Freund

Ich werde das Bild des schnurrbärtigen Kommandanten nicht los und beschließe, mit Arantxa zu sprechen.

Als ich die Tür zum »Bauernhof« aufdrücke, die Hand noch am Türgriff, sehe ich zwei Schäferhunde bellend auf mich zurennen. Ängstlich bleibe ich stehen, und die Hunde kreisen mich ein, die Zähne fletschend. In Stereo knurren sie mich an.

»Weg da, Hunde!«, höre ich einen Ruf auf Baskisch und sehe Arantxa vom Hauseingang herunterkommen.

»Komm, Maribel«, sagt Arantxa. »Die tun dir nichts ... «

Die Hunde nähern sich mir schnüffelnd und mit wedelndem Schwanz. Den ganzen Weg nach oben begleiten sie mich, springen mir vor den Füßen herum.

»Wie geht es Goio?«, fragt Arantxa mit ausgebreiteten Armen und fröhlichem Gesicht, als wir uns gegenüberstehen.

»Ich glaube, jeden Tag besser.«

Das Haus könnte, wenn dort anstelle der Palmen andere Bäume stünden, als ein an einem Hang liegender baskischer Bergbauernhof durchgehen. Über den Rasen schreitet ein Mann, der an einen Cowboy erinnert. Mit seinem Hut, dem Hemd, den Jeans und einem im Gürtel steckenden Revolver sieht er aus, als sei er einem Western entsprungen.

»Wo es keinen Hund gibt, hat der Fuchs das Sagen«, erklärt Arantxa, während sie die Hunde mit den Füßen verjagt.

Ich denke, dass das eine Redensart von Jose Urioste gewesen sein muss, und stelle mir die Füchse, Dachse, Wildschweine an den Hängen des Gorbeia vor.

»Außerdem sind diese Hunde schlau«, sagt Arantxa, »denen fehlt nicht viel, um Menschen zu sein.«

Um Menschen zu sein, denen nicht viel fehlt, um Hunde zu sein, denke ich im Stillen.

Im Wohnzimmer habe ich Angst, auf den weißen Teppich zu treten, und überschlage, wie viele Schafe, Lamas und Guanakos wohl in ihm stecken.

»Wenn er erst einmal zu reden anfängt, wird er bald wieder gesund sein …«, sagt Arantxa.

»Ich muss etwas Wichtiges mit dir besprechen, Arantxa. Gestern habe ich Maialen kennen gelernt, sie war mit einem Militär zusammen.«

»Hat er eine Uniform getragen?«

»Nein. Er hatte einen Anzug an und fuhr einen grünen Wagen.«

»Einen Lancia Thelma Turbo.«

»Keine Ahnung, es war ein teurer grüner Wagen.«

»Das ist kein Militär«, sagt Arantxa.

»Es war der Kommandant der Soldaten, die uns im Zug festgenommen haben. Er hat uns verhört.«

»Das ist kein Militär, er ist mein Mann.«

Ich wundere mich über die Selbstverständlichkeit Arantxas, während ich den Schnurrbart des Kommandanten vor Augen habe, den pechschwarzen Balken über seinen Lippen.«

»Dein Mann?«

»Ja, Maialens Vater«, sagt Arantxa.

»Sie werden uns schnappen«, denke ich und spreche es aus.

»Nein, sie beschützen uns.«

»Gestern ist mir von Barranquilla ein Auto hierher gefolgt.«

»Mach dir keine Sorgen«, sagt sie, was mir naiv vorkommt. Naiv oder idiotisch.

»Wie soll ich mir keine Sorgen machen? Sie werden uns umbringen.«

»Die Sache ist so«, sagt Arantxa. »In diesem wunderbaren Land musst du dich von irgendjemandem beschützen lassen. Im Monat werden hier zweihundert Leute entführt, Tausende umgebracht. Wir zahlen den Paramilitärs Geld, und sie passen auf uns auf. Jeder zahlt hier an irgendwen, und es lohnt sich.«

Seit ich in Kolumbien bin, habe ich die ganze Zeit eine diffuse Angst gespürt, aber jetzt erfasst mich plötzlich das pure Grauen und ich beginne zu zittern.

»Dein Mann ist ein Paramilitär! Wo sind wir bloß gelandet!«

»Wir sind keine Träumer, Maribel!«, sagt Arantxa. »Die Leute hier leben mit der Angst, der Tod erscheint hier alltäglicher als das Leben. Und die Paramilitärs beschützen uns.«

»Sie beschützen euch nicht, sie kontrollieren euch! Und wenn sie merken, dass wir Basken sind, werden sie uns verschwinden lassen!«

Arantxa geht, auch sie jetzt aufgeregt, in die Küche. Ich bleibe stehen, betrachte das große, aufwändig eingerichtete Wohnzimmer, denke, dass dies eine der letzten sich vor mir ausbreitenden Landschaften sein könnte: der Kamin, die Eisenkette, der Blasebalg, der ausgestopfte Tigerkopf, der Fernseher, das Videogerät sowie mehrere Kassetten: *Titanic, Alles über meine Mutter, American Beauty, Star Wars III, Der Kuss der Peitsche …* Das Leben ist wie ein Film, der Farben, Gefühle, Erkenntnisse, Faszination verspricht, aber wenn du dann *Besser geht's nicht, Pocahontas* oder *Der Todesschuss* vorgesetzt bekommst, ist es nur wie die miese Version eines möglichen Lebens, schwarz-weiß, nichtssagend, öde.

»Was war dein Vater von Beruf?«, frage ich Arantxa, als sie mit verweinten Augen aus der Küche zurückkommt.

»Er war Smaragdhändler.«

»Smaragde?«

»Smaragde sind eines der großen Geschäfte hier, neben Kaffee, Erdöl und Kokain …«

»Er ist nach dem Krieg hierher gekommen, oder …?«

»Er war sehr jung, als der Krieg zu Ende ging, erst neunzehn«, beginnt Arantxa zu erzählen. »Er ist zu Fuß durch die Wälder von Santander nach Orozko zurückgekehrt und hat die Schafherde vor dem verschlossenen Bauernhof vorgefunden. Die Tiere standen ohne Schäfer vor der Tür, ganz still, erst als er ankam, begannen sie zu blöken. Das Haus war verschlossen, er hat ein Fenster eingeschlagen und ist hineingeklettert, weder die Eltern noch die Geschwister waren da. Er hat den Pflug kaputt auf der Wiese liegen gesehen, das Ochsengeschirr zerrissen neben der Tränke, das Jochfell verdreckt im Schlamm. Die Feuerstelle war kalt, er hat Holz gesammelt und Feuer gemacht.«

Arantxa redet langsam, zurückhaltend, mit langen Pausen.

»Als er am Feuer saß, ist ihm eingefallen, dass man den Rauch von weit her erkennen kann. Er hat das Fenster aufgemacht und gesehen, dass die Schafe dicht gedrängt den Hang hinaufstiegen, ganz eng beieinander, wie es Schafe machen, wenn sie Angst haben. Und dann hat er gemerkt, dass sie kamen, um ihn zu holen, und ist auf den Dachboden gelaufen, um sich unter dem Heu zu verstecken. Wenig später waren sie da, mein Vater meinte, es wäre die Guardia Civil gewesen, aber er hat sie nicht gesehen, sie haben angefangen, das ganze Haus zu durchsuchen und haben die Mistgabel genommen, um auf dem Boden nachzuschauen. Sie haben mit der Gabel ins Heu gestochen, drei oder vier waren es wohl, sie haben aufgeregt Spanisch gesprochen, und mein Vater hat von seinem Versteck aus gehört, wie sie die Waffen entsichert haben und mit den spitzen Zinken der Mistgabel ins Heu fuhren ratsch ratsch, und dann haben sie ihn an der Taille erwischt. Mein Vater hat nicht geschrien. Bis sie mit der Durchsuchung fertig und wieder verschwunden waren. Als er aus dem Heuhaufen herauskam, hatte er noch drei weitere blutende Wunden im Unterleib.«

Als Arantxa verstummt, hört man das Ticken der Uhr und das Rauschen eines offenen Wasserhahns.

»Er hat sich ein Stück Bettlaken um die Hüfte gebunden und ist zu Fuß nach Bilbao gelaufen, nur mit Mühe hat er es bis zu seinem Cousin geschafft. Er lag dort lange Zeit mit Fieber im Bett und kämpfte mit dem Tod, aber schließlich wurde er wieder gesund. Dort hat er meine Mutter kennen gelernt, sie war eine Cousine seines Cousins. Die beiden haben sich verlobt und beschlossen, gemeinsam zu fliehen.«

»Ich werde gehen«, sage ich.

»Ich begleite dich zur Tür.«

Vom Vordach des Hauses aus sehen wir, dass der grüne Wagen durch das offene Tor hereingefahren ist. Auf der linken Seite steigt das kleine Mädchen aus, auf der rechten der Kommandant; sich an den Händen haltend, kommen sie den Hang herauf, während der Cowboy den Lancia Thelma Turbo in die Garage bringt.

Das Mädchen hüpft an der Seite ihres Vaters. Der Kommandant, gebräunt, im eleganten Anzug und mit seinem Schnurrbart, der den Mund wie ein schwarzer Vogel bedeckt.

Mich schaudert es, als sie uns erreichen. Arantxa gibt ihrem Kind einen Kuss. Der Kommandant lächelt, ich wende den Blick ab.

»Komm her und verabschiede dich von unserer Freundin«, sagt Arantxa zu Maialen.

Mit seiner Leguanhand streicht er über die Haare seiner Tochter, und ich bringe kein Wort heraus. Er seziert mich mit seinen Blicken, bevor er ins Haus hineingeht.

»Nein, ich will das Shakira-Video sehen«, sagt das Mädchen und folgt ihrem Vater nach drinnen.

Fast wortlos schreiten Arantxa und ich zum Ausgang des Grundstücks hinunter.

»Willst du mit dem Auto fahren?«

»Nein, ich gehe zu Fuß.«

Die Schäferhunde begleiten uns, ohne zu bellen, ohne zu beißen, gehorsam.

»Das Feuer, das unser Vater entfacht hat, verbrennt Holzscheit für Holzscheit und wird irgendwann erlöschen«, sagt Arantxa. »Wir sind kein Wald …«

Von dieser Stelle aus sieht man das Sanatorium, ein weißes Gebäude auf einem Hügel, der wie ein schlafender Wal aussieht.

»Meinem Vater hat der Schnurrbart meines Mannes auch nicht gefallen«, sagt Arantxa mit ihrem heiteren Lachen. »Weißt du, was er gesagt hat? Wenn ihr heiraten wollt, dann sag ihm, dass er sich diesen alten Besen abrasieren soll …«

»Maribel«, höre ich.

Ich gehe die Galerie der Verlorenen Schritte hinunter, quietsch quietsch quietsch machen die Schuhe.

»Maribel!«

Ich bin unbeschreiblich glücklich, als ich Goios Stimme erkenne.

»Was machst du, Junge?«, frage ich.

»Ein paar schwachsinnige Übungen.«

Ich habe Lust, in seine rote Mähne zu fassen.

»Das hier ist Thales von Milet, der in eine Pfütze fällt. Der auf dem anderen Bild da ist offensichtlich auch Thales von Milet, in diesem Fall bei einem Spaziergang. Schau mal, er schaut einem Mädchen hinterher. Und dieses Bild zeigt den durchnässten Thales von Milet. Jetzt muss man die Bilder chronologisch ordnen …«

»Mach.«

»Nein, nein, du zuerst. Du bist der Gast.«

»Aber ich bin in Sachen Logik nicht besonders gut.«

Daraufhin zeigt er mir lachend seine Lösung.

»Also, meine Version ist, dass Thales von Milet in eine Pfütze gefallen ist. Nass geht er davon und glaubt, dass er nicht mehr zu der Verabredung mit dem Mädchen gehen kann, aber schließlich ist er sehr glücklich, weil seine Kleider getrocknet sind, als das Mädchen auftaucht…«

Goio hat hier einen Freund, einen Künstler. Sie nennen ihn Fernando Botero, obwohl er dem eleganten und prominenten Maler, dessen Foto im *El Heraldo* abgebildet war, überhaupt nicht ähnelt.

»Lass alles weg, damit man alles sieht«, sagt der Typ, der eine Olivenhaut, dicke Brillengläser und einen zögerlichen Gang hat.

»Was willst du weglassen?«

»Alles …«

Er will alle konkreten Gegenstände weglassen, weil er ein abstrakter Maler ist.

»Wisst ihr nicht, was abstrakt bedeutet?«, fragt er Goio und mich.

Wir betrachten sein Gemälde. Es scheint, als wollte er die Bewegungen der Tanzblumen malen.

»Wisst ihr«, sagt Fernando Botero, »der ohrenlose Vincent van Gogh hatte Recht: gelbe Blumen sind heller als der Himmel.«

»Wie wirst du das Bild nennen?«, fragt Goio.

»Die Tanzblumen«, sage ich.

Der Maler betrachtet uns beide ernst und meint dann:

»Das ist es, genau!«

Goio lacht, und wir schlendern weiter. Mit Goios Lächeln fühle ich mich nicht mehr ganz so *keh*, oder zumindest, als könnte die Einsamkeit sich mit Möglichkeiten zu füllen beginnen.

»Kennst du dieses Mädchen?«, fragt mich Goio, als wir an einer schreibenden jungen Frau vorbeigehen.

Sie hat lange schwarze Haare, auch ihr Kleid ist schwarz. Es ist die Frau, die nach dem epileptischen Anfall wie ein Rochen auf dem Boden lag.

»Sie verbringt den Tag damit, jemandem namens T Briefe zu schreiben.«

Sie schreibt gewissenhaft, mit den bebenden Lippen des Deliriums.

»Der Mensch ist das, was er verheimlicht«, sagt die junge Frau im Tonfall eines Notars.

»Der Mensch ist das, was er macht«, sagt der Rothaarige gut gelaunt.

»Und auch, was er verheimlicht«, sage ich, »das Mädchen hat Recht.«

»Und was verheimlichst *du*?«, fragt Goio schelmisch.

»Neunzig Prozent, wie du.«

In manchen Augenblicken sehe ich alles mit erschütternder Klarheit voraus, erkenne, dass uns jederzeit Männer in Camouflage-Uniformen oder spanische Yuppie-Polizisten umstellen werden. Andere Male stelle ich mir vor, wie mit Revolvern bewaffnete Cowboys Goio und mir, wir beide wie Kiowa-Indianer gekleidet, bei unserer Flucht Deckung geben.

Uns beschützen, hat es Arantxa genannt.

In der Galerie der Verlorenen Schritte hängt eine große runde Uhr ohne Stundenzeiger.

»Zehn vor«, antworten sie, wenn man nach der Uhrzeit fragt.

»Zehn vor was?«

»Der Stundenzeiger fehlt«, sagen sie und zeigen auf die mörderische Uhr.

Ich verbringe die Zeit mit Lektüre. In dem Buch von Sigmund Freud, das mir Imanol überlassen hat, steht, dass eines der größten Bedürfnisse des Menschen darin besteht, geliebt zu werden. Ich mache ein Eselsohr in die Seite. Dass der Mensch immer in Gefahr lebt und die Liebe auch biologisch für ihn unverzichtbar ist – an dieser Stelle habe ich einen Knick in die Seite gemacht. Dass dieses Bedürfnis daher rührt, dass der Mensch so unselbständig und schutzlos zur Welt kommt und dass sein Bedürfnis nach Liebe niemals verschwindet.

Ich habe Lust, zu Goio zu gehen, ihm durch die roten Haare zu streichen und zu sagen: »Es hilft nichts, wir müssen an die Liebe glauben.«

Die Liebe ist eine unvollkommene Verhaltensweise, die den Menschen vom Leiden zur Lust, von der Lust zum Schmerz und manchmal auch wieder vom Schmerz zur Lust treibt. Und zumindest für denjenigen, der klar definierte Gefühle erwartet, muss es eigenartig sein, in den Augen eines anderen das Verlangen zu entdecken, eine durch den Körper des anderen schwappende Welle des Begehrens.

Wir Basken sind ziemlich unterkühlt, wenn es darum geht, jemand anderem gegenüber unsere Gefühle auszudrücken. Vielleicht würden wir unser baskisches Wesen verbessern, wenn wir es mit ein bisschen Zärtlichkeit ergänzen könnten.

Aber ich werde jetzt nicht mit Ausflüchten anfangen, wie sie Armando immer sucht, mich in abstrakte Erörterungen stürzen, anstatt einfach einem konkreten Wunsch nachzugehen, dem Wunsch, Goio durch die roten Haare zu fahren.

Ich laufe durch die Galerie der Verlorenen Schritte, die mir in diesem Moment wie ein Dschungel erscheint. Nicht wie ein Wald, sondern wie ein Dschungel. Ich weiß, dass das hier ein gebohnerter Boden ist, denn meine Schritte machen quietsch quietsch quietsch, und trotzdem spüre ich, dass ich über trockenes Laub laufe, fühle ich den Dschungel.

»Ich hab dich gesucht«, sagt Imanol, als er mich sieht. »Ich wollte dich um Entschuldigung bitten. Im Rausch habe ich, glaube ich, ziemlich widerliche Sachen gesagt.«

»Nein, du hast nichts Widerliches gesagt.«

»Außerdem wollte ich dir erzählen, dass es Goio besser geht.«

»Ich weiß, viel besser.«

»Als Arzt könnte ich ihn entlassen.« Imanol weiß, dass er mir mit dieser Bemerkung eine Freude macht. »Trotzdem glaube ich, dass er besser noch eine Weile bleiben sollte ...«

»Ich mache mir Sorgen wegen unseres Aufenthalts hier. Ich weiß zwar noch nicht wie, aber ich glaube, wir müssen so schnell wie möglich von hier verschwinden.«

»Arantxa hat mir erzählt, dass unser kleiner Gorilla euch aus dem Zug geholt und verhört hat. Du hast guten Grund, Angst zu haben. Trotzdem wird mein Schwager euch nichts antun ...«

Er steckt sich eine Marlboro in den Mund und formt dabei mit dem Finger den Buchstaben P des Taubstummenalphabets.

»Im Gegenteil«, fährt er fort. »Bei Gefahr würde er uns warnen. Ihr könnt nicht ständig von einem Ort zum nächsten fliehen, Maribel. Im Straßenatlas und im Reiseführer sind die Abgründe nicht verzeichnet, aber wenn man unterwegs ist, stößt man auf alle Arten von schwarzen Löchern, und zumindest Goio braucht für eine Weile Ruhe, ob nun im Haus meines Vaters oder in der Hütte von Tirofijo ...«

Imanol redet wie seine Schwester, langsam, aber flüssig, stößt zwischendrin eine kleine Rauchwolke aus.

»Du kannst sagen, was du willst, aber ich habe den Verdacht, dass niemand Baske ist, der diese Frustration, diese tiefe Verzweiflung nicht spürt. So seid ihr alle, mein Vater und seine Freunde, der alte Manuel, ihr beide. Schon zu Hause seid ihr fast fremd, und wenn ihr irgendwo anderes hingeht, passt ihr euch mimetisch an eure Umgebung an, aber werdet nie wirklich heimisch. Es ist, als würde sich euer mineralisches Herz dafür schämen, dass ihr euren Geburtsort verlassen habt ...«

Herkunftsfremdheit, Umgebungsmimesis, Mineralienherz. Möglich, aber jetzt muss ich vor dem Kommandanten mit dem Krähenschnurrbart abhauen.

»Red weiter«, sage ich zu Imanol, der schweigt, als würde er eine Antwort erwarten.

»Ich will damit nicht sagen, dass ich nicht gern so wäre wie ihr. In unserem Freundeskreis geht es nur darum, wer mehr Kohle hat, den neueren Wagen fährt, mehr Frauen aufreißt, wer den längsten hat...«

Er drückt die Zigarette im Aschenbecher aus und macht eine lange Pause:

»Ich würde auch gern abhauen. Bolívar hat wenige Tage vor seinem Tod hier in Barranquilla geschrieben: Das Beste, was man in Amerika machen kann, ist wegzugehen. Das Beste ist zu fliehen...«

Ich bekomme einen Brief und ein Paket, der Brief ist von Andoni, lang und maschinengeschrieben. Das Paket hat Armando geschickt, aus Managua.

Auch Armando hat einen langen Brief beigelegt, den ich aber nicht lesen werde, ich mache es wie die Sekretärin von Honorato Delaselva – ich werde ihn nicht öffnen.

Ich kann mir vorstellen, was er schreibt; zum Beispiel dass das Leben mit einer ständigen Erneuerung aller Zellen einhergeht, der ganze Körper sich unablässig verändert, keine Liebe für die Ewigkeit geschaffen ist. Oder, noch dümmer: Ich war egoistisch und selbstgerecht, komm zurück, wir werden tun, was du vorschlägst. Trotzdem – was hat er mir wohl geschrieben?

»Und dieses Paket?«, fragt Goio.

»Keine Ahnung. Mach es auf, wenn du willst.«

»Der gefrorene Freund«, sagt er, als er das braune Packpapier aufreißt.

»Was?«, frage ich verwundert, weil ich mich an den Satz aus dem Telegramm erinnere: *Goio ist eingefroren.*

In dem braunen Packpapier, in dem normalerweise Fisch, Fleisch und solche Sachen eingeschlagen werden, liegen fast vierhundert maschinenbeschriebene Seiten.

»Ich glaube, das ist der Roman, den Armando geschrieben hat«, sage ich, nachdem ich einige Seiten durchgeblättert habe.

»Wer ist Armando?«

Hier habe ich den Roman, den Grund für das unermüdliche tip tip tap tip top in Managua, verwandelt in einen Stapel Papier.

»Der Mann, der mit mir in Managua lebt, Josu. Kennst du ihn nicht?«

»Nein.«

»Ich glaube, er kennt dich. Er lebt versteckt in Managua, er ist so was wie ein Schriftsteller.«

Die Krankenschwester, blondierte Haare, kommt mit einem Medikamentenkästchen und verteilt unter den Patienten Tabletten, als wären es Bonbons.

»Ich helfe dir beim Austeilen«, sagt Goio, und sie verschwinden zusammen.

Allein bleibe ich stehen und würde Josus Brief nicht lesen, wenn er sich nicht wie von selbst öffnen würde, sich auffalten würde wie eine Taube, die ihre Flügel ausbreitet.

Du hast mir gesagt, dass ich mit der Absicht zu verstummen schreibe, dass ich mich immer mehr in eine Person verwandle, die außerhalb von Raum und Zeit lebt, dass ich mich Konzepte entwerfend verstecke und das Leben im Jetzt aufgegeben habe, um von Vergangenheit und Zukunft zu erzählen.

Wir haben verlernt, miteinander zu kommunizieren, aber ich schreibe dir in der Absicht, diese Fähigkeit wiederzuerlangen, wie damals, als wir uns in diesem Zimmer ohne Möbel, ohne Stühle mit dem Rücken zueinander auf den Boden setzten und uns gegenseitig Geschichten erzählten. Ich glaube, dass das Schreiben auch eine Art ist, einem Freund mit zugewandtem Rücken etwas zu erzählen, wir alle brauchen ein wenig Unterhaltung. Aber jeder führt sie auf die Weise, die er beherrscht, manche in Monologen, manche schreibend, manche, indem sie schweigend am Gespräch teilnehmen.

Er schickt keine Ichliebedichs oder Kommzurückzumirs, er spricht über seine Notizen, eine grammatikalische Spinne, die in einem abgelegenen Winkel der Welt in ihrem Netz aus Literatur hängt.

Aber vielleicht hast du Recht, Schreiben ist vielleicht doch nicht einfach eine andere Art zu reden, sondern ein Ersatz für das Reden, weil man das Reden verlernt hat. Und diese Sprache stammt aus einer anderen Welt, es sind un-übersetzbare Worte, dieses Idiolekt hat eine ungeheure Ähnlichkeit mit der Stille...

Der rothaarige Freund kommt lachend mit der blonden Kran-kenschwester zurück.

Als ich Goio kennen lernte, es war in einem Apartment in Hendaye, in einem August, der nach Strand schmeckte, und ich ihn blass wie ein Laken vor mir sah, dachte ich, dass er einer von denen wäre, die ihren Kopf ständig in Bücher stecken.

»Willst du es lesen?«

»Ja, ich habe schon lange nichts mehr auf Baskisch gelesen«, sagt der Rotschopf und klemmt sich das Manuskript unter den Arm. »Kennst du es schon?«

»Nein«, sage ich.

»Liest du nicht gern?«

»Ich will meine Zeit nicht verschwenden...«

»Wenn es nur um die Zeit geht ... Die verschwenden wir so-wieso.«

»Die Zeit und die Unschuld«, sage ich ein wenig spöttisch.

»Das ist es, was ich als Erstes verlieren möchte«, sagt Goio la-chend, »meine Unschuld...«

Und wieder bleibe ich allein zurück.

Sehr *keb* lese ich noch eine Passage des Briefs, als würde ich einen weiteren Flügel der Taube aufklappen.

Von der Tür zum Bett, vom Stuhl zum Fenster, ich lebe im Inneren eines vom täglichen Universum festgelegten Maßes und habe nur zwei Alternativen,

entweder akzeptiere ich die Objektivität der Objekte und passe mich der Wil-
lenlosigkeit der toten Natur an oder ich versuche, etwas umzustellen, ent-
flamme Liebe, verursache Katastrophen und Eklipsen, arbeite auf den Auf-
stand der Dinge hin, die Insurrektion …

Dann erzählt er, dass er das Haus verließ, um ein bisschen frische Luft zu schnappen, den Schlüssel vergaß und von draußen
auf dem Tisch die Bücher, den Kaffee, die vollgeschriebenen Unterlagen und den Stift sah. Er musste das Fenster einschlagen, um
wieder hineinzukommen.

Er ging in seinem einzigen Zimmer in Klausur und schrieb
weiter.

Ich verstehe nicht, was ein Aufstand der Dinge sein soll. Die
Schriftsteller verbringen ihre Zeit und manchmal auch das ganze
Leben damit, aus Wörtern endlose Ketten zu bilden, Ameisen-
straßen, sitzen eingesperrt in ihrem Zimmer, verbringen ihre Zeit
zu Hause, verwandeln ihre Tage daheim in Arbeitszeit. Leute, die
sich auf diese Weise im Widerstand engagieren, sind eine Extra-
vaganz der Natur. Worin besteht denn der Aufstand der Dinge?
Einmal abgesehen von der Geschichte, als er mit der hübschen
India aus der Nachbarschaft ins Bett ging, muss man diese Insurrektion doch eher als morphosyntaktische Übung bezeichnen.

One man's band *in der Einsamkeit. Ich stelle mir Freunde vor, wie ein
Kind, das nicht allein spielen will.* Dramatis personae, *meine Dramen-
freunde, meine Gespenster, unsere über die Welt verstreuten Seelenverwand-
ten. Sie haben den Halt verloren, diese traurigen, aufmerksamen, an die Kette
der Abwesenheit gefesselten Gestalten.*

*Im Dunkeln tappend schlage ich Erzählalternativen vor, auch wenn sich
die zufällige und einzige Kurve unseres Schicksals nicht vermeiden lässt.*

Wer werden die Figuren des Romans sein, die er erfunden hat,
um sich selbst und seinen Rückzugsort auszulöschen?

Manchmal, wenn man selbst nicht nur voreingenommen, sondern auch unerträglich zu werden beginnt, muss man die Dinge aus einem anderen Winkel betrachten. Ich spüre eine Gefahr: wie in einer Schießerei zwischen den Feuerlinien gefangen zu sein.

Wie auch immer, am Ende wird sich unvermeidlich die Realität mit ihrem Wind, ihren Blitzen, Donnerschlägen und Überschwemmungen durchsetzen. Doch das ist eine andere Geschichte …

27

Städte

Der unentschlossen vom Bug zum Heck laufenden Ratte wirst du nicht wieder begegnen.

An einer Stelle, an der sich die Eiswand bezwingen lässt, werdet ihr steuerbord anlegen, obwohl auch dort der Aufstieg nicht leicht fallen wird. Ihr werdet eine Treppe ins Eis schlagen und hintereinander, mit einem Seil gesichert, hinaufsteigen. Die ersten der Seilschaft werden die Stufen schlagen. Neben euch wird es steil abfallen, und ihr werdet die ganze Zeit Gefahr laufen abzustürzen. Als ihr die Eisfläche erreicht, werdet ihr nur wenige Meter weit sehen können. Der Nostromo wird einen Platz für das Basislager auswählen und ihm einen Namen geben, Sommerstadt. Sogar ein Schild wird er anbringen:

SUMMER TOWN

»Sommer!«, wird der schwarze Bobby spöttisch anmerken.

»Stadt!«, wird ein anderer lachend hinzufügen.

Axel wird sagen, dass der Nostromo – jetzt, da er so eine schöne weiße Fläche zum Beschriften hat – bestimmt jedem Schneehaufen einen Namen geben wird. Am ersten Tag werdet ihr hauptsächlich damit beschäftigt sein, den Weg zu befestigen, der vom Schiff zum Lager führt. Der kürzeste Weg wird an der Küste an einem Abgrund enden, auf dem Schneefeld werden sich immer wieder gefährliche Gletscherspalten auftun.

Die Spalten werden nicht so schmal sein, wie es auf den ersten Blick scheint. Einige werden von Schneewechten verdeckt sein, unter denen sich, sobald das überhängende Eis wegbricht, schreckliche Abgründe auftun. In ihrem Inneren, tief unten, werden die Gletscherspalten violett schimmern.

»Die Spalten erweitern oder verengen sich«, wird Axel sagen.

Du wirst denken, dass sie mit den Gezeiten breiter oder schmaler werden. Später wird dir mehr einleuchten, was dort geschieht:

Die Gletscher atmen.

Und als du über den Rand der Spalten blickst, wirst du den Eishauch spüren, der aus der Tiefe aufsteigt.

Ihr werdet den Lagerplatz befestigen und am nächsten Morgen damit zu tun haben, eure kleine Sommerstadt, die du auf Baskisch Udairi nennst, zu organisieren. Das Wetter wird nicht gerade gemütlich sein, heulend wird ein böiger Nordostwind über das Eis fegen, Nebel aufziehen und ein Schneesturm einsetzen. Eure Stadtgründung wird ein schöner, aber schwerer Kampf sein.

Wenn euch das Wetter nicht daran hindert, werdet ihr Expeditionen auf dem endlosen und unbekannten Kontinent in Angriff nehmen. Es wird vom Schicksal der Seefahrer Arthur Gordon Pym und Dirk Peters die Rede sein, die die Eissphinx zu sehen bekamen, und von der Legende der Polarforscher Robert Falcon Scott und Roald Amundsen, die ihre Fahne an jenem imaginären Punkt aufpflanzen wollten, der alle Kompassnadeln auf sich zieht. Aber nichts wird darauf hindeuten, denn ihre Taten werden für immer vom Weiß des Schnees ausradiert worden sein.

In der Hoffnung, ein Erlebnis auf diese Weise in ein Ereignis zu verwandeln, werdet ihr Unmengen an Fotos und Videoaufnahmen machen; als wäre das Leben an sich nicht wirklich genug, und als benötige man Beweise, die sich später der Erinnerung vorlegen lassen. Ihr werdet nicht miteinander, sondern in die Kameralinse hineinsprechen, als müsstet ihr den Verwandten und Freunden, die sich irgendwann einmal in der Zukunft zu

Hause auf dem Sofa versammeln werden, Erklärungen abgeben; als würdet ihr zu euch selbst in der Zukunft sprechen.

Und während ihr diese Reportage einer von der Kamera beherrschten Vergangenheit macht, werden eure Gesichter strahlen. John Masefield wird einem Pinguin den Fisch aus dem Schnabel stibitzen und der Pinguin den Schriftsteller aufgebracht und unter lautem Protestgeschrei bis ins Lager verfolgen. Lange wird er dort stehen und am Rande des Camps nach seinem Fisch verlangen.

Obwohl das Schiff vor Anker liegt, wird trotzdem ständig etwas zu tun sein, weil das Schiff unter den extremen Bedingungen stark belastet wird. Ihr werdet mehrere Eisanker legen und das Schiff mit Tauen festspannen. Für die Mannschaft wird es keine Ruhepause geben, sie wird den Motor auseinandernehmen und überholen. Über den Schiffsaufbauten am Heck werden Planen ausgebreitet werden.

Beim Rückweg vom Schiff zum Lager wirst du mit Edna hinter den anderen zurückbleiben. Es wird kalt sein und ihr werdet kaum vorankommen, und als ihr fast beim Lager angekommen seid, wird sich Edna an dich drücken, ihren Kopf an deine Brust lehnen und versuchen, ihre Arme um deine Hüfte zu legen. Unter der dicken Kleidung wird dein Körper zittern, du wirst deine Knie weich werden spüren und stehen bleiben. Deine Handschuhe werden zu steif sein, um das blasse Gesicht zu streicheln, das unter der Kapuze herauslugt; du wirst es fast nicht erkennen können. Edna wird zitternd etwas Unverständliches zu dir sagen, etwas wie *I love you*, Worte wie aus einem Film, die eisige Kälte wird euch in die Knochen fahren. Ihr werdet weiter Richtung Basislager gehen und die ganze Situation wird unwirklich erscheinen.

Eine Jagdgemeinschaft wird organisiert werden, um Seehunde oder Pinguine zu schießen.

»Schade. Wo die Tiere in der Antarktis doch so anständige

Leute sind ...«, wird einer sagen. Am zweiten Tag werden sie einen See-Elefanten anschleppen, einen fast drei Meter langen Tierkörper mit einer Kugel im Kopf.

Deine Reisegefährten werden mit ihren Gewehren angeben:

»Ein See-Elefant!«, wird der Koch grinsend sagen, seinen Fuß auf den Rücken der erlegten Robbe stellen und das Gewehr präsentieren, als würde er für ein Foto posieren.

Du wirst den toten Fleischberg betrachten, ohne den Jagdstolz zu verstehen. Gelb gescheckte, dunkelgraue Haut und riesige Zähne.

»Jetzt sind wir erst mal eine ganze Weile mit Fleisch und Fett versorgt ...«

Du wirst zum Meer gehen, von der Eiskante aus wird die See unten in der Tiefe furchterregend aussehen.

»Die Wassertemperatur ist unter Null, aber wegen des Salzgehalts gefriert es nicht«, wirst du hören. Jeder Schritt wird dir schwer fallen, vielleicht, weil du Angst hast. Dir wird ein starker Wind entgegenwehen, du wirst hinfallen, aufstehen, wanken, fast keine Luft mehr bekommen, mit offenem Mund weitergehen.

»Atme durch die Nase«, werden sie dir raten.

In der Nähe des Lagers wird es eine Pinguinkolonie geben und ihr werdet häufig dort hingehen, um eure drolligen Nachbarn zu beobachten. Die Jungtiere werden ihr erstes Gefieder inzwischen verloren haben und ein bläulich schwarzes Federkleid tragen, allerdings noch nicht den Frack der Erwachsenen. Die Pinguin-Siedlung wird stark bevölkert sein, das Zusammenleben in Familien organisiert.

Einige Familien werden verstreut auf Eishügeln außerhalb der Kolonie leben: Pinguin-Aussiedlerhöfe. Einen Vogel, der allein herumläuft, wirst du Einzelgängerpinguin taufen. Und in einer der Aussiedlerfamilien wirst du einen verrückt gewordenen, sich schreiend hin- und herdrehenden Pinguin entdecken. Mitleidig werden die anderen Tiere den Kranken betrachten.

Viele Stunden wirst du damit verbringen, die Gewohnheiten der Tiere zu beobachten, ihre menschlichen Züge, ihre menschliche Idiotie zu studieren.

»Glaubst du wirklich, dass wir den Pinguinen ähnlich sind?«

»Ja, wir sind auch ganz schön bescheuert.«

»Bescheuert schon, aber auch so komisch? Glaubst du, dass wir auch so komisch sind?«

An einem dieser Tage wird eine große Gletscherspalte euch den Weg versperren und ihr werdet, als ihr um sie herumzugehen versucht, auf eine zerschlissene sowjetische Fahne stoßen. Dort, dort unten, achtzig oder neunzig Meter tief in der Spalte, werdet ihr einen sowjetischen Anhänger entdecken.

Unter einer traurig anmutenden roten Fahne wird eine hölzerne Gedenktafel angebracht sein, auf der in schlichten Buchstaben geschrieben steht:

ARTUR

SMOLENSK

1953 – 1989

28

Faustrecht der Freiheit

Regen fiel aufs Meer und riesige Wellen schlugen an die Kaimauer.

Es ging der so genannte grüne Wind, ein leichter Wind bei starkem Seegang, und es hieß, es gebe wenig Fisch. Nur die Makrelen fing man bei Wind und Regen besser.

»Im Februar betteln selbst die Katzen um Fisch«, sagten die Alten von Kalaportu.

In diesem Februar gab es zwei Veränderungen für uns. Wir Internatsschüler erhielten die Erlaubnis, am Sonntagmorgen in die Ortschaft zu gehen, allerdings nur, wenn wir die Zehn-Uhr-Messe besuchten. Außerdem wurden am Sonntagnachmittag in der Schule jetzt immer Filme gezeigt.

Am Sonntagmorgen zog ich also meinen neuen Anorak an und machte mich auf den Weg zur Gespensterkirchenmesse. Ging unter den schrecklichen Figuren hindurch, hörte den Sermon des Pfarrers.

Auf Baskisch redete er auf die Fischer ein:

»Kann man sagen, dass es das Schicksal böse mit dem gefangenen Fisch meint? Nein. Das Schicksal aller von Gott geschaffenen Kreaturen hat nur den Sinn, seinen Willen zu erfüllen. Und das Schicksal der Fische besteht nun einmal darin, in die Netze zu gehen …«

Ich setzte mich und betrachtete die Bilder an der Wand. Die Heiligen erschienen mir wie Phantasiegestalten, wie Walt Disney-Figuren, archaischer, aber nicht religiöser. Es gab auch einen Kreuzweg, den man wie einen Comic von Bild zu Bild lesen musste.

»… von den Booten der Fischer gefangen, erfüllen sie, wenn sie den Hunger der Menschen stillen, unbewusst die ihnen von Gott zugedachte Mission. Das gilt auch für uns Menschen: Wir müssen der göttlichen Vorsehung folgen.«

In den Seitenschiffen der Kirche waren Miniaturfischerboote aufgehängt. Und manchmal schien es, als würden sie vom Wind bewegt durch die Luft gleiten.

»Als Folge der Sintflut ist der Wasserpegel nicht auf seine ursprüngliche Höhe zurückgegangen, immer noch stehen zwei Drittel der Erde unter Wasser …«

Ich lernte kein einziges Gebet. Manchmal bewegte ich die Lippen mechanisch, als würde ich von jemand anderem synchronisiert werden.

An anderen Sonntagen trieb ich mich auf der Straße herum, anstatt in die Kirche zu gehen. An einem dieser Tage musste ich an Hamaika denken und ging ihn in der Kneipe suchen.

»Er ist schon lange nicht mehr hier gewesen«, sagte der Wirt.

»Wissen Sie, wo er wohnt?«

»Er lebt seit langem bei Klara in Pension.«

Er schrieb mir eine Adresse am Flussufer auf, vielleicht würde ich ihn dort finden.

Es war keine normale Pension, sondern ein verfallenes und schmutziges Haus. Als ich es von außen betrachtete, entdeckte ich eine dicke Frau.

»Ist das das Haus von Klara?«

»Komm rein, Kind«, sagte sie und deutete auf einen Schemel, auf den ich mich setzen sollte.

Der Raum war voll mit alten Möbeln, die Fenster mit Gardinen verhängt.

»Warte mal kurz«, sagte sie zu mir.

Es gab ein Aquarium. Mit einem Goldfisch drin. Der Fisch schwamm im Wasser hin und her, bewegte sich innerhalb der

Glasgrenzen, blieb schließlich mit weit geöffneten Augen vor mir stehen, machte still den Mund auf und zu und schlug mit dem Maul gegen das Glas. Vielleicht wusste er nicht, was Glas ist, zumindest nicht so, wie wir es verstehen.

»Und? Schaust du dir den Goldfisch an?«

»Wohnt Hamaika hier?«

Eine weiße Katze kletterte miauend und mit aufgestelltem Schwanz auf den Tisch, auf dem überall schmutzige Teller mit Essensresten herumstanden.

»Haimaka? Der immer besoffene Taugenichts?«

Auf einer Seite des Aquariums stand ein Spiegel. Die Frau wickelte im Schaukelstuhl sitzend einen Faden auf, setzte ihre kleine runde Brille ab, legte den Knäuel zur Seite und zeigte verärgert zur Tür.

»Und wozu ist dieser Spiegel?«, fragte ich beim Hinausgehen.

»Weil der Fisch im Aquarium allein ist«, antwortete sie. »Er hat den Spiegel gern. Wenn er sich darin sieht, hat er das Gefühl, Gesellschaft zu haben.«

Der Fisch bewegte die Flosse und machte eine Kehrtwende, um einige Bahnen in seinem Becken zu ziehen.

»Er ist abgehauen, der Gauner, dieser elende Seehund!«

Die Holztür war alt und trist.

»Er ist auf und davon. Ein halbes Jahr Miete schuldet er mir!«

Sonntagmittag kehrte ich in die Schule zurück, weil um 15 Uhr Filme gezeigt wurden – um 17 Uhr wurde die Vorführung noch einmal wiederholt. Pater Alvarez hatte uns vier Internatsschüler, die wir am Wochenende nicht nach Hause fuhren, ausgewählt, um im Saal aufzupassen. Jeder bekam eine Taschenlampe, und so verwandelten wir uns in Platzanweiser.

Goio kam fast immer zur Drei-Uhr-Vorführung. Seine Mutter gab ihm ein paar Peseten mit. Vor der Tür bildeten sich Schlangen und Trauben von Leuten, man aß gesalzene *Pepitas* und tauschte Fußballbilder. Es war wie auf einem Markt. Als ich an einem dieser Nachmittage erfuhr, dass *Pepitas* die Samen der Sonnenblumen sind, fand ich die Analogie zwischen Sonnenblume und Sonne erstaunlich. Dann ging das Licht aus und im dunklen Saal begann die Wochenschau.

Manchmal, während ein Streifen aus Lichtstaub über unseren Köpfen flimmerte, kam es zu Streit zwischen den Jugendlichen, und wir Kinowärter mussten aufstehen und mit unseren Taschenlampen wie ein Leuchtturm blinken, um die Streitenden zum Schweigen zu bringen.

»Warum sollen wir leise sein? Wir haben Eintritt bezahlt und werden uns unterhalten, wenn wir Lust dazu haben, und wir werden auch ein Radio mitbringen, wenn uns danach ist, und einen Fernseher …«

Pater Alvarez steckte dann seine Glatze aus dem Fenster der Filmvorführkabine hinten im Saal, als wollte er sich eine Meinung über die Auseinandersetzungen bilden, und schaltete dann, je nach Einschätzung der Lage, das Saallicht an, um die Vorführung zu beenden.

»Wir sind umzingelt, Bonnie!«, sagte Clyde zum Beispiel, und plötzlich war die Leinwand weiß.

Wenn Pater Alvarez das Licht angemacht und den Film unterbrochen hatte, blieb uns nichts anderes übrig, als aufzustehen und hinauszugehen. Die Leute flehten ihn umsonst an, die Vorführung fortzusetzen und sie das Ende sehen zu lassen, es fehle doch nur noch ganz wenig. Er schenkte ihnen keine Beachtung. Packte die Filmrollen in ihre Blechdosen, nahm sie unter den Arm und verschwand wortlos und unbeeindruckt von den Klagen im Klosterkreuzgang.

Und wir, die Platzanweiser, blieben, die Taschenlampen in der Hose, wie Glühwürmchen bis zum nächsten Sonntag zurück.

An einem Sonntag pinkelten ein paar Leute aus der 1. Reihe Balkon herunter. Es waren wohl sechs oder sieben, denn auf die

Leute aus der 22. Reihe Parkett ging ein richtiger warmer Schauer herab. Wilde Beschimpfungen waren zu hören, von den Jugendlichen auf Spanisch, von einigen Älteren auf Baskisch. Die regelmäßigen Kinogänger setzten sich von da an nicht mehr in die 21. Reihe; von der 17. bis zur 21. Reihe Parkett war man der 1. Reihe Balkon zu nah. Pater Alvarez machte sofort das Licht im Saal an, beendete die Vorführung, packte seine Rollen in die Filmdosen und verschwand. Am Tag des Platzregens mussten wir im Kinosaal Sägemehl verstreuen.

Aus irgendeinem Grund wurden die Vorführungen fast immer unterbrochen. Wenn nicht wegen der Unruhe im Publikum, dann weil der Film verschmorte. Auf jeden Fall erreichten wir selten das glückliche Ende, die großen, zur Erleichterung der Zuschauer auftauchenden Buchstaben *The End*. Aber ob mit oder ohne Ende, in diesem Saal sahen wir Szenen von Spartakus, King Kong, Charlie Chaplin, Tarzan, BB und all den anderen, die einem bis heute in Erinnerung geblieben sind. Die Sonne geht über der Wüste auf, wenn das Licht im Saal erlischt und die Leinwand aufleuchtet. Ein Treck zieht mit knarrenden, ächzenden Rädern über Geröll und Wüstenstaub Richtung Westen, eine Landschaft in Gelbtönen, Streicher ertönen.

In diesem Treck sind alle dabei, der betrunkene Arzt und der professionelle Kartenspieler, die Prostituierte, der betrügerische Bankdirektor, die elegante Frau, der müde Whiskyhändler, der mürrische Sheriff und der mit Handschellen gefesselte Gefangene, der nach der Ankunft in der Stadt gehängt werden soll. Es ist nicht mehr weit, Freund, bis wir in Oklahoma ankommen. Und so ziehen sie dahin, jeder in seiner eigenen Welt, bis plötzlich zwischen den ockerfarbenen Felsen eine Feder auftaucht. Die Feder eines rebellischen, auf der Lauer liegenden Indianers.

Und natürlich greifen die Indianer den Treck an, und die elegante Frau kann gemeinsam mit dem Gefangenen fliehen. Seit zwanzig Jahren sucht diese Frau ihre Tochter, die im Alter von drei Jahren von Indianern entführt wurde. Der junge Mann hingegen, der eine traurige Vergangenheit hat, will im Augenblick nichts anderes als seinen Kopf retten, und die beiden irren zu Fuß durch die Wüste, die Frau, die die Bequemlichkeit der Ostküste aufgegeben hat, und der Mann mit seiner traurigen Vergangenheit, beide sind erschöpft, selbst die Feldflasche leidet an Durst, bis sie endlich an einen Fluss gelangen.

Kopfüber springen sie ins Wasser und legen sich danach zum Schlafen in den Schatten, um schließlich, als sie wieder aufwachen, eine blonde, im Fluss badende Indianerin zu entdecken. Die Mutter erkennt ihre geliebte Tochter sofort, doch die junge Kiowa hält die fremde Frau für verrückt. Der junge Mann mit der traurigen Vergangenheit blickt das Mädchen an, das gerade nass aus dem Wasser steigt, und die Streicher erklingen, weil dieses Mädchen den französischen Sängerinnen, die er in den Salons von Yuma, Denver und Kansas City angebetet hatte, in nichts ähnelt. Die beiden entführen das Kiowa-Mädchen, die elegante Frau, weil sie ihre Tochter wiederhaben möchte, der geflohene Gefangene, weil er das Mädchen zur Frau haben will und darauf hofft, sie zähmen, sie nach und nach umerziehen zu können, als käme sie aus dem Osten, und so ziehen sie davon, zu dritt gegen den Rest der Welt; gegen die Kiowa, die unerwartet in der rötlichen Landschaft auftauchen, und gegen die Cowboys, die in allen Ortschaften Steckbriefe des jungen Mannes mit der Aufschrift *Wanted* aufhängen.

Es galt das Faustrecht der Freiheit, doch wir identifizierten uns in dieser Poetik der Gewalt mit den Indianern, die notwendigerweise immer verloren und reihenweise tot umfielen, sobald der Cowboy mit der traurigen Vergangenheit zu schießen begann.

»Verdammt, der nietet ja mit jeder Kugel sechs oder sieben Indianer um«, protestierten wir oft.

Peng peng peng zischten die Kugeln an unseren Ohren vorbei und durchlöcherten die Luft.

Doch die Indianer waren nicht die wirklichen Verlierer, diese Indianer, ob lebendig oder tot, die nie einen Namen hatten, in den Ockertönen der Wüste verschwanden und an den Rand gedrängt waren wie wir, die wir im Dunkeln saßen. Die eigentlichen Verlierer waren am Ende der wohlhabende Bankdirektor, der verschuldete Kartenspieler und der Kopfgeldjäger, wie schließlich bei dem Duell in der heißen, sonnigen Hauptstraße von Oklahoma deutlich wurde – einer Stadt, die nur aus einer einzigen Straße zu bestehen schien.

Danach sollte der junge Mann mit der traurigen Vergangenheit, der jetzt eine neue Weste und einen vom Mädchen gebürsteten Hut trug, sich auf sein Pferd schwingen und zu seiner nahe bei Oklahoma gelegenen Ranch reiten, auf der er mit seiner Frau und der Schwiegermutter in Zukunft leben wollte; er sollte in die Dämmerung hineingaloppieren, den Blick über die einstige Wüste schweifen lassen, wo sich jetzt fruchtbares Grasland erstreckte und Rinderherden muhend auf den Weiden standen, auf die unzähligen Sterne am Himmel blicken und zur gleichen Streichermusik, die schon am Filmanfang und in der Liebesszene zu hören war, die beeindruckenden, weißen Buchstaben betrachten, die am Horizont leuchteten.

THE END

Als es im Saal wieder hell wurde, blieben wir, die Glühwürmchen, in den Kinosesseln sitzen, bis alle Zuschauer draußen waren. Sie verließen den Raum muhend wie Kühe.

»Mensch! Die sagen was und machen es dann auch«, sagten wir.

»Aber um zu überleben, muss man Tricks drauf haben.«

Tricks. Solche mit Blut zum Beispiel. Das reichlich fließende Blut aus den Filmen war nicht echt.

»Das wird in der Fabrik gemacht, wie Farbe oder Tomatensoße. Man steckt es mit ein bisschen Schwarzpulver in eine Plastiktüte und lässt es mit einer Fernbedienung explodieren«, erklärte uns Urruti, unser Dribbelkönig.

»In den älteren Filmen haben sie es noch nicht so gemacht. Da musste derjenige, der getroffen wurde, seine Hand an die Einschussstelle legen und eine Tüte Blut zum Platzen bringen, und das sah total auffällig aus, weil es so dramatisch war und das Blut nicht dann zu fließen begann, wenn die Kugel traf, sondern erst, wenn der Schauspieler die Tüte mit der Hand zerdrückte.«

So waren die Helden des Wilden Westens: mutig, aber brutal, tapfer, aber hinterhältig, verantwortungsvoll, aber schweigsam, grüblerisch, aber zurückhaltend in den Taten, heute würde ich zynisch sagen. Und so begannen wir, um zwölf-, dreizehnjährige Mädchen zu beeindrucken, filterlose Celtas anstelle von Marlboroooos zu rauchen und den Gesichtsausdruck von Cowboys nachzuahmen. Unsere Technik war folgende: die Augenbrauen hochziehen und, ohne etwas zu sagen, die Stirn runzeln.

Nach dem Film unterhielten wir uns manchmal auf dem Pausenhof oder stellten uns, wenn es regnete, zum Rauchen unter das Dach der Pelota-Halle. Goio kam auch einmal mit. An diesem Tag hörte ich zum ersten Mal von einer neuen Villa, die *Petite Maison* genannt wurde. Ein paar Fischer gingen nach der Arbeit angeblich dort hin, in den dämmrigen, nur von farbigen Glühbirnen ausgeleuchteten Salon. An der Tür, so hieß es, stand ein Portugiese, der für einmal Vögeln zweitausend Peseten kassierte.

Auf Baskisch sagten wir *larrua jo* dafür, ein seltsames Wort, ›aufs Leder hauen‹, es kam mir noch absurder vor, wenn ich daran dachte, dass Trommeln mit Ziegenleder bespannt sind und mit einem Stock geschlagen werden. Obwohl es kein Baskischlexikon gab und in den spanischsprachigen Büchern Ausdrücke, die mit Sex zu tun hatten, kaum vorkamen, studierten wir die Wörterbücher. In dieser Zeit waren wir wie besessen von Rundungen und Löchern.

Die Geschichte von Pinocchio hatte damals enormen Erfolg. Ich erzählte, dass Pinocchio Schneewittchen gefiel, aber dass Pinocchios Ding sehr klein war, und Schneewittchen dann diese Idee hatte: »Erzähl mir eine Lüge«, forderte sie Pinocchio auf und dann seufzend: »Und jetzt etwas Wahres, und jetzt eine Lüge, die Wahrheit, eine Lüge ...«

Die Mädchen verwandelten sich für uns in wandelnde Sinnbilder von Ausschweifung und Laszivität.

Und so eröffnete sich uns allmählich jene geheimnisvolle Welt, die uns auf unklare, aber heftige Art anzog. Auch wir brauchten Liebe und träumten davon, in dieser unbekannten Welt jemanden zu lieben und vielleicht auch von jemandem geliebt zu werden.

»Wenn du einmal drin bist, kannst du dir von den zehn oder elf Mädchen irgendeine auswählen«, sagte einer in vertraulichem Ton.

»Und von wo sind die Mädchen?«

»Aus der ganzen Welt, aus Schweden, Brasilien, Thailand, Algerien ...«

»So weit ich weiß«, sagte Urruti, und wir waren überzeugt davon, dass er Bescheid wusste, »gibt es dort nur zwei, eine Blonde und eine Schwarzhaarige und beide sind Nutten ...«

Es hieß, dass sie glitzernde Abendkleider trugen, mit tiefem Dekolleté, und seltsam riechende Zigaretten rauchten, vielleicht sogar Opium ...

»Kann sein«, sagten wir.

Am nächsten Tag warnte uns Urriti schelmisch:

»Ganz ruhig, Jungs!«

29

Mit dem Glauben ist es wie mit dem Arsch, jeder hat ...

Arthur Smolensk 1953-1989. Unter den kyrillischen Buchstaben stehen arabische Ziffern, und zwischen den beiden Jahreszahlen ist ein Strich, der das Leben zusammenfassen soll – als könnte ein einzelner Strich ein ganzes Leben darstellen.

Nachdem ihr den Anhänger und die Gedenktafel entdeckt habt, werdet ihr die Schlussfolgerung ziehen, dass ihr euch in der Nähe einer sowjetischen Polarstation befindet.

»Maladiozhnaia ...«, wird der Nostromo sagen, ohne dass du weißt, wo er diesen Namen her hat.

Ihr werdet euch im Eis auf den Weg zur sowjetischen Station machen.

Der Nostromo wird berechnen, dass sie elf Kilometer Luftlinie entfernt liegt, ihr aber wegen der Gletscherspalten einen Umweg von neunundzwanzig Kilometern machen müsst, weil die Spalten groß genug sind, um euch alle zu verschlucken.

»Wenn das Eis nachgibt und du spürst, dass du fällst«, wird Axel sagen, »streck die Arme aus und halte dich an einer Kante fest ...«

Ihr werdet zu sechst marschieren und der Weg wird sehr anstrengend sein. Keine halbe Stunde von der zerschlissenen Fahne entfernt, wird Axel plötzlich vor deinen Augen verschwinden. Als ihr nach unten schaut, werdet ihr ihn in einem drei Meter tiefen Loch liegen sehen, mit aufgerissenen Augen und einem halb verängstigten, halb belustigten Lächeln.

»Warum hast du deine Arme nicht ausgebreitet?«

Mehr als sieben Stunden werdet ihr brauchen, um den seit langem verlassenen sowjetischen Stützpunkt zu erreichen. Wie

Archäologen werdet ihr beginnen, die antike Siedlung zu untersuchen. Eine Geisterstadt, in der irgendwann einmal wirklich Menschen gelebt haben. Die Fundamente werden aus Stahl, die Fußböden und Innenwände aus Holz sein, aber mit Isoliermaterial und Aluminiumplatten verkleidet.

»Wodka«, wird einer sagen, nachdem er ein Haus betreten und ein Etikett gelesen hat.

Ein kleines Fenster wird offen stehen. Der Wind wird zu pfeifen beginnen, und als du ans Fenster trittst, um es zu schließen, wird eine Schneewehe hineinfegen, den ganzen Raum mit Pulverschnee füllen und das Haus zum Erzittern bringen.

»Der Wind ist in der Lage, das Haus aus der Verankerung zu reißen ...«

Ihr werdet in der Geisterstadt übernachten und am nächsten Tag die Sauna der Russen instandsetzen und ausprobieren.

Du wirst das Schwitzbad im heißen, behaglichen Dampf genießen, das Schaudern, als ihr später nackt in den Schnee hinausläuft, das Gefühl von Reinheit nach dem Abtrocknen, beim Anziehen der dicken Kleidung.

Axel wird seine seismischen Geräte einstellen und Messungen durchführen. Er wird berechnen, dass der Eispanzer an diesem Ort zweitausendeinhundert Meter dick ist. Ein Stück weiter weg hingegen nur siebenhundertvierzig Meter, was bedeutet, dass sich unter dem Eis ein kilometertiefer Abgrund befindet.

»Am Pfosten der Solidarität haben wir eine Eisschicht von zweitausendeinhundert Metern unter uns.«

In der Mitte des Lagers wird der »Pfosten der Solidarität« stehen, zumindest werdet ihr ihn so nennen. Ein Pfosten mit pfeilförmigen Hinweistafeln, auf denen Städtenamen vermerkt sind und die Entfernung der jeweiligen Stadt; die Tafeln deuten in Richtung des Heimatorts. Als du näher kommst, kannst du entziffern: Leningrad 15 780 km, Prag soundsoviel Kilometer, noch ein paar andere Namen von ehemals sozialistischen Städten mit den dazugehörigen Kilometerangaben. Ein Pfeil wird auch nach Ottawa, ein anderer nach Hamburg zeigen.

Auch du wirst einen Pfeil zurechtschneiden. Du wirst eine heruntergefallene Tafel nehmen und sie mit Axels Filzstift beschriften:

KALAPORTU

Um das nach Nordosten zeigende Schild zu befestigen, wirst du denselben verrosteten Nagel verwenden. Der Name deines Heimatortes wird dort am Pfosten der Solidarität verewigt werden, auf einem mehr als zweitausend Meter dicken Eispanzer.

Als die Stunde der Rückkehr gekommen ist und ihr bei Schneesturm mit nicht mehr als dreißig, vierzig Metern Sicht aufbrecht, wird dieser Wegweiser das Einzige sein, was ihr beim Blick zurück auf Maladiozhnaia erkennen könnt.

Kalaportu, dein kleiner Streich, allerdings ohne Kilometerangabe.

Vom Kompass geleitet, werdet ihr euch eine Stunde lang durch den dichten Schneesturm des Polarmorgens kämpfen.

»Dieser Kompass hat mich noch nie im Stich gelassen«, wirst du den Nostromo gegen den Sturm anschreien hören.

»Woher weißt du das?«, wird Axel ebenfalls schreiend antworten.

»Sieht man an der Kompassnadel.«

Du wirst dir Axels Grinsen unter seiner Fellbekleidung vorstellen.

Der Sturm wird immer stärker werden, und nach längerem Zögern wird der Nostromo befehlen, das Lager aufzuschlagen.

Ihr werdet in zwei Zelte kriechen. Unter der Plane werdet ihr das Trommeln der Eispartikel und den heulenden Wind hören, und du wirst merken, wie ihr allmählich eingeschneit werdet.

Du wirst lange die Augen schließen. Dann wirst du auf Baskisch hören: »Hier sind wir, die alten Freunde von früher.«

Als du die Augen öffnest, wirst du in einem Klassenzimmer stehen: Schulbänke, eine Tafel, ein verlassener Raum. Du wirst die Augen schließen und erneut hören: »Hier sind wir, die alten Freunde von früher.«

Du wirst die Augen öffnen und allein sein, in kurzen Hosen in einem leeren Klassenzimmer stehen und noch einmal die Augen schließen. Auf diese Weise wird sich das alles ein paar Mal wiederholen, bis dir endlich klar wird, dass der Ruf nicht echt ist. Schließlich wirst du in dem engen Zelt neben den vier Freunden aufwachen, die wie du vor Angst und Kälte zittern.

Auch am nächsten Tag werdet ihr wegen des Sturms, Nebels und Schneetreibens im Zelt gefangen sein. Als ihr bemerkt, dass es nicht aufklart, werdet ihr jeweils die Angst der anderen spüren. Ihr werdet Rufe aus dem Nachbarzelt hören und selbst rufend antworten, und die Schreie werden sich auf unheimliche Weise mit dem Heulen des Windes vermischen und von ihm verzerrt werden. Manche Schreie werden weggeweht werden, als kämen sie aus der Ferne, andere wie von Lautsprechern verstärkt fürchterlich nachhallen, sich verzweifelt in die Länge ziehen.

Denk an den Pfeil, das Schild *Kalaportu*. In dieser weißen Wüste kann dir manches den Weg weisen – allerdings weder die ferne Heimat noch eine längst vergangene Kindheit. Als das Unwetter ein wenig nachlässt, werdet ihr auf den Kompass vertrauen und weitergehen, euch durch Sturm, Nebel, Schnee schleppen.

Ihr werdet ein Lied singen; nachdem ihr das Schlimmste durchgestanden, eure Angst überwunden und überlebt habt, werdet ihr beim Marschieren mit vereisten Lippen ein Lied anstimmen:

All well again! Ah, all well again!
All! All! Love and pain.
And world and dream …

Ansonsten werdet ihr außer beim Luftholen den Mund geschlossen halten, weil jeder Schritt im Pulverschnee so viel Kraft kostet.

Ihr werdet am Ort des Lagers ankommen und irritiert den Kompass betrachten, weil von *Summer Town* keine Spur zu sehen ist, weil alles unter einer Schneedecke verschwunden ist.

Bis Edna die Arme aus einem Loch streckt und ruft:

»Hier, hier, hier!«

Auf dem Rückweg zum Schiff werdet ihr feststellen, dass Bug und Heck schwanken und mehrere Taue wegen der vom ununterbrochenen Schlingern erzeugten Spannung gerissen sind.

Es wird ein mittlerer Seegang gehen und die Wellen am Ankerplatz werden stärker werden. Ihr werdet das Schiff neu im Eis der Bucht vertäuen.

Der Wind wird beißen. Aus verschiedenen Himmelsrichtungen, von allen Seiten unermüdlich wehen – mit neun Metern pro Sekunde, dreizehn Metern pro Sekunde, unendlich vielen Metern pro Sekunde. Und dieser unablässig blasende Wind wird trockenen Schnee vor sich hertreiben, als würde jemand mit ungeheurer Kraft Eiskristalle auf euch schleudern.

»Dabei ist noch Sommer …«, wirst du sagen.

»Im antarktischen Winter fallen die Temperaturen noch tiefer, auf siebenunddreißig Grad minus, fünfundvierzig Grad …«

»Der Sommer geht zu Ende …«

Die Nächte werden immer länger und dunkler werden.

»Das schlechte Wetter, das wir bisher hatten, ist nichts, verglichen mit dem, was wir erleben werden, wenn wir hier bleiben. Dann ziehen Schneestürme auf, die ein oder zwei Wochen dauern können …«

In den nächsten Tagen wird das Wetter besser werden und ihr werdet Karneval feiern. Axel wird sich mit Federn schmücken und als Kormoran verkleidet gehen.

Auch John Masefield wird mitmachen wollen, doch das Einzige, was ihm einfällt, ist, die Hosen herunterzulassen. Mit auf Knöchelhöhe hängenden Hosen und bis zu den Knien heruntergezogenen Unterhosen wird er seine armseligen, dunklen Geschlechtsteile vorführen und den Gang der Pinguine nachahmen. Später wird er von Kälte oder Scham bewegt die Unterhosen wieder hochziehen, die Hose aber weiterhin hinter sich herschleifen.

Du wirst einen Topf und einen Schöpflöffel in die Hand nehmen, bang bang bang aufeinanderschlagen und zusammen mit ein paar weiteren Perkussionisten eine Band gründen.

An diesem Karnevalstag, an dem der Alkohol die Zunge gelöst hat, wird auch die Diskussion darüber einsetzen, wann ihr losfahren solltet.

»Ich glaube, es ist Zeit aufzubrechen«, wird Axel sagen.

Der Nostromo wird heftig widersprechen:

»Weißt du nicht, was Clint Eastwood gesagt hat? Mit dem Glauben ist es wie mit dem Arsch, jeder hat seinen eigenen ...«

Ihr werdet in Gelächter ausbrechen und Axel wird wütend werden.

»Im März beginnt das Meer zu gefrieren, wir werden vom Eis eingeschlossen ...«

Und es ist wahr, dass der Jahreszeitenwechsel zu spüren ist. Bei Einbruch der Dunkelheit werdet ihr Sterne sehen, Boten der länger werdenden Nacht. Von der Küste wird nicht länger das Krachen der herunterbrechenden Eisbrocken herüberdringen. Der Schneefall wird stärker werden. Und die Tiere werden sich sowohl im Wasser als auch in der Luft sammeln und in Bewegung setzen.

Der Kamm einer senkrecht ins tiefschwarze Meer fallenden Eiswand wird ein guter Ort sein, um alles zu beobachten: Die Robbenkolonien werden gen Norden aufbrechen, weiter draußen immer wieder Wale vorbeiziehen, die Vögel sich in riesigen Verbänden ebenfalls Richtung Norden aufmachen und die Möwen ein neues Gefieder anlegen und mehr Lärm als je zuvor verursachen, wenn sie auf der Suche nach Nahrung über dem Lager und dem Schiff ihre Kreise ziehen.

»Dieser Nostromo will den Teufel herausfordern!«, wirst du einen Satz aufschnappen, *born to raise hell.* »Der Winter wird uns wie ein jagender Eisbär zur Strecke bringen!«

Der Nostromo wird nicht einsehen wollen, dass der Sommer zu Ende ist, und die letzten, schon herbstlichen Spätsommertage bis zum Schluss ausnutzen.

Doch es wird nicht einfach Spätsommer sein, der Winter wird seine Zähne zeigen und nicht alles daran ist hässlich. An einem dieser Tage zum Beispiel wird sich ein ungewöhnlicher Regenbogen bilden, eine gewundene Gardine aus Rot, Grün, Blau und anderen, nie zuvor gesehenen Farben wird vom Himmel zum Meer herabhängen. Die Temperatur wird bei neunzehn Grad unter Null liegen und es wird ununterbrochen schneien.

Die Tiere werden auf der Suche nach weniger kalten Gefilden nach Norden ziehen.

»Der Schnee deckt alles zu, doch er zerstört nicht. Das, was er heute verschwinden lässt, gibt er an einem anderen Tag unbeschadet wieder frei«, wird einer mit ironischem Unterton sagen. Schließlich wird der Nostromo klein beigeben und die Stadt abgebaut werden.

»Morgen legen wir ab«, wird er befehlen.

Ihr werdet *Summer Town* zurücklassen, ziemlich verdreckt. Ein Haufen Gerümpel, das ihr nicht mehr gebrauchen könnt, die Knochen und Häute der von euch erlegten Tiere – eine richtige Müllhalde.

»Sind alle an Bord?«

Doch bald wird alles unter einer Schneedecke verschwinden, als hätte nie ein Mensch diesen Ort betreten. Alles wird aussehen, als wäre nie etwas geschehen.

30

Sardellen

»Ganz ruhig, Jungs!«, ist mir noch heute, nach all der Zeit, im Ohr.

Aber wer kann mit vierzehn Jahren schon ruhig bleiben.

Goio zeigte niemandem die Tasche mit den Waffen.

Er verspürte den Drang, Dinge mit Ariane zu teilen, obwohl er verstand, dass sie aus einer anderen Welt kam. Er sah sie auf dem Heimweg von der Schule und folgte ihr, sah ihren Haarknoten vor sich und spürte sein Herz schlagen, von dem Gefühl erfasst, als würde er etwas Schlechtes tun. Ariane ging nicht nach Hause, sie überquerte die Brücke und ging am Ufer entlang Richtung Hafen.

Sie bog um die Ecke und wartete dort auf Goio, der ihr hinterherlief.

»Warum folgst du mir ständig?«

Auge in Auge mit ihr traute Goio sich nicht, die Sache zu leugnen. Es machte auch keinen Sinn zu behaupten, dass er die Mutter am Kai besuchen wollte.

»Ich habe schon öfter gemerkt, dass du mir wie ein Hündchen hinterherläufst.«

Sie blickte ihn lange und eindringlich an. Dann ging sie zur Hafenkneipe, wahrscheinlich um sich mit Felipe zu treffen, während Goio wie angewurzelt an der Ecke stehen blieb und sich schlecht fühlte. Ariane würde weder die Geschichte mit den Waffen verstehen noch die des Schiffswracks. Und eines Tages würde sie mit Felipe ein paar dicke Kinder haben.

In diesen März- und Apriltagen brach das Frühjahr an. Es war nicht mehr so kalt, der Nebel fiel seltener, die Brandungswellen verloren an Kraft, die Schwalben kehrten zurück. Der Frühling trug den Geruch von Algen nach Kalaportu, strömte wie die Flut herein und führte einen Nieselregen mit sich, den die Fischer Sardellenspucke nannten.

Der Frühling zog mit Blumen ins Land, der Löwenzahn breitete sich auf den Wiesen aus und die Kinder zerpusteten pffff wie Windriesen die aschfarbene Mähne des Löwenzahns. Im Meer hingegen waren die Sardellen die schönsten aller Blumen.

»Wir gehen Sardellen pflücken«, sagten die Fischer.

Wenn ihr Boot mit vollen Kisten zurückkehrte, breiteten sie die Netze auf dem Kai aus und riefen die Frauen, die die Fische aus den Maschen holten. Einzeln fingerten Goios Mutter und die anderen Netzflickerinnen die zappelnden Sardellen aus dem Netz.

Der Portugiese ging auch manchmal zum Hafen hinunter. Er hatte das Landhaus *Bergblume* gekauft, das bis dahin einer Familie aus dem Nachbarort gehört hatte, und den Namen geändert. Jetzt hieß es *Petite Maison*, und man erzählte sich, dass der Portugiese dort mit seinen Huren lebte. Er war ein guter Unterhalter und ging jeden Morgen in der Ortschaft spazieren, die Oberstraße hinauf und die Unterstraße hinunter. Manchmal blieb er stehen, um beim Entladen der Fische zuzuschauen.

»Und? Willst du hier wohnen bleiben oder nicht?«, fragten sie ihn.

»Ich habe hier einige Geschäfte, um die ich mich kümmern muss.«

»Und was kuckst du so?«, sagte einer der Fischer.

»Der Kabeljau, der ist wie bei mir zu Hause!«

»Sag bloß«, antworteten sie lachend.

Es hieß, der Portugiese halte sich zwei Frauen im Petite Maison und lasse sie nicht aus dem Haus.

Wir lebten währenddessen von Unterrichtsstunde zu Unterrichtsstunde. Sachkunde stand an, und wir lernten, dass der Frühling beginnt, wenn der Ginster blüht. Im Nationalkundeunterricht wurden wir wie immer mit den Merkmalen der organischen Demokratie gelangweilt. In Französisch brachten wir Büro und Henker durcheinander, weil *bureau* viel mehr nach *borreroa* klang als nach *bulegoa*.

Quelle vie! La vrai vie est absente. Nous ne sommes pas au monde.

In Mathematik schließlich lernten wir, Brüche zu addieren. Der Lehrer schlug mit dem Lineal an die Tafel, und wir alle wachten auf. Wenn die Pausenklingel ertönte, stürmten wir, als handele es sich um die allerletzte Aufforderung, wild und im Pulk in den Hof hinaus.

Blas Mendibe, unser Lateinlehrer, ließ uns Pamphlete seiner Kongregation vervielfachen.

»Wir werden heute die Zeit nutzen, um Handschrift zu üben«, pflegte er zu sagen. »Was ich an die Tafel schreibe, werdet ihr auf eure Zettel kopieren.«

Pater Mendibe war Sekretär eines obskuren religiösen Vereins namens *Die Kongregation des guten Todes* und immer mit Veranstaltungshinweisen, Erinnerungsschreiben oder Dankesbriefen seines Vereins in Verzug. In solchen Fällen zog er einen Packen Karten aus seiner Soutane, als würde er Tauben hervorzaubern, verteilte sie an uns, vergewisserte sich, dass wir alle bereit waren, und begann dann seinen Text an die Tafel zu schreiben.

Wir kopierten Wort für Wort, mit Feder und schwarzer Tinte. Kugelschreiber durften nicht verwendet werden, weil Gottes Urteil, jener unvermeidbare Tod, der uns damals noch so weit entfernt schien, sich mit Feder und schwarzer Tine sakraler darstellen ließ. Der Beginn dieser Zeremonie bestand darin, die Federspitze zu säubern. Nachdem wir sie in Tinte getaucht hatten, verklecksten wir oft das Papier. Auf dem Pult breiteten sich vom Tintenfass hinterlassene Kreise und Halbkreise aus. Es gab nie genug Löschpapier, um die Spuren unserer Ungeschicktheit zu beseitigen.

Einmal erzählte uns der Pater, während wir schrieben, eine Geschichte.

»Es gab einmal einen italienischen Jungen ...«

Der Junge wohnte bei seinem Vater. Der Vater musste endlos lange Adresslisten kopieren und arbeitete oft bis spät in die Nacht. Wenn er endlich ins Bett ging, stand der Junge auf, um die Arbeit seines Vaters heimlich fortzuführen. Er schrieb Adressen ab, bis ihm die Augen zufielen. Am nächsten Morgen sagte der Vater, schau her, Junge, dein Vater ist nicht so ein Nichtsnutz, wie alle glauben, gestern habe ich zweihundert Adressen mehr als üblich geschafft. Und der Junge stand, obwohl er kaum geschlafen hatte, in der nächsten Nacht wieder auf, um dem Vater zu helfen. Tagsüber war er deshalb sehr müde und in der Schule unaufmerksam, worüber der Vater sehr betrübt war ...

Bei einer dieser Handschriftübungen verlängerte Inazito einmal den Satz, den wir abschreiben sollten. *Wenn du deines Weges sicher sein willst, schließe die Augen und gehe im Dunkeln, sagte San Juan de la Cruz – bis du gegen einen Baum läufst,* fügte Inazito unauffällig und mit der gleichen eleganten Tinte und Schrift hinzu und trocknete die letzten Buchstaben mit dem Löschpapier.

Wenn jemandem die Tinte herunterfiel, zeigte Pater Mendibe mit dem Finger auf den Fleck am Boden und sagte.

»Die Strafe Gottes!«

Die Bemerkung wurde zum geflügelten Wort. Wenn irgendwo etwas herunterfiel, sagten wir: Die Strafe Gottes!

Alles, sogar die Jahreszeiten bewiesen Gottes Güte, und so stellten wir uns vor, wie Gott kniend zu sich selbst betete. Doch die Gerechtigkeit des Herrn war nicht ganz so einfach zu verstehen, denn abgesehen von der allgemeinen Todesstrafe gab es da noch die brutalsten Kasteiungen, die einem in der Hölle auferlegt wurden. Sogar unsere Mütter würden sich, so Pater Mendibe, im Höllenfeuer verzehren, immer wieder würden sie ihre Fingerspitzen mit Wasser befeuchten und bis in alle Ewigkeit versuchen, damit ihre brennenden Lippen zu benetzen, ohne dass es ihnen je gelänge.

Es war eine unglaubliche Ungerechtigkeit.

Und wir alle gaben Inazito Recht, als er sagte: »Maria war ein guter Mensch, genauso wie Josef. Ich verstehe nicht, warum Gott sie nicht ihren eigenen Sohn haben ließ, warum er den armen Josef mit dieser grausamen Taubenerscheinung demütigen musste …«

»Du machst dir Sorgen, oder?«, sagte ich eines Tages zu Goio, als wir über den Schulhof gingen. »Was ist los mit dir?«

»Ich weiß nicht«, sagte er.

»Worüber denkst du nach?«

»Dieses Jahr sind wir mit der achten fertig, im Jahr drauf mit der neunten …«

»Und?«

»Was machen wir dann?«

»Das ist doch noch lange hin.«

Damals hatten wir immer Mädchen im Kopf und nicht irgendwelche achten oder neunten Klassen, die Mädchen waren für uns geheimnisvolle Fragen und verbotene Lösungen.

»Die Mädchen.«

»Was ist mit den Mädchen?«, sagte er.

»Die Mädchen sind das Problem«, sagte ich. »Dir gefällt eine und du bist die ganze Zeit hinter ihr her, aber wenn sie dir keine Beachtung schenkt, dann kannst du an nichts anderes mehr denken.«

Und dann sagte er, als würde er einen Stein ins Wasser werfen:

»Weißt du, Ariane gefällt mir.«

Genau so drückte er sich aus.

»Und?«

»Ich kann nicht mit ihr zusammen sein. Es ist unmöglich.«

»Mit denen, die mir gefallen, ist es genauso«, sagte ich und dachte an die Kinobilder, an die schönen und unerreichbaren Frauen aus den Filmen.

Und der Fremde sagte am Eingang des Salons, ohne vom Pferd abzusteigen: »Schöne Frauen, mag sein. Aber mich interessiert nur, ob der Sheriff mit seinen Leuten hier vorbei gekommen ist.«

»Fühlst du auch diese Leere?«

»Was für eine Leere?«, fragte ich.

»Diesen Schmerz, als würde dir der halbe Körper fehlen.«

Wir gingen von einem Ende des Pausenhofs zum anderen, an der Außenlinie des regulären Spielfelds entlang.

»Es fehlt immer irgendetwas«, sagte ich, als hätte ich einen klaren Begriff von der geheimen Traurigkeit, die uns alle gefangen nahm. »Der Reiche ist nicht gesund, der Gesunde ist nicht intelligent, der Kluge hat in der Liebe kein Glück, der glücklich Verliebte hat kein Geld.«

Es begann zu regnen.

»Lass uns reingehen«, sagte ich, »wir werden nass.«

»Der Regen ist schön«, antwortete er.

Diejenigen, die Fußball spielten, liefen ins Schulhaus zurück und verteilten sich in den Gängen. Wir wurden im Regen nass.

»Wenn es regnet, muss man sich unterstellen«, sagte ich.

Goio lächelte mich an, während die Wassertropfen ihm von den roten Haaren über die Wangen hinunterliefen.

»Du bist mein bester Freund«, sagte er.

Wir gingen noch zwei lange Bahnen durch den strömenden Regen, bis wir klitschnass die Schule betraten.

Die auf Baskisch verfassten Notizen verliehen den Besitzern der Waffen etwas Irreales. Auch wenn die Leute in Kalaportu Baskisch sprachen und auch Goio es, außer in der Schule, im Alltag verwendete, war es ungewöhnlich, etwas auf Euskera zu lesen oder zu schreiben. Die Notizen über den Gebrauch der Waffen waren das Erste, was Goio auf Baskisch las, und immer wieder kehrte er auf das Schiff zurück, um die handschriftlichen Eintragungen in dem karierten Heft zu studieren:

Die Wache der Carabineros wird nachts leer sein. Wenn ihr jemanden entdeckt, verschiebt die Aktion auf einen anderen Tag. Weil der Sprengstoff hochexplosiv ist, darf der Zünder erst im letzten Moment mit dem Sprengkörper verbunden werden. Auch bei der Uhr müsst ihr aufpassen. Ihr müsst den großen Zeiger entfernen und nur den kleinen übrig lassen, damit er Kontakt mit der Elektroklemme herstellen kann. Ihr müsst das mindestens dreimal vorher ausprobieren.

Später sollte Goio, als er den Zeitungsladen in der Mittelstraße betrat, auch gedruckte Texte auf Baskisch sehen. Dort wurde die Tagespresse verkauft, die auf drei Türmen gestapelt war, *El Correo Español*, *La Gaceta del Norte* und der *Diario Vasco*. Goio wollte zwei Kugelschreiber kaufen, aber weil der Ladenbesitzer fast ununterbrochen damit beschäftigt war, Zeitungen herauszugeben und Geld zu kassieren, betrachtete Goio die ausliegenden Bücher:

Ich bin geboren, um zu sterben,
ununterbrochen sterbe ich,
und wenn ich wirklich einmal sterbe,
werde ich anfangen zu leben.

Drei, vier Mal las Goio die Zeilen des Verses. Er nahm das Buch in die Hand und blickte auf den Namen des Autors: William A. Douglass. Der Titel des Buchs ließ ihn frösteln:

Murelaga war das Dorf, in dem seine Großeltern lebten.

In jenen Wochen kam ein Fotograf an die Schule, um wie jedes Jahr ein Klassenfoto zu schießen. Wir stellten uns gemeinsam vor die Tafel, jeder verschaffte sich Platz, wie er eben konnte. Der Fotograf schoss das Bild, und als er uns sagte, dass er sicherheitshalber noch eines machen wollte, strengten wir uns erneut an, eine gute Figur für die Ewigkeit abzugeben. Wir alle sind darauf abgebildet, das Foto lässt keinen Raum für Selbstbetrug. Man sieht den über das ganze Gesicht grinsenden Ixidro, Agustin, wie er seinem Nebenmann Eselsohren macht, Emilio, der in der letzten Reihe seinen blonden Kopf seitlich nach oben streckt, als hätte er Angst, nicht im Futur II zu erscheinen, und auch ich bin dort, der sechste von links in der zweiten Reihe ...

Oben rechts an der Tafel steht das Datum. Die Jahreszahl erkennt man nicht, weil der lange Nicolas sie mit seinem Kopf verdeckt.

27. MÄRZ 197..

Ich fühle mich am Rande eines Abgrunds. Die Zeit ist irgendwie, Augenblick für Augenblick, durch die Zeit hindurch bis zu diesem Moment der Gegenwart gelangt. Und ich frage mich, wo die Freunde von damals heute wohl sind.

Emilio Mina sollte Fußballer werden. Nachdem er einige Partien für Athletic Bilbao gespielt hatte, trat er als Leihspieler für Mannschaften der zweiten und dritten Liga an, bis er schließlich bei Osasuna landete.

Ernesto, der ganz jung ins Gefängnis kam, ist heute Abgeordneter im Parlament von Gasteiz.

Esteban Oiz, den wir *Itoa* nannten, den Ertrunkenen, studierte Wirtschaft und wurde Leiter einer Konservenfabrik in Bermeo.

Der nächste in der Reihe bin ich und kann unkommentiert bleiben.

Juanjo Urtiaga, unser Klassenbester, dessen Brille so dick wie Panzerglas war, ist heute Eigentümer eines Bordells auf Mallorca.

Von Jabi Larre, *Beixama*, habe ich nichts mehr gehört.

Genauso wenig wie von Inazito Mitxelena.

Cecilio Ramirez, der Sohn eines Guardia Civil, kehrte mit seiner Familie nach Spanien zurück.

Goio, unser Freund, blickt in die Wolken hinauf.

Der nächste ist Pedro Zumalde, die *Tonne*, der ein Viertel des Bildes ausfüllt.

In der untersten Reihe von links nach rechts sieht man Ixidro, der mit neunzehn Jahren floh, als die Polizei ihn verhaften wollte, und von dem ich seitdem keine Nachricht habe.

Imanol wurde Maler und hat Ausstellungen im berühmten Arteleku in Bilbao gehabt.

Josemari sollte wie sein Vater und der Vater seines Vaters Seemann werden …

Ernste, lächelnde, spöttische, gelangweilte Gesichter. Wir waren der Leichenzug, der die Kindheit zu Grabe trug, und haben seitdem auf die eine oder andere Weise, auf süße oder bittere Art zu leben versucht.

Ich weiß nicht, ob die Jungs, die wir waren, es bis in die Gegenwart geschafft haben. Doch wir, ja, wir blieben irgendwie dort.

»Das ist ein Foto, das ihr noch in vielen Jahren anschauen werdet«, sagte der Fotograf zu uns, als er den Film entwickelt hatte und gekommen war, um jedem von uns einen Abzug für zwanzig Peseten zu verkaufen.

Wir betrachteten ihn und begriffen, wie fremdartig die Bilder sind und welche seltsamen Bräuche wir im Sepia-Land der Vergangenheit pflegten. Auf dem Foto tragen wir fast alle kurze Hosen.

Und so warteten wir auf das Dorffest von Kalaportu.

31

Das gefrorene Meer

Der weiße Kontinent wird hinter euch zurückbleiben, als wäre hier nie etwas geschehen.

»Hart steuerbord!«, wird der Nostromo rufen.

Ihr werdet an der Reling mit Stangen Wache halten, um Eisschollen vom Schiff fernzuhalten.

Allzu oft werdet ihr nicht Bug voraus fahren können, sondern beidrehen müssen.

»Motor auskuppeln! Ruder hart über!«

Am Tag eurer Abreise wird die Temperatur wegen des Nordostwindes von unter null auf plus fünf Grad steigen und das Eis erneut zu schmelzen beginnen.

Bei besserem Wetter werden Tiere zu sehen sein, die in der Luft, auf dem Eis, im Wasser nach Norden ziehen. Schneeweiße taubenähnliche Vögel werden auftauchen, ihre Augen zwei pechschwarze Punkte, ihre Füße zwei Grafitstriche, und im alles einhüllenden weißen Dunst kaum zu erkennen sein. Sie werden sich auf dem Deck niederlassen und zutraulich wie die meisten Tiere der Antarktis nach Essensresten suchen, denn ihr Instinkt wird ihnen sagen, dass niemand ihnen etwas anhaben kann.

Pinguine werden nur noch wenige zu sehen sein. Gelegentlich einige Einsiedlerfamilien, die sich schnell ins Wasser stürzen und Richtung Norden schwimmen, als hätten sie es eilig, als wären sie vor irgendjemandem auf der Flucht.

Auch Sturmvögel werden vorüberziehen, allerdings ohne sich dem Schiff zu nähern, hoch oben am Himmel vorbeifliegen, in schönen, aber flüchtigen Bahnen.

Und Robben. Und See-Elefanten, die mitten im Eis ihre glänzenden Nacken zur Schau stellen. Alle werden auf dem Weg nach Norden sein, als hätten sie in milderen Gegenden und Gewässern einen Treffpunkt vereinbart.

»Es freut mich sehr, Hochwürden, Sie hier zu sehen!«, wirst du auf Baskisch zu einem See-Elefanten sagen, weil es dir angemessen erscheint, mit See-Elefanten Euskera zu reden.

Er wird den Kopf bewegen, als wolle er »ganz meinerseits« sagen.

»Und gesundheitlich alles in Ordnung?«

Ich selbst werde dir seine Antwort geben, *ja, ich kann nicht klagen.*

Das Thermometer wird auf minus sieben Grad fallen.

Weiter draußen auf dem Meer werden Orcas auftauchen. Eine Gruppe von zehn Tieren. Mit großen schwarzen Rückenflossen und hellen Flecken am Körper. Axel wird schätzen, dass die kleinen Orcas zwischen acht und zehn Meter lang sind, die großen zwischen sechzehn und achtzehn. Die untere Hälfte ihrer riesigen quadratischen Köpfe werden die Mäuler mit ihren unheimlichen Zähnen einnehmen.

Später wird ein Schnee- und Hagelsturm einsetzen. Siebenundachtzig Stunden lang wird das Unwetter ununterbrochen toben. Ein weißes Leinentuch wird sich über das Meer legen. Der Seegang wird die weiße Haut immer wieder mit seinem unablässigen Wellengang zerreißen und der Schnee doch die Hoffnung nicht aufgeben, das Wasser weiß überziehen zu können.

Axel wird den ganzen Tag über Messungen vornehmen:

»Die Wassertemperatur beträgt 2,1 Grad unter Null. Es beginnt zu gefrieren.«

Er wird auch Tiefenmessungen durchführen, die Wassertiefe über dem felsigen Untergrund wird zwischen hundertsiebenundzwanzig und siebenhundertfünfzig Metern betragen.

Das schneebedeckte Schiff wird noch weißer dahingleiten als sonst. Vorsichtig und mit geringer Fahrt wird es den Eisbergen ausweichen, die kleineren Eisblöcke werdet ihr mit Stangen vom Schiff wegstoßen.

Ihr werdet merken, dass die Eisschollen dicker und härter werden und das Meer sich langsam um euch herum schließt.

»Das Meer verwandelt sich in eine klebrige Masse. Bevor es zufriert, hat es die Konsistenz von Gelatine ...«

Axel wird resigniert feststellen, dass ihr keine andere Wahl habt, als so schnell wie möglich aufs offene Meer hinaus zu fahren, doch es wird nicht leicht sein.

Das Schiff wird zu langsam sein, der Steuermann von den ständigen Manövern müde werden.

Der Nostromo wird ohne Unterlass Kommandos brüllen:

»Steuerbord! Backbord!«, als wolle er sich selbst widersprechen.

Es wird schwer, fast aussichtslos sein, dem dunklen Pfad durch das Eis zu folgen. Ihr werdet den plötzlich aus dem Nebel auftauchenden Eisschollen nicht immer ausweichen, sie nicht immer wegschieben können und deshalb mit einigen zusammenkrachen.

»Backbord! Hierher mit der Stange! Warschau, dort, ein Eisberg!«

Auf der Wasseroberfläche werden sich Eisplatten und große Schollen bilden, die von den anderen *Pancake* genannt werden, Eiskuchen. Sie werden sich beängstigend vermehren und zusammenschließen. Außerdem wird ein eisiger Wind aufkommen, der feinen Pulverschnee vor sich hertreibt. Denjenigen, die an Deck bleiben müssen, werden die Schneeflocken wie eisige Nadeln im Gesicht stechen. Der Schnee wird als Leinentuch über dem Meer ausgebreitet werden und die Eisschollen miteinander verbinden.

»Backbord beidrehen! Geringe Kraft!«

Die Situation wird immer gefährlicher werden, das Schiff kaum noch Fahrt aufnehmen können, bugwärts nicht vorankommen und in dem sich allmählich schließenden Eislabyrinth zu rollen beginnen.

Der Seegang wird die Eisschollen dennoch wild tanzen lassen, wie ihr im Nebel erahnt. Wegen des Sturms wird auch die Nacht schrecklich verlaufen. Das unglücksselige Schiff wird zu zittern beginnen, als würde es gleich explodieren.

»Fahrt voraus!«, wird der Nostromo befehlen. »Maschine drosseln!«

Ihr werdet weiterfahren, immer stärker nach Steuerbord gekrängt, immer schlingernder.

Ein fürchterliches Schlagen, Ächzen, Krachen.

Die Kälte wird die Schollen aneinanderschweißen, das Eis wird sich schließen. Regungslos wird das Schiff daliegen, wie in einem Trockendock aus Eis.

In diesem Moment werdet ihr begreifen, dass ihr euch verkalkuliert habt, zu spät aufgebrochen seid, dass das Eis euch erwischt und gefangen hat. Die lebendige, dunkle Flur des Meeres wird verschwunden sein und alles, so weit das Auge reicht, alles weiß werden, wie von einem Leichentuch überzogen. Der Herzschlag des Meeres wird aussetzen, weder Systole noch Diastole werden zu spüren sein.

Das Eis wird den Schiffsbauch aber nicht sprengen wie eine Nussschale, sondern den runden, auf alle Herausforderungen angelegten Bug anheben, als würde das Schiff geslippt.

Eure *Iron Will* wird auf der Eisfläche liegen bleiben, nach Steuerbord geneigt, so wie Schaluppen in Fischerdörfern manchmal schräg auf der Mole liegen. Und dank des Eises werdet ihr von Bord gehen und auf dem gefrorenen Meer herumlaufen können, als ob ihr an Land wäret.

»Da unten sind ja schon Algen dran!«, wird der Nostromo sagen und auf den Schiffsrumpf zeigen, als hätte er das Boot mit Absicht kielgeholt.

Doch niemand wird antworten.

Eine Robbe, die mit ihrem Kopf ein Loch ins Eis gestoßen hat, wird spöttisch aus dem Loch herausblicken. Der Nostromo wird einen Stock nach ihr werfen, der an ihrem Kopf vorbeizischt und ins Wasserloch fällt – während die Robbe euch weiter beobachtet: verwundert, voller Spott.

Wenn das Meer zufriert, müssen die Robben das machen, um Luft zu holen. Sie müssen Löcher in das Eis schlagen und den Kopf herausstrecken.

Das ganze Meer wird bis an den Horizont zugefroren sein. Ihr werdet auf ihm herumlaufen, es allerdings nicht mit dem Schiff befahren können. Das Eis wird fest und rutschig sein, aber weil es aus zusammengeschobenen Schollen besteht, keine ebene Fläche bilden. Würde man einen Schlitten über diesen buckligen Untergrund ziehen, würde er sofort zerbrechen.

Der Nostromo wird einen Notruf senden lassen. Bald wird eine Funkverbindung hergestellt sein, mit irgendjemandem da draußen.

Du wirst dich umschauen. Auch für einen Eisbrecher wird es schwierig sein, die Eisschicht zu durchbrechen und zu euch zu gelangen.

Axel wird etwas Ähnliches sagen:

»Das Eis ist nicht glatt, die Fläche ist zu uneben, selbst ein Kufenflugzeug könnte hier nicht landen. Höchstens ein Hubschrauber ...«

Der Schnee wird auf dem versteinerten Wasser eine harte Decke bilden, das Meer unter einem Eispanzer verschwinden.

Edna wird neben dir stehen. Frag sie, wo die Enten aus dem Central Park hinfliegen, wenn der Teich zufriert.

Nein, du wirst sie nicht fragen.

»Es ist zugefroren, aber man spürt trotzdem die Bewegung des Meeres«, wird sie sagen.

Und es stimmt: Du wirst das unablässige Auf und Ab der See

spüren, Systole und Diastole, und als würden die Herzschläge des Meeres dem Eis Schmerzen bereiten, wird es bei der Aufwärtsbewegung schwach stöhnen, beim Zurückweichen einen schrilleren und längeren Klagelaut von sich geben.

32

Die brennende Fahne

Das Dorffest begann, und es passierte die Geschichte mit Maite.

Wir hatten die Erlaubnis, nach dem Abendessen die Schule zu verlassen. Die Straßen von Kalaportu waren mit farbigen Lichtern und kleinen spanischen Fahnen geschmückt. Elegant gekleidete Leute standen unter Girlanden und Papierbändern um den Musikpavillon herum, ein von weither angereistes Orchester spielte Paso Dobles, Boleros, Cha-Cha-Cha ...

> *Die Marsmenschen sind da*
> *Und sie tanzen Cha-cha-cha ...*

Ich traf mich mit Juan Bautista und Goio, und wir liefen Wein in uns hineinschüttend durch die Ortschaft. Das Orchester spielte ununterbrochen und wechselte vom Cha-Cha-Cha übergangslos zu einem klagenden Bolero.

> *Wo ist die Frau meiner Träume?*

Einige größere Jungs tanzten eng umschlungen mit einem Mädchen, schweigend, das Gesicht hochrot, im Halbschatten, schwitzend.

Kurz vor Mitternacht sagte Juan Bautista:

»Sollen wir zum Großen Felsen gehen?«

»Schauen, was das Meer treibt?«

Wir drei und Maite machten uns auf den Weg zum Bunker.

Maite war ein sehr hübsches Mädchen, schlank, mit dunkler Haut und langen, glatten Haaren. Mir gefiel sie, aber ihr gefiel

Juan Bautista. Der wiederum wollte von Maite nichts wissen und sorgte immer wieder dafür, dass wir uns versteckten, um ihr nicht zu begegnen.

Auf dem Weg zum Großen Felsen kamen wir am Kai an der Polizeiwache vorbei. An einem Mast flatterte die spanische Fahne.

»Wetten, dass du sie nicht anzündest!«, sagte Juan Bautista.

»Topp, die Wette gilt«, antwortete Goio.

Pla pla pla machte die Fahne im Wind.

»Ich hab ein Feuerzeug in der Tasche!«, verkündete Juan Bautista.

Wir zogen unter der Fahne vorbei und stiegen den Hang hinauf.

Im Bunker standen ein paar leere Bier- und Limonadenflaschen herum. Wir steckten einen herumliegenden Kerzenstummel an und setzten uns zu viert ums Licht. Während wir betrunken und mit Flaschen in den Händen auf den Betonplatten lagen, begann Maite Juan Bautista zu streicheln.

»Wenn du was von mir willst, musst du es erst mit meinen Freunden machen!«, sagte Juan Bautista plötzlich.

»Warum?«, fragte Maite bestimmt.

»Weil wir Freunde sind«, sagte ich lachend. Betrunken wie ich war, glaubte ich, dass Juan Bautista einen Witz machte.

»Alle oder keiner!«, sagte Juan Bautista.

»Gut, dann komm!«, sagte Maite und stand auf.

»Ich?«, erwiderte ich.

»Los, komm runter an den Strand«, sagte Maite.

»Nein, ich nicht.«

Doch Maite stand schon am Ausgang des Bunkers. Ich blickte die beiden Freunde an, richtete mich auf und folgte dem Mädchen. Wir stiegen zwischen den Felsen hinab, tollpatschig, die Sinne vom Alkohol vernebelt. Unten sah man Wellen gegen die Küste schlagen.

Als ich an dem kleinen Sandstreifen ankam, wartete Maite schon im Sand auf mich, lag ausgestreckt auf dem Rücken.

Ich kniete mich neben sie.

»Zieh dir die Hose aus«, sagte sie.

Scham überkam mich.

»Was willst du?«, fragte sie mich.

»Nichts. Ich will nichts.«

Krebse liefen in der Nähe herum. Von Goio hatte ich gehört, dass diese kleinen Krebse mit ihren Scheren Netze zerschneiden konnten.

Ich spürte Lust, Kälte, Angst.

»Ich liebe dich«, sagte ich zu ihr.

Sich mit den Ellenbogen auf dem Sand aufstützend, drückte sie den Rücken, die Schultern und den Kopf nach oben.

»Red keinen Blödsinn!«

Ich lehnte mich zu ihr hinüber und gab ihr einen Kuss, wie im Kino. Es war der erste Kuss meines Lebens, ungeschickt und kurz, ich fühlte mich wie in einem Film und zitterte vor Angst.

»Wirklich!«, sagte ich.

Und jetzt küsste sie mich, ihre warme Zunge bewegte sich wie ein Tier in meinem Mund, warm und kriechend. Ich bekam keine Luft mehr.

»Mach schon«, sagte sie, während sie mir die Hose aufknöpf-te. »Zieh das aus!«

Meine Reaktion bestand darin, ungewollt ein Stück von ihr abzurücken. Wir saßen lange still da. Der Sand war feucht, es ging ein kalter Wind.

»Wenn du nichts von mir willst, dann hau ab!«, sagte sie schließlich.

Ich drehte mich weg, um mir den Hosenschlitz zuzuknöpfen, und stieg den Hang hinauf. Es waren keine durch die Dunkelheit segelnden Vögel zu sehen, nur ein paar auf den Himmel genagelte Sterne und der kugelrunde Mond, der zwischen langsam treibenden Wolken aufstieg, als böte er sich zu einem Kopfball an, als wäre er ein von Emilio Mina geflankter Ball.

»Wie oft habt ihr's gemacht?«, fragte Juan Bautista, als ich am Bunker ankam.

»Dreimal, ohne die Makrele rauszuziehen«, antwortete ich. Es war eine Formulierung, die ich bei Juan Bautista gehörte hatte.

»Jetzt bist du dran!«, sagte Juan Bautista zu Goio.

»Nein, ich bin in jemand anderes verliebt«, antwortete er.

»Ich habe auch keine Lust«, sagte Juan Bautista.

Ich beschloss, in die Schule zurückzukehren, ließ die anderen drei am Großen Felsen allein und brach auf. Es muss gegen vier oder fünf Uhr morgens gewesen sein. Bevor ich am Kai ankam, rutschte ich am Hang aus und schlug auf. Mir war schwindelig, ich hatte Schmerzen, war angeekelt, hatte genug von der Welt, glaubte, dass die vierzehn hinter mir liegenden Jahre schon zu viel gewesen waren.

Im Dorf ging gerade das Fest zu Ende. Die Straßen, die am Vorabend so geschmückt und herausgeputzt ausgesehen hatten, waren jetzt dreckig und voller Müll. Am Abend waren so viele Wimpel und Lichter zu sehen gewesen, elegant gekleidete Leute hatten die Straße bevölkert, die von außerhalb angereisten Musiker aus golden und silbern schimmernden Instrumenten wunderbare Klänge herausgeholt. Jetzt hingegen lagen zerfledderte Papierfähnchen um den Musikpavillon am Boden herum, und durch das schon verwaiste Hafenviertel zog nur noch ein Häuflein grölender, jammernder Betrunkener.

In diesem Moment, in den letzten Atemzügen der Nacht, sahen die Werft, die Brücke, die Häuser des Ortsteils Zubieta, die Schule für mich wie Röntgenbilder aus. Müde und zerschlagen erreichte ich das Internat und traf niemanden an. Nicht einmal Pater Solana war in seinem Wachturm. Ich betrat den Schlafsaal und spürte, als ich mich auf dem Bett ausstreckte, dass ich mich übergeben musste. Ich schaffte es nicht mehr zum Klo und beugte mich einfach aus dem Fenster. Ich muss ein schönes Ungeheuer abgegeben haben, als ich an diesem Morgen aus dem Fenster kotzte. Auch wenn ich keinen gewaltigen erigierten Penis vorzuweisen hatte, sah ich mit meinem gekrümmten nackten Körper und meinem verzerrten Gesicht doch wie ein Ungeheuer aus, wie eine aus einem Fass hervorlugende, sich den Magen leer kotzende, fast aus dem Fenster fallende Gestalt.

Ich sah Kalaportu unter mir liegen und entdeckte verwundert das Feuer am Hafen. Am Kai war eine Fackel zu sehen, es begann bereits zu dämmern. Die Fahne neben der Polizeiwache brannte, flatterte in rot-gelben Flammen oben am Mast.

Einige Tage später geschah es.

Goio aß, nachdem er um fünf Uhr nachmittags die Schule verlassen hatte, gegen sieben zu Abend und ging dann noch einmal auf einen Spaziergang nach draußen. Er machte sich regelmäßig auf den Weg zum Schiff, um nachzusehen, ob die Tasche mit den Waffen noch dort lag. Gegen zehn war er immer noch am Möwenfelsen und dachte daran, dass er nicht zu spät nach Hause kommen sollte. Aber als er aus dem Bootsinneren herausstieg, um nach Hause zurückzukehren, bemerkte er, dass die Umgebung von der Guardia Civil umstellt war. Er schlüpfte zurück ins Schiff und beobachtete von seinem Versteck aus die grünlichen Schatten der Polizisten in der Dunkelheit.

In der Nähe der Werft standen drei oder vier, auf der anderen Seite der Hafeneinfahrt zeichneten sich Gewehrläufe ab, und auf einigen Kähnen waren metallischer Lärm und Befehlsstimmen zu hören, die ebenfalls nicht von Fischern stammten. Was machten die Zivilgardisten um diese Zeit am Kai, warum waren sie auf die Boote gestiegen? Wollten sie Schmuggler schnappen? Warum versteckten sie sich hinter den Lastwagen?

Die Zeit verstrich, und die Polizisten verharrten mit ihren Maschinenpistolen und Kunststoffhüten, warteten auf irgendetwas. Vielleicht waren sie hinter den Leuten her, die die Fahne am Festtag verbrannt hatten, und Goio zitterte wie in der Nacht, als er sich mit einer Hand oben am Mast festgehalten und mit der anderen klick klick klick vier oder fünf Mal das Feuerzeug hatte zünden müssen, um den seidenen Lappen in Brand zu setzen. Er würde nicht von Bord gehen können, bis die Guardias wieder in ihre Kaserne zurückgekehrt waren.

Außerdem waren Waffen auf dem Schiff, er musste sie sicherheitshalber besser verstecken. Also robbte er vorwärts, nahm die Tasche und kroch weiter. Im Bootsinneren gab es Hunderte von Krebsen, er hörte das Knacken ihrer Scheren und spürte die Beine und den flachen Bauch eines Krebses an seiner Hand. Goio kannte ein besseres Versteck für die Tasche, im Maschinenraum, in den dreckigen Innereien des Schiffs. Es stank dort widerlich nach Müll und vermodertem Wasser. Goio öffnete die Tüte und überprüfte ihren Inhalt, zählte tastend drei Pistolen, auch das Heft war noch dort. Er merkte, dass außerdem ein neuer Zettel darin war. In der Dunkelheit konnte er ihn nicht lesen und steckte ihn, ohne nachzudenken, in die Hosentasche, spürte jedoch die Buchstaben wie Ameisen auf den Fingerspitzen. Die Kunststofftasche schob er unter ein paar alte Bretter und häufte Müll darüber auf.

Dann kehrte er um und steckte erneut den Kopf durch die Luke. Kalter Nebel war gefallen, und noch die nebensächlichsten Dinge erlangten in diesem Augenblick der Angst größte Bedeutung: das geringste Geräusch, eine draußen neben dem Wasser für einige Sekunden entzündete Laterne, der Klang von schwarzen Stiefeln auf dem nassen stillen Kai, das metallische Klicken, das wahrscheinlich von einer Waffe stammte ...

Goio betrachtete den Zettel, den er in die Tasche gesteckt hatte und der handgeschrieben zu sein schien, aber es war immer noch zu dunkel, um ihn zu lesen. Und so verharrte er, wartete darauf, dass die Guardias, von denen er nicht wusste, worauf sie lauerten, wieder verschwanden; weil er durch die Bootsluke nicht besonders viel sah, weil er, ohne den Kopf ganz hinauszurecken, nicht verstand, was draußen geschah.

Plötzlich fielen Schüsse. Er hörte sie laut knallen bumm bumm bumm, sah gleichzeitig das Mündungsfeuer bumm bumm und fiel zitternd nach hinten die morsche Treppe ins Schiff hinunter. Draußen wimmerte jemand wie eine verletzte Katze, und wieder waren für längere Zeit Maschinengewehrsalven zu hören. Dann verstummten die Schüsse und ein wieherndes Lachen ertönte, das Geräusch von Stiefeln, die Motoren von Jeeps.

Goio war nervös und wagte noch eine ganze Weile nicht, sich zu bewegen. Schließlich stieg er die Treppe hinauf, steckte den Kopf vorsichtig durch die Luke und sah, dass es bereits dämmerte und auf der Hafenmauer und am Kai überall Zivilgardisten zu zweit oder in Gruppen herumstanden. An der Hafeneinfahrt war eine kleine Schaluppe zu erkennen, die leer schien, von den Wellen hin- und her geschaukelt wurde, und daneben so etwas wie ein Bündel, ein auf dem Wasser treibendes graues Hemd. Die Ärmel waren irgendwie verlängert, und dann konnte Goio zwei Handrücken und die nassen Haare im Nacken eines nach unten blickenden Kopfes zwischen den toten Händen ausmachen.

Von einem Motorboot aus befestigten die Polizisten Stricke am Körper und zogen einen jungen Mann aus dem Wasser, barfuß, mit schwarzer Cordhose, durchlöchertem Hemd und weit aufgerissenen leblosen Augen. Im Morgengrauen tropften Blut und Wasser von seinem Körper herab.

Sie legten ihn an der Mole neben der Werft ab. Danach begannen Taucher mit der Suche nach einem zweiten Körper, sie brauchten noch ungefähr eine Stunde, um diesen anderen Körper zu finden und aus dem Meer zu holen. Bei Tagesanbruch legten sie Leichentücher über die Toten, und auf dem weißen Stoff breitete sich, wie ein Tintenklecks, sofort eine Blutlache aus. Der wartende Krankenwagen brachte die Leichen der beiden jungen Männer fort.

Goio wusste, dass die Zivilgardisten, wenn sie ihn das Boot verlassen sähen, es durchsuchen und vielleicht die Tasche mit den Waffen finden würden. Andererseits waren die Bewohner von Kalaportu sicherlich von den Schüssen geweckt worden und schon auf den Straßen unterwegs, seine Mutter würde auf der Suche nach dem Sohn die ganze Ortschaft unsicher machen. Goio, erschlagen von Ausweglosigkeit, umgeben von einem Fruchtwasser der Angst, wurde von einem Zittern erfasst.

Bis neun Uhr morgens verließ er das Boot nicht. Drei Jeeps der Guardia Civil zählte er auf dem Kai, aber zu diesem Zeitpunkt waren auch schon die Fischer unterwegs. Als er die Mole hinunterging, kamen auf der Höhe des Werftkrans zwei Guardias auf ihn zu, ihre steifen schwarzen Polizeihüte glänzten, die Läufe ihrer Maschinenpistolen waren auf Goio gerichtet.

¿Y tú de dónde vienes? Und wo kommst du her?

Goio zeigte auf den Strand von Zubieta: Von dort, ich komme von dort. Der Guardia betrachtete ihn, als wollte er diesen Satz vom Körper des Jungen abtrennen, blickte ihn erbarmungslos wie ein Insektenkundler an, der auf der Suche nach einer unbekannten Spezies die Teile eines kleinen Körpers segmentiert und klassifiziert. Er tastete Goio ab und befahl ihm, an dieser Stelle, unterhalb des Krans, stehen zu bleiben.

Als Goio dort wartete, den Rücken an den Kran gelehnt, erinnerte er sich an den Zettel, den er in der Hosentasche bei sich trug. Er zog die Hand aus der Tasche, führte sie nach hinten und schob den Zettel unauffällig in eine Ritze zwischen dem Metall.

Fünf Minuten später hörte er die Stimme eines anderen Guardia Civil, lass ihn gehen, er ist ein Kind. Und dann sagten sie zu ihm: Lass dir Zeit mit dem Großwerden, denn dann passiert dir das Gleiche wie den beiden anderen. Ängstlich lief Goio den Kai entlang nach Hause. Vor der Tür traf er auf die Mutter, genauso durchnässt wie er. Ihr Gesicht war kalkweiß und sie weinte.

Er glaubte, dass sie ihn schlagen würde, doch sie nahm ihn bloß in den Arm.

»Mein Kind«, sagte sie schluchzend.

Zum ersten Mal seit langem wehrte sich Goio nicht gegen die Umarmung seiner Mutter.

»Weil du verschwunden warst, ist Andres in die Klinik, um zu sehen, ob du einer der beiden Jungen bist, die sie umgebracht haben.«

Am nächsten Tag gab es in Kalaportu kein anderes Gesprächsthema. Die grünen Jeeps und LKW der Guardia Civil fuhren von früh bis spät im und am Hafen Patrouille. Die Leichname transportierte die Polizei, anstatt sie den Familien auszuhändigen, an die Geburtsorte der Toten. Der eine stammte aus Gasteiz, der andere aus Gernika.

Der Kai war einige Tage lang ausgestorben wie noch nie. Die Fischer fuhren nicht zur See, interessierten sich weder für Sardellen noch für Kabeljau, die Geschäfte blieben geschlossen, die Externen kamen nicht zum Unterricht, und wir Internatsschüler durften das Gebäude nicht verlassen, außer unsere Eltern holten uns ab.

Obwohl die Guardia Civil patrouillierte, tauchten auf den Straßen von Kalaportu Flugblätter auf und gelangten, ich weiß nicht wie, auch in die Schule. Auf ihnen war unter den Bildern und Namen der beiden Männer – sie waren sehr jung, vielleicht fünf Jahre älter als wir, und Maite würde später sagen, dass sie sehr schön gewesen seien – auf der einen Seite auf Spanisch und auf der anderen auf Baskisch zu lesen:

Iraultza ala hil – greba orokorra
Revolution oder Tod – Generalstreik

Wir mussten auf die spanische Seite des Flugblatts schauen, um zu begreifen, dass *greba orokorra* Generalstreik bedeutete, weil es ein nordbaskisches, vom Französischen abgeleitetes Wort war. Es hieß, dass die beiden Jungen von der französischen Seite übergesetzt hätten, um über unsere Ortschaft nach Eibar oder Bilbao zu gelangen, und dass sie dort einen großen Anschlag geplant hätten.

Es hieß außerdem, dass sie in der Ortschaft Unterstützer gehabt hätten, weil die Polizei bei ihnen und im Boot keine Waffen gefunden habe und die beiden an Land doch jeder wenigstens eine Pistole gebraucht hätten, für den Fall, dass sie irgendwo in eine Polizeikontrolle geraten würden. Und dass sie jemand verraten habe, weil eine ganze Kompanie der Guardia Civil aus Burgos herbeigeschafft worden sei und sie erwartet habe. Und es hieß schließlich auch, dass in Kalaportu schon vier oder fünf Leute verhaftet worden seien und die Verwandten der Inhaftierten bei der Polizeikaserne keine Auskunft erhalten würden und man in den umliegenden Häusern die Schmerzensschreie der Gefangenen höre, besonders in den frühen Morgenstunden.

Im Radio wurde berichtet, dass der Zivilgouverneur für die folgenden Tage Straßenkontrollen und Hausdurchsuchungen in den baskischen Provinzen angekündigt habe, um aus Frankreich eingesickerte Terroristen zu fassen, weil, so wie die beiden neutralisierten Terroristen, noch weitere Terroristen ins Land gekommen sein könnten. Sie verwendeten genau diesen Begriff: *neutralisierte Terroristen.* Und die baskische Bevölkerung und das Volk im Allgemeinen wurden aufgefordert, den Subversiven, die den Frieden und die soziale Ordnung zu zerstören suchten, kein Gehör zu schenken.

Am Tag darauf gab es keinen Unterricht, und wir Internatsschüler schauten gelangweilt aus den Fenstern des Schlafsaals auf Kalaportu hinunter.

»Lass uns nachschauen, was los ist«, sagte Inazito. »Sonst müssen wir uns morgen wieder Geschichten anhören.«

Wir hauten heimlich aus der Schule ab und riskierten einiges dabei. Die Internatsmauern waren mittlerweile nicht mehr viel leichter zu überqueren als die Grenze zwischen Frankreich und Spanien.

In der Ortschaft herrschte eine seltsame Stimmung. Die Guardia Civil fuhr in Jeeps herum, ohne ein Wort an uns zu richten. Auf der Straße waren nur wenige Leute unterwegs, die meisten von ihnen Jugendliche, obwohl auch ein paar Fischer gekommen waren. Wir folgten einem Pulk, und als wir die große Querstraße erreichten, merkten wir, dass sich die Leute an der Kreuzung von Quer- und Oberstraße zu versammeln begannen.

Dort traf ich Goio, Juan Bautista und Felipe. Ein bärtiger junger Mann warf Zettel in die Luft. Ich bekam keinen zu fassen. *Aska/tasu/na!*, *Aska/tasu/na!*, begannen wir zu rufen, Freiheit!, Freiheit!

»Lasst Andoni frei«, rief der Bärtige.

Unsere Stimmen verbanden sich miteinander, vermischten sich, wurden lauter.

»Freiheit! Freiheit!«, wiederholten wir.

Drei oder vier Jeeps der Guardia Civil fuhren die Oberstraße hinauf, um den Demonstranten den Weg zu versperren und den rebellischen Küstenort unter Kontrolle zu bekommen. Mit Gänsehaut und zitternden Knien gingen wir weiter, als hätten wir die Angst besiegt.

Die Guardia Civil begann auf die Menge zu schießen. Bumm bumm bumm war zu hören, und man sah das Mündungsfeuer. Goio, Inazito und ich flohen über die Mittelstraße Richtung Kai.

»Freiheit!, Freiheit!«, war immer noch zwischen den Schüssen zu hören.

Von der Flussseite kamen drei weitere Jeeps angefahren, Pistolen und Gewehre schauten aus den Fenstern und halbgeöffneten Hintertüren heraus.

Wir flüchteten den Kai hinauf.

33

Das Land der verlorenen Dinge

Wenn das Wasser unter dem Eispanzer zurückweicht, wird das Klagen schriller und länger sein.

Man wird euch versichern, dass der Eisbrecher bald eintrifft, und ihr werdet warten.

»Solange wir warten müssen, können wir nichts anderes tun, als auf dem Meer spazieren zu gehen ...«, wird einer sagen.

»Wann wollen die kommen?«

»In einer Woche oder so ...«

»Also in zwei, drei oder vier Wochen.«

Die Nacht wird länger und länger werden, die Sonne es kaum noch über den Horizont schaffen, die Schneedecke nur für kurze Zeit aufleuchten lassen und dann, ihren Bogen vollendend, gegen vier Uhr nachmittags wieder verschwinden. Die Außentemperatur wird nachts auf minus siebzehn Grad fallen, die Kabine mit Hilfe der Heizung auf vierzehn Grad gewärmt werden. Tagsüber wird es nicht so kalt sein, das heißt etwa minus sieben Grad.

Axel wird Witze machen:

»Bis die Temperatur nicht auf minus fünfundvierzig Grad gefallen ist, werde ich keine Ruhe haben. Irgendwas muss ich zu Hause doch erzählen können ...«

Der Nostromo wird mit Axt und Pickel von Bord gehen, um ein Loch ins Eis zu hauen – offensichtlich hofft er darauf, dem Schiff den Weg frei schlagen zu können.

»Unser Schiffsmaat hat dem Eis den Krieg erklärt«, wird Edna sagen, während sie dem Nostromo beim Hacken zusieht.

Er wird mit Pickel und Axt, Säge und Stemmeisen kämpfen

und danach würdevoll wie ein General nach der Schlacht aufs Schiff zurückkehren. Auch wenn die Schlacht verloren ist, auch wenn sie von vornherein völlig aussichtslos war.

Ihr anderen, die ihr keinen vergleichbaren Ehrgeiz besitzt, werdet euch ums Haus kümmern. Es wird praktisch unentwegt schneien und ihr werdet das Schiff immer wieder freiräumen müssen. Wenn ihr den Schnee nicht entfernt, wird er gefrieren und ihr werdet nicht mehr aus dem Boot herauskommen können.

Es wird still werden, als sollte alles für immer verstummen, und in der Stille wird eure Verzweiflung immer größer werden. Die vereiste Meeresoberfläche wird vollkommen weiß sein. Auch das Firmament wird bis zum Horizont weiß sein, die neblige Luft wie Milch. Weiße Vögel, groß wie Möwen, werden angeflogen kommen und über dem festsitzenden, krängenden Schiff kreisen.

An den Wasserrinnen werden sich Eiszapfen bilden. Gelegentlich werdet ihr sie abbrechen, um Wasser zu haben. Die Sonne wird im Norden am Horizont auftauchen, weißlich aussehen, die Eisberge in goldenes Licht tauchen.

Ihr werdet die Stunden zählen und auf Hilfe warten. Die meiste Zeit werdet ihr in euren Kojen im Schlafsack verbringen, und die Tage, die ihr mit Witzen und Geschichten zu verkürzen versucht, werden euch nur umso länger erscheinen.

Einer der Seeleute wird Schiffsmodelle in leeren Wodka- und Whiskyflaschen zusammensetzen, in Flaschen, die er zuvor leer getrunken hat. Du wirst ihm bei der Arbeit zusehen, beobachten, wie er Bauteile durch den engen Flaschenhals einführt und sie dort mit einer langen Nadel und enormem Geschick an ihren Platz bringt. Zu deinem Geburtstag wird er dir ganz unerwartet eine Schiffsminiatur in einer Arzneiflasche schenken – ein Nachbau des großen norwegischen Walfangschiffes, dem ihr auf Deception Island begegnet seid, mit Fahne und allem drum und dran. Als du schon fast vergessen hast, dass du Krankenpfleger bist, wird er dir das Schiff im Arzneifläschchen schenken. Aber auch auf andere Weise wirst du an deinen Beruf erinnert werden, denn es wird immer mehr Patienten geben. Axel wird mit starken Kopfschmerzen zu dir kommen, John Masefield Frostbeulen an den Füßen haben, der Koch über rheumatische Schmerzen klagen. Alle werden schwächer und krankheitsanfälliger werden.

Die Tiere werden fast alle verschwunden, außer einigen Vögeln keine Lebewesen mehr zu sehen sein.

In den kurzen Stunden, in denen die Sonne am Firmament auftaucht, werdet ihr lange Schatten auf den Schnee werfen.

Zum Frühstück dann wird der Koch dir eine Freude bereiten und heiße Schokolade zubereiten, an die Tür klopfen und ein Tablett mit ein paar dampfenden Tassen vorbeibringen.

»Ihre Bestellung, mein Herr ...«, wird Bobby sagen und sich wie die schwarzen Kellner in den Nobelhotels verbeugen.

Kaum zurück in der Küche, wird man ihn rufen, aus vollem Halse schreien hören:

»Eine Ratte! Eine Ratte!«

Er wird sie ertappt haben, als sie sich über die Essensreste hermachen wollte. Aber er wird sie nicht kriegen. Mit in der Luft wedelndem Besen wird er hinter der Ratte herlaufen, die Reisegefährtin jedoch nicht zu fassen bekommen. Wahrscheinlich wird es dieselbe sein, mit der du vor einiger Zeit auf Deck Bekanntschaft geschlossen hast.

»Verdammte Wasserratte!«, wird er sagen.

Später wird jemand anderes erzählen, dass er sich vor Ratten fürchtet, weil sie Miniaturausgaben von Tieren seien, die es auch riesengroß geben könnte.

Und auch an diesem Tag wird eine wunderschöne Dämmerung den Himmel verfärben.

John wird blass und schweigsam werden.

»Mir tun die Beine weh«, wird er ungewohnt knapp mitteilen.

Du wirst auf Blutarmut, Skorbut oder Ähnliches tippen. Seine Beine werden geschwollen sein. Auch bei einem Mann namens Franz wirst du solche Skorbut-Symptome diagnostizieren.

Du wirst den Koch bitten, einige Tage keine Dosenmahlzeiten mehr zuzubereiten, und Zitronensäure suchen. In deiner Arzneitasche wirst du Vitamine finden, die du vor allem unter denen verteilst, die bereits Symptome aufweisen.

»Wir müssen uns auf die Suche nach Fleisch machen…«, wird der Koch sagen.

Doch außer mageren Vögeln, die unter ihrem weißen Gefieder praktisch nur aus Knochen bestehen, wird es in der Umgebung kaum Tiere geben.

Mit dem Fernglas werdet ihr schließlich weit draußen eine Robbe entdecken. Ihr werdet die Eiskrallen anlegen, die Flinte nehmen und aufbrechen, ohne euer dunkles Ziel in der weißen Landschaft aus den Augen zu verlieren. Das Tier wird ausgestreckt in seiner Kuhle liegen. Gelassen wird es sein wohlverdientes Sonnenbad genießen, nachdem es das Eis aufgebrochen und es bis an die Oberfläche geschafft hat. Als ihr näher kommt, wird das Tier seinen Kopf heben, den Mund wie ein Buch aufschlagen und brüllend seine Zähne zeigen.

Es wird nicht allein sein, neben ihm wird ein Junges liegen. Ihr werdet denken, dass es frisch geboren ist, weil ihr Blutspuren im Schnee entdeckt und die träge Robbe wie eine erschöpfte Mutter aussieht. Das Junge wird unruhig und niedlich wirken, wie alle neben der Mutter spielenden Kinder.

Und dann wirst du das Junge auf den Arm nehmen. Ihr werdet euch entscheiden, die Robbe nicht dort draußen zu töten, sondern sie zum Schiff zu locken, weil ihr überlegt, dass es schwer sein wird, das Fleisch die ganze Strecke über das Eis zu schleppen. Wenn ihr das Junge mitnehmt, wird die Mutter von selbst hinterherkommen. Mit erschöpftem Klagen, eine Blutspur auf der holprigen Eisfläche ziehend, wird sie hinter euch herrobben.

Du wirst das Junge tragen, es wird, so klein wie es ist, doch ein beachtliches Gewicht haben. Am Schiff angekommen, wirst du außer Atem sein und den weichen Körper auf den Boden legen. Aber es wird dir taps taps folgen, seinen Rücken an deinen Stiefeln reiben und deine Nähe suchen.

Die Mutter wird schnaufend, jammernd, drohend ihr Junges suchen und sich erst beruhigen, als das Kleine wieder an ihrer Seite liegt und trinkt, bis ihm die Milch aus der Nase läuft. Neben dem Rumpf des festsitzenden Schiffs werdet ihr das Tier erschießen müssen.

Sie werden dir das Gewehr geben und du wirst anlegen, das Tier ganz nah vor dir haben und ihm gleichen Moment, als du abdrückst, sein lautes, ohrenbetäubendes Gebrüll hören. Ein Blutschwall wird aus dem Robbenherz schießen. Das Tier wird sich im Todeskampf winden und dich mit schönen, aufgerissenen, weit entfernten Augen anstarren, wie jemand, der nicht versteht, was geschieht.

Als der Koch die Robbe zerlegt, wird er feststellen, dass der Magen voller Fische ist.

In der Eiswüste wird ein Frühlingslied ertönen:

Oh, to be in England
now that April's there ...

Ja, es wird April sein und du wirst morgens um neun aufwachen und an Deck gehen. Es wird noch tiefe Nacht sein und ein eisiger Wind pfeifen. Als käme nach dem Sommer, dem Herbst und dem Winter nicht der Frühling, sondern eine fünfte Jahreszeit, die noch viel rauer ist als der Winter.

Du wirst an der Reling stehen bleiben, um auf die Morgendämmerung zu warten. Die noch verborgene Sonne wird zunächst die Gipfel der Eisberge erreichen. Dann wird sie Stück für
Stück emporsteigen, orangefarbene Strahlen in die Schneeland-
schaft aussenden und endlos lange Schatten über das Eis werfen.

Als es hell ist, wirst du von Bord steigen und herumlaufen.
Der Pulverschnee wird dir auf der Haut stechen. Unter deinen
Schuhen wird er sich weich wie Daunen anfühlen und keinen
Laut von sich geben, erst später wirst du sein Klagen vernehmen,
es wird sich wie die Stimme eines Heranwachsenden anhören,
wie das Geräusch trockenen Laubs, wie zerknitterndes Papier.

Du wirst nichts weiter als den eisigen Wind spüren und nicht
wissen, wohin du gehst. Die Eisnadeln in der Luft werden dir
Schmerzen bereiten, die eiskalte Luft wird dir den Atem rauben,
vor lauter Weiß wird nichts zu sehen sein. Ziellos wirst du über
die Schneeebene streifen und plötzlich merken, dass du die
Orientierung verloren hast. Der grelle Schnee wird sich in Dunkelheit verwandeln, du wirst die Hand vor die Augen halten und
weder den Handschuh noch die Hand selbst erkennen, nur noch
blendende Dunkelheit. Du wirst merken, dass du schneeblind
bist und kopfüber hinfallen.

Du wirst versuchen aufzustehen und dich fühlen, als wärst du
zerlegt worden, als wolle jeder Körperteil seinen eigenen Weg
einschlagen, als wäre jeder Lebensabschnitt an einem anderen
Ort. Dein Geist wird aufsteigen und du wirst von einem erhöh-
ten, warmen, milden Punkt aus den Wind beobachten, das
Schauspiel verfolgen, wie er den Schnee aus seinem Bett wirft,
ihn durch die Luft wirbelt, herumfegt, ihn in Windhosen umher-
schleudert. Und dort unten wirst du dich selbst sehen, ein Kind,
mit Fellen bekleidet, sein Gesicht sieht im seltsamen Zwielicht
wie eine Gipsmaske aus.

Der Vater ist auf Robbenjagd, die Mutter näht im Iglu Kleider aus Robbenfell, und du, du bist das Kind vor dem Haus. Die

Sonne, der es nicht gelingt, das Firmament hinaufzusteigen, wird deinen Schatten fürchterlich lang werden lassen.

»Mutter, wo ist der Vater?«, wirst du fragen.

»Wo wird er schon sein!«

»Hat er sich verirrt?«

»Dummes Zeug! Geh nach draußen, vielleicht gibst du da ja Ruhe. Aber lauf nicht zu weit weg, sonst holt dich der Große Räuber!«

Du wirst in die Ebene starren, um nach dem Vater zu suchen, und weit entfernt einen kleinen Punkt entdecken. Du wirst dorthin aufbrechen, dich immer weiter vom Iglu entfernen und, als du stehen bleibst und dich umschaust, überhaupt nichts mehr sehen – weder den Punkt noch das Iglu. In den unendlichen Weiten des Eises wirst du nichts erkennen.

Am Himmel wirst du Gänse vorüberfliegen sehen.

»Wo wollt ihr hin?«, wirst du ihnen zurufen.

Im Flug werden sie dir antworten:

»Wir sind auf der Flucht. Die Lange Nacht kommt.«

Du weißt, dass der Große Räuber in der Langen Nacht alle verloren gegangenen Gegenstände und verirrten Personen oder Tiere einsammelt und ins Land der Verlorenen Dinge bringt. Du wirst laufen, in der Dämmerung immer weiter durch den Schnee laufen, aber den Weg nach Hause nicht finden. Die Lange Nacht wird dich einholen.

Du wirst einer seltsamen Gestalt begegnen, im Dunkeln lässt sich ihr großes Rentiergeweih erkennen.

»Wer bist du?«, wirst du fragen.

»Ich bin der Meister der Träume«, wird das Wesen antworten. »Solange die Lange Nacht andauert, suche ich nach Spielgefährten. Ich kenne wunderbare Spiele. Möchtest du hier bleiben und mit mir spielen?«

»Ich kann nicht zum Spielen bleiben. Ich muss so schnell wie möglich nach Haus.«

»Ich würde ja gerne mitkommen, aber ich kann die Nacht nicht verlassen«, wird der Meister der Träume traurig sagen. »Aber wenn du dich verirrt hast, geh in diese Richtung, wo es am Horizont etwas heller ist …«

Du stapfst weiter durch den Schnee und gelangst todmüde ans Meer. Dort dämmert es, aber das Wasser wird dunkel und furchterregend aussehen. Nahe der Küste wird eine eisfreie Insel liegen, doch als du hinüberspringst, wird sie sich zu bewegen beginnen. Erst als du die Wasserspritzer spürst, wirst du merken, dass du dich auf dem Rücken eines Wals befindest.

»Und du«, wird der Wal zu dir sagen, »was machst du auf meinem Rücken?«

»Ich dachte, du bist eine Insel.«

»Eine Insel! Du wärst imstande, ein Iglu auf meinem Rücken zu bauen.«

»Nein, nein … Ich wollte mich hier nicht niederlassen.«

»Wo willst du denn hin?«

»Nach Hause.«

»Und wo ist dein Zuhause?«

»Ich weiß nicht.«

»Du hast dich also verlaufen – du bist verloren gegangen!«

»Ja«, wirst du antworten und der Wal seinen Kopf schütteln, sodass du ins Wasser fällst und hinabsinkst, bis du schließlich ganz tief unten im Meer in einem großen Netz hängen bleibst.

Du wirst eine Reihe von Gegenständen entdecken, die wie du im Netz gefangen sind: Schlitten, Eiskrallen, Handschuhe, Jagdwaffen, Kinderspielzeug.

»Vater!«, wirst du sagen, als du ihn ebenfalls im Netz entdeckst.

Du bist im Land der Verlorenen Dinge gefangen. Und der Riese dort, der wie ein gigantischer Krake aussieht, das wird der Große Räuber sein, der sein Netz bewacht.

»Jetzt ist er nicht mehr verloren, ich habe ihn gefunden …«, wird das Kind zum Großen Räuber sagen und auf den Vater zeigen.

»In der Tat, das stimmt!«, wird der Große Räuber zugeben, das Netz ein bisschen anheben und den Vater freilassen.

Schlüpf auch du hinaus, bevor er das Netz wieder zumacht. Ihr werdet dem Räuber entkommen und blitzschnell an die Wasseroberfläche gelangen. Dann werdet ihr, das Netz mit den verloren gegangenen Gegenständen im Schlepptau, ans Land schwimmen.

Ihr werdet die Küste erreichen und das Netz hinter euch herziehend durch den Schnee laufen, bis ihr das Iglu erreicht. Beim Öffnen des Netzes werden alle möglichen Gegenstände, Tiere und Menschen herausfallen.

»Vielen Dank«, wird ein altes Inuit-Mütterchen sagen, bevor es sich, aus dem Netz befreit, auf den Weg nach Hause macht.

Ein anderer wird Tarje sein – oder zumindest wird der Fremde, der aus dem Netz steigt und sich bei euch bedankt, Tarjes Gesicht haben:

»Gut gemacht!«, wird er sagen und dir seine amputierte Hand zeigen.

Alle Nachbarn, denen etwas verloren gegangen ist, werden kommen und das Netz durchsuchen und jeder von ihnen danach mit verlorenen Werkzeugen und Gegenständen heimkehren. Auch viele Tiere werden das Netz verlassen: Polarwölfe, Robben, Rentiere, Schneehasen, Eulen.

»Kräh, kräh …« werden die weißen Möwen machen, die aus dem Netz herausflattern.

Du wirst Edna sehen, als du die Augen öffnest.

»Wir haben dich zweihundert Meter entfernt von hier gefunden, du warst bewusstlos«, wirst du hören.

Am Feuer wird die Großmutter stehen.

»Geh nicht hinaus, es schneit zu sehr!«, wird sie sagen. Die Großmutter vom Bauernhof in Murelaga wird im Bett liegen.

Dann wirst du wieder Ednas Stimme hören:

»Axel hat dich gefunden, du warst schon fast von Schnee bedeckt.«

»Wir haben dich überall gesucht«, wird Axel sagen, »wir hatten Angst, dass uns der Krankenpfleger krank werden könnte ...«

Du wirst aufgeregt sein, die heiße Suppe, die Bobby dir bringt, wird dich von innen wärmen. Du wirst das Heulen des Windes hören, den Nebel der langen Nacht und den grellen, blendenden Schnee spüren.

Und der Eisbrecher wird immer noch nicht bei euch sein.

34

Kaput

Seit die Prüfungen begonnen hatten, erinnerten wir uns oft daran, wie wir am Tag der Demonstration den Kai hinaufgerannt waren. Wir mussten lernen, aber wir taten uns schwer, uns auf die Bücher zu konzentrieren, auf die numerische und geschlechtliche Kongruenz des Relativpronomens, den Palast von Nanking oder die Kennzeichen des französischen *Subjonctifs* – der sich ableitet von *soumis à*, »unterworfen sein«, der die Möglichkeit anzeigt, einen Wunsch kennzeichnet. Unser Wissensdrang zwang uns, die Schule zu vergessen, und trieb uns um, gab uns die Kraft und den Mut, über Mauern zu steigen, auf die Straße zu gehen und den Kai hinunterzurennen.

»Wir sind auch ein bisschen wie der Subjonctif«, sagte Inazito leise.

Und als wir aus den Büchern aufschauten und merkten, dass die Französischlehrerin weinte, spürten wir mitten im Unterricht kalte Schauer über unsere Rücken laufen.

Die Zeitungen berichteten, dass die nordamerikanische Armee in diesem Jahr zwanzigtausend Kriegsoperationen auf vietnamesischem Boden durchgeführt hatte und den Vietnamesen letztlich nichts anderes übrig bleiben werde, als zu kapitulieren. Dass alle Welt in Angst vor einem neuen Weltkrieg lebe, Atombomben das Leben vollständig auslöschen, unseren Planeten praktisch ganz verschwinden lassen könnten und dass dann nur noch Kakerlaken eine kahle Oberfläche bevölkern würden. Und dennoch gab es auch Hoffnung, wegen des Fortschritts von Automatisierung und Kybernetik zum Beispiel, bald würden Maschinen alles für die Menschen erledigen können. Bei Athletic lief es gut, sie hatten die letzten drei Ligaspiele gewonnen, Real Sociedad hatte auswärts eins zu eins unentschieden gespielt, nur Osasuna das Heimspiel drei zu eins verloren.

Kein Schiff lief mehr mit vollen Laderäumen im Hafen ein. Morgens um sechs begann der Verkauf, die Fische lagen in Körben und Kisten.

»Es gibt immer weniger Fisch«, hieß es.

Die Fischer beklagten sich, weil sie weniger fingen, alles immer teurer wurde und sie immer früher und weiter hinausfahren mussten. In der Schule wurde über Afrika und die Kinder von Biafra gesprochen, über Kampagnen des Roten Kreuzes, Spenden und Missionare. Auch die Fischer von Kalaportu steuerten bei ihrer Arbeit Afrika an, während wir verschlafen die Namen Dakar, Freetown, Monrovia auf dem Schulglobus suchten, sie lagen auf der linken Seite Afrikas und waren von irgendjemandem rot unterstrichen worden.

Bei Goio zu Hause gab es schlammig schmeckenden Fisch, die Mutter hatte Anspruch auf einen Teil des Fangs. Brasse mit Kartoffeln und grünen Bohnen, Makrelen mit Reis, Fleckhai und Kichererbsen, Dorsch in Knoblauchsuppe – die minderwertigen Fischsorten, die den Kabeljaufischern unbeabsichtigt ins Netz gegangen waren, Fische, die man nicht verkaufen konnte.

An den Hauswänden von Kalaportu waren immer noch die Bilder der beiden von der Guardia am Hafen erschossenen Männer zu sehen, und wir entwickelten wirre revolutionäre Ideen, weil wir neben den Klassikern auch alle möglichen anderen verbotenen Bücher verschlangen und ihre Inhalte miteinander vermischten. Dieser Karl Marx, der auf dem Umschlag des Kommunistischen Manifests zu sehen war, ähnelte aus unserer Sicht dem Leinenschuh tragenden Sabino Arana, dem Erfinder der baskischen Fahne, der uns durch ein vergittertes Gefängnistor anblickte und verkündete, dass Euskadi die Heimat der Basken sei. Beide waren bärtig, genauso wie der von Aufklebern bekannte Che Guevara, der Franzose Pierre Joseph Proudhon, der *Eigentum ist Diebstahl* gesagt hatte, oder jener junge Mann, der in Kalaportu an der Ecke von Quer- und Oberstraße Flugblätter in die Luft geworfen hatte.

Einmal, als ich von jemandem den Satz »das ist Gabriel Aresti« hörte, dachte ich, dass es sich dabei um den klandestinsten Dichter der Welt handeln müsse.

»Das ist Gabriel Aresti, der *Egun da Santimamina* geschrieben hat.«

Es war ein Lied, das wir gelernt hatten: *Solange Euskadi nicht frei ist, werde ich mir den Bart nicht rasieren.*

»Der ist aus Bilbao, wie du«, sagte Goio. »Er ist krank und lebt in Ea.«

Für uns gehörten das Lied, das Josemaria Iparragirre über den Baum von Gernika geschrieben hatte, und das von Pablo Picasso nach der Bombardierung der Stadt gemalte Bild zusammen.

Wir strebten nach Verbindung, Fusion, und so waren wir, die Leuchtwürmchen, dabei, als Pater Alvarez einen Film der Marx Brothers zeigte, und erkoren Charlie Chaplin, Buster Keaton, Sigmund Freud und die Brüder von Karl Marx als geheime Lehrer aus. Wir assoziierten das Wort »Republik« mit »Unabhängigkeit« und nahmen nichts so ernst wie die Wanderakademie, ein Treffen baskischer Linker, weil wir, die Entführten des Internats, in unserem Gefängnis das Verbotene und Marginalisierte besonders bewunderten.

Wann gingen wir ins Petite Maison? Es war eine laue Mainacht, als wir drei, einer von uns noch in kurzen Hosen, zum ersten Mal Richtung Bordell aufbrachen.

Man hatte uns erzählt, dass die Frauen dort unter ihren Kleidern keine Unterwäsche trugen, dass sie von Ichweißnichtwo oder Daundda kamen, dass es Wahnsinnsfrauen waren und wir bald hingehen sollten, weil der Bürgermeister, der Pfarrer und noch ein paar andere Leute gerade alle Hebel in Bewegung setzten, um die Huren aus Kalaportu zu vertreiben.

»Wo geht ihr denn hin?«, fragte uns Juanjo am Nachmittag, als er Inazito und mich frisch gewaschen und elegant angezogen traf.

»Zum Vogelnestchen«, sagte Inazito.

Wir gingen die dunkle Landstraße hinauf, bis wir die Leuchtschrift entziffern konnten:

Petite Maison.

Als wir uns dem Haus näherten, erkannten wir an der Glut einer Zigarette, dass jemand draußen vor der Tür aufpasste. Es war der Portugiese. Mit der Taschenlampe leuchtete er uns von Kopf bis Fuß ab.

»Was wollt ihr hier?«

»Einen Besuch abstatten und schauen, ob wir jeder ein Bier kriegen«, antworteten wir.

»Das ist kein Kinderspielplatz«, sagte er und leuchtete mit der Taschenlampe auf unsere kurzen Hosen. »Das ist zu teuer für euch.«

»Wir haben Geld mit«, sagten wir.

»Geld? Ihr braucht hier tausend Peseten für jeden!«

»Dann wollen wir halt nur mal schauen«, sagte Inazito.

Der Portugiese grinste. »Schauen, genau.« Er lachte auf. »Nur mal schauen!«

Wir blickten uns gegenseitig an und beschlossen, das Geld für einen zusammenzuwerfen.

»Wie viel haben wir?«

»Ich zweihundert«, sagte Inazito.

»Ich hundertfünfzig«, sagte Goio,

Ich hatte dreihundert.

Der Portugiese hatte Mitleid mit uns oder war es leid, dass wir vor der Tür herumstanden, und ließ uns hinein. Wir traten hinter ihm ein, der Raum war dämmrig rot, die Wände wirkten überladen. Immerhin hatten wir genug Geld, um uns ein Bier für jeden leisten zu können, und setzten uns auf die Hocker am Tresen.

Drei Kerzen brannten, auf leere Patxaran-Flaschen der Marke Zoco gepfropft.

Der Portugiese trat hinter die Theke und servierte uns drei Bier. Dann ging er zu den beiden in der Ecke tuschelnden Frauen, während wir Lose zogen.

»Wir haben das nicht richtig gemacht. Lasst uns noch mal ziehen«, sagte ich, nachdem ich beim Losen gewonnen hatte.

Die beiden jungen Frauen in der Ecke blickten uns an. Die eine war blond, eine von diesen cremefarben geschminkten, blondierten Frauen, die andere hatte lockige, schwarze Haare.

Auch beim zweiten Mal zog ich das längste Streichholz.

»Welche gefällt dir, ich oder die andere?«, fragte mich die Blonde auf Baskisch.

»Ist mir egal«, sagte ich schamerfüllt und tat, als würde ich mich mehr für das Bier mit den Freunden interessieren.

»Wie *egal*?«

Die Blonde trat auf mich zu.

Es roch nach Tabak, Kölnischwasser, Desinfektionsmittel und Kuh.

»Was ist los, Junge? Willst du nicht ein bisschen was von der Welt kennen lernen?«, fragte sie und öffnete dabei ihr Dekolleté.

Inazito fielen fast die Augen heraus, als er ihre großen Brüste sah.

»Wer hat denn gewonnen?«

»Er, er«, sagte Inazito.

Die Blonde zog mich mit der Kraft eines Stallknechts die Treppe hinauf.

Inazito und Goio blieben mit den Bierflaschen in der Hand zurück, aber schon bald trat die schwarzhaarige Frau auf sie zu.

»Trinkt«, sagte sie auf Französisch. »Wozu habt ihr die Flaschen? Als Mikrofone?«

Ohne jede Ankündigung machte sie die Knöpfe von Goios Hosenschlitz einen nach dem anderen auf, kniete sich hin, roch und küsste jenes namenlose Stück Fleisch.

Dann nahm sie ihn an der Hand und führte ihn wortlos die Treppe hinauf. Die Sekunden, bis er von der Schwarzhaarigen abgeschleppt das Zimmer betrat, schienen sich endlos hinzuziehen. In der Mitte des Raums stand ein großes, mit einem roten Laken bezogenes Bett. Goio setzte sich auf die Bettkante, die Bierflasche immer noch in der Hand.

»Schluss jetzt mit der Trinkerei!«, sagte die Schwarzhaarige wieder auf Französisch, nahm ihm die kleine Flasche aus der Hand, reichte ihm ein Handtuch und schickte ihn ins Bad.

Goio wusch sich, trocknete sich mit dem Tuch ab und kehrte zum Bett zurück. Die Schwarzhaarige war schon nackt. Goio berührte ihre Scham, wollte jene Stellen erforschen, die sich die Jungen bei ihren Gesprächen so oft vorgestellt hatten. Doch die Frau schob seine Hand weg.

Die Schwarzhaarige zog Goio aus, als wäre sie seine Mutter und er ein kleines Kind, berührte mit ihren lilafarbenen Fingernägeln seine Brust, drückte ihn hinunter auf die Matratze.

Goio wollte sie umarmen, aber die Schwarzhaarige gab ihm ein Zeichen, sich zu entspannen.

»Ich mach das für dich«, sagte sie. »Da ist ja unser kleiner Freund!«

Unser kleiner Freund sagte sie auf Französisch und nahm das namenlose Ding in den Mund.

Goio hatte noch nie ein so warmes, weiches Gefühl gespürt. Die Schwarzhaarige bewegte ihren Kopf auf und ab und er begann vor Lust zu zittern. Einen Moment wurde sie etwas langsamer, dann wieder schneller. Goio griff mit einer Hand in ihre Locken.

Die Frau ließ von seinem Schwanz ab und kletterte auf allen vieren auf ihn hinauf. Als ihr Hintern genau über seinem steifem Glied war, sah es einen Moment so aus, als wolle sie sich hinknien, doch dann setzte sie sich einfach auf Goios Unterleib, sodass er in sie eindrang, in diesen feuchten weichen warmen Ort. Die dunklen Brustwarzen des Mädchens rochen nach abgekochter Milch, »ah« begann sie zu stöhnen und bewegte sich wie auf einem trabenden Pferd. Goio trieb auf einem Meer der Lust, bis er plötzlich einen Schlag in seinem Inneren spürte und der Körper epileptisch zusammenzuckte. Er seufzte.

»*Kaput!*«, sagte die junge Frau, als sie von Goio wie von einem Pferd herabstieg.

Während sie sich im Bad wusch, zog sich Goio an. Er wusste, dass sie mehr Erfahrung von ihm erwartet hatte, schämte sich, spürte schwitzend, wie sein Glied wieder steif wurde.

Er wollte sie küssen, aber sie erlaubte es ihm nicht.

Ich ging sofort nach unten.

»Aber du hast es ja nicht mal fünf Minuten getrieben«, sagte Inazito und zeigte auf die Uhr, »das zählt nicht.«

Ich antwortete, dass ich erledigt hatte, was zu erledigen gewesen war, obwohl ich mich tatsächlich fühlte, als wäre nichts geschehen.

Goio kam auch bald hinunter.

»Der hat auch nichts gemacht!«, protestierte Inazito.

Goio behauptete das Gegenteil.

Als wir vom Petite Maison in die Ortschaft zurückliefen, erklärte Inazito, dass sein Gespräch mit dem Portugiesen sehr interessant gewesen sei.

»Der kennt sich aus«, sagte er.

»Was hat er dir erzählt?«

»Traurig hat er mich gemacht, mit einer Geschichte von Walen. Fast achtzig sind an einem Ort in Portugal gestrandet. Die sind da gelandet, als hätten sie beschlossen zu sterben. Der Portugiese sagt, dass das wegen eines Lochs im Ozon ist …«

»Was für ein Loch?«, fragte ich.

»Die Wissenschaftler haben so ein Loch im Himmel entdeckt, es ist aber noch verboten, darüber zu reden. Also es gibt da dieses Loch, und dadurch fallen die Sonnenstrahlen ungeschützt herein und verursachen Krebs.«

Wir blickten nach oben in die Dunkelheit.

»Wetten, dass ihr nicht wisst, wer an diesem Loch schuld ist?«, redete Inazito weiter, »die eleganten Frauen, wegen des Haarsprays, das sie verwenden. Sie mögen nicht, wenn der Wind ihre Haare bewegt, und dieses Spray, das die Frauen als Haarfestiger nehmen, macht die Löcher in das Ozon, sagt der Portugiese …«

»Ich verstehe nicht, wie man mit einem Spray ein Loch in den Himmel machen kann …«, sagte ich.

»Aus dem Spray kommt Gas und dieses Gas macht Löcher in die Atmosphäre …«

»Und was haben die Wale mit dem Frauenspray und dieser Schicht im Himmel zu tun?«

»Das wollte ich gerade fragen, als ihr runtergekommen seid«, sagte Inazito. »Ich muss wohl noch mal hin, um mir die Geschichte zu Ende anzuhören …«

Goio und ich schwiegen. In der Nacht war kein Loch zu entdecken, alles war ein einziges dunkles Loch.

»Und was hat sie zu dir gesagt?«, fragte Inazito Goio.

»Wer?«

»Die Frau, nach dem Ficken.«

»*Kaput!*«, sagte Goio.

»Was hat sie dir gesagt?«

»*Kaput* hat sie gesagt.«

»Und was soll das verdammt noch mal bedeuten?«, fragte Inazito.

»Keine Ahnung«, sagte Goio.

»Ich weiß es«, sagte ich, weil ich in den Sommerferien die Romane von Jules Verne und Curzio Malaparte gelesen hatte. »Es gibt ein Buch von Curzio Malaparte, das so heißt.«

Sie gaben sich mit der Erklärung zufrieden.

»Und was hat sie zu dir danach gesagt?«, fragte mich Inazito.

»Alles mögliche!«, sagte ich und machte zum Gelächter der Freunde ihren Akzent nach: »Diesmal, ihr Schlaumeier, habt ihr's gratis bekommen, aber das nächste Mal bringt ihr Geld mit, ja?«

Wir lachten und verfielen dann wieder in Schweigen, jeder in seine eigenen Gedanken vertieft.

Plötzlich sagte Inazito:

»Auch die Elefanten leben auf diese Weise in Tansania.«

35

Nach Hause

»Der Eisbrecher schafft es nicht bis hierher, sie werden uns über den Luftweg herausholen«, wird später jemand sagen.

Die nächsten Tage werdet ihr damit verbringen, im Licht einer fahl durch den Nebel schimmernden, runden weißen Scheibe, bei der kaum auszumachen ist, ob es sich um den Mond oder die Sonne handelt, auf den Himmel zu blicken. Doch ihr werdet nur die Vorboten eines fauchend im Westen aufziehenden Schneesturms ausmachen können.

Plötzlich wird das metallische ta ta ta ta von Rotorenblättern den Frieden des Schnees stören.

Bevor ihr von Bord geht, werden Funksprüche ausgetauscht werden:

»Ja, wir sind hier!«

»Wir gehen gleich runter. Wir suchen euch schon lange und haben nur noch wenig Treibstoff.«

»Wir sind hier!«, wird der Nostromo noch einmal durchgeben.

»Keine Sorge, wir haben euch jetzt lokalisiert ...«

Ihr werdet alle von Bord gehen, und eure Blicke werden auf den mattgrünen Hubschrauber fallen, der den Pulverschnee aufwirbelt.

Völlig sinnlos wird der Nostromo rote und weiße Signalraketen abfeuern.

Im gleichen Augenblick, als der Hubschrauber landet, werden amerikanische Soldaten in den Schnee springen, in weißer Uniform und mit Gewehren bewaffnet.

Ihr werdet ob dieses Manövers alle ein wenig erschrocken

sein, denn die Soldaten werden wie bei einer Militäroperation Position einnehmen und die Umgebung sichern. *Dakota P9R* wirst du an den Seiten des Hubschraubers lesen.

»Ich bin Leutnant March«, wird einer der Militärs zu euch sagen. »Wir haben versucht, mit dem Eisbrecher durchzukommen, aber haben es nicht geschafft...«

Sie werden euch alle mit dem Hubschrauber auf ihr Schiff bringen.

»Es ist nicht gut, den Motor auszumachen. Wir müssen so schnell wie möglich zurückfliegen...«

Alles wird in Meteorengeschwindigkeit ablaufen.

Ihr werdet das Nötigste zusammenpacken und in den ta ta ta ta ta scharf um sich fegenden Hubschrauber steigen.

»Sind alle drin?«

Als alle in der Maschine sind, wird das Motorengeräusch noch heftiger werden und der Helikopter dröhnend und unvermittelt in die Luft aufsteigen, als würde er nach oben fallen. Du wirst Edna neben Bobby sitzen sehen, den Nostromo neben John und im Bauch ein unangenehmes Kribbeln spüren.

Beim Anblick des weit unter euch liegenden Schiffs wirst du dich wie ein an der Wurzel ausgerissener Strauch fühlen. Nachdem ihr an Höhe gewonnen habt, wird der Hubschrauber horizontal durch die Wolken fliegen. Die Sitze sind entgegen der Flugrichtung angebracht, und als du Schnee und Nebel hinter euch zurückfallen siehst, hast du das Gefühl, gegen die Zeit zu fliegen. Der Hubschrauber wird sich schwankend wie ein betrunkener Vogel mal nach der einen, mal nach der anderen Seite neigen und ohrenbetäubenden Lärm dabei machen.

Bald wird es dunkel werden und ein eigentümlicher Mond am Himmel zu sehen sein. Ihr werdet über Eisberge fliegen, die strammer stehen als Soldaten.

Alles wird hinter euch zurückfallen.

Der Eisbrecher wird wie ein weißer Schwan auf euch warten. Ihr werdet euch seinem Bug nähern und du wirst den Namen lesen können:

ICEBLINK

Der Hubschrauber wird auf dem Deck landen und du wirst die Kanonen erkennen und merken, dass es sich auch hier um ein Kriegsschiff handelt.

Und dann wirst du in deiner Tasche nachsehen und feststellen, dass du deine Papiere nicht bei dir, dass du deinen Pass auf dem zugefrorenen Eismeer verloren hast.

Das Heck des Eisbrechers wird bereits nach Süden zeigen und sofort, nachdem ihr gelandet seid, Kurs Richtung Norden nehmen, als würde er eine Straße aus schwarzem Wasser hinunterfahren, und ihr werdet die weißen Schneefelder hinter euch lassen und die hin und wieder auftauchenden Eisberge, diese riesigen Kolosse.

»Ich hab total Appetit auf Obst!«, wird Edna sagen.

Das Wort *homeland* wird fallen, du wirst es mit *Zuhause* übersetzen.

»Also ich wär jetzt gerne an einem Strand in Florida«, wird Axel sagen.

»Und ich in einem Puff in Amsterdam«, wird Franz erwidern.

Du wirst die Lippenbewegungen der anderen und die ausgesprochenen Sätze zeitversetzt wahrnehmen.

»Manche glauben, dass der gesamte Erdball, wenn die Sonne in – ich weiß nicht, wie vielen Millionen Jahren – erlischt, so aussehen wird wie die Antarktis. Wenn die Sonne erkaltet, wird die Erde gefrieren und Eis die gesamte Erdoberfläche bedecken. Die Erde wird wie ein eisiger weißer Baseball durch das endlose All fliegen. Fällt euch nicht auf, wie ähnlich die weltumspannende Stadt, die die Erde dann sein wird, der Antarktis ist?«

Axel wird die Lippen bewegen und diese Bewegung wird manchmal mit seinen Sätzen synchron, andere Male von ihnen losgelöst sein.

»Doch nicht alles wird tot sein. Die Tiere und die Pflanzen werden verschwinden, aber etwas Leben wird es noch geben, Diatomeen, mikroskopisch kleine Organismen, die mit den Algen stehender Gewässer verwandt sind. Während andere Algen bei Kälte absterben, verfügen die Diatomeen über siliziumhaltige Schalen, die sie schützen. Sie bewegen sich passiv mit der Strömung und dem Wasserauftrieb. Im Eis können sie sich nicht fortbewegen, aber sie pflanzen sich fort, indem sie sich zweiteilen …«

Dort, wo die dunkle Fahrrinne zugefroren ist, wird der Eisbrecher manövrieren müssen, um sich einen anderen Kanal zu öffnen.

»Vielleicht werden solche Lebensformen einmal die Zukunft bestimmen und das Leben wird nicht mehr auf Kohlenstoff basieren, sondern auf Siliziumverbindungen. Die Menschen werden dann aus Glas sein …«

Als ihr das eisfreie Meer erreicht, wirst du ein Gefühl unglaublicher Freiheit empfinden. Bei Nebel und Regen wird ein scharfer Nordwind wehen. Das Thermometer wird Tag für Tag, Grad um Grad steigen: minus neun, minus sieben, minus sechs, minus vier.

Doch du weißt, *border crosser*, dass dir ohne gefälschte Papiere nirgends eine Grenze offenstehen wird.

Minus vier Grad in der Sonne – auch wenn man, flach wie sie steht, nicht behaupten kann, dass ihr *in* der Sonne seid. Viel eher befindet ihr euch *neben* einer niedrig stehenden Sonne.

Trotz des starken Seegangs werdet ihr auf der Steuerbordseite stehen und euch unterhalten. Auf dem Meer kann niemand ein Nest bauen, sich niederlassen. Es ist ein Raum des Aufbruchs und der Rückkehr.

Ihr werdet einen Wal sehen.

»Das Meer ist für die Wale zu einem gefährlichen Labyrinth geworden«, wird einer sagen. »Die Netze sind heute manchmal zwanzig Kilometer lang. Das Wasser wird überall verschmutzt, es gibt immer mehr Bohrinseln. Die Lärmbelästigung bringt ihren Orientierungssinn durcheinander, sie kommen von ihrem Kurs ab und stranden irgendwo ...«

Ihr werdet den Wal aus der Nähe betrachten können, seinen Gesang hören und von ein paar Wasserspritzern getroffen werden. Nachdem ihr Zeuge seiner Fontäne und der Gewalt seines Flossenschlags geworden seid, wird er untertauchen und kurze Zeit später noch einmal an der Oberfläche erscheinen ...

Das dunkle, sich bedächtig bewegende Tier wird ein Nachfahre Moby Dicks sein. Ein riesiger Körper, der keine Überheblichkeit kennt.

»Die Norweger und Japaner werden ihnen den Rest geben, und wenn das Meer leer gefischt ist, werden sie Plastikwale aufblasen und aussetzen ...«, wirst du jemanden sagen hören.

»Sie haben ein Gedächtnis«, wird ein anderer sagen.

Ein Gedächtnis, wozu? In der Zukunft wird es kaum noch Erinnerungen geben.

Du wirst Axels Stimme hören und der Bewegung seiner Lippen folgen:

»Weil es nur noch wenige gibt, haben es die Wale außerdem immer schwerer, sich zu paaren. Obwohl Männchen und Weibchen sich gegenseitig suchen, finden sie sich im Meer nicht mehr und sterben allein ...«

Ihr werdet den Wal auf der Backbordseite aus den Augen verlieren.

»Vielleicht schwimmt er an einen Strand in Florida, um da zu sterben ...«, wird einer sagen.

»Also, nach Amsterdam in den Puff wird er bestimmt nicht schwimmen ...«, wird Franz erwidern und ihr werdet lachen.

Ihr werdet Salat, Eier, Schinken und Obst zu Mittag essen. Der Koch, zum ersten Mal auf der Reise selbst zum Essen eingeladen, wird neben dir Platz nehmen und mit dem Löffel im Rhythmus eines *New Kids on the Block*-Songs auf den Teller schlagen.

Später werdet ihr ein Video sehen können und du wirst dich neben Edna setzen.

»Kurzfilme von Buster Keaton«, wird sie dir erklären.

In *One Week* bekommt Buster Keaton die Teile eines Fertighauses zur Hochzeit geschenkt. Sie werden in einem Dutzend verschiedener Kisten angeliefert, aber irgendwer hat die Nummerierung der Kisten geändert, und beim Versuch, die Teile zusammenzusetzen, kommt es zu allerlei absurden Fehlern. Schließlich stülpt der Wind das mühsam zusammengesetzte Gerüst wie einen Handschuh um und ein Zug teilt das Haus in zwei Hälften.

Es ist fast unmöglich, das Haus zusammenzubauen, und als Buster Keaton es doch noch geschafft hat, steht es am falschen Platz, auf dem Grundstück eines Nachbarn.

»Und du, wo wirst du hingehen?«, wirst du hören, und Ednas Lippen werden sich dabei bewegen.

Der nächste Kurzfilm wird *Cops* heißen. Buster Keaton wird allein eine menschenleere Straße hinauflaufen, und dann werden unzählige Polizisten hinterherkommen, die den Flüchtenden verfolgen.

»Was?«

»Das Schiff fährt nach Ushuaia. Von dort bringt es uns zu den Falklandinseln. Wir werden eine Nacht in Port Stanley bleiben und am nächsten Tag auf einem Frachter Richtung New Orleans aufbrechen …«

Du wirst den Satz hören und sich Ednas Lippen bewegen sehen, ohne die eine Sache mit der anderen in Verbindung setzen zu können.

»Was wirst du machen …«

Du wirst nicht wissen, was du machen wirst, und weiter den Katastrophen auslösenden Buster Keaton anschauen, der wie ein Verrückter, aber mit versteinerter Miene, Missgeschicke provoziert, bis du irgendwann denkst, dass Katastrophen nicht das Ende der Welt bedeuten.

»Keine Ahnung«, wirst du sagen.

Würdest du an Bord bleiben, könntest du vielleicht nach Venezuela oder Brasilien gehen oder an die nikaraguanische Atlantikküste zurückkehren. Aber ohne Pass wirst du ständig in Gefahr sein, weil sie jederzeit eine Passkontrolle anordnen könnten und weil du ihnen, solange du dich auf einem Kriegsschiff befindest, ausgeliefert bist, wenn sie über Funk deine verloren gegangenen Papiere überprüfen.

Umso früher du von Bord gehst, desto besser.

»Ich will auch nicht nach Hause zurück«, wird Edna zaghaft zu dir sagen und das Zittern ihrer Lippen wird sich allmählich mit ihrer Stimme verbinden.

»Und wer hat dir gesagt, dass ich nicht nach Hause will?«

Edna wird dich dort, im Schiffsbauch, lange ansehen, ohne zu verstehen, was du gesagt beziehungsweise nicht gesagt hast, während das Schiff mit voller Kraft voraus fährt.

36

Der leere Strand

»Auch die Elefanten leben auf diese Weise in Tansania.«

Inazito sagte öfter sinnlose Sätze.

Wir dachten, dass Pater Solana so spät in der Nacht seinen Wachturm verlassen haben würde, aber als wir über die Schulmauern kletterten, merkten wir, dass wir in die Falle gegangen waren.

»Da oben sitzt er, der ausländische Spion«, sagte Inazito.

Wir sahen ihn oben am Fenster stehen, mit einem Fernglas spähte er Goios Heimweg aus. Vom Wachturm aus hatte man freien Blick auf das Petite Maison, der Wachturmwärter wusste also, wo wir herkamen, hatte uns ins Bordell hinein- und wieder hinausgehen sehen.

Weil sowieso schon alles egal war, betraten wir die Schule von einem seltsamen Gefühl erfasst und ohne jede Heimlichtuerei.

»Wir haben einen Fehler begangen, als wir ihm seinen Playboy weggenommen haben«, sagte Inazito. »Seitdem schläft er nicht mehr.«

»Morgen geben wir ihn ihm zurück«, sagte ich lachend.

Am nächsten Morgen spielten wir in der Pause unsere Partie Fußball, Goio stand im Tor. Schon auf dem Weg aus dem Klassenzimmer nach unten warfen wir uns einer dem anderen den Ball zu. Emilio und ich wählten die Mannschaften, er nahm Tonne als Ersten, ich Goio, er Beixama, ich Agustin ...

Sofort nachdem wir angefangen hatten, fiel das erste Tor.

»Elfer«, schrien die anderen fast gleichzeitig, als Emilio hinfiel. Inazito hatte ihm ein Bein gestellt.

»Freistoß! Freistoß!«, sagten wir.

Emilio schoss Freistöße wie Rivelino, und obwohl Goio wie ein Tiger durch die Luft sprang, landete der Ball im Tor.

Während der Ball auf dem regulären Feld hin- und herflog, fiel unser Blick auf den Wachturm. Auch jetzt stand Pater Solana wieder dort. Obwohl das Fenster geschlossen war, beobachtete er uns unentwegt.

Als ich hinaufschaute, zog Emilio ab und schoss das nächste Tor.

»Abseits!«, behauptete ich.

In Wirklichkeit hatten drei oder vier Spieler von uns zwischen Emilio und Goio gestanden. Agustin, unser Außenläufer, war sauer auf mich:

»Was ist los? Spielen wir Fußball oder was?«

Wir waren nervös, weil wir wussten, dass etwas geschehen würde.

Als wir die Klingel hörten, die das Ende der Pause einläutete, kehrten wir schweigend ins Klassenzimmer zurück. Wir ahnten, dass sie uns nicht erlauben würden, uns hinzusetzen, und so war es dann auch.

»Antonio Martínez, Ignacio Michelena, Gregorio Ugarte – zum Rektor«, hieß es, noch bevor der Erdkundeunterricht begann.

Diesmal empfing uns der Rektor einzeln. Er hob seinen an feuchten Marmor erinnernden Kopf und sagte uns dreien ungefähr das Gleiche, nämlich dass sie mit uns schon zu viel Geduld gehabt hätten, dass wir alle religiösen, politischen und moralischen Regeln missachteten.

Er redete mit uns, als wäre er taub. Sein Verhör diente nicht dazu, unsere Antworten zu erfahren, sondern dazu, uns über seine Schlussfolgerungen in Kenntnis zu setzen: dass die Schule für unsere Bildung und nicht für die Korrektur von schwerem Fehlverhalten verantwortlich sei, dass für solche Probleme Erziehungsanstalten und andere Sondereinrichtungen zuständig seien.

Ich war der Erste und wartete danach auf dem Gang auf Goio. Er kam mit düsterem Blick heraus.

»Wir haben hier nichts mehr verloren«, sagte er.

Seine Stimme klang ruhig. Wir würden um die zermürbenden Prüfungen herumkommen. Aber ich stellte mir auch meinen Vater vor, der mich in einigen Tagen abholen würde. Ich sah ihn, wie ein Blinder seinen Vater vor sich sieht, stellte mir die Gesten vor, die er machen würde, wenn er von meinem Rauswurf aus der Schule erfuhr, wie er mit der Hand die Krawatte lösen würde, so wie ein Erhängter den Strick um seinen Hals zu lösen versucht.

»Immerhin müssen wir kein Soutan-Oxyd mehr atmen«, sagte Inazito, obwohl auch er sehr erschrocken war.

Hinterher wussten wir nicht, ob wir in den Unterricht zurückgehen sollten. Wir hatten Erdkunde. Don Patricio hatte von den Farben der Ozeane zu sprechen begonnen, vom Roten und Schwarzen Meer.

Inazito beschloss hineinzugehen, er sagte, dass er etwas über die Meeresfarben erfahren wolle. Goio und ich hingegen machten uns auf den Weg nach Kalaportu.

Als wir am Kai ankamen, sahen wir vor Felipes Kneipe die Jeeps der Guardia Civil stehen, es herrschte eine eigenartige Stimmung.

»Ich gehe nach Zubieta«, sagte Goio zu mir.

Es schien, dass sie Leute verhafteten.

»Bist du immer noch verliebt?«, fragte ich.

Er antwortete nicht und ließ mich alleine am Kai stehen.

Ich blieb zurück, betrachtete die vorbeikommenden Autos und LKW, die in den Hafen ein- oder ausfahrenden Schaluppen, die Möwen, Spatzen und Schwalben, die rastlos zwischen den Dächern hin- und herflogen.

Am Rathaus fiel mein Blick wieder auf das Wappen, auf das von einer Welle emporgehobene Schiff, sechs Männer ruderten.

Der Harpunier hatte, aufrecht stehend, seine Harpune abgeworfen und im Rücken des Wals versenkt, ein zweiter großer Wal war dahinter zu sehen. Darunter stand:

WIR FINGEN DIE GROSSEN

Das Waljunge hatte der Harpunier als Erstes getroffen. Sie töteten das Junge und schleppten es in eine Bucht, weil sie wussten, dass seine Mutter es nicht allein lassen und ihnen folgen würde, bis die Walfänger auch das Muttertier an einer passenden Stelle der Bucht mit der Harpune erlegen konnten.

Am Nachmittag ging ich in den Unterricht. Wir hatten Spanisch und danach Mathematik. An diesem Tag vertrieben sich meine Klassenkameraden die Zeit damit, Papierstückchen zu zerkauen und an die Decke zu schießen. Die aus Spucke und Papier bestehenden Kugeln blieben oben kleben, die ganze Decke war damit dekoriert.

Ich machte nicht mit, als hätte ich es nicht nötig, Erinnerungen an mich zu hinterlassen.

Goio ging währenddessen zum Haus von Ariane. Er klingelte, aber niemand öffnete die Tür. Vor dem Haus sprang ein vielleicht sieben Jahre altes Mädchen Seil.

»Suchst du die Französin?«

»Ja, ich komme wegen Ariane«, sagte Goio.

»Sie ist gerade zum Strand gegangen«, sagte das Mädchen.

Er lief den Weg zum Strand hinunter und stellte sich vor, wie er sie dort treffen würde, dachte an ihre offenen dunklen Haare, die ihr über die Schultern fielen wie Regen, ihren aufrichtigen und herzlichen Blick.

Es war nicht das erste Mal, dass er Ariane hinterherlief, er hatte sie schon oft von weitem beobachtet, ohne sich ihr zu nähern, aber diesmal würde er auf sie zugehen. Sie würde sich umdrehen und ihn mit ihren hellen Augen ablehnend anschauen. Warum läufst du mir hinterher, was willst du? Und Goio würde antworten: Muss ich einen Grund haben, um dich zu sehen? Er würde das mit dem Blick eines Filmhelden, eines Cowboys sagen, die Augenbrauen hochziehen und die Stirn runzeln: Ich will nichts. Ariane würde weggehen und Goio in der Sonne stehen bleiben, in Richtung Sonne blicken.

Aber Ariane würde wieder zurückkommen. Lass uns gehen, würde sie sagen, und Hand in Hand würden sie gemeinsam den Strand entlanglaufen. Warum rennst du mir immer wie ein Hündchen hinterher, würde sie fragen und Goio erwidern: Weil die Leere schmerzt, die ich wegen dir spüre, und sie würde fröhlich lachen. Und dann würde Ariane sich ausziehen und ins Wasser steigen, lange untertauchen und schließlich mit am Kopf klebenden Haaren wieder herauskommen und sich mit ihrem nassen Körper neben ihn setzen, mit Gänsehaut und zu einer Spirale gelegten Haaren, und ihm ihre violett angelaufenen Lippen zu einem Kuss hinhalten.

Aber Goio fand Ariane nicht auf dem Weg, der von Zubieta zum Meer hinunterführte. Der Strand war verlassen, die Ebbe hatte den Sand glattgestrichen und nass zurückgelassen, die Wellen erstarben in Schaum, in der Luft kreuzten Möwen.

Goio nahm die Schuhe in die Hand und lief am Wasser entlang. Nach einer Weile fand er einen Haufen Kleider, den die Wellen angespült und zurückgelassen hatten. Es waren die Schuhe und Kleider von Ariane. Das Meer sah in alle Richtungen verlassen aus, niemand schwamm im Wasser.

Er dachte, dass sie ertrunken war.

Viele Möwen waren in der Luft. Er sah auch einen ungewöhnlichen Vogelschwarm, der nach Nordosten flog, es waren Zugvögel, die zu Beginn des Sommers vorbeikamen, sie verschwanden weit draußen über dem Meer.

Und er sah auch ein Fischerboot. Es war nicht aus Kalaportu, hatte keine Fahne gehisst und schien von einem Ort weiter nördlich, von der französischen Seite zu kommen.

»Dann musst du auf die öffentliche Schule«, sagte die Mutter.

Als er nach Hause kam, wusste sie schon, dass er von der Schule geworfen worden war, und weinte.

»Oder du musst anfangen, für dich selbst zu sorgen ...«, sagte sie.

Weil die Mutter so verzweifelt war, ging Goio ratlos auf sein Zimmer.

Er nahm das Radio mit und legte sich aufs Bett, mit dem Apparat auf dem Bauch. Er drehte am Empfänger, bis er auf eine Boxübertragung stieß. Cassius Clay, Muhammad Ali, der Boxer aus Louisville, würde wieder in den Ring steigen.

»Ich muss dir nachher noch etwas sagen«, rief ihm die Mutter aus der Stube zu.

Er wusste, was sie ihm sagen wollte, nämlich dass er wie Juan Bautista schon bald einen Overall anziehen und arbeiten müssen würde. Ich werde nicht immer da sein, hatte die Mutter schon früher gesagt, du wirst für dich selbst sorgen müssen.

Warum auch nicht? Er würde zu arbeiten anfangen und fertig.

1967 wurde Cassius Clay, damals Box-Weltmeister, zu einer Gefängnisstrafe verurteilt und für einige Jahre vom Boxsport ausgeschlossen, weil er seinen Einberufungsbescheid zum Vietnam-Krieg zerrissen hatte. Als er wieder kämpfen durfte, war Joe Frazier Weltmeister, und Cassius Clay trat nach seinem Sieg über Oscar Bonavena gegen den offiziellen Titelinhaber an. Clay trug eine rote Hose, wie der Kommentator berichtete, Frazier eine grüne. Vor dem Kampf tänzelte Clay durch den erleuchteten Ring des unglaublichen Madison Square Garden, hüpfte lachend um den ernsten Joe Frazier herum.

Nachdem der Ringrichter mit den beiden gesprochen hatte, ertönte die Glocke zur ersten Runde. Clay bewegte sich mehr,

Frazier hingegen stand wie ein Panzer. Clay startet den ersten Angriff, geht sofort wieder auf Distanz, um dann Frazier erneut anzugehen und zu boxen. Er umtänzelt den Gegner, als käme er nicht so heran, wie er das will.

»Komm essen!«, rief die Mutter aus der Küche.

Cassius Clay verteilte mehr Schläge, aber dem Kommentator zufolge war er nervös, Joe Fraziers Attacken waren überzeugender. Und so wirkte Clay von Runde zu Runde erschöpfter.

»Komm jetzt, Goio!«

In der zehnten Runde scheint sich Cassius Clay zu erholen. Doch in der elften landet Frazier einige Treffer, und Clay wankt, offensichtlich müde. Die zwölfte Runde ist hart für Clay, der nichts Anderes macht, als Frazier zu umklammern, fast wie ein Schiffbrüchiger, der sich an einer dunklen Holzplanke festhält. Joe Frazier schlägt immer wieder mit unglaublicher Kraft und Leidenschaft zu.

»Das Essen wird kalt«, hörte er die Mutter. »Immer das gleiche Theater!«

In der Pause zwischen den Runden frottierte der Manager Clays Schultern, Oberkörper und Schenkel, und Clay begann die dreizehnte Runde wieder tänzelnd, er brachte mehrere Schläge durch, bis er sich erneut in die Seile flüchten musste. Die vierzehnte Runde gewann er eindeutig. Und so begann er auch die fünfzehnte aggressiv. Doch auch Joe Frazier wollte den Sieg und landete unmittelbar, nachdem er einen Schlag von Clay abgewehrt hatte, einen fürchterlichen Treffer, einen Schlag wie mit einem Hammer. Der Schwarze aus Louisville ging ausgeknockt zu Boden.

Die Mutter betrat den Raum, mit verheulten Augen und aufgerissenem Mund, sie hatte mehrere Briefe in der Hand:

»Ich werde dir die Wahrheit sagen«, erklärte sie aufgeregt.

Goio erschrak, als er das Wort Wahrheit hörte, und Cassius Clay stand benommen auf, mit weichen Beinen und verlorenem Blick.

»Das hier ist dein Vater!«, sagte sie und zeigte Goio ein vergilbtes Foto.

Aufstehen, hieß es, und er stand auf, konnte sich aber in der Minute und den paar Sekunden, die noch fehlten, kaum auf den Beinen halten, schwach, schon besiegt torkelte er herum, während Joe Frazier, obwohl ebenfalls am Ende, weiter Schläge austeilte.

Im Foto-Präteritum sah Goio ein gänzlich unbekanntes, blöde lächelndes Gesicht.

»Und?«, fragte er.

Auch Joe Frazier war erschöpft, berichtete der Kommentator, aber die Müdigkeit und die Schmerzen des Siegers sind anders als die des Verlierers.

»Hier hast du die Briefe, die er mir geschrieben hat, vier in fünfzehn Jahren. Der letzte kam gestern.«

Goio betrachtete wie versteinert den Fremden, und erst allmählich wurde ihm das Gesicht vertrauter.

»Hat er rote Haare?«

»Seine Haare sind genau wie deine ...«, sagte die Mutter.

»Wenn er mein Vater ist, warum habe ich dann nicht seinen Nachnamen?«

»Weil er abgehauen ist!«

Er las den Absender: *John Rhys.*

Es schien, dass der Mann auf dem Bild in einer Ortschaft namens Swansea lebte und seinen Sohn kennen lernen wollte.

»In zehn Tagen sollst du mit der Fähre von Bilbao nach Southampton fahren. Er wartet dort auf dich. Du sollst drei Wochen bei ihm bleiben.«

Goio schaute die Briefe einen nach dem anderen an, sie waren auf Englisch und er verstand sie nicht. Auch die Mutter würde sie nicht verstehen.

Auf einer der Postkarten war ein großer Küstenfelsen zu sehen, ein Felsen voller Möwen.

Das Schiff fährt mit voller Kraft voraus über den Ozean, doch du wirst den Fragebogen der Militärs nicht beantworten können. Zum Beispiel, *permanent adress*; als sie aufblicken und dich nach *permanent adress* fragen.

»Ich werde in Ushuaia von Bord gehen.«

»Willst du nicht in die Vereinigten Staaten?«, wird dich der Offizier fragen und seine goldfarbene Brille abnehmen. »Komisch, alle Latinos wollen doch in die USA ...«

»Und was ist mit den Indios?«, wirst du fragen.

»Ah, du bist Indio!«, wird er grinsend erwidern, als hättest du einen Witz gemacht.

Die anderen werden auf der *Iceblink* Richtung Falklandinseln fahren und von dort in die USA zurückkehren.

»Wenn du in Ushuaia bleiben willst, kann ich dir nur die Hälfte zahlen ...«, wird der Nostromo sagen.

Und er wird dir deinen halben Krankenpflegerlohn auszahlen.

»Damit sind wir quitt«, wird der Nostromo sagen und dir sechstausend Dollar in die Hand drücken, »ohne dass jemand Gewinn oder Verlust gemacht hätte ...«

Ohne Gewinn oder Verlust zu überschlagen, wirst du dir in Ushuaia eine möglichst warme Pension suchen.

Die Ortschaft wird an einem Hang liegen, an der Mündung des Beagle-Kanals, wo ein blaugraues Meer zwischen schwarzen Felsen hindurchströmt. Die Häuser an den Hängen werden aus Holz, Beton oder Kunststoff sein und aussehen, als wären sie von Kindern mit Wasserfarben bemalt worden. Eine dichte Wolkendecke wird über Ushuaia hängen.

Du wirst einen Holzbungalow wählen, der dich an Berghütten im Baskenland erinnert, aber mit dem Komfort eines Holiday Inn ausgestattet ist. Die Heizung wird so warm sein, dass du das Fenster öffnen musst, um nicht zu ersticken.

Vom geheizten Zimmer aus wirst du Felsenberge sehen können, und einer der Gipfel in der Ferne wird dich an einen anderen Berg und das Märchen der Akalufe-Indianer erinnern. Dort oben würde es einem armen, namen- und heimatlosen Schlucker wie dir an nichts mangeln. Es würde den besten Wein geben, heißen Tee, Gebäck und reichlich zu Essen, und bärtige Seeleoparden würden ihr Fell ausziehen, um es dir zu leihen.

Du wirst den Fernseher einschalten und CNN-Nachrichten sehen. Die Regierung Sri Lankas wird die Bevölkerung auffordern, in Andenken der am Elefantenpass verdursteten Soldaten am nächsten Tag drei Stunden lang nichts zu trinken. »Das Mindeste, was wir zu Ehren unserer gefallenen Helden tun können«, wird General Sarath Munasinghe erklären, denn morgen wird die Belagerung srilankischer Truppen durch tamilische Befreiungstiger ein Jahr andauern. In Algerien stehen Massaker mittlerweile auf der Tagesordnung, der Nachrichtensprecher wird die Meldungen mit »unglaublich« einleiten, die Leute, über die berichtet wird, werden jedoch mit »alltäglich« antworten. Wir haben die Anweisungen unserer Vorgesetzten befolgt, wird ein ehemaliger Soldat erklären, wir sollten keine Zeit damit verlieren, den ganzen Körper zum Befehlsstand zu schaffen, der Kopf reiche aus. Und so haben wir nur die Köpfe der toten Terroristen mitgenommen.

Du wirst den Fernseher ausschalten und anfangen, Kormorane zu zeichnen. Und ein Lied aus Bluefields wird dir einfallen:

Red, yuh surprise me
assin far a love poem.

Ah sing a song a love poem fa me contry
small contry, big lite ...

Du wirst es auf Baskisch versuchen:

Amodio kanta bat ene aberriarentzat,
aberri txiki, argi handi ...

Später wirst du zum Hafen gehen, als würdest du einen Notausgang suchen.

Maya ya-ya lost his key, Maya ya-ya-oh! Maya-ya-ya, rub and go down, Maya ya-ya-oh! Give the key for open the door ...

Ein Haufen Schiffe werden vor Anker liegen, auch ein großes Kreuzfahrtschiff mit Touristen an der Reling, daneben ein paar abgetakelte alte Fischerboote.

Du wirst Axel am Kai treffen, und nach einer Umarmung, von der du nicht wissen wirst, ob sie eine Begrüßung oder ein Abschied sein soll, wird er sagen:

»Morgen früh um sieben legen wir ab.«

Dann wird *Hai hani* Edna auftauchen.

»Ihr fahrt morgen früh um sieben?«, wirst du fragen.

»Ich könnte auch in Ushuaia bleiben.«

Und du wirst sie fragen wollen, warum sie bleiben will.

Sag ihr, dass Ushuaia ein winziger Punkt auf der Südhalbkugel ist, dass die Südseite der Erde unbedeutend, die Erde nur einer von vielen sonnenbeschienenen Himmelskörpern und die Sonne schließlich nichts weiter als ein Staubkorn im stellaren Aschekübel des Universums ist.

»Warum?«

Sie wird sich wegdrehen und du wirst denken, dass sie vielleicht weint.

»Du hast kein bisschen emotionale Intelligenz«, wird sie sagen.

390

Nachdem Nebel aufgezogen ist, werden ihr Tropfen wie Tränen die Wangen hinunterlaufen. Edna wird sich umdrehen und zur *Iceblink* laufen, während du über deine emotionale Intelligenz nachdenken wirst. In welchem Körperteil entsteht diese Fähigkeit wohl – im Gehirn, der Zunge, dem Herzen oder weiter unten?

Du wirst überlegen, was Edna mit »Ich könnte auch in Ushuaia bleiben« gemeint haben könnte, ob sie »Ich gehe« sagen wollte oder umgekehrt:»Ich bleibe bei dir«. Du hast wirklich Kommunikationsprobleme, das ist schon mit deiner Frage »Warum« deutlich geworden.

Allmählich wird es dunkel werden und ein kalter, schneidender Wind wehen. Edna wird nicht mehr von der *Iceblink*, diesem weißen Schwan, herunterkommen. Du wirst beschließen wegzugehen. Während du vom Kai zurück in den Ort läufst, wird sich das Nichts wie ein Schlund vor dir auftun.

Du wirst in die einzige richtige Straße des Ortes einbiegen und die blaue Neonschrift eines Lokals namens *Ozon* entdecken.

Der Barmann wird dir von drinnen zurufen, dass es schon spät und er gerade dabei sei, die Stühle wegzuräumen.

»Gibt's noch Bier?«

»Mal sehen, ob noch eins übrig ist …«, wirst du ihn auf Spanisch sagen hören.

»Ganz schön blau hier drinnen.«

»Das ist eine Ozon-Imitation. Das Loch da oben in der Ozonschicht hat uns auf die Idee gebracht, hier unten Ozon zu simulieren …

»Was ist eigentlich Ozon?«, wirst du fragen.

»Eine Sauerstoff-Allotropie.«

»Und was ist eine Allotropie?«

»Keine Ahnung. Ich benütz das Wort nur, um die Leute zu beeindrucken … Ozon habe ich im Wörterbuch nachgeschlagen, weil die letzten besoffenen Gäste mich immer fragen, was Ozon ist. Ich hatte bisher keine Zeit nachzuschauen, was Allotropie bedeutet. Ist auch besser so. Ich sehe einen Typen und denke, ha, der ist eine Allotropie von Mafalda, und der eine von Robert Falcon Scott oder der da drüben eine Pinguin-Allotropie ...«

Dein Blick wird auf die an der Wand hängende Werbung für *Exotic Cruise Vacations* fallen.

»Machst du hier Urlaub?«, wird der Barmann dich fragen.

»Ja.«

»Warst du in der Antarktis?«

»Ja.«

»Und, wie fandest du es?«

Discover the awe-inspiring vistas and remarkable wildlife of the White Continent on a luxury cruise to the bottom of the world.

»Wie die Allotropie irgendeines anderen Ortes«, wirst du sagen.

»Die können sagen, was sie wollen, aber auf der Erde befinden sich die Pole an den Antipoden des Paradieses.«

Du wirst stundenlang mit dem gelangweilten Barmann in der leeren Kneipe stehen und die Zeit mit Anekdoten totschlagen wie Betrunkene in Romanen.

»Ushuaia war lange Zeit eine Strafkolonie, die ganze erste Hälfte des zwanzigsten Jahrhunderts über. Der Hang hier war damals bewaldet, aber die Gefangenen mussten alle Bäume fällen, bis der Berg ganz kahl war. Später wurde es zu einer normalen Kleinstadt, vor allem seitdem sie die Hauptstraße nach San Martín benannt haben. In Argentinien heißen alle Hauptstraßen San Martín ...«

»Noch ein Bier«, wirst du verlangen.

»Aber die Geschichte des Hafens ist älter. Charles Darwin ist auf seiner berühmten Reise hier vorbeigekommen. Robert Fitzroy, der Kapitän des Kriegschiffs *Beagle*, war vorher schon hier gewesen und hatte mehrere Indios nach England verschleppt.

Auf der *Beagle* brachten sie die anglisierten Indios wieder zurück, unter ihnen auch Jemmy Button, der als Kind nach England gekommen war. Er hatte perfekt Englisch gelernt und das Yamanera fast vergessen. Doch die Indios wollten ihre englischen Anzüge sofort ablegen, sich mit Robbenfett einreiben, Guanako-Felle anziehen und die Lebensweise ihres Stammes wieder aufnehmen. Zur großen Verwunderung der Militärs und Wissenschaftler auf der *Beagle* wollten die Indios nicht zurück nach England.«

Er wird dir ein Buch zeigen, *Die Fahrt der Beagle.*

»Und in dem Buch kommt diese Geschichte vor?«

Nein, das Buch beweist, dass wir vor zwei Millionen Jahren alle afrikanische Hominide waren und vor dreihundert Millionen Jahren Amphibien, die wie nasse Enten aus dem Wasser aufs unbekannte Festland gewatschelt sind …

»Nein«, wird der Barmann nur antworten.

Zur Zeit Darwins dachte man, dass die Welt vor sechstausend Jahren von Gott geschaffen worden ist und dass sich alle Generationen seit Adam und Eva mehr oder weniger nachvollziehen lassen. Charles Darwin verlängerte den Zeithorizont um ein paar Hunderttausend Jahre. Heute reicht die Geschichte der Welt fünf Milliarden Jahre zurück.

Du wirst ein blaues Telefon an der Wand entdecken, den Hörer abnehmen, sieben Zahlen wählen und ein bisschen dümmlich darauf warten, dass jemand antwortet. Eine Frauenstimme vom Band wird dir auf Spanisch und Englisch erklären, dass die Nummer nicht vergeben ist, du dich offensichtlich verwählt hast. Oder du wirst schweigen, als eine andere Frauenstimme *Hello, hello, hello* antwortet – erschrocken darüber, dass die Verbindung wirklich hergestellt worden ist, die Kommunikation.

Du weißt, dass du dich verwählt hast. Außerdem kennst du weder die Landes- noch die Ortsvorwahl.

»Ich werd dir das Buch schenken«, wird der Barmann später

sagen. »Sag mir deinen Namen, damit ich dir eine Widmung reinschreiben kann…«

»Ich habe meinen Pass verloren«, wirst du im Scherz antworten, »jetzt warte ich auf meine Papiere und hab auch gar keine Lust, mich an meinen Namen zu erinnern.«

»Das verstehe ich«, wird er sagen. »Wenn du in dieser Welt keine Papiere hast, bist du praktisch tot.«

Nachdem er dir eine Widmung ins Buch geschrieben hat, wird er dir den Witz vom Anonymen Alkoholiker erzählen:

»Kommt ein Betrunkener und sagt: ›Ich bin jetzt auch ein Anonymer Alkoholiker!‹ ›Wie, hast du aufgehört zu trinken?‹ Und der Betrunkene: ›Nein, nein, ich trinke, aber ohne meinen Namen zu nennen.‹«

»Soll das eine Anspielung sein?«, wirst du fragen.

»Nein«, wird der Barmann lachend antworten, »ich trinke wahrscheinlich mehr als du…«

»Wer weiß!«

»Aber es ist schon ziemlich spät, oder?«

Du wirst auf die Uhr blicken und sie wird aussehen, als würde sie zerfließen.

»Die Uhren sind auch nicht mehr, was sie mal waren…«, wirst du sagen.

»Du hast es nicht weit nach Hause, oder?«

»Nach Hause?«

»Dein Zuhause!«

»Ich habe kein Zuhause…«

»Also wer jetzt noch kein Haus hat«, wird der Barmann sagen, »hat ein bisschen viel Vertrauen in die Welt…«

In diesem Moment wird der Eisbrecher *Iceblink* mit Kurs auf die Falklandinseln den Südatlantik durchqueren.

38

… dass alles hätte so bleiben sollen, wie es war …

Ein großer Küstenfelsen war darauf zu sehen, voller Möwen. Die Kraft der Wellen und des Windes stach ins Auge, und in kleiner Schrift stand unten auf der Postkarte: *Welsh* und *Swansea*.

Ich gab Goio eine andere Karte.

»Als ich gestern zurück in die Schule gegangen bin, habe ich Ariane getroffen. Sie hat dich gesucht und mir diese Postkarte für dich mitgegeben …«

Goio schaute sie regungslos an, und ich sagte:

»Die Guardia Civil hat angeblich am Morgen ihre Wohnung durchsucht.«

Aber das wusste er schon. Und auch, dass Felipe verhaftet worden war.

»Ich glaube, dass sie Ariane aus dem Nordbaskenland mit einem Fischerboot geholt haben«, sagte er zu mir. »Ich habe eins an der Küste gesehen, ich glaube, sie ist vom Strand aus hingeschwommen.«

Goio erzählte, dass er Arianes Kleider am Strand gefunden habe.

Auf der Postkarte war eine Filmszene abgebildet, Charlie Chaplin und ein armes Kind, beide kauerten in einer Ecke und schauten sich nervös um. Wir wussten, dass sie auf der Flucht vor einem Polizisten dorthin gelaufen waren, sie glaubten, sicher zu sein, aber der Polizist stand direkt hinter ihnen, mit einem großen Schnurrbart und den Händen an der Hüfte.

Goio las die Sätze auf der anderen Seite der Postkarte, kleine, runde, nach vorne kippende Buchstaben:

Ich wollte nicht fahren, ohne mich zu verabschieden. Ich mag Menschen,
die lieben können, entschuldige, wenn ich nicht genauso liebenswert war.
Die Zeit dreht sich wie ein Rad und vielleicht werden wir uns irgendwann
einmal wiedersehen.
Ariane.

»Nächste Woche werde ich meinen Vater kennen lernen«, sagte Goio.

«Und wo lebt dein Vater?«

»In einer Stadt namens Swansea.«

»Und wo liegt die?«

»Zu Hause habe ich ein Ticket für die Fähre Bilbao-Southampton«, sagte er.

»Swansea«, sagte ich. »Es gibt ein Fußballteam mit dem Namen. Du wirst Englisch reden müssen.«

»Keine Ahnung, was ich da soll.«

In diesem Schuljahr sollten wir weder gute noch schlechte Noten bekommen. Wir sollten gar kein Zeugnis nach Hause bringen. Wir wandten uns von den Geisteswissenschaften ebenso ab wie von den geistlosen Wissenschaften. Der Schatten der Einsamkeit fiel neben uns, unser Wissen war mit einer Trauer verbunden, an die uns Worte wie Konkordanz, Glauben, Genitiv, rot-gelbe Fahne und Gleichung erinnerten.

Es war vorbei, und ich musste nach Bilbao, auch wenn ich dort nichts zu tun hatte, zumindest glaubten das anscheinend meine Eltern, die mich zwei Wochen lang nicht abholen kamen. Besser so, denn ich hatte Angst vor dem Gesichtsausdruck meines Vaters, vor der Handbewegung, wenn er die Krawatte lockerte, sie in die Hand nahm und den Kopf hin und her bewegte wie ein Erhängter, der sich vom Strick um seinen Hals zu befreien versucht.

Da wir nicht mehr in den Unterricht gingen, trafen Goio und ich uns am Hafen, um unser Nicht-Wissen auszukosten.

Als ich ankam, stand Goio bei einem Taucher und dessen Helfer. Die beiden suchten etwas im Hafenbecken. Der Taucher trug einen Anzug, Flossen und diesen eigenartigen runden Helm und tauchte gleich, die Kaitreppe langsam hinabsteigend, ins Meer ein.

Wir starrten in das dunkle Hafenwasser, während er lange unter Wasser blieb.

»Wie würde das Meer wohl aussehen, wenn das Wasser weg wäre?«, fragte ich.

»Wie das Festland«, sagte Goio. »Vielleicht ein bisschen anders.«

»Alles ist dunkel und voller Schlamm«, sagte der Helfer des Tauchers.

»Ich habe nichts gefunden.« Der Taucher stieg aus dem Wasser und setzte den Helm ab.

»Nichts, gar nichts!«, sagte er hustend und nach Luft japsend. Wir drei starrten wieder ins Hafenbecken.

Als er den Anzug auszuziehen begann, waren die Augen des Tauchers weit aufgerissen, als würde er das alles nicht richtig begreifen.

»Wie würde der Meeresboden wohl aussehen, wenn das Wasser weg wäre«, wiederholte ich.

»Wenn das Wasser weg wäre«, antwortete er lachend. »Du bist wohl aus Bilbao. Wenn das Wasser weg wäre …« Er prustete.

Als er ganz aus dem schweren Anzug heraus war, lachte er immer noch. Die Fischer arbeiteten, man sah die Kutter durch die Hafeneinfahrt herein- und hinausfahren. Am Kai flickten die Frauen die Netze an der selben Stelle wie immer, auch Goios Mutter war dort.

»Bis bald, WenndasMeerwegwär!«, sagte der Taucher, als wir uns entfernten.

Wir machten uns auf den Weg zum Möwenfelsen.

»Komm, ich zeig dir das Schiff«, sagte Goio.

Am nächsten Tag machten wir uns daran, das Boot von Juan Bautista zu kalfatern. Es war heiß, eine Hitze, die die Vögel vom Himmel drückte. Das Boot lag kieloben auf dem Kai, wir holten Äste und machten Feuer neben dem Boot, um die Planken zu trocknen. Dann kratzten wir den Bootsrumpf frei.

Goio brachte eine Dose heißen Teer, und Juan Bautista, der rittlings auf dem Kiel saß, begann mit einem Spachtel die kleinen Löcher und Risse damit zu füllen.

Goio sägte ein Brett für eine neue Sitzbank zurecht, eine von den alten war morsch geworden.

»Geh zu Goio nach Haus und mach die Dose noch mal heiß«, sagte Juan Bautista, als der Teer hart wurde.

Ich klopfte an die Tür, und Goios Mutter öffnete mir.

»Ich soll die Dose hier heiß machen …«

Sie nahm die Dose und wir gingen in die Küche. Es war ziemlich dunkel. Sie stellte die Dose aufs Feuer und ich wartete, auf einem Hocker sitzend.

»Du bist Andoni, oder?«

»Ja«, sagte ich.

Sie hatte einen Haufen Wäsche zu bügeln, Seemannskleider. Ich begriff, dass sie neben ihrer Arbeit als Netzflickerin zu Hause auch noch Wäsche wusch und bügelte, um ein bisschen dazuzuverdienen.

Als die Dose heiß war, fuhr sie mit einem Stück Holz durch den Teer, um zu sehen, ob er weich genug war. Eingewickelt reichte sie ihn mir: »Ihr habt in der Schule ganz schön Ärger gemacht.«

Am letzten Tag musste Goio um fünf Uhr nachmittags am Kai sein, um nach Portugalete zu fahren, aber er wollte die Übertragung der Tour de France nicht verpassen und schaltete das Radio ein.

Sie steigen gerade den Mont Ventoux hinauf, das Ziel der Etappe ist auf dem Berggipfel. Vier Fahrer liegen vorn: Danguillaume,

Guimard, Labourdette und Polidori. Eddy Merckx, der Träger des gelben Trikots, liegt vierzig Sekunden dahinter. Merckx fährt schnell und sicher, Stück für Stück holt er auf, lässt die anderen vier hinter sich zurück. Einige Meter hinter Eddy Merckx liefern sich Poulidor und Van Impe ein Kopf-an-Kopf-Rennen.

Andres setzte sich zu ihm, um mitzuhören.

»Wer liegt vorn?«

»Eddy Merckx!«, sagte Goio.

»Und Gabika?«

»Keine Spur von Gabika.«

»Und Gandarias?«

»Auch nicht.«

»Bist du fertig?«, rief die Mutter ihm aus dem Zimmer zu.

Zoetemelk und Peterson schließen an die beiden Führenden auf, Agostinho seinerseits liegt fast mit Merckx auf einer Höhe, doch schließlich kann er mit dessen Rhythmus nicht mithalten. Eddy Merckx ist auf den letzten Metern Steigung allein, auch er ist erschöpft, einen Moment scheint es, als würde er es nicht bis ins Ziel schaffen, aber er gibt nicht auf, überwindet sich selbst und durchfährt das Ziel – als Sieger.

Ich wartete am Kai, ich wusste, welches Boot Goio nach Portugalete nehmen sollte, die drei trafen mit einer Stunde Verspätung ein.

»Wart mal kurz«, sagte Goio, ließ die Koffer bei der Mutter stehen und lief den Kai hinunter Richtung Werftkran.

Den vor langer Zeit dort zurückgelassenen Zettel fand er in der gleichen Ritze, in der er ihn versteckt hatte. Dann kam Goio zurück.

Er umarmte die Mutter, Andres und mich und stieg, die Motoren liefen schon, auf das Schiff Richtung Portugalete. Der stählerne Bootsbauch knurrte.

Die Sonne ging hinter dem Möwenfelsen unter, als wollte sie sich im Meer ertränken.

Goio winkte uns von der Steuerbordseite des Schiffs zu. Versteinert am Kai stehend müssen wir für ihn ausgesehen haben wie die Ungeheuer am Kirchenportal. Es war, als würde all das jemand anderem passieren, in einer anderen seltsamen und unwirklichen Welt. Und doch standen wir dort; was für eine kalte Klarheit, was für eine unglaubliche Leere.

So muss Goio uns gesehen haben, als wir neben dem Schiff am Kai hinaufliefen. Ein anderes Boot lichtete gerade die Anker, Algen und Schnecken klebten an der Schiffskette, ein paar kleine Meerestiere sprangen ins Meer zurück, als sie merkten, dass sie aus dem Wasser gezogen wurden.

An der Hafeneinfahrt brandeten schwere Wellen gegen die Mauer, und ich sah die wie Glassplitter aussehenden Tränen von Goios Mutter, die sich mit der Gischt vermischten.

Nacht breitete sich über den alten Ziegeldächern des Dorfes aus, bald würden Fledermäuse den Himmel erfüllen. Eine einschüchternde, tosende Stille war zu hören. Als ein Kutter hereinfuhr, flogen ein paar Möwen von den Bojen auf, auf denen sie sich niedergelassen hatten.

Erst jetzt faltete Goio den Zettel auf, den er in der Tüte mit den Waffen gefunden und lange am Kran zwischen den Metallteilen aufbewahrt hatte, und las:

Sie haben in den letzten Tagen ein paar Leute verhaftet. Ich habe zwar nichts Genaues gehört, aber ich befürchte, dass die Guardia Civil Bescheid weiß. Ich glaube, es ist besser, wenn ihr sofort abhaut.

Die Freundin

Danach betrachtete er die Postkarte, den Abschiedsbrief Arianes, der in der gleichen kleinen, runden und nach vorne kippenden Schrift verfasst war, eine Ameisenstraße auf Papier. Die Zeilen schienen mit dem selben Kugelschreiber geschrieben worden zu sein, dem Stift, den Ariane immer bei sich trug.

Ich wollte nicht fahren, ohne mich zu verabschieden. Ich mag Menschen, die lieben können, entschuldige, wenn ich nicht genauso liebenswert war. Die Zeit dreht sich wie ein Rad und vielleicht werden wir uns irgendwann einmal wiedersehen.

Ariane

Der Polizist stand, die Arme in die Hüften gestemmt, direkt hinter ihnen, aber Charlie Chaplin und das Kind blickten nervös nach vorn, ohne zu ahnen, wen sie im Rücken hatten. In ihren Augen konnte man Traurigkeit, Einsamkeit, Ohnmacht erkennen – wie in den Augen so vieler anderer Menschen auch. Sie verstanden nicht, warum sie sich in dieser Situation befanden. Oder sie verstanden die Situation und spürten genau deshalb einen grenzenlosen Schmerz.

Auf der Steuerbordseite fiel der Möwenfelsen zurück, mit seinen Vögeln und dem gestrandeten Schiff. Goio blickte noch einmal auf Kalaportu. Felipes Kneipe am Hafen lag geschlossen da. Auf der Steuerbordseite war das metallene Skelett der Werft zu sehen, außerdem ein kleiner, wolliger Hund, der auf dem Bug eines Schiffs stand. Außerhalb des Hafens die Kaimauer.

Goio ging zum Heck, hinter ihm zerfloss die weiße Furche schaumüberzogenen Wassers, als handele es sich um das schaumige Leichentuch der Vergangenheit. Dann tauchte die Unterstraße mit der Polizeikaserne auf, und im gleichen Moment verschwand Goios Haus aus dem Blickfeld. Die Eisfabrik und der Ortsteil Kaiondo waren zu sehen. Doch auch diese Häuser fielen zurück und versteckten sich, und Goio fiel ein Diktat ein, *Rien n'est jamais fini, tout commence quand la plupart pensent que c'est fini*, Kinder liefen über den Großen Felsen, pinkelten über die Klippen ins Meer.

Er konnte die Ungeheuer am Kirchenportal sehen, die Hafenkneipe verschwand. Er sah die Schule. Sie steuerten ein Stück backbord, das Blaugrün des Meeres wurde dunkler, während die

Nacht sich der Farben bemächtigte und auf dem Festland, immer weiter entfernt, Lichter entzündet wurden. Dann verschwanden auch das Flussufer, die Werft, das Petite Maison, die Schule und die neuen Häuser des Ortsteils Zubieta hinter der Klippe mit den pinkelnden Kindern. Nur der Möwenfelsen war noch zu sehen, das verrostete Schiff und die darüber kreuzenden Vögel. Goio ließ Kalaportu hinter sich und blickte über die Steuerbordseite aufs offene Meer in die Finsternis.

Über Goios Kopf flogen Möwen kra kra kra hinweg.

Sein Heimatort, an der Küste der weiten, dunklen See gelegen, zwischen Klippen, die dem immerwährend anbrandenden Meer die Stirn boten, an der Grenze unermüdlicher Wellen, war nun nur noch ein Knäuel glitzernder Lichter. Dort hinten versteckte sich der Ort; an einer Stelle, an der sich brechende Wellen flach auf den Sand legten, irgendwo in den Weiten der Welt.

Während Goio aufs Festland blickte, schaute ich aufs Meer, mit meiner Angst, meiner Unruhe, meinem dümmlichen Gesicht. Ich schaue heute noch dorthin und sehe dieses traurige Schiff verschwinden, es reist durch das Land meiner Erinnerungen.

Ich werde nicht sagen, alles hätte so bleiben sollen, wie es war, die Vergangenheit hätte Bestand haben sollen. Die Dinge werden dort bleiben: weit entfernt, vergangen, an ihrem Ort, in den unbelebten Landstrichen des Erlebten.

Dort an dieser Küste wohnten wir. In diesem abgelegenen Nest wuchsen wir auf, ein bisschen oder sehr, plötzlich oder langsam, wurden auf falsche oder richtige Weise erwachsen, und glaubten manchmal, dass unsere Zukunft so wie die Vergangenheit sein würde, ohne zu ahnen, dass wir uns jemals so weit weg und fehl am Platz fühlen könnten, wie wir es heute tun.

Dennoch werde ich nicht sagen, dass alles hätte so bleiben sollen, wie es war.

39

Der gefrorene Freund

Die Wirklichkeit wird sich unvermeidlich mit ihren Stürmen und Blitzen, ihren Donnerschlägen und Überschwemmungen bemerkbar machen. Und so geschieht es auch.

Arantxa und Imanol kommen in mein Zimmer gerannt.

»Komm! Leise, aber schnell!«, sagt Imanol.

»Die spanische Polizei«, erklärt Arantxa nervös. »Sie haben uns gewarnt, dass sie hinter euch her ist.«

»Wer hat euch das gesagt?«

»Mein Mann«, sagt Arantxa.

»Was hat er genau gesagt?«

»Dass ihre spanischen Freunde euch aufgespürt und sie um Unterstützung gebeten haben, um euch verschwinden zu lassen.«

»Dann müssen wir abhauen«, sage ich.

Vergangenheit und Zukunft verbinden sich zu einer unbezwingbaren, unaufhaltsamen Gegenwart, zu einer wahnsinnigen Angst.

»Jetzt sofort«, drängt Arantxa.

»Geh Goio holen, Arantxa!«, sagt Imanol und blickt aus dem Fenster. »Von hier können wir runterspringen.«

Während Imanol zwei Bettlaken aneinanderknotet, stopfe ich alles, was in meiner Nähe ist, in eine Tasche.

»Ich glaube, das hält«, sagt er und zieht den Knoten zusammen.

Während Imanol das Laken am Fuß des Bettes festbindet, ist in der Galerie der Verlorenen Schritte ein schnelles Stapfen zu hören.

Arantxa kehrt mit Goio zurück.

Wir lassen die aneinandergeknoteten Laken wie ein Seil aus dem Fenster hinunter. Imanol seilt sich als Erster ab, dann folgen Goio und ich.

Als ich unten ankomme, blickt Imanol grinsend nach oben.

»Was ist los?«, frage ich.

»Das ist wie eine Comicgeschichte, findest du nicht?«, sagt er angetrunken. »Ein Strick aus Laken, der aus einem Gefängnisfenster hängt. Ich glaube, ich bin selbst zu einer Comicfigur geworden, ha ha ha …«

Arantxa ist oben geblieben und winkt uns zum Abschied aufgeregt zu, formt mit der Hand den Buchstaben B des Taubstummenalphabets.

Wir klettern über die Mauer, durchqueren ein Waldstück und kommen neben einer Müllhalde heraus. Alle möglichen Sorten von Abfall liegen herum, an einigen Stellen steigt Rauch auf. Leere Flaschen, Kartons, Dosen, verkohltes Plastik, trockene Ratten- und Katzenhaut, aufgehäufter und planierter Müll – fast schon ein Mülluniversum. Wir rennen mit einem Geschick, das nur Flüchtige und Trinker entwickeln, durch eine Landschaft, die aussieht wie von einer Atombombe zerstört.

Und dann wieder Wald, Zistrosen, Akazien.

Müde und verdreckt erreichen wir die Stadt.

»Ich sterbe vor Angst, aber wir werden uns von dieser Angst nicht besiegen lassen!«, sagt Imanol wankend und mit der Ironie eines Besoffenen.

Wir steigen eine Treppe zu einem Apartment hinauf.

»Das ist mein kleines Versteck«, sagt er, während er den Schlüssel ins Schloss steckt. Bisher habe ich nur gewisse Personen mit weiblichem Vornamen hierher gebracht.«

Wir treten ein und er lacht prustend. Erleichtert wie nach einem Herzinfarkt sagt er: »Ich glaube, dass ich mit dieser episch-patriotischen Tat ein für allemal die Schuld gegenüber meinem Vater beglichen habe.«

Er zeigt uns das Apartment. Im Schlafzimmer beginnt er von seinen Geliebten zu erzählen.

»Wenn Celia hier ist, hast du sie beim Aufwachen immer an deiner Seite, im Schlaf verdecken ihr die Haare das Gesicht und die ganze Zeit hält sie dich im Arm. Mit Lourdes ist es anders, die berührt dich und verschwindet dann sofort wieder, sodass du mit Lust auf mehr zurückbleibst und dann, wenn du allein bist, denkst, dass du sie in den nächsten hundert Jahren nicht wieder zu Gesicht bekommst ...«

Lachend zeigt er auf die baskische Fahne, die im Schlafzimmer an der Wand hängt:

»Der alte Heimatlappen.«

»Gibt es hier Wasser zum Duschen?«, frage ich.

»Was denkst du denn! Hier sind auch Kleider«, sagt Imanol und öffnet die Schranktür. »Zieht an, was ihr wollt.«

Ich dusche, wasche mir die Haare, kämme mich ausgiebig. Nachdem ich ein weites weißes Hemd angezogen habe, schminke ich mir vor dem Spiegel die Lider mit Kajal. Dann schlüpfe ich in die Hose und betrachte mich noch einmal im Spiegel. Eine eigenartige Nervosität erfasst mich, die Augen zucken, meine Lippen werden rot. Im Bad gibt es Parfüme, Essenzen, Sonnenwendenextrakt, *La nuit bleue*.

Die Hände in die Hüfte gestemmt blicke ich mich von der Seite an und frage mich wie eine Idiotin, ob ich wohl jemandem gefallen könnte, ob ich zum Beispiel Goio gefallen könnte. Ich werfe den Kopf zur Seite, sodass mir die Haare ins Gesicht fallen, lächele und streiche mir mit der offenen Hand über den Oberkörper, als müsste ich seine Form überprüfen.

»Gleich gibt's hier Abendessen, eines, das der Notlage angemessen ist«, sagt Imanol und zeigt auf den weißen Reis, den er, während ich geduscht habe, aufgesetzt hat.

Goio geht duschen, Imanol schenkt sich ein Glas Gin ein und erinnert sich wieder an seinen Vater. Er zeigt auf die Europakarte, die im Wohnzimmer an der Wand hängt, und macht mit dem Zeigefinger den Buchstaben D des Taubstummenalphabets.

»Unser Land ist ganz schön klein, was?«

»Wie ein gutes Parfüm«, fügt er selbst hinzu, und ich denke, dass er das Sonnenwendenextrakt riecht. »Und wie die besten Gifte.«

Torkelnd nähert er sich der Wand. »Die größte Überraschung meines Lebens war, als ich als Kind gemerkt habe, dass man dieses Euskadi, das für unseren Vater so groß war, mit einem Fingernagel bedecken kann ...«

Imanol legt die Spitze seines Zeigefingers auf die Weltkarte und lässt das Baskenland darunter verschwinden.

Plötzlich geht das Licht aus und die Dunkelheit legt sich wie ein über die Möbel geschlagenes Tuch über den Raum.

»Vater, aber man kann unser Land mit einem Fingernagel verdecken«, fährt Imanol fort, »habe ich zu ihm gesagt. Und er hat geantwortet: Auch die kleinen Dinge besitzen große Bedeutung. Aber in Erinnerung geblieben ist mir, dass man das Baskenland unter einem Fingernagel verschwinden lassen kann.«

»Wir werden im Dunkeln essen müssen. Oder wir warten, bis wir wieder Strom haben«, sage ich und mache ein Streichholz an, um das in die Pfanne geschlagene Spiegelei zu überprüfen.

»Wir werden Kerzen anmachen«, sagt Imanol.

Goio tritt im Dunkeln aus dem Bad. Wir zünden zwei Kerzen an und das flackernde Licht der Flammen breitet sich über dem Tisch aus, lässt weißen Reis und Spiegeleier zum Vorschein kommen.

»Im Fernsehen und in den Zeitungen wurde über unser kleines Land nicht berichtet. Und wenn mal etwas kam, dann musste man die gespensterhafte Geografie unseres Landes aus Meldungen über Morde herausfiltern, die in Nordspanien oder Südwestfrankreich begangen worden waren ...«

Als Imanol den Reis zu essen beginnt, hat er eine Idee:

»Wollt ihr eine Unterhaltung zwischen mir und meinem Vater nachgespielt bekommen?«

Er holt einen weiteren Stuhl und stellt ihn neben sich.

Im Licht der Kerzen zittern große Schatten an der Wand.

»Du hast eine falsche Vorstellung von Heimat, Vater«, sagt Imanol und blickt auf den leeren Stuhl.

Dann setzt er sich hinüber und sagt von der linken Seite und mit tiefer Stimme: »Was weißt du schon, was Heimat bedeutet?«

»Immerhin«, antwortet er vom rechten Stuhl, »weiß ich, dass man Heimat nicht mit Ferne verwechseln darf.

»Ferne? Was für eine Ferne?«

»Mitten in Kolumbien lebst du im Baskenland, und dann auch noch im Baskenland vor fünfzig Jahren«, sagt Imanol in der Rolle des Imanol. »Franco ist im Bett gestorben, seine Zöglinge sind weiterhin die Herren Spaniens, und du blickst immer nur zurück, wartest darauf, dass die Fusilierten aus dem Bürgerkrieg wieder auferstehen. In einem halben Jahrhundert hast du nichts dazu gelernt.«

»Und ich bin immer noch bereit, mein Leben dafür zu geben.«

»Das ist das Schlimmste«, fährt Imanol mit seinem Melodram fort. »Du bist bereit, für das Vaterland zu sterben, aber du traust dich nicht, in dieses real existierende Land zu fahren und dort zu leben. Die Heimat, das sind die Leute, die du jeden Morgen grüßt, wenn du aus dem Haus gehst, nicht dieser Ausschnitt der Weltkarte, den du bei deiner komischen Geschichte vom heroischen Tod für das Vaterland im Kopf hast.«

Imanol wechselt auf den linken Stuhl:

»Junge, verdammt, mich verletzt, was du sagst!« Die Stimme von Imanol klingt jetzt tief und verärgert.

»Ich weiß, Vater.«

Imanol spielt nur einen kurzen Augenblick den Sohn. Auf dem Stuhl des Vaters fährt er fort, eine pathetische Marionette.

»Ihr habt ja keine Ahnung, ihr misslungenen Kinder! Ihr seid hier und in einer anderen Zeit geboren, und ich habe mich das ganze Leben angestrengt, damit ihr gesund aufwachst und eure Herkunft nicht vergesst. Als du ein Kind warst, haben alle gesagt, du wärst mir sehr ähnlich, und ich habe nicht daran gezweifelt, dass du meine Ideale verteidigen würdest. Später habe ich begriffen, dass es nicht so ist, dass Verwandtschaft allein nicht reicht und wir uns mit den Jahren immer weniger verstanden haben …«

Es scheint, als wäre die Vorführung beendet, Imanol greift nach seinem Gin, während der Reis und das Spiegelei im Licht der Kerzen unberührt auf dem Teller liegen.

Das allmählich erlöschende Licht macht das *sad end* der Geschichte noch trauriger.

»Unser Vater ist nie nach Orozko zurückgekehrt. Er hat immer an Orozko gedacht und sich doch nie getraut zu fahren. In seinem Inneren hat er gespürt, Angst davor gehabt, dass das Orozko seiner Jugend und seiner Träume nicht mehr existierte. Wenn er ins Baskenland zurückgegangen wäre, hätte er die Berge kleiner, die Flüsse verschmutzt, die Straßen umgeleitet vorgefunden, alles wäre anders gewesen als in der Erinnerung. Und er hätte sich dem Baskenland ferner als je zuvor gefühlt. Er hat unbewusst Angst davor gehabt, dass er mit dieser Zeitreise physisch und metaphysisch völlig durcheinander geraten würde.«

Ich stelle mir Jose Urioste vor: ein entwurzelter, umgepflanzter, in einem Straßengraben der Geschichte gelandeter Baum. Wir sind genauso; wie ein abgehackter, liegen gelassener Baumstamm blicken wir von draußen auf die Welt.

»Heimat ist eine Form des Mangels«, sagt Imanol, »und in Orozko hätte er diesen Mangel stärker gespürt als sonstwo. Die Zeit geht nicht spurlos vorüber. Und so ist er in seinem kolumbianischen Bauernhof neben der Palme geblieben, ist weder hier angekommen noch von hier weggegangen, solange bis die Zeit den Hausherren schließlich zum Umzug in eine kleinere Bleibe bewegt hat. Wir haben ihn in einem zwei Meter langen, einen Meter breiten und einen halben Meter hohen Sarg beerdigt, mit einer baskischen Fahne und einer Handvoll Smaragde.«

Imanol steckt sich eine Marlboro in den Mund, und mir kommen, die Zigarette vor Augen, Pferde und Cowboyhüte in den Sinn:

»Nachdem unser Vater tot war, haben wir in seinem Schlafzimmerschrank eine Kiste gefunden. Sie war voll mit ungeöffneten Briefen aus dem Baskenland. So war das – unser Vater hat keinen einzigen Brief gelesen, den sie ihm in den letzten vierzig Jahren aus dem Baskenland geschickt haben!«

Plötzlich schießen Tränen aus den halb baskischen, halb kolumbianischen, gänzlich besoffenen Augen Imanols.

»Wir waren bei der Autopsie dabei … Ich muss euch was fragen: Habt ihr euch euren Vater jemals von innen angeschaut?«

Ich erinnere mich an Arantxas Bemerkung, dass Imanol im Leichenschauhaus weinte, als er den toten Körper seines Vaters betrachtete, und höre Imanols Frage, *habt ihr euch euren Vater jemals von innen angeschaut*, und schaffe es immerhin, die Frage als solche wahrzunehmen.

»Jetzt«, sagt Imanol, führt sein Glas zum Mund und formt mit der anderen Hand den Buchstaben A des Taubstummenalphabets, »werde ich euch Basken verdammt noch mal einen Vorschlag machen, so wie unser Vater, der immer alles mit Flüchen bekräftigte, obwohl er gleichzeitig behauptet hat, dass es auf Baskisch gar keine Flüche gibt, verfluchte Scheiße …«

Er steht auf, die Kerzen sind heruntergebrannt, und sein Schatten, sehr *keh*, sieht auf der Wand wie ein großes, zitterndes, von Wahnsinn geplagtes Gespenst aus.

»Ich schlage euch vor, verdammte Scheiße, ins Baskenland zurückzukehren! Da man mit den baskischen Emigranten und Exilanten der letzten zweihundert Jahre locker sieben Nationen gründen könnte, sollten wir zurückgehen und schauen, ob wir, wenn wir schon keine sieben Nationen auf die Beine stellen können, nicht wenigstens eine einzige hinbekommen …«

Imanols Augen sind wie zwei Pfützen, als er sich verabschiedet.

»Hier habt ihr den Schlüssel«, sagt er. »In den nächsten zwei Wochen werde ich nicht herkommen, im Übrigen habe ich noch einen Zweitschlüssel …«

Es ist stockduster, ich höre, wie er schwankend die Treppe hinuntersteigt.

»Schmeißt den Schlüssel weg, wenn ihr abhaut.«

»Und jetzt?«, frage ich, als Goio und ich allein zurückgeblieben sind.

»Was meinst du?«

»Nichts.«

»Was fragst du mich dann?«

»Das war keine Frage, das war ein Gedanke, ›und jetzt‹, ohne Fragezeichen, ein laut ausgesprochener Gedanke.«

Die Kerzen auf dem Tisch sind zu kurzen Stummeln heruntergebrannt, die Dunkelheit verbreitet eine nächtliche Stimmung, eine Traumatmosphäre, die der Schlaflosigkeit ähnelt.

»Wir müssen abhauen, was sonst?«, sagt Goio.

Und nicht nur abhauen. Wir werden auch unsere Spuren beseitigen müssen. Von den Stühlen, Löffeln, Fahrradgriffen, Betten, Briefen, Schuhen.

»Und wohin?«, frage ich. Ich weiß, dass wir weggehen müssen.

»Vielleicht Irland, Brasilien, Mozambique«, sagt Goio im Scherz.

»Würdest du nach Mozambique gehen?«

»Klar, Mozambique ist ein guter Ort. Weit weg.«

»Weit weg von wo?«, sage ich und habe Lust, dem einen Meter entfernten Goio durch das Haar zu streichen.

»Weit weg von allem«, sagt er.

»Willst du nicht nach Bluefields zurück?«

»Man kann die Zeit nicht zurückdrehen, oder?«, sagt der rothaarige Freund.

»Wo wärst du gern?«

»An einem Ort, an dem wir beide Platz haben.«

»Wir haben nur ein Flugticket, und ich muss woanders hin. Andoni hat mir für dich ein seltsames Abenteuer vorgeschlagen. Sie suchen jemanden wie dich, um von Ecuador in die Antarktis zu fahren.«

»In die Antarktis. Aber da ist es doch saukalt, da gefriert selbst das Feuer.«

»Apropos Feuer, wir müssen unsere Zettel verbrennen«, sage ich.

Wir tragen alles zusammen, was wir an Papier in der Tasche haben, alte Zeitungen und Briefe, und stecken sie in der Kloschüssel in Brand.

Auf dem Boden hockend entdecke ich im Licht der brennenden Zeitungen Josus Brief.

Wir leben gespalten zwischen Realität und Wunsch. Die Wirklichkeit leben wir mit ihren Gewohnheiten, ihrem Pragmatismus, ihrem hier und sofort. Der Wunsch dagegen ist eine verborgene Lebensweise voller Erinnerungen und Ahnungen, er quillt über vor Schmerzen und Sehnsüchten, danach, was es geben kann, geben könnte, gegeben haben könnte. Wir leben immer im Zweifel zwischen Wirklichkeit und Wunsch, spüren die Notwendigkeit zu bleiben, die uns dazu treibt zu fliehen, und gleichzeitig das erdrückende Verlangen nach Flucht, das uns an dem Ort bleiben lässt, an dem wir uns befinden.

Wir sind die verloren gegangenen Bruchstücke eines seine nationale Prähistorie durchlebenden Volks, wir und unsere Gespenster. Mit dem Ziel zu überleben, immer im Widerstand, Liebe und Tod vervielfachend. Und wohl wissend, dass die Welt auch ohne uns voller Menschen wäre.

Wenn man ihn auffaltet, ist Josus Brief lang. Man könnte mehrere Papierflugzeuge daraus machen.

> *Damit das Leben einen Sinn hat, werden unaussprechlich schreckliche Verbrechen begangen werden müssen.*
> *Aber die Imagination ist nicht real. Auch die Realität ist nicht real. Die Imagination und der Wunsch geben der Realität ihren Sinn.*
> *Was das Buch angeht – ihr müsst es nicht lesen. Denn einen Roman aus Eis lesen ist wie Schnee essen, du isst und wirst nicht satt davon.*

Auch Goio wirft Papier ins Feuer. Als ich es bemerke, ist Andonis Brief fast völlig verbrannt. Nur ein Stück der letzten Seite ist übrig:

> *»An diesem Fluss wirst du keinen billigeren Kopf finden«, wiederholt der Verkäufer.*
> *Und ich fahre den Fluss hinunter und erinnere mich, auf dem Motorboot hockend, an den Singsang von Tatanka Yotanka.*

> *Wenn du etwas vergessen hast,*
> *kehr zurück und*
> *such es aufmerksam,*
> *und du wirst es finden.*

> *Ich weiß nicht, ob die Nantus, El Dorado, der Urwald, El Porvenir, der Fluss selbst, mein Schiff real sind. Ich weiß nicht, ob sie Teil einer Realität sind, die aus Mangel an Bezügen und Namen verloren geht, oder im Gegenteil Teil einer Realität, die aus dem Nichts heraus entsteht und in Form von Worten und Namen Gestalt anzunehmen beginnt.*
> *Aber von der Realität zu sprechen bedeutet heute zu philosophieren, so wie auch eine romantische Liebe zu erklären oder eine bessere Gesellschaft vorzuschlagen zu philosophieren bedeutet.*
> *Wir werden ein bisschen Philosophie betreiben müssen, wenn auch nur in*

geschriebener Form, um zu sehen, ob uns das ein wenig Kraft gibt, ein biss-
chen Sinn. Denn noch wissen wir nicht, ob die Welt letztlich das Zuhau-
se aller Menschen sein wird oder nur ein Loch allgemeiner Verbannung.

Ich stecke auch das letzte Blatt in Brand. Im Feuer verbindet sich alles. Nachrichten, Anzeigen, Bilder, Botschaften, Kommentare, Grüße, das Feuer verschlingt alles, eines nach dem anderen, das Papier krümmt sich, wird angekokelt, lodert auf, zerfällt zu Asche. Die Reste beseitigt das Wasser.

Mit einem Gefühl der Erschöpfung kehren wir ins Wohnzimmer zurück und setzen uns nebeneinander. Eine Kerze ist abgebrannt, nur noch die zweite, ein winziger Stummel, verbreitet schummriges Licht.

»Ich habe Josus Brief nicht gelesen«, lüge ich. »Du weißt, wie es einem in Beziehungen ergeht. Ein Körper beginnt sich vom anderen zu entfernen, stellt erst die Zärtlichkeiten, dann das Lächeln und schließlich auch all die anderen Gesten ein. Am Ende sind die beiden Körper voneinander getrennt …«

Ich will sein Haar berühren und er beißt, den Kopf zu mir gewendet, auf meinen Zeigefinger. Ich spüre seine weichen Lippen, seine feuchte Zunge, die behutsamen Zähne.

»Aber sie teilen weiter das Bett«, sage ich und öffne die andere Hand in der Luft, »das Bad, die Küche und schließlich auch die Gewohnheit zusammenzuleben. Es ist einfach bequemer. Außerdem muss man das Bett nicht mehr wie am Anfang jeden Tag neu beziehen.«

Er nimmt mich an der Hand und zieht mich auf den Boden herunter. Gerne würde ich in seine Augen blicken, sie sind halb geschlossen, doch wenn er sie aufschlägt, ist keine Traurigkeit darin zu erkennen, und ich fasse um seinen Hals, wofür ich mich schäme, schäme mich dafür, mich am Hals von jemand anderem festzuklammern, und dann liegen wir beide unter dem Tisch.

»In manchen Beziehungen können die Leute miteinander reden«, sage ich und habe Angst, »sie wollen den Grund dieses Auseinanderdriftens verstehen. Aber die meisten müssen nichts verstehen.«

Er zieht mir die Schuhe aus, und ich öffne schnell die Knöpfe seiner Hose, greife nach seinem Schwanz, schon feucht, und nehme ihn in den Mund, er schmeckt salzig, während Goio mich auszieht.

Wir drehen uns zur Seite und ich liege unten, spüre ihn plötzlich in mir, wie er langsam in mich eindringt. Ich hebe die Hüfte, stütze mich auf den Fersen ab, um mich gegen die Stöße seiner Hüfte zu stemmen, und spüre, wie ein Zittern meinen Körper in Bewegung versetzt, von unten nach oben durch den Körper läuft.

Mit einer Hand packe ich nach Goios Haaren, streiche mit den Fingern durch seinen roten Schopf, fasse mit der anderen Hand nach irgendeinem Gegenstand und werde von einem angenehmen Schaudern erfasst, von klonisch-tonischen Zuckungen wie bei einem epileptischen Anfall.

In meinem Kopf wird alles weiß, und als ich meine Hand an den Körper ziehe, spüre ich, dass ich Goios Kopf an meine Brust drücke und mich mit der anderen Hand an die Tischdecke klammere, und als ich auch diese Hand heranziehe, fällt alles auf uns herunter, ein paar Polaroid-Bilder, die Blumenvase, eine Gipseule, die Tasse mit dem Nescafé, die Hausschlüssel und noch ein paar andere Sachen, die mit einem irren Krachen auf dem Boden aufschlagen.

So bleiben wir am Ende liegen, sein roter Kopf auf meinem Schlüsselbein, als wäre ich eine rettende Bucht, seine Hand wie ein Anker auf meiner Taille, und denken, dass wir das Wort Zukunft nicht brauchen, uns nicht um die unermüdliche, nahezu elliptische Bahn kümmern müssen, die Planeten, Meteoriten und Asteroiden um die Sonne drehen.

Im Morgengrauen wache ich auf, wir liegen nackt nebeneinander, im Durcheinander der heruntergefallenen Gegenstände, und ich komme mir wie ein Soldat vor, der unverletzt auf einem Schlachtfeld aus dem Schlaf erwacht. Mein Freund schnarcht noch. Wir wachen auf und haben nichts. Kein Zuhause, kein Land, kein Geld, keine Kleider. Besitzlos und nackt, wir befinden uns in einer Situation größtmöglichen Mangels, umgeben von den Scherben einer zerbrochenen Vase, Polaroid-Fotos, Kaffeesatz.

Wir haben die Zeitungen und Briefe verbrannt und befinden uns in einer Gegend, die wir kaum kennen. In diesem Augenblick haben wir wirklich den absoluten Tiefpunkt erreicht. Ich lasse eine Kette von Ereignissen Revue passieren und komme bis zum Jahr 1975. Es ist ein Winternachmittag in Zornotza, ich bin sechzehn Jahre alt und verliebt, wir gehen an einer Kaserne der Guardia Civil vorbei.

»Schau dir das alles genau an«, sagt der Junge, dem ich immer mit offen stehendem Mund zuhöre. »All das ist Archäologie, schon bald wird es keine spanischen Fahnen, keine Guardia Civil und keine Oligarchie mehr geben.«

Weiter vorne in der Erinnerungskette: Es ist das Jahr 1985 und wir sitzen in der Bar Hendayais, der Fernseher läuft, und mein Ex-Freund ist plötzlich zu sehen, er trägt Anzug und verteidigt die spanische Verfassung.

»Es wird immer radikale Kräfte geben«, sagt er auf Spanisch, »aber wir müssen uns verhalten, als gäbe es diese Leute nicht.«

Die Erinnerung führt mich nach Paris, Prag, Managua. Und wieder zurück. Ich sehe uns als Kinder, wie wir einen Nussbaum mit einem langen Stock schütteln, um die herabfallenden Nüsse einsammeln zu können.

Es heißt, dass Sterbende so etwas erleben, dass die Bilder Tausender erlebter Momente auf einer inneren Leinwand an ihnen vorbeigaloppieren. Eine Brown'sche Bewegung der Erinnerung – hierhin, dorthin, geradeaus, eine plötzliche Wende, hinauf, ein Verharren, wieder hinunter, eine Drehung, wie die Flugbahn einer Fliege. Über die Szenen des Vergangenen gelange ich schließlich wieder ins Hier und Jetzt, aber anstatt in der Gegenwart zu bleiben, versuche ich, mir die Zukunft vorzustellen. Die Kette meiner Gedanken bewegt sich vorwärts, ein magisches Licht projiziert noch nicht gelebte Situationen auf die Leinwand.

Ich bin in Managua, wieder mit Josu. Kochender Reis, über dem Topf eine Dampfglocke, aus dem Hintergrund die Stimme Josus.

»Wenn ich die Augen nicht schließe, werde ich dich bald nicht mehr sehen. Ich werde dich nicht hören, ohne mir die Ohren zuzuhalten. Nur im trüben Wasser der Erinnerung werde ich das Gefühl haben, an deiner Seite zu sein.«

Der aus dem Topf aufsteigende Duft und der Wasserdampf verwandeln sich nach und nach in einen Drachen.

Ich bin auf einem Frachter namens *Southern Star* und blicke von der Reling auf der Steuerbordseite auf die Klippen des Festlands. Ich werde die Augen schließen, um Nebel und Dunst des zukünftigen Horizonts nicht zu sehen. Vom Bug dringen die Flüche eines betrunkenen Passagiers herüber: »Das Leben ist ein mit Scheiße beladenes Segelschiff, das auf einem verpissten Meer von Furzen angetrieben wird!«

»Großartig!«, sage ich und bewege das Kinn, als würde ich Ausschau halten.

»Wie geht's?«, fragt Goio, als er wach wird.

Im schummrigen Licht, das ins Zimmer fällt, zeichnet sich ein Bild der Verwüstung ab, und wir brechen in Gelächter aus, küssen uns.

»Wie ein richtiges Schlachtfeld«, sagt Goio.

Wir stehen auf, und vom Fenster aus sehe ich einige Gebäude, die meisten von ihnen noch nicht fertig gebaut, und Baumaterialien durch die Luft schwenkende Kräne.

In der Küche mache ich Kaffee und kehre zum Fenster zurück, um mich an ferne Landschaften und Leute zu erinnern, um zu spüren, dass man die Zukunft nicht vorhersagen kann; um aus dem Fenster schauend Milchkaffee mit Keksen zu frühstücken. Die Kräne und Bagger haben früh mit der Arbeit angefangen, bewegen sich wie prähistorische Tiere durch den Dunst.

Wir räumen das von der Liebe verursachte Chaos auf, beseitigen Spuren und Fingerabdrücke. Goio zieht Imanols Kleider und ich die von dessen Geliebten an, dann machen wir uns auf den Weg in die Stadt. Die Hausschlüssel werfen wir in den Müll, so wie es uns Imanol am Vortag aufgetragen hat.

»Das Haus wird ohne Schlüssel bleiben«, sagt Goio.

»Der Schlüssel wird ohne Haus bleiben«, sage ich. »Wir haben nichts mitgenommen, oder?«

Wir gehen noch einmal alles durch, um sicher zu sein, dass wir nichts dabei haben, was uns gefährden oder verraten könnte; nichts, was uns als Basken identifizierbar macht.

»Und wo ist der Roman geblieben, den ich dir neulich gegeben habe?«

»Den habe ich im Sanatorium liegen lassen.«

Arantxa wird den Text finden oder Imanol auf ihn stoßen, ihn ins Regal der ungelesenen Bücher stellen oder als anonymes Resultat von Schizophasie im Krankenhaus abheften.

Vielleicht werden eines Tages in ferner Zukunft Paläografen, die die Gegend um Rioquemado erforschen, zwischen Fossilien und zahllosen grafischen Zeichen auf das Buch stoßen, ihn nicht als baskischen Text entschlüsseln können, weil sie nicht wissen, dass das Euskera eine der linguistischen Verirrungen der Vergangenheit darstellt.

Wie wird dieser Idiolekt für einen normalen Menschen aussehen? Ungefähr so:

Gazuk jta grtarak ze dra erandik, zeku tae zeitz pe irizakatu dru. jrialderk
ialdie jaanga dra garpozten, zegfn, azen. Geteka madukaak bldain birad,
itadzita grakaut dra, bela plate abt egnda zamaant jaanga irda pepraak …

Die Paläografen werden erklären, dass es sich um einen sehr alten, sehr fremden und in einer unbekannten Sprache verfassten Text handelt, und jeder vernunftbegabte Leser wird ihnen Recht geben.

»Hast du Zeit gehabt, den Roman zu lesen?«

»Ich habe ihn schnell durchgehabt.«

»Und?«

»Na ja, ich weiß nicht, ob ich meine Unschuld verloren habe, aber ich bin auf einige Wellen gestoßen …«

»Was für Wellen?«

»Hast du jemals einen flachen Stein auf der Wasseroberfläche flippen lassen? Du wirfst, und er macht tok,,, tok,, tok …«

Ich bejahe.

»Tok,,, tok,, tok, blub«, wiederholt Goio.

»Ich weiß, was für ein Geräusch ein Stein beim Flippen auf dem Wasser macht«, sage ich, weil ich das Gefühl habe, von Goio auf den Arm genommen zu werden, als er tok,,, tok,, tok, blub wiederholt.

»Und weißt du auch, dass der Stein bei jeder Berührung eine kreisförmige Welle auf dem Wasser erzeugt …?«

»Klar«, sage ich. »Ein großer, ins Wasser plumpsender Stein macht ja auch kreisförmige Wellen!«

»Also ich bin ins Wasser gestiegen«, sagt Goio, »und habe nach einigen Ringen gegriffen …«

In dieser Stadt bewegen sich alle hastig, die Arbeiter, Ladenbesitzer, Senatoren, Schüler, Zeitungsverkäufer, Arbeitslosen. Jeder mit seinem eigenen Leben beschäftigt, in Klammern gesetzt, die eigenen Geheimnisse wahrend, eingetaucht in seiner eigenen

Welt. Wozu jemandem antworten, der nach der Uhrzeit fragt, wozu der hingefallenen Alten beim Aufstehen helfen, wozu jemandem erklären, wie man zum Bahnhof kommt, es könnte ein Trick sein, eine Falle, *Tome Coca Cola*.

In einer halben Stunde wird jeder seines Weges gehen, der Rotschopf wird das Flugzeug nach Quito nehmen und danach wer-weiß-wohin aufbrechen, ich werde mit dem Schiff zurückkehren, zu Armando fahren und danach wer-weiß-wohin gehen. Noch sind wir zusammen, doch das Leben hat den Schicksalsfaden so gesponnen, dass wir genau hier und heute voneinander getrennt werden.

Die Zeit geht schnell vorbei, bald zeigen alle Uhren eine Unzeit an, dreizehn Uhr morgens zum Beispiel.

Die Zeit vergeht immer, und als unverbesserliche Optimistin gehe ich davon aus, dass es noch eine Weile so sein wird.

Ein Krankenwagen kommt langsam angefahren, er sieht traurig aus mit seiner spiegelverkehrten Schrift.

AMBULANCIA

Auch wenn er ohne Eile und ohne Sirene fährt. Die Hinkenden bewegen sich ebenfalls ohne Eile, diejenigen, die vergangene Woche oder vor vielen Jahren ein Bein oder einen Fuß vergessen oder verloren haben.

Ich spüre, dass mir morgen die halbe Welt fehlen wird, genauso wie gestern.

Und ohne die unsentimentalen Angewohnheiten der Basken zu pflegen, nehmen wir uns in den Arm und küssen uns fast kannibalisch, als würden sich unsere beiden Zungen danach sehnen, den Ort der jeweils anderen einzunehmen, als wären die Zungen irgendwann in der Vergangenheit in einem falschen Mund gelandet und wollten jetzt an ihren eigentlichen Bestimmungsort zurückkehren.

Fliegende Tauben. Verliebte, auf Bänken Vertrautheiten aus-
tauschende Frühaufsteher. Plaudernde Rentner: in ihrem dritten
Lebensabschnitt, in ihrer dritten Welt. *Spucken verboten.* Kinder,
die hinter Tauben herlaufen. Mütter und Kindermädchen, die
hinter Kindern herlaufen. Ein Polizist in schwarzen Stiefeln, mit
durchgestrecktem Rücken, allein herumstehend, eine schwere
Waffe am dunklen Gürtel, die Augen im Schatten unter dem
Schirm der Polizeimütze verborgen, einen unentzifferbaren Ausdruck im Gesicht. *Lesen Sie die Spezialausgabe.*

Bevor wir uns trennen, umarmen wir uns, als wären wir ein
Tier mit zwei Rücken.

Einsame Jungs, vor einem alten Porträtfotografen stehend,
dessen Aufnahmen sie ihrer im Dorf zurückgelassenen Freundin
schicken werden. Ein hübsches Mädchen, das mit kurzem Rock
und Stöckelschuhen vorbeispaziert wie eine Postkarte ohne
Adresse.

Mir ist die Bemerkung Goios in Erinnerung, und ich würde
gerne verstehen, was er damit meinte: nach Wellenkreisen greifen. Die Ringe, die ein Stein auf der Wasseroberfläche erzeugt.
Ich bin ins Wasser gestiegen, hat Goio gesagt, und habe nach den
Ringen gegriffen...

Ich sehe Goios Gesicht wie eingerahmt durch das Flugzeug-
fenster, auf der anderen Seite der Scheibe formt er den Buchstaben A des Taubstummenalphabets.

Das Flugzeug setzt sich in Bewegung und hebt bald ab. Es beginnt nach oben zu fallen, im Himmel zu verschwinden, der auf
mich herunterstürzt.

»Bis zum nächsten Mal«, sage ich leise.

Wir haben nur ein schwaches Erinnerungsvermögen, weil wir
nicht vorhersehen können, was die Welt mit uns vorhat.

40

Wann, wenn nicht jetzt

Die *Iceblink* wird mit Kurs auf die Falklandinseln den Südatlantik durchqueren.

Du wachst neben dem Buch auf, kannst es aber nicht lesen. Betrachtest die mühsam und mit Bedacht auf dem Papier verteilte Druckerschwärze und glaubst nicht, dass dieses leblose Material dir etwas mitteilen könnte.

Ameisen, ja, du wirst Buchstaben wie Ameisen laufen, sie geschäftig hintereinander herrennen sehen, als wollten sie die Bedeutung des Buches verändern.

Es ist der Reisebericht von Charles Darwin: *Die Fahrt der Beagle*. Du wirst es aufschlagen und die Widmung lesen:

Der Jemmy-Button-Allotropie

Mit der Selbstverständlichkeit einer Epidemie werden sich Kälte und Schneestürme ausbreiten, doch du wirst beschließen, trotz des Winters in Ushuaia zu bleiben und dort auf die Jahreszeit nach dem Winter zu warten, die fünfte Jahreszeit.

Du wirst dich daran erinnern, dass du noch eine Aufgabe zu erledigen hast, eine Repräsentationspflicht, auch wenn du nicht mehr genau weißt, warum und wozu.

»Der fern von daheim lebende Exilant muss überall Botschafter seines Landes sein«, wirst du dich an einen Satz erinnern, den irgendwer einmal gesagt hat, du weißt nicht mehr wer.

Das war vor langer Zeit, als sie dir einen falschen Pass gebracht haben.

Nein, du bist keine Jemmy-Button-Allotropie. Wo immer du

auch bist, wirst du die Allotropie eines baskischen Botschafters sein, eines Botschafters am Horizont.

Obwohl du nur falsche Papiere bei dir trägst.

In diesem abgelegenen Winkel der Welt wirst du ein Diplomat ohne Befugnisse sein. Dein Land wird dich vergessen haben oder du wirst vergessen haben, was dein Land ist.

Als du die San-Martín-Straße hinuntergehst, wirst du der Zivilisation begegnen, die sich durch Autoverkehr und Geschäfte bemerkbar macht, und einen Duty-Free-Shop namens Jemmy Button betreten. Der kleine Raum wird voll mit Souvenirs, Klimbim und Trödelware sein – mit Pinguinmotiven bedruckte T-Shirts, ausgestopfte Tiere, Indiowaffen. Am Postkartenständer wirst du stehen bleiben. Auf den meisten Karten werden Fotos einer Expedition von Ernest Shackleton abgebildet sein, die auf der Fahrt der *Endurance* aufgenommen wurden. Damals, als Europa in den Schützengräben des Ersten Weltkrieges verblutete, war das Schiff im antarktischen Eis gefangen.

Neben den Expeditionsbildern wird ein Porträt deine Aufmerksamkeit erregen. Vier Männer, jeder mit einer Winchester in der Hand, als wären sie Darsteller eines Winter-Westerns, stehen hinter drei nackten, auf dem Bauch liegenden Körpern.

Du wirst die Karte in die Hand nehmen und auf der Rückseite lesen, dass die Männer Goldsucher waren.

»Was ist das?«, wirst du den Verkäufer fragen.

»Goldsucher«, wird er antworten. »Weil sie hier nicht viel Gold fanden, haben sich viele von ihnen auf die Kopfgeldjagd verlegt. Die Ona-Indianer fingen Guanakos, und als die großen roten Guanakos weitgehend ausgerottet waren, haben sie die weißen gejagt. Die Viehzüchter haben sie für Viehdiebe gehalten und für jeden toten Ona zwei Pfund Sterling gezahlt.«

Die nackten Indios liegen auf dem Boden, ihre Bögen und Pfeile direkt neben den leblosen Händen.

»Außerdem«, wird der Verkäufer grinsend hinzufügen, und das Krachen der Schüsse wird dir in den Ohren nachhallen, »kaufte das British Museum die Schädelknochen zu drei Pfund pro Schädel, für anthropologische Studien.«

»Und das hier?«

Du wirst auf eine andere Postkarte zeigen, auch sie eine Porträtaufnahme von Anfang des zwanzigsten Jahrhunderts, sehr scharf geschossen, sehr *belle époque* – wenn die drei Männer, die ausgestreckt im Schnee liegen, nicht offensichtlich erfroren wären.

»Das sind Gefangene. Sie haben Anarchisten und Kommunisten, die bei Streiks in Patagonien und Buenos Aires verhaftet wurden, hierher gebracht, weil Ushuaia eine Strafkolonie war und man angeblich von hier nicht ausbrechen konnte. Die meisten Häftlinge, die flohen, wurden zwischen den Bergen im Norden und dem Meer im Süden vom Winter überrascht. Auf der Suche nach einer Unterkunft sind sie dann freiwillig ins Lager zurückgekehrt. Die drei Männer auf dem Foto sind erfroren. Sie waren abgehauen und wollten lieber im Gletscher sterben als ins Lager zurückgehen.«

Du wirst auf die Hauptstraße zurückkehren und eine Weile ziellos umherstreifen.

Plötzlich wirst du Swen Foyn begegnen, dem Geschäftsführer der Walfischfabrik auf Deception Island.

»Dem Arbeiter, den Sie operiert haben, geht es wieder gut!«, wird er sagen.

»Aber sicher nicht so gut, dass er wieder Klavier spielen könnte, oder?«, wirst du trocken erwidern.

Foyn wird die Bemerkung nicht verstehen und du wirst sie wiederholen:

»Klavier wird er nicht mehr spielen!«

Er wird sie dir nicht übel nehmen, auf die ironische Antwort mit einem Lächeln reagieren und schließlich ein paar Fotos aus der Tasche ziehen.

»Schauen Sie mal!«, wird er sagen.

Eine Gruppe von Walfängern auf dem Rücken eines Wals.

»Das ist der größte, den wir in dieser Saison gefangen haben. Wissen Sie, wie groß der ist? Damit der ganze Wal aufs Foto passte, mussten wir mit der Kamera ganz weit weg gehen ...«

Lachend wird er hinzufügen:

»So weit weg, dass Sie mich auf dem Bild sicher nicht erkennen werden!«

Er wird darüber lachen, dass er auf dem Foto kaum zu erkennen ist, und auf die kleinen Gestalten auf dem Walrücken zeigen.

»Man kann sie nicht erkennen, weil der Wal so groß ist!«

Und er wird wütend über all die Steuern sein, die er an Chilenen, Argentinier und Briten bezahlen muss.

»Bald müssen wir auch noch den Amerikanern was bezahlen und natürlich den Umweltschützern, warum nicht?«

Er wird dir eine Arbeitsstelle bei der Jacobs & Brothers Company anbieten, als Krankenpfleger der Walfänger.

»So jemanden wie Sie könnten wir gebrauchen. Wir würden Ihnen auch mehr zahlen, als ein Yuppie in New York verdient ...«

Du wirst dich an das blutige Wasser in der Bucht von Deception Island und an den Kadavergestank erinnern, der einen fast kotzen ließ, und ablehnen.

»Denken Sie darüber nach«, wird er hinzufügen.

Du duschst, um danach in eine Diskothek zu gehen. Es fühlt sich an, als spüle das warme Wasser alle Müdigkeit und Verwirrung von dir ab und schließlich steigst du klar und hellsichtig wieder aus der Dusche.

Am Eingang der Diskothek wirst du lesen:

TIERRA DEL FUEGO
After-ours

Das wird philosophisch klingen, aber du wirst wissen, dass die Worte nur deshalb auf dem Schild stehen, weil hier erst bei Sonnenaufgang geschlossen wird und daher länger als in anderen Kneipen und Discotheken geöffnet ist.

Du wirst an die Bar gehen.

»Ein Bier«, sagst du.

Für jemanden, der gerade aus der Einsamkeit von Meer und Antarktis kommt, wird es chaotisch zugehen.

»Dirty Dancing in der Dunkelheit!«, wirst du zum Kellner sagen, als er dir dein Bier bringt.

»Mit dem Wolf tanzen!«, antwortet er.

Es wird nicht kalt sein. Die Atmosphäre wird sich elektrisiert anfühlen: positive und negative Ladung, psychedelisches Licht, wahnsinniger Lärm.

Du wirst dich unter die Leute mischen und unerwartet Swen Foyn wiedertreffen. Er wird dich umarmen und von Gelächter unterbrochen auf dich einreden, seine Zähne werden weiß, seine Zunge dunkelviolett leuchten, aber außer dem Wort »Vorschlag« wirst du nichts verstehen.

»Was?«, wirst du ihn fragen.

Laut, fast schreiend wird er wiederholen:

»Ob Sie es sich noch mal überlegt haben!«

»Nein!«, antwortest du.

Der dunkle Raum wird von Neonblitzen durchzuckt und so werden Zähne blinken, Knöpfe leuchten, Lippen lila schimmern und sich Körper wie in einem Stummfilm von Anfang des letzten Jahrhunderts bewegen.

»Neeiin!!«, schreist du grinsend.

Mit der Gelassenheit eines Beduinen wird Swen Foyn sein Glas an die Lippen führen und dir, nachdem er den Drink hinuntergeschluckt hat, ins Ohr brüllen:

»Ich kenne Leute wie Sie, die sich einfach treiben lassen … Ich werde Ihnen die Sache schon noch schmackhaft machen.«

Die Musik wird ohrenbetäubend und irgendwie obsessiv sein. Die Leute werden tanzen, ihre Bewegungen irre und unkoordiniert aussehen, und du wirst an die Ona, Alakalufe oder Yama denken, die um ein Feuer herum tanzen, oder an bekiffte afroamerikanische Jugendliche in New York, die sich um einen billigen, aber lauten Ghettoblaster herum versammelt haben.

»Bis später!«, wirst du zum Walfänger sagen.

Du steigst Treppen hinauf und wieder hinunter. Die Räume werden wie Höhlen aussehen, eine irritierende Science-Fiction-Stimmung wird sich breit machen. Swen wird aus deinem Blickfeld verschwinden, und dir wird in den Sinn kommen, dass Edna im letzten Moment von Bord der *Iceblink* gegangen sein könnte. Nichts steht fest, alles ist unstetig, beweglich, im Fluss, konvulsiv. In dieser grellen, von lärmender Musik beherrschten Sorglosigkeit wird es dir leicht fallen zu tanzen. Dein Körper wird sich von den Fesseln des Willens lösen, und in dieser Welle rastlos zuckender Arme, Beine und Füße wirst du dich amphibisch frei fühlen.

Du gehst die Treppe hinunter und wieder hinauf, die Diskothek hat mindestens drei Stockwerke. Bahnst dir einen Weg zwischen den Leuten, die du beiseite schiebst, so wie man im Dschungel Zweige und Lianen aus dem Weg räumen muss.

Und triffst dann plötzlich Maribel.

Überwältigt stehst du vor ihrem kaleidoskopisch schimmernden Gesicht. Vor ihrem unverständliche Worte artikulierenden Gesicht.

Du siehst ihre psychedelisch beleuchteten Lippen, aber kannst im Lärm der Musik nichts verstehen.

Es ist Maribel, obwohl ihr Gesicht einem surrealistischen Bild gleicht, von Lichtblitzen gezeichnet. Das kann nicht wahr sein, du wirst nicht glauben, dass es wahr ist, und Maribel für eine Lichterscheinung, ein Polarlicht halten.

Ihr nehmt euch an der Hand und schiebt euch zwischen den

Kneipengästen hindurch. Nervös bahnst du euch mit der einen Hand einen Weg, während du Maribel mit der anderen festhältst und hinter dir herziehst – so wie das Kind das Netz mit den verlorenen Gegenständen hinter sich hergezogen hat.

In roten Lettern wirst du *Chill-out* lesen. Und darauf zusteuern.

Pärchen umkurvend werdet ihr einen freien Platz finden.

Die klare Stimme Tracy Chapmans wird zu hören sein:

If not now, then when …

Die Umgebung wird angenehm sein: gedämpftes Licht, ruhig, wie geschaffen, um miteinander zu reden. Doch plötzlich werdet ihr nicht wissen, was ihr sagen sollt, weder du noch Maribel. Als hätte sich die ganze vergangene Zeit, die Tagesabschnitte, Jahressplitter, Jahrhundertkrümel, in dem wenige Zentimeter breiten Raum zwischen euch aufgehäuft.

»Woher weißt du, dass ich hier bin?«

»Von Andoni. Die Expedition hatte fast die ganze Zeit über Kontakt mit der Universität von Quito.«

Die trägen, unpassenden Worte werden, verglichen mit deinem Gefühl, bedeutungslos sein.

»Zum Glück bist du gekommen, ich habe unterwegs meinen Pass verloren …«

»Und zum Glück bist du hier geblieben«, wird Maribel antworten. »Als ich heute Nachmittag ankam und euer Schiff nicht im Hafen lag, habe ich gedacht, dass du Richtung Malvinen gefahren bist.«

Der Ort scheint real zu sein, aber du bist dir nicht sicher. Die Musik und das Gewitter der Lichtblitze erzeugen eine unwirkliche Atmosphäre.

»Aber im Hafen haben sie mir gesagt, dass einer an Land geblieben ist, und da dachte ich mir schon, dass du das bist.«

In diesem Moment wird Swen auftauchen und ihr werdet das Gespräch unterbrechen, damit er euch nicht Baskisch reden hört.

»Was ist denn los?«, fragt er.

»Nichts«, antwortest du.

»Wirklich?«

»Ja, wirklich.«

»Das stimmt nicht, oder?«

Du wirst schweigen.

»Ich glaube, es ist doch was los und ich geh besser wieder«, wird er sagen.

Er wird Richtung *chill-in* verschwinden und etwas wie *love stream* murmeln. Und ihr seid wieder allein.

»Ich habe einen Pass für dich mitgebracht.«

»Und was sollen wir jetzt machen?«

»Was willst du denn machen?«

»Vielleicht können wir was zusammen machen?«

»Ja.«

Du wirst dir, obwohl Maribel direkt vor dir sitzt, immer noch nicht sicher sein, ob ihr euch wirklich im selben Raum befindet. Als könntest du, selbst wenn du den Arm ausstreckst und ihre Hand berührst, ihre Anwesenheit nicht beweisen.

»Musst du nicht irgendwo hin?«

»Nein. Und du?«

»Nein, ich habe auch nichts anderes vor.«

»Das heißt, wir haben Zeit«, wird sie sagen.

»Ja, Zeit haben wir.«

Einige Zeit später tretet ihr in die Morgendämmerung hinaus. Die Straßen werden fast leer sein, vom Beagle Kanal, den die Yamana *Onashaga* nannten, weht ein scharfer Wind. Den Müllmännern durch die Straßen folgend werdet ihr schon früh am Tag Zeugen der Zivilisation, ihrer Spuren und kollektiven Bedürfnisse.

Langsam und brummend wird ein Müllwagen vor euch herfahren. Ein Arbeiter steht, bis zu den Knien im Abfall, auf der

Ladefläche und leert Tonnen, zwei andere Müllmänner gehen auf beiden Seiten neben dem Fahrzeug her, reichen Mülltonnen hinauf und schleudern sie, wenn sie leer sind, zurück in die Hauseingänge.

Die Sonne wird rot wie glühende Kohle aufgehen. Hand in Hand laufend werdet ihr mit dieser *After-Hours*-Hochzeit dem anbrechenden Tag, der schon wieder mit dem nächsten verknüpft ist, das Ende einer wunderbaren Geschichte bescheren.

Die Müllmänner werden, ohne es zu merken, den Hochzeitszug bilden. Die beiden Männer unten heben mit unglaublicher Geschwindigkeit die Mülleimer von der Straße und wuchten sie zu ihrem Kollegen. Der Mann oben dreht sie um und gibt sie zurück, damit die anderen beiden die geleerten Tonnen mit großem Geschick in die Hauseingänge zurückstellen können.

Mich hat niemand zu dieser Hochzeit eingeladen, und so werde ich weiter meiner lächerlichen Zukunftsarchäologie nachgehen.

Es ist kalt und der Wind trägt eine Luft voller Erinnerungsschmerzen heran, das Echo eines Lebens in einer vergangenen Zukunft. Auf dem Meer kreisen unzählige Möwen um die ein- und ausfahrenden Schiffe.

Du wirst das Gefühl haben, dich in die Vergangenheit zu bewegen, während du auf die Zukunft zusteuerst. Du hast alles verloren, weil du in Wirklichkeit mehr hattest, als man haben kann, und trotzdem wissen, dass dir das Wichtigste von allem bleibt: Zeit.

Ja, Zeit.

Und dein Abenteuer wird bewegender sein als das des Ulysses, weil du, wo immer du auch hinkommst, an Orte zurückkehrst, an denen du noch nie gewesen bist.

RAUL ZELIK
Der bewaffnete Freund
Blumenbar Verlag 2007
gebunden, 288 Seiten, € 18,-

Ein Roman über Europa und das Wesen von Identität, Gewalt
und Politik, das mit Mitteln des Kriminalromans von einer
außergewöhnlichen Freundschaft zwischen einem jungen Deutschen und einem im Untergrund lebenden Basken erzählt.

»In diesem Buch geht es hinüber in eine andere Welt, in eine andere Sprache, eine andere Literatur. Hinüber auf die andere Seite von Europa ... Raul Zelik ist ein politischer Autor, 1968 in
München geboren, war er viel und lange in der Welt unterwegs,
vor allem in Südamerika, lange auch im Baskenland und im Süden Spaniens. Er hat Reportagebücher geschrieben, politische
Krimis, Kämpferbücher. Mit seinem letzten Roman »Berliner
Verhältnisse«, einem großartigen Buch über die Underdogs und
politischen Wunderlinge dieser Stadt, ist ihm der Durchbruch
bei Kritik und Publikum gelungen ... Eine Literatur, die die
Menschen berührt und die die Welt von der anderen Seite aus
betrachtet, von der anderen Seite aus beschreibt. So wie es Raul
Zelik auch in seinem neuen Roman versucht. Mit Erfolg.«
Volker Weidermann, *Frankfurter Allgemeine Sonntagszeitung*

Die Übertragung des vorliegenden Romans aus dem Baskischen
wurde gefördert von der Kulturabteilung der Baskischen Regierung.
Die weitere Arbeit der Übersetzer am Text sowie Recherchen
wurden gefördert vom Deutschen Übersetzerfonds.

© by Joseba Sarrionandia
© für die deutschsprachige Ausgabe
   by Blumenbar Verlag, München 2007
1. Auflage 2007
Alle Rechte vorbehalten
Die Originalausgabe erschien 2001 unter dem Titel
»Lagun Izoztua« bei Elkar, Donostia/San Sebastian
Coverdesign: Chrish Klose
Lektorat: Natalie Buchholz
Redaktion: Wolfgang Farkas
Typografie und Satz: Frese, München
Druck und Bindung: Freiburger Graphische Betriebe, Freiburg
Printed in Germany
ISBN 978-3-936738-31-5

www.blumenbar.de

Gerne schicken wir Ihnen unser Verlagsprogramm.
Eine Nachricht an look@blumenbar.de genügt.

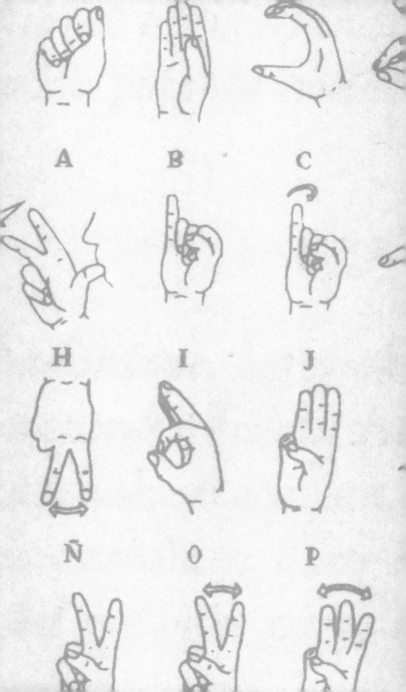

A B C

H I J

Ñ O P